暗夜无星

〔美〕斯蒂芬·金 著 徐海铭 译

FULL DARK, NO STARS

斯蒂芬·金作品系列
STEPHEN KING

人民文学出版社
PEOPLE'S LITERATURE PUBLISHING HOUSE

著作权合同登记号　图字 01-2018-6239

图书在版编目(CIP)数据

暗夜无星/(美)斯蒂芬·金著;徐海铭译.—北
京:人民文学出版社,2019(2024.11 重印)
(斯蒂芬·金作品系列)
ISBN 978-7-02-014822-6

Ⅰ.①暗…　Ⅱ.①斯…　②徐…　Ⅲ.①中篇小说-小
说集-美国-现代　Ⅳ.①I712.45

中国版本图书馆 CIP 数据核字(2019)第 011307 号

出 品 人　黄育海
责任编辑　朱卫净　张玉贞
封面设计　陈　晔

出版发行　人民文学出版社
社　　址　北京市朝内大街 166 号
邮政编码　100705

印　　刷　上海盛通时代印刷有限公司
经　　销　全国新华书店等

字　　数　331 千字
开　　本　890 毫米×1240 毫米　1/32
印　　张　11.25
版　　次　2015 年 8 月北京第 1 版
印　　次　2024 年 11 月第 3 次印刷

书　　号　978-7-02-014822-6
定　　价　59.00 元

如有印装质量问题,请与本社图书销售中心调换。电话:010－65233595

仍然献给塔比

目录

/

1922

1930 年 4 月 11 日

内布拉斯加州奥马哈市
木兰花旅馆

致有关人士：

　　我叫威尔弗雷德·勒兰德·詹姆斯。我写这封信坦白交代本人的罪过。一九二二年六月，我行凶谋杀了我的妻子阿莱特·克里斯汀娜·温特尔斯·詹姆斯之后，把她的尸体投入一窖老井中隐匿了起来。我儿子，亨利·弗雷蒙·詹姆斯，帮助我实施了这个犯罪行为，但那个时候他才十四岁，无须承担任何责任。在两个月的时间里，是我利用他的恐惧心理，打消他非常符合人之常情的种种反对意见，哄骗他参与了那场谋杀。比起犯罪这件事本身，我为哄骗他的做法更加感到懊悔。其间的种种缘由，这份交代记录会公之于众。

　　导致我犯下那该遭天谴的罪恶的原因始于内布拉斯加州赫明顿的那一百亩良田。那块地是我妻子的父亲约翰·亨利·温特尔斯在遗嘱里留给她的。我想把它与我们在一九二二年就已经达到八十八亩的终身保有的不动产农场合并在一块儿。可我那位打心里就不喜欢农场生活(也不喜欢嫁给农民)的老婆想把这块地卖给法灵顿公司，变换成现金。我问她是否真的愿意在法灵顿屠宰厂的下风处过日子的时候，她告诉我，我们可以卖掉她父亲的良田和我们的农场——我父亲的、也是我父亲他祖上的农场啊！我问她有了钱却没了地咋办，她就说，我们可以搬到奥马哈去呀，或者呢，干脆到圣路易斯去开个门市。

"我决不会在奥马哈生活，"我说，"傻子才住在城里头呢。"

照我目前所生活的地方来看，那句话想来真是讽刺，可我不会在此处久居的。这一点我心知肚明，就如同我明白是什么东西在墙里弄出声响来一样。我也明白，当尘世的命数走到尽头之后，我会在何处安身。我不知道地狱是否比奥马哈更糟。假如四周没有美丽的乡村环绕，恐怕奥马哈城早就成为地狱了，它不过是座不停地冒烟、四处散发着硫磺臭气的空落落的城市，满城尽是像我一样失魂落魄的人。

为了这一百亩地，我们在一九二二年冬天和春天争得不可开交。亨利夹在当中，不过他倒更偏向我这一边。他长相像他妈妈，但在对待故土的感情上，他更像我。他是个顺从听话的孩子，丝毫也没他妈妈那种傲慢无礼。一次又一次，他告诉妈妈，说他不愿住在奥马哈或别的城市，还说，只有她妈妈和我意见统一，他才会离开。可是意见统一这一点，我们永远都不可能做到。

我想到了诉诸法律。在这件事上，我作为丈夫，任何法庭都会坚持我有决定这块土地用途和目的的权利。这一点我有把握。可我却给一件事儿绊住了。倒不是担心邻居们的闲言碎语；我才不在乎乡下人嚼舌头呢。是别的。我心里早已恨她。对。我已经希望她死掉，这就是我没去诉诸法律的原因。

我相信每个人心里都住着另外一个人，一个陌生人，一个耍奸使诈的人。一九二二年三月，赫明顿的天空是银灿灿的，每块田地都变成了雪纱一般，我相信，在那时，农民威尔弗雷德·勒兰德·詹姆斯心中那个耍奸使诈的人已经对我妻子下了判决，裁定了她的命运。这是宣判死刑的判决。《圣经》上说，不知感恩的孩子像蛇牙，可是，纠缠不休、不知感激的老婆比蛇牙还要锐利。

我不是恶魔。我曾试图把她从那个耍奸使诈的人手中拯救出来。我告诉她，如果我们无法达成共识，她可以到林肯郡她母亲那儿去住，一个往西离这儿六十英里的地方——这段距离够远的，算得上是分居了，虽然还够不上离婚，但已表明我们的婚姻正在解体。

"然后把我父亲的地留给你？"她问道，接着把头甩向一边。我对那种傲慢的甩头动作早已厌恶到极点，她那时就像是匹驯养不到位的马驹子，鼻子里还会发出嗤嗤声。"这种事永远不会发生，威尔弗。"

我对她说，如果她坚持己见，我会从她手中把地买过来。这将不得不等上一段时间——八年，也许十年——但是，我会分文不差地把钱付给她的。

"一丁点一丁点地进账比一个子儿都没有还要坏，"她应答道（鼻子又"嗤"的一声，头又来了个侧甩动作）。"这是每个女人都懂的。法灵顿公司马上支付全部现款，而且他们打算给出的高价要比你的出手爽气多了。我才不会住在林肯郡呢。那又不是个城市，只不过是个教堂比房子还多的村子。"

您明白我的处境了吧？您不会不懂她把我置于的窘境吧？难道我就不能博得您的一点点同情？不能？那么就听听这件事吧。

那一年的四月头上——据我所知，距今已经八年了——她满面光鲜、神采奕奕地走到我身边。她把大半天时间都泡在麦克库克的"美容院"里，把头发做成厚厚的鬈子，悬在脸上，让我想到旅馆和客栈里的马桶纸卷儿。她说她有了个主意，那就是把那一百亩良田和农场一起卖给法灵顿公司。她认为，为了得到她父亲的那块地，公司会一并买下农场，因为那块地靠近铁路线（也许她想得有道理）。

"然后嘛，"那蛮不讲理的泼妇说道，"我们把钱分了，离婚，重新开始各自的生活。咱俩都清楚这就是你的心愿。"她说这话，俨然她不这么想似的。

"哦，"我说了声（像是要认真考虑这个意见），"那孩子跟谁呢？"

"当然跟我啦，"她说道，眼睛睁得老大老大。"一个十四岁的男孩需要跟他妈一起过。"

就是在那一天，我开始做亨利的工作了，我把他妈妈的最新计划告诉他。我们坐在干草垛上。我一脸哀伤，用最悲伤的声音向他描述，如果允许他妈妈实施这个计划，未来的生活会是什么样：他会怎样失去农场和他的父亲；他会在一个大得多的学校里念书；他所有的朋友（大多是自孩提时代起便认识）会被撇下；他会在一个嘲笑他、骂他是乡巴佬的陌生人中为了一席之地打拼挣扎。另外一方面呢，我说，如果我们能够抓住土地不放手,我相信到一九二五年之前就可以付清所有的银行贷款,过上无债的幸福生活,呼吸甜美的空气,而不是从早到晚眼巴巴地望着猪内脏顺着从前清澈的小河漂流下来。"现在,你有什么想法?"在要多详细就有多详细地描绘了这个景况之后,我问儿子。

"和你一起住在这儿,爸爸,"他说,泪水顺着他的面颊涌下。"她为什么非要这样……这个……"

"你接着说,"我说,"讲真话绝不是诅咒,儿子。"

"这个贱货!"

"因为大多数女人都是贱货,"我说,"贱是她们本性中无法根除的一个部分。问题是我们如何应对。"

但是,我内心那个耍奸使诈的人已经想到牛棚后面的那口老井了,那口井只是用来盛泔水用的,因为它太浅太混浊——只有二十英尺深,比闸沟深不了多少。现在仅仅是把儿子引到井的问题上。我不得不引导他,您当然明白这一点。我可以杀掉老婆,但必须拯救我可爱的儿子。如果膝下无子嗣与你共享、然后继承那一百八十亩或者一千亩土地,拥有它们又有什么意义呢?

我假装在考虑阿莱特把玉米良田变成屠宰场的疯狂计划。我恳求她给我时间来习惯那个想法。她同意了。在接下来的两个月当中,我做亨利的"工作",使他接受不同的想法。这确实是要多困难有多困难。他虽然有她妈妈的长相(女人的长相是蜂蜜,你明白的,引诱男人上蜂窝去挨蜇),但是没有她该死的倔性子驴脾气。只需要向他描绘一下今后他在奥马哈或者圣路易斯的生活前景就行。我提出了就连这两个拥挤的城市也不会满足她这个可能性。她也许会觉得唯有芝加哥才合适。"那时,"我说,"你也许会发现自己跟黑人一起上中学。"

他对他母亲的态度变得冷淡了。她呢,经历了一番努力——所有的努力都显得笨拙,都遭到拒斥——试图重新博得儿子的感情,之后便用冷漠来回敬了。我(更恰当地说,是那个耍奸使诈的人)为此感到庆幸。六月初,我告诉她,认真思考之后,我决定不让她太平无事地卖掉那一百亩地;而且,如果毁灭和赤贫就是付出的代价,我会和她同归于尽。

她倒是镇定自若。她决定自己（法律嘛，我们都知道，会和掏钱的人交朋友）去咨询律师。这一点我预料到了。我奚落她这个主张。因为她无法支付咨询费。那时，我把我们拥有的一点现金攥得紧紧的。当我要求时，亨利甚至把他的储钱罐交给了我，所以她就连那么一点儿钱也拿不到。当然，她去了位于迪兰的法灵顿公司的办公室，觉得非常笃定（和我一样）有利可捞的他们会帮她支付法律费用。

"他们会的，而她会赢。"在我们经常谈话的地点干草垛，我把这件事告诉了亨利。对此我并没有十成把握，但是我已经做出决定，虽然还不至于过头地把这个决定称为"计划"。

"可是爸爸，那样不公平！"他大声喊道。他坐在干草垛上，显得非常稚气，不像十四岁，倒更像十岁。

"生活向来就不公平，"我说，"有时候唯一能做的事就是得到你必须得到的东西。哪怕有人受到伤害。"我顿了顿，打量着他的脸庞。"哪怕有人死掉。"

他脸色发白。"爸爸！"

"如果她死了，"我说，"一切就会照常。一切争论都会了结。我们可以太平地在这儿生活。为了让她走，我已经把我能给的都给了她，可她就是不肯走。现在我能做的只有一件事。或者说我们能做的只有一件。"

"可我爱她呀！"

"我也爱她。"我说，不管您是多么不相信，我爱她这一点却是真真切切的。一九二二年，我对她的恨胜过了任何男人对一个女人的感觉，而假如爱不是其中的一部分，是不会有那种情感的强度的。而且，虽然阿莱特尖酸刻薄、固执任性，可到底还是个性情火热的女人。我们的"婚姻生活"从来没有终止过，即使为了那一百英亩地开始争吵之后，我们在黑暗中的交媾越来越像动物在发情。

"不一定痛苦，"我说，"而一旦了结了……就好了……"

我带儿子走出牛棚，把井指给他看，他却号啕大哭起来。"不，爸爸，千万不要。"

但是，当她从迪兰回来（我们的邻居哈兰·考特利用他的福特车带她走了大半的路，然后让她自己走了最后的两英里），亨利恳求她"放手吧，这样我们还照样是个家"的时候，她大发脾气，扇了他一个嘴巴，告诉他不要像狗一样摇尾乞怜。

"你父亲把怯弱传染给了你。更糟糕的是，他把贪婪也传染给了你。"

就像她与这个罪恶毫无干系似的！

"律师向我保证这块地是我的，随我处置，我会把它卖了。至于你们俩嘛，你们就一起住在这儿，闻闻烤猪的味道，自己烧饭，自己理床。你，儿子，可以白天耕地耙田，晚上读读他那堆不朽大作。那些书没给他带来过多少益处，但是你也许会读得更透些。谁知道呢？"

"妈妈，这不公平！"

她睬着儿子看看，像个女人在打量一个擅自摸她胳膊的陌生男人一样。当我看到儿子冷冷地回望的时候，心里好开心啊。"你们俩可以一起下地狱去了。我嘛，我要到奥马哈开个服装店。这就是我认为的公平主张。"

这次谈话发生在前院，院子位于屋子和牛棚之间，尽是灰尘。她的公平主张就是她摞下的最后通牒。说完这话，她便大步穿过院子，那双漂亮的、城里人穿的皮鞋扬起一片尘土。她一进屋子就把门关上了。亨利转过身来看着我，他嘴角带血，下唇肿胀，眼神里饱含着愤怒。那愤怒是赤裸裸的、纯粹的，只有青春期的人才能感受到的那种。恰恰就是那样一种愤怒才会不计代价。他点点头。我也朝他点点头，表情跟他的一般凝重，可我内心那个耍奸使诈的人却在咧嘴大笑。

那一巴掌成了她的死亡令。

两天过后，亨利来到新开辟的玉米地找我时，我发现他的心又软了下来。我并不沮丧，也不感到惊讶。从孩子到成人的岁月中，人的情感是一阵一阵的，正在经历这个状态的人起伏变化起来就像是美国中西部农民过去经常放在粮仓顶上的风信鸡一样。

"我们不能这么做，"他说，"爸爸，她是错了。香农说过，因错而死的人是要下地狱的。"

上帝一定惩罚循道宗教堂和循道宗青年会,我心里想……但是那个耍奸使诈的人只是笑了笑。接下来的十分钟,我们在翠绿的玉米地里谈起了神学,当时初夏的云朵——那是最漂亮的云朵了,像纵帆船一样漂浮的云朵——缓缓地在我们的头顶上飘过,后面留下航船尾流一般的影子。我向他解释道,那样干不是把阿莱特送进地狱,恰好是把她送上天堂。"因为,"我说,"遭到谋害的男人或女人死的时候上帝不在现场,在场的是人。那男人……或者女人……还没来得及赎完罪,生命就夭折了,因此所有的过错一定会被原谅。如果你以这样的方式来看待这件事,每个杀手便成了天堂之门。"

"可我们呢,爸爸?我们不会下地狱吗?"

我指了指葱郁的玉米地。"看到我们四周尽是天堂,你怎能说出这样的话?可是,她打算把我们从这儿赶走,就像天使拿起冒着火焰的剑把亚当和夏娃赶出伊甸园一样。"

他盯着我,表情十分不安。黑暗。我讨厌用这样的方式将自己的儿子拽入黑暗,但我在当时和现在都隐约相信,那样做的不是我,而是她。

"而且想想看,"我说,"如果她去了奥马哈,她会在阴间给自己挖个更深的坑。如果她把你带走,你就成了城里的孩子——"

"我绝不会走!"他高声叫嚷出来,惊得乌鸦从篱笆上飞起,打着旋飘进湛蓝的天空,像烧焦的纸片。

"你还小,将来会走的,"我说,"你会忘掉这一切……你会学到城里的方式……开始给自己挖陷阱。"

如果他当时回答,杀手绝无希望在天堂里与受害人重聚,我也许会被驳倒。可是,要么是他的神学理论还没高深到那一步,要么就是他不想考虑这类事情。到底地狱真的存在,还是我们给自己制造了人间地狱?每当我回顾过去八年的生活,我都坚持认为是后者。

"怎么干?"他问,"什么时候干?"

我告诉了他。

"干完以后我们还能继续住在这儿?"

我说能。

“不会让她痛苦吧？”

“不会，”我说，“很快就完事。”

他似乎满意了。即便如此，要是阿莱特本人做事不是太绝的话，事情也许还不至于发生。

我们决定在六月中旬的某个周六晚上动手。那天晚上，天气不错，跟我记忆中的所有晴天是一样的。阿莱特有时在夏日的傍晚喝上一杯葡萄酒，但一般不会多喝。这么做是有道理的。她属于那种只要喝了两杯，就忍不住要喝四杯、然后六杯、再后整整一瓶的人。尔后，要是还有，再来上一瓶。“我得留点儿神，威尔弗。我太贪杯了。不过，对我来说，幸运的是，我这人意志坚强。”

那天晚上，我们坐在门廊上，望着残留在田野上的向晚时分的光辉，听着蟋蟀发出令人恹恹欲睡的“喏咿——咿咿咿咿咿”的叫声。亨利待在自己的房间里。他晚饭几乎没动。门廊里有一对摇椅，一张配的是妈咪坐垫，另一张配的是爹地坐垫。和阿莱特坐在摇椅上的时候，我想我听到了一个也许是干呕的轻微声音。我记得我当时想，到那一刻真正来临时，儿子终究还是会下不了手。第二天早晨，他母亲将带着宿醉醒来，大发脾气，丝毫也不知道自己差点永远见不着内布拉斯加的黎明。但我还是按照计划向前推行。因为我像一只俄罗斯套娃？也许吧。也许每个人都是那样。在我心里的是那个耍奸使诈的人，但是，在那个耍奸使诈的人的心里却是一个怀揣希望之人。那个怀揣希望的家伙在一九二二年和一九三三年当中的某个时候死去了。那个耍奸使诈的人做绝了坏事之后也消失了。生活，缺少了他的诡计和城府，已然成了一片虚空之地。

我把酒瓶从屋里拿到门廊上，就在我试图给她斟酒时，她却用手遮住了那个空杯子。“为了弄到你想要的东西，你用不着把我灌醉。我自己也想要。身上有点痒。”她岔开双腿，把手放到裤裆，让我知道她痒的地方。在她的心里有个粗俗不堪的女人——或许甚至就是个婊子——而酒总是让她放荡发骚。

“不管怎么说，再来上一杯吧，”我说，“有事要庆祝一下。”

她戒备地望着我。就算只喝了一杯酒,也已经让她泪眼婆娑了(好像一部分的她想要得到所有的酒,可又无法得到,正在为此哭泣呢)。在落日的余晖里,她的眼睛呈橘黄色,像是里面点了蜡烛的南瓜灯的眼睛。

"不会有官司的,"我对她说,"也不会有离婚。如果法灵顿公司能够支付我的八十亩地和你父亲的一百亩地,我们的争论就到此为止吧。"

在我们令人烦恼的婚姻当中,第一次,也是唯一的一次,她居然目瞪口呆了。"你说什么? 你是认真的吗? 别逗我,威尔弗!"

"我没逗你,"那个耍奸使诈的人说道。他说这话的时候,是诚心诚意的。"亨利和我就这件事也没少谈过——"

"你们俩像贼一样,这倒是不假。"她说。她已经把手从酒杯上挪开,我不失时机地把它斟满。"常常在干草垛上,或者坐在木头堆上,或者就在后面的地里头挨着头嘀嘀咕咕。我还以为你们是在谈香农·考特利。"接着又是一声鼻嗤,一个甩头,可我认为她此刻也多少有些伤感了。她呷了呷第二杯酒。若是只呷上两口,她还可以把酒杯放下,然后上床睡觉。如果到了第四口,我就不妨直接把酒瓶子给她。更不用说我准备在手边的另外两瓶了。

"不,"我说,"我们谈的不是香农。"尽管我曾经看到,他们一起步行两英里路到赫明顿中学时,亨利偶尔会拉着她的手。"我们一直在谈奥马哈。我想,他想去那儿。"在她喝完一杯酒、另一杯只呷了两口时,要对她露骨地吹牛肯定是行不通的。我的阿莱特啊,她生性多疑,总是在寻找我内心更深的动机。当然,在这件事上我确实怀有更深的动机。"至少试试看才知道吧。再说,奥马哈离赫明顿不是很远……"

"对,根本就不远,我已经对你们说过一千遍了。"她又呷了一口,并未像之前那样放下酒杯,而是把它拿在手上。西边地平线上橙色的天光已经变成了青紫色,仿佛不属于这个世界。这光此时正在她的酒杯中燃烧。

"如果是圣路易斯的话,情况就不一样了。"

"我已经放弃那个想法了。"她说。当然,这意味着她已经调查过那个计划的可能性,发现它有问题。无疑是背着我干的。除了找法灵顿公司的律师之外,所有这一切都是背着我干的。如果她不是想把它当做是揍我的棍子的话,她照样会背着我干那事儿。

"你认为,他们会把整块地买走吗?"我问,"整整一百八十亩地?"

"我怎么知道?"她边说边呷着酒。第二杯酒喝了一半了。如果我此刻告诉她已经喝得差不多了,并把酒杯从她手中拿走的话,她肯定不会答应。

"你知道,对此我一点也不怀疑,"我说,"那一百八十亩地就像圣路易斯一样。你早调查过了。"

她狡猾地朝我瞥了一眼,然后突然放声大笑,"也许我真的调查过了。"

"我想我们可以在城郊找栋房子,"我说,"那里起码有一到两块地可以看看。"

"那样你就可以整天把屁股放在门廊摇椅上,让你老婆干活?嘿,帮我把杯子加满吧。如果我们是在庆祝,那就让我们庆祝庆祝吧。"

我把两个杯子都加满。我的杯子里只倒了几滴,因为我刚刚只喝了一口。

"我想我说不定能找份修理师的活儿干干。汽车和卡车什么的,但主要还是农机。要是我能让那台旧农机宝转起来——"我拿着杯子,指了指停在牛棚边上的那台黑乎乎的拖拉机——"我想,什么玩意儿我都能修得好。"

"是亨利劝你这样做的吧。"

"他说了,与其一个人单独留在这里明摆着吃苦受罪,倒不如冒险尝试幸福地在城里生活,我信他了。"

"这孩子有脑筋,大男人听他的!终于还是听了!祝贺!"她一饮而尽,举杯还要加酒。她抓着我的胳膊,朝我靠得很近,近得能闻到她气息里的酸葡萄味儿。"今晚你也许能得到你想要的东西,威尔弗。"她将沾满紫色酒液的舌头伸到上唇的中间。"那个龌龊事儿。"

"我正盼着呢。"我回答。假如我得手的话,那天晚上一件更龌龊的事将在我和她合睡了十五年的床上发生。

"我们把亨利叫过来吧。"她说,话语已经开始含糊。"我要祝贺他最后终于见到了光明。"(我提到过我老婆的词汇里没有"感谢"这个动词吗?也许没提过。也许现在我已经用不着提了。)她突然有了主意,两眼发光。"我们给他一杯酒吧!他也老大不小的了!"她用胳膊肘碰了碰我,就像坐在法院两边长凳上的老男人在讲黄段子时的动作。"要是我们让他松松口,说不定能探到他有没有跟香农·考特利搞上了呢……她呀,是个小骚货,不过倒是有一头漂亮的头发,这一点我得承认。"

"先再来一杯吧。"那个耍奸使诈的人说道。

她又喝了两杯,酒瓶(第一瓶)这下子空了。那一刻,她用最拿手的中世纪吟游诗人的嗓音唱起《阿瓦隆》,边唱还边展示她最拿手的中世纪吟游诗人转眼球。看着让人难受,听着更让人难受。

我走到厨房,又拿了一瓶酒,断定此刻正是叫亨利的时候。虽然,正如我在前面说过的,我对儿子参与此事不抱多大的希望。如果他愿意做我的同谋,我就干,可我心里在想,当谈话结束、那一时刻真正来到的时候,他会临阵退却的。果真如此的话,我们就把她安置到床上。第二天早晨,我会告诉她,关于卖掉家父土地的事情,我已经改变了主张。

亨利过来了,他那张白皙痛苦的脸上显示不出丝毫要助人成功的迹象。"爸爸,我觉得我不能,"他低声说道,"她是我亲妈呀。"

"如果你做不到,那就是做不到,"我说,话音里面丝毫也没有耍奸使诈的人的痕迹。我认命。该是啥样就啥样吧。"不管怎么说,她也是几个月来第一次开心。醉是醉了,但是开心。"

"不止是喝多了,她醉了?"

"别大惊小怪的;随心尽性是唯一能让她开心的事。跟她一起十四年,该教你明白这一点了吧。"

当他的亲生母亲开始刺耳地、但是一字一字地吐出《风骚的麦吉》时,他蹙了蹙眉头,把耳朵侧向门廊的一边。一听到这首下流的歌谣,亨利就会蹙眉头,也许是因为听到其中的和声部分("她心甘情愿,帮他把鸡巴插了进去/因为她是风骚的麦吉"),更可能是因为看到她那含混不清的发声样子。早在去年劳动节周末的一次循道宗青年同道的野营会上，亨利就已经发誓拒绝酒精了。看到他震惊的样子，我非常开心。当十来岁的孩子不像劲风中的风向标时，他们就像清教徒一样僵硬。

"她要你跟我们一起来上一杯。"

"爸，你知道我已经向主发誓滴酒不沾了。"

"你得跟她一起喝了那杯。她想庆祝。我们要卖地，迁往奥马哈。"

"不！"

"嗯……瞧着吧。一切由你自己决定，孩子。出来，到门廊上来。"

他妈妈看到他，晃晃悠悠地站了起来，双臂缠住他的腰，把身子紧紧地贴着他，并在他的脸上过火地亲来亲去。从儿子脸上表现出来的痛苦样子可以想象，那些亲吻一定是味道难闻，令人不爽。那个耍奸使诈的人趁机把她那只又喝空了的杯子加满了。

"我们终于在一起啦！我的男人们有脑子啦！"她举起杯子干杯，杯中相当一部分酒斜泼在她的胸脯上。她笑了，冲我挤挤眼。"威尔弗，如果你乖，过会儿就让你把我衣服里面的酒吮干。"

然后，她一屁股坐回摇椅里，撩起裙子，将一只手塞到两腿间。亨利打量着她，既感到茫然，又充满厌恶。她望着亨利的表情，笑了。

"没必要这么大惊小怪嘛。我看到过你跟香农·考特利在一起。她是个小骚货，不过她头发漂亮，身条子也不错。"她把杯中剩下的酒一口喝光，打了个嗝。"如果你不尝尝鲜，你就傻了。可你最好谨慎点。十四岁不是小得不能结婚。在中部这儿，跟你表妹结婚，十四岁不算太小。"她又笑了几声，端出酒杯。我用第二瓶酒给她把杯子倒满。

"爸爸，她喝得够多了。"亨利说，他像牧师一样不赞成我加酒。我们头顶上方，最初出来的星星眨巴着眼睛，挂在无边无际的、平坦的苍穹太虚中。这是我平生最爱见到的景象。

"啊，我忘了，"我说道。"酒后吐真言，这是老普林尼说的……是在你母亲经常鄙夷不屑的一本书里说的。"

"他啊，就是白天手里拿耕犁，晚上钻进书纸堆，"阿莱特说，"除了他在我身上搞别的活动的时候。"

"妈妈！"

"妈妈！"她学着他的腔调，然后朝哈兰·考特利的农场方向举起杯子,尽管农场距离我们够远,连灯光都看不清。可是,即便它离我们再近一英里,我们也还是看不清灯光,因为玉米已经长高了。每当夏日来到内布拉斯加的时候,每家农舍就成了一只船,在巨大无边的绿色大海上航行。"这里通向香农·考特利和她鲜滋滋的奶子哦。要是我儿子到现在还不知道她的奶头是什么颜色,那他就是个傻瓜。"

我儿子对这番话没做反应,但我从他阴沉沉的脸上看到的一切却让那个耍奸使诈的人很高兴。

她朝亨利转过身来,抓住他的胳膊,洒溅在他手腕上。不顾他厌恶的嘟哝声,她突然面目狰狞地直视着他的脸,说:"在玉米地里或者牛棚后面和她躺在一起的时候搞定她,你就不是傻瓜。"她把另一只闲着的手握成拳头,探出中指,然后用它绕着裤裆点点戳戳地画了个圈:左大腿,右大腿,右肚,肚脐眼,左肚,然后再回到左大腿。"你喜欢什么就试什么,用你的鸡巴在它四周按啊摩啊,一直弄到鸡巴提了劲来了神,射出东西来。不过,还是别待在家里,免得觉得一生一世都被锁住了,就像你爸妈一样。"

他站起来,拔脚便走,依旧一言不发。我不怪他。就是对于阿莱特来说,这也是过分粗俗不堪的行为。他一定是亲眼目睹了她的变化,从一个母亲的角色——一个很难相处、不过时有爱心的女人——转变成一个臭气冲天、教唆年轻客人的妓院淫女。所有这一切本来就够糟糕的了,但是,偏偏他对考特利姑娘情有独钟,这就把整个局面弄得更糟了。非常年轻的小伙子们总是情不自禁地把初恋放到显要的位置,要是有人打这儿经过,朝自己的偶像吐上一口……哪怕不巧吐唾沫的人就是自己的母亲……

隐隐约约地,我听到他"砰"地把门关上。接着便是隐隐约约的、但依旧能听得到的啜泣声。

"你伤了孩子的感情了。"我说道。

她倒有自己的看法:感情,就像公平,也是懦弱之人的最后一招。然后,她伸出杯子。我给它加满,知道到了第二天早晨,她就把自己说的话忘得一干二净(总认为她还会在那里等候天亮呢),而且还会否认——极力地——要是我告诉她的话。以前我曾见过她这种醉态,但是今天这样子已有多年不见了。

直到我们喝完了第二瓶(事实上是她喝的),外加第三瓶的半瓶,她的下巴才垂到满是酒渍的胸口上,开始打呼噜。因为下巴下垂,喉道有所堵塞,因此,呼噜打这里经过时,发出的声音就像是一条发脾气的狗在低沉地吠叫。

我搂着她肩头,用手勾住她的腋窝,把她拽起来。她嘟嘟哝哝地抗议,还用一只臭烘烘的手有气无力地拍拍我。"别,别管我。我要睡觉。"

"你会睡觉的,"我说,"不过是在你床上,不是在外面的门廊上。"

我搀着她——摇摇晃晃地打着呼噜,一只眼睛闭着,一只眼睛朦朦胧胧地睁着——走过客厅。亨利房间的门敞开着。他站在里头,面无表情,显得比实际年龄老得多。他朝我点点头。仅仅把头朝下低了一下,可是,这就等于告诉了我我想要知道的一切。

我把她放到床上,帮她脱了鞋,任由她睡在那里打呼噜。她双腿叉开,一只手离开床垫,垂悬在空中。回到客厅,我发现亨利站在收音机旁边,这是去年阿莱特不停唠叨我而买的。

"她不能这样讲香农。"他低声说道。

"可她说了,"我说,"她就是这种样子,上帝就是这样造她的。"

"她不能把我从香农身边带走。"

"她也会那样做的,"我说,"如果我们听之任之的话。"

"你能不能……爸,你能不能也去找律师呢?"

"你认为凭我银行里存着的那么点钱就能找个律师,他就会帮我们打赢法灵顿的律师吗?他们在赫明顿有后台有靠山。而我呢,要割干草的时候,只能晃晃镰刀。他们想要那块一百亩地,而她正打算让他们得到。这是唯一的办法,不过你得帮我。好吗?"

老大一阵子,他都没说话,只是垂着头。我看到眼泪从他眼里滴落到钩针编织的毯子上。然后,他低声说:"好。但要是我得在旁边看着……我没把握能不能……"

"你可以帮我,而且不用在旁边看着。到棚子里去拿只麻袋。"

他照着我说的去办了。我走进厨房,拿出她最锋利的切肉刀。他拿着袋子回来后看到那把刀,脸色顿时变得惨白。"非要这样吗?你能不能……用个枕头……"

"那样太慢太疼,"我说,"她会挣扎的。"他接受了我的意见,仿佛我在杀妻之前已经杀了一打女人,因而了解各种奥妙。可我没有。我只知道,在我所有的半吊子计划当中——换言之,就是那些一直想除掉她的白日梦当中——我一直瞅着现在手里攥着的这把刀。因此会是这把刀。只能是这把刀。

我们站在煤油灯的亮光中——直到一九二八年,赫明顿才开始用发电机供电——面面相觑。夜晚广袤的沉寂降临了,唯独被她那让人生厌的呼噜声打破。但是,房间里还有另外一样东西:她必然存在的意志,这个意志独立于她而存在(我想我当时就感觉到了它的存在,而八年后我更是确信了这一点)。这是个鬼故事,但是,鬼魂甚至在它依附的女人肉身死亡之前就在那儿了。

"好,爸爸。我们会……我们会送她进天堂。"有了这个想法,亨利的脸上放出了光彩。现在看来,这是何等歹毒啊,尤其是当我想到亨利是怎样干完这件事的时候。

"很快就会结束的。"我说。从小到大,我割过一百八十头猪的喉管,这事儿,我在想,会很快了结的。可我失算了。

快点把它讲完吧。每当我夜不能寐的时候——这样的时候可不少——它就在我脑子里反复回放,每一丝挣扎,每一声咳嗽,每一滴血,缓慢而又具体,所以还是快点把它讲完吧。

我们走进她的卧室,我在前头,手里拿着切肉刀,儿子跟在后头,手里拿着麻袋。我们踮着脚尖走。其实,我们就是敲着铙钹进去也不会把她吵醒。我示意亨利站到我的右侧,也就是她脑袋旁边。此刻,我们能听到大本钟牌闹钟在床头柜上滴滴答答地走,也听到她的呼噜声。就在此时,我突然生出一个奇怪的想法:我们像是医生守候在一位尊贵病人的临终床边。可是我又想,临终床边的医生在一般情况下是不会因为负罪感和恐惧感而颤抖的。

千万不要流太多血,我想,用袋子盛着。要是他在最后一刻打退堂鼓，反倒更好。

可是他没有。也许儿子认为，要是他打退堂鼓，我会恨他；也许他已经将她托付给了天堂；也许他记起了她的中指在她裤裆中间淫荡地画圈。我无从知晓。我只知道他低低地说了声："永别了，妈妈。"然后用麻袋罩住了她的头。

她呼哧呼哧地喷着鼻息，试图把头从麻袋里扭脱出来。我本想把手伸到麻袋下面去干我的差事，但是他不得不把麻袋往下死死拉住才能控制住她，我就使不上招。我看到，她的鼻子在麻袋里面看上去就像鲨鱼鳍一样。我也看到他面露恐惧，我知道他坚持不了多久。

我把一只膝盖支在床上，一只手抓住她的一个肩，然后用刀划破麻袋，切到麻袋下面的喉管。她高声尖叫，开始拼命扭动。血从麻袋的切口处哗啦啦地涌出来。她把手伸出来，在空中击打。亨利"哇"的一声高叫，跌跌绊绊地离开了床边。我想抓住她。她用手拉扯喷血的麻袋，我就砍她的手。三只手指头被砍得露出了骨头。她又撕心裂肺地尖叫——如同冰块一样又单薄又尖厉的声音——接着手垂了下来，在床罩上抽搐着。我在麻袋上割开另一处流血的裂缝，接着是另一处，再一处。等我切了共计五处裂缝后，她才用另一只没有受伤的手把我推开，然后开始扯拉蒙在脸上的麻袋。她无法把麻袋从头上完全扯掉——麻袋勾住了她的头发——于是只好像戴着发套一样戴着它。

最初的两刀割断了她的喉管，第一刀砍得很深，深到暴露出了她的气管软骨。最后两下，我砍伤了她的面颊和嘴。砍在嘴上的那刀深得让她露出了小丑般龇牙咧嘴的笑容。那笑容一直延伸到耳根，露出了牙齿。她发出一声似是阴沟里的、受到阻塞的咆哮，是狮子吃食时发出的那种声音。鲜血一直从喉管流出，流到床罩脚下。我记得我当时在想，血看起来像是她举杯面对着最后一道落日余晖时杯中的葡萄酒。

她试图从床上爬起来。我最初惊呆了，然后变得怒不可遏。婚后这么多年来，她一直是个麻烦，就是到现在，在这他妈的分离时刻，她还没少麻烦。但对她这么个人来说，我还能指望别的吗？

"哦，爸爸，让她停下！"亨利尖叫着，"让她停下，哦爸爸，看在上帝的分上，让她停下！"

　　我一跃而起，跳到她身上，像个狂热的情人，把她拽回到被血浸透的枕头上。她窒息的喉管深处传来更尖利的号叫。她的眼睛在眼眶内不停地转动，泪水滚滚而下。我用手绞住她的头发，使劲把她的头往回拉，然后挥刀再一次砍向她的喉管。随后，我把床罩从自己身侧扯落，裹住她的头，却没来得及堵住她颈动脉的第一次喷涌。血全喷射在我脸上，热乎乎的血顺着我的下巴、鼻子和眉毛滴落下来。

　　在我身后，亨利的尖叫声停了。我转过身来，看到上帝终于展露了同情心（假定主看到我们的所作所为也没有背过脸去）：他晕倒了。她的扭动开始减弱。终于动也不动了……可我还是骑在她身上，连同床罩一起朝下压，床罩此时已被她的血浸透了。我提醒自己，她从来就不是一盏省油的灯。我想得对。过了三十秒钟（那台邮购的小钟显示的时间），她的身体再度隆起，这回拼命地弓起背，差点儿把我从她身上甩出去。骑着吧，牛仔，我心想。或者，也许我大声说出了这句话。这我记不清了，天晓得，其他什么都记得，就是把这一点给忘了。

　　她瘫了下去。我又数了三十下的滴滴答答声，然后追加，再数了三十。地板上，亨利动了起来，嘴里呻吟着。他开始坐起，然后又放弃了。他爬到房间最远处的角落，蜷缩成一只球。

　　"亨利？"我说道。

　　从蜷缩在角落里的身形那边没有传来一点回应。

　　"亨利，她死了。她死了，我需要人帮忙。"

　　还是没有反应。

　　"亨利，现在反悔来不及了。木已成舟。如果你不想坐牢——不想你父亲坐电椅被处死——那就站起来帮帮我。"

　　他踉踉跄跄地朝床这边走来。头发散落在眼睛上。眼睛透过汗湿打缕的一丛丛头发，闪着光亮，像是躲藏在草丛中的动物的眼睛。他反复地舔着嘴唇。

　　"不要踩到血。这里要清扫的东西比我想象的要多，我们只能小心。不要弄得满屋子都是血迹才好。"

　　"我非要看她吗？爸爸，我非得看她吗？"

　　"不用。我们俩都不用。"

我们把她的身体卷起来，床罩就是她的裹尸布。完事后，我突然意识到，我们不能就这样把她抬到屋外。在我谈不上计划的白日梦中，我只看到一点点血迹弄脏了床罩，她被切开的喉管（被整齐切开的喉管）就放在床罩下面。我没有预见到或者考虑过实际的情况：白色的床罩在光线暗淡的房间里呈黑紫色，不停地渗着血，像是鼓胀胀的海绵在渗水一般。

柜子里有条被子。有一刻，我禁不住在想，要是我母亲看到我把她一针针缝好的漂亮的结婚礼物派上这个用途，不知会有怎样的想法。我把它铺在地板上。我们把阿莱特放在上面，然后把她卷起来。

"快，"我说，"趁还没滴血之前。不……等等……去拿盏灯过来。"

他走了很久，久得让我开始担心他跑掉了。后来我看到灯光沿着短短的过道晃动着，经过他的卧室，来到我和阿莱特合用的房间。曾经合用过的。我能看到眼泪顺着他惨白如蜡的脸滚滚而下。

"把灯放到梳妆台上。"

他把灯放在我一直读着的一本书的旁边：辛克莱尔·路易斯的《大街》。我从来没有读完这本书。不忍卒读。借着灯光，我看见地板上的点点血斑，还有就在床边的那摊血。

"有更多的血在从被子里流出来，"他说，"要是我早知道她身上有这么多的血……"

我把枕套从枕头上抖开，然后把它紧紧地裹在被子的一头，像用袜子捂住流血的小腿。"抓住她的脚，"我说，"我们现在就需要把这活儿弄好。亨利，你可别晕过去，因为我一个人没法做。"

"我真希望这是一场梦。"他说道，但还是弯下腰来，用胳膊抱住被子的尾部。"爸爸，你觉得这是一场梦吗？"

"一年之后，当一切被抛到身后，我们会觉得这是一场梦的。"事实上，我是有点儿相信这句话的。"快。别等到枕套也开始滴血，或是被子的其他部分。"

我们把她抬走，顺着过道，穿过客厅，从前门走出，如同男人们抬着一件家具，上面裹着搬家工用的毯子。一到门廊的台阶上，我的呼吸就变得略微轻松些了。门前庭院里的血很容易就可以掩盖。

一直到我们绕过牛棚的拐角处，老井出现在眼前，亨利都算得上正常。井的四周用木桩围着，防止有人不小心踩到木制的井盖上面。星光下，那些木桩显得阴森恐怖。一看到木桩，亨利就开始大喊，却又叫不出声来，像被人掐住了脖子。

"那根本不是妈妈的坟墓……妈……"他只说了这些，便晕倒在牛棚后面长满杂草的灌木丛里。一下子，全靠我一个人承载被我谋杀的妻子的尸首重荷。我考虑着把这个怪兮兮的捆子放下——现在这个捆子的外装全歪斜了，被我砍断的手探了出来——考虑的时间都够叫醒他的了，不过我最终还是觉得让他躺在那儿更仁慈。我把她拖到井边放下，掀起了木头井盖。我把木头井盖斜靠着两根木桩放着的时候，迎面喷出井气：那是死水和烂草的臭气。我极力克制着不要呕吐，可还是抵挡不住。我抓住两根木桩，平衡了一下身体，然后弓下腰，呕出晚饭和喝下的一点酒。饭食掉在井底混浊的水面上，发出"噼噼啪啪"溅水的回响声。那"噼噼啪啪"的声响让我想起了骑着吧，牛仔；八年来，这声音一直留在我的记忆里头，随时随刻会浮现。半夜时分，我常会醒来，脑子里回荡着那个声音，感觉到木桩的碎片扎进了我的掌心，我死死抓着木桩，好像是为了珍贵的生命。

我从井边往后退，被裹着阿莱特的捆子绊了一跤。我倒在地上。那只被砍断的手距离我的双眼只有几英寸远。我把它重新塞回被子里头，然后轻轻拍，像是安慰她一样。亨利枕着一只胳膊，还躺在杂草丛中。他看起来像个孩子，在收获时节苦干了一天之后睡着了。头顶上空，几千、几万颗星星朝着地面闪烁。我能看见星座——猎户座，仙后座，北斗七星——这些都是父亲教会我的。远处，考特利家那条叫雷克斯的狗叫了一声，然后复归于宁静。我记得当时在想，今夜永无尽头。果真如此。在许多重要的方面，它确实永无尽头。

我重新抱起捆子，它居然扭动了一下。

我僵住了，尽管心在怦怦直跳，还是屏住呼吸。我肯定没有真的感觉到，我心想。我等待它再动弹一下。或许是等她的手从被子里头溜出来，用被砍断的手指抓住我的手腕。

什么都没出现。是我自己想象的。当然是我想象的。于是我就把她推下井去。我看见没用枕套裹着的被子那一头伸展开来,然后传来水花溅起的"啪啪"声。这声音比我呕吐的声音要响得多了,不过还伴有"嘎吱嘎吱"的撞击声。我知道井下的水并不深,可我希望水能深到足以把她湮没。那"哆"的声响告诉我,水还没有深到那个程度。

我身后开始传来尖利的笑声,一种近乎疯狂的笑声,让人浑身起鸡皮疙瘩,一直从背侧传到后颈。亨利醒了,站了起来。不,不仅如此。他在牛棚后面蹦蹦跳跳,朝着满是星星的天空挥舞着双臂,一边大笑着。

"妈妈下井了,我才不管呢!"他边说边唱,"妈妈下井了,我才不管呢,因为我的主已经走远——远了。"

我三步一跨两步一走,来到他身边,使出全身的力气扇了他一个耳光,他那张至今还没用剃须刀刮过的毛茸茸的脸上留下了我的血色指印。"闭嘴! 你的声音会传出去的! 你的——听,傻孩子,你又把那该死的狗撩起来了。"

是雷克斯在叫,一次,二次,三次。然后便是万籁俱静。我们站着,我抓住亨利的肩头,仰起头,听四处的动静。汗水从我的颈后往下流着。雷克斯再一次叫起,然后停了。要是考特利一家有人被惊起,他们会认为雷克斯一直在冲着浣熊叫呢。起码我希望如此。

"到屋里去吧,"我说,"最糟的时刻已经过去了。"

"是吗,爸爸?"他神情严肃地看着我,"是吗?"

"是的。你没事吧? 你还会晕过去吗?"

"难道我晕过了吗?"

"的确。"

"我没事。我只是……我不知道为什么会那样子笑。我糊涂了。因为我放松了吧,我想。一切都过去了!"他不禁"咯咯咯咯"地笑了起来,接着很快用手掌盖住嘴,像个在奶奶面前不经意地说了句脏话的孩子。

"是啊,"我说,"一切都过去了。我们还会住在这儿。你母亲跑到圣路易斯去了……或者可能是到芝加哥去了吧……可我们还留在这儿。"

"她……?"他的眼睛溜到了井那边,井盖子斜靠着三根木桩,在星光下,木桩不知为何显得十分阴森可怕。

"是的,汉克,她的确走了。"他母亲讨厌听见我叫他汉克,她说这名字俗得掉渣儿,可现在她没办法管了。"她走了,不顾我们的死活。我们当然很遗憾,可同时呢,家务活儿不等人,上学也不等人哪。"

"那我还可以……跟香农做朋友了。"

"当然。"我说,在我的脑子中,我看到阿莱特的中指绕着她的裤裆中间淫荡地画了一个圈。"你当然可以。但是,万一你一冲动要向香农坦白——"

一种恐惧的表情流露在他脸上。"决不会的!"

"现在你这么想,我很高兴。但是万一哪天你冲动了,就记住这句话:香农会从你身边跑开的。"

"肯定,她会的。"他嘟哝道。

"到屋子里头,把食品储藏间的两个洗碗桶拿过来。最好也从牛棚里拿两只奶桶。用厨房的水泵把桶灌满,然后在水里放点儿她放在水池下面的玩意儿。"

"要把水热一热吗?"

我听见我母亲说,用冷水洗血,威尔弗,记住。

"不用,"我说,"我把井盖子盖好了就进去。"

他开始转身,却又抓住我的手臂。他的双手凉得怕人。"没人会知道的!"他冲着我的脸低声说出这句话,声音嘶哑。"没有人会知道我们干了什么!"

"没有人会知道的。"我说,声音听起来比我感觉的要勇敢得多。事情已经出了岔子,我开始意识到,实际的行为跟梦想的行为根本不一样。

"她不会回来了,是吗?"

"什么?"

"她不会闹我们鬼,是吗?"但是他把闹鬼(haunt)发音发成了haint。这类乡下土话常常令阿莱特摇头翻眼。就是在现在,也就是八年之后,我才终于意识到,haint这词听起来多么像"讨厌"(hate)啊!

"不会的。"我说道。

可我错了。

我朝井下看了看，虽然井深只有二十英尺，但是没有月亮，我能看到的只是那床被子苍白而又模糊不清的样子。也可能是枕套吧。我把井盖放低，还原到原位，再稍稍把它拉直，然后走回屋里。我努力沿着我们搬抬那恐怖尸首捆子时走过的小路，刻意拖着步子走，试图抹掉一切血迹。第二天早上，我会把事情掩盖得更巧妙些。

那天晚上，我发现了大多数人从没必要学会的道理：谋杀是罪恶，谋杀遭天谴（当然是人自己的心智和精神，哪怕无神论者正确，哪怕没有来世），但是谋杀也是桩体力活。我们擦好卧室，已经累得腰酸背痛，接着移到过道、客厅擦洗，最后到门廊。每次当我们认为活儿已经干完的时候，不是我就是他，总会发现又一个血斑。黎明开始照亮东边的天空时，亨利还在双膝跪地，擦卧室地板之间的缝隙。我呢，在客厅里跪着，一英寸一英寸地检查着阿莱特的织毯，寻找有可能暴露我们的每一滴血。那里没有一点点血——就这点而言，我们是够幸运的——只有铜钱那么大小的一块血迹在毯子旁边。这滴血看起来像是刮胡子留下的。我把它擦干净，然后回到我们的卧室看亨利进展如何。他现在似乎好多了，我自己也感到好受多了。我想，曙光来临似乎总会驱散最最可怕的事情。但是，当我们的公鸡乔治发出天亮时分第一声雄赳赳的啼叫时，亨利跳了起来。然后他笑了。笑声不大，可还是能觉察出一丝不正常。但是，不像他在牛棚和老井之间醒过来的那一次笑得让我害怕。

"今天我不能去上学了，爸爸。我太累。而且……我想人们会从我的脸上看出问题来的，尤其是香农。"

我甚至没有想到过学校，这是计划不周的又一个标志。乱套的"计划"啊。我本该把这事儿推迟到学校放暑假的时候干才对。这不过意味着再等一个星期罢了。"你可以在家里待到周一，然后告诉老师你得了流感，不想传染给其他同学。"

"不是流感，不过我确实病了。"

我也是。

从放床单被褥的柜子里（房子里头有太多东西是她的……不过今后不会是这样了）我们拿了一条干净床单，铺开，把带血的床上用品堆在上面。床垫当然满是血迹，也必须拿走。还有一张，不是很好，放在后棚里面。我把床上用品扎成捆儿，亨利拿着床垫。我们出屋来到井边。不久，太阳就照亮了地平线。天空格外清朗。今天将是一个长玉米的好日子。

"爸，我不能朝井里面看。"

"你没必要，"我说着，又一次掀起木制井盖。我想，一开始我就该使井盖处于高开的状态——事前考虑周到，干活省去麻烦，我爸过去常这么说——现在我才明白，我也许永远做不到。在感觉到（或者认为我感觉到）阿莱特那最后一次盲目的抽动后，我便不这么想了。

现在我能看到井底了。我所见到的情景十分可怕。她坠落在井下，坐着，双腿压在身子下方。枕套裂开了，放在她膝上。被子和床罩已经松散开来，沿着她的双肩铺展，像是件结构繁复的女士披肩。麻袋绕着她的头悬挂着，像只发套似的，把头发固定在原位。麻袋使得这个画面完美无缺：她看起来简直像是盛装去参加镇上的晚会一般。

是的，镇上的晚会。这就是我高兴的原因！这就是我咧嘴笑到耳根的原因！威尔弗，你注意到了我的红唇膏是啥样的吗？我向来不涂这个颜色去教堂的，对吗？对的，只有想和自己的男人做那种事儿的时候，女人才涂抹这种色彩的口红。威尔弗，你下来吧，为什么不下来呢？别弄什么梯子，只要跳下来就行。让我看看你是多么想要我啊！你对我做了龌龊事情，现在我要回敬你了！

"爸？"亨利站在那儿，面朝牛棚，驼着肩，像个等着挨打的孩子一般。"一切正常吗？"

"正常。"我把那堆床单扔下去，希望它落在她身上，盖住那个可怕的、仰面的咧嘴笑容，但是，一阵风把捆子吹落到她膝盖上了。此刻，她好像坐在一种怪兮兮的、血迹斑斑的云端里。

"盖住她了吗？爸爸，盖住她了吗？"

我抓住床垫，往井里头压。床垫先是竖着坠落到混浊的井水里，然后倚着用圆形鹅卵石砌成的井壁朝下倒去,形成了一个小而倾斜的屏风,挡住了她,终于遮住了她后仰的头和那该死的咧嘴笑态。

"现在处理好她了。"我把陈旧的木头井盖拉低,放回原位,心里明白,要做的许多事情还在前面:井得填满。唉,不过这事已经被耽搁得太久了。这井是个安全隐患,我在井的四周打上木桩就是因为这个缘故。"我们进屋去吃早饭吧。"

"我一口也吃不下!"

可他还是吃了。我们俩人都吃了。我煎了鸡蛋、咸肉,还有土豆。我们吃得一口不剩。苦活儿让人胃口好。这道理人人都懂。

亨利一直睡到快到傍晚。我一直醒着。有些时候,我就坐在厨房桌边,一杯接一杯地喝着苦咖啡。有些时辰,我就在玉米地里走着,从上一垄走到下一垄,听着玉米剑一般的叶子在微风中哗哗作响。时间已是六月,玉米长势正旺,几乎像是在开口说话。这情形让有些人心里不安(有些傻瓜说这实际上是玉米成长的声音),可我却一直觉得安静的沙沙声响让人舒适。这声音让我大脑清爽。现在,坐在城里的旅馆里,我也思念起了这种声音。城市生活对乡下人来说根本就不是生活。对我这样的人来说,城市生活本身就是一种天谴啊。

坦白,我觉得,也是个苦活儿。

我一边走,一边听着玉米声。我在想法子盘算计划,终于,计划成了。我必须这么做,而且不仅仅是为了我本人。

若放在不到二十年前,处于我这种境况的男人是不需要愁这愁那的。那些日子里,一个男人的事儿就是他自己的,特别是如果他恰巧是个受人尊重的农民的话:他交税,周日去教堂,支持赫明顿星星棒球队,投共和党的选票。我想,在那些日子里,各色各样的事情都会在我们称之为"中间地带"的农场上发生。什么事儿都有过,可从不招人注意,更不用说让人去报道。那些日子里,一个男人的老婆就是他自己的事儿,没了也就没了。

可那样的日子一去不复返了。即使那些时光没有逝去……地还在。那一百亩地。法灵顿公司想要那些土地来建他们该死的屠宰场,阿莱特让他们相信他们将会得到那些土地。这就隐含着危险，危险就暗示着白日梦和半吊子计划再也不顶用了。

在下午三点左右的光景，我回到屋里。人累，但是头脑清醒，而且终于镇定了。我们的几头奶牛在大声叫吼，因为早就过了上午挤奶的时间。干完这番累活，我把它们带到草地上，让它们在那儿一直待到日落时分，而不是把它们牵回来，晚饭后再挤第二回奶。它们不在乎；奶牛们逆来顺受。要是阿莱特更像我们的母牛的话，我反思过，她就还能活着，盯着我唠唠叨叨，要买上一款猴院百货商品单上的新洗衣机。我很可能会给她买。她总能说得我改变主意，除了谈那块地的时候。关于这件事，她本该更明事理的。土地是男人的事。

亨利还在睡。在接下来的几个星期里，他睡得很多，我就由着他，尽管平常在夏季里，一旦学校放假，我就会用各种杂活把他的日子填满。他呢，晚上要么到考特利家里坐坐，要么就跟香农一块儿在我们那条满是尘土的路上来回散步，两个人手牵着手，看着月亮升起来。我是说他们不接吻的时候。我希望我们的所作所为不会破坏他如此甜美温馨的消遣时光，但我认为它已经被破坏了。是我把它破坏了。当然，我的预感没有错。

我把这样的想法从脑子里清除掉，告诉自己，他现在睡着，这就已经够了。我得再到井边去一趟，最好单独行动。我们清空的睡床似乎在高喊着谋杀。我走近衣柜，仔细打量她的衣服。女人的衣服真是多，对吧？裙子、套服、衬衫、套头衫、内衣——有些内衣过于复杂，稀奇古怪，男人甚至无法分得清哪一面朝前。把衣服全拿走会是个错误，因为卡车还停在牛棚里面，福特 T-型车停在榆树下面。她是步行离开这里的，只带走了她能随身携带的衣服。她为什么不开福特呢？因为我会听到它发动的声音，然后阻止她。这点足以让人相信。因此……就拿一件手提行李箱吧。

我把我认为女人所需要的东西和她不愿留下来的东西塞进了行李箱，还放了几件她的值钱珠宝和装着她父母照片的金边相框。至于盥洗间里的化妆品，我盘算了一番，还是决定原样不动，只拿走她的佛罗瑞蒽香水和角质背的刷子。她的床头柜上有本《新约》，是霍金斯牧师送给她的,可我压根就没见她读过,于是还是让它原样不动吧。不过我拿走了装补铁药片的瓶子,那是她每月来例假时要吃的。

亨利还在睡,但现在翻来覆去的,像是被噩梦控制住了。我急急忙忙地干着手头的事,想在他醒来的时候赶回屋里。我绕过牛棚,走到井边,把行李箱放在地上,第三次掀起满是裂片的老井盖子。谢天谢地,亨利没有跟来。谢天谢地,他没见到我看到的一切。我想,这一切会让他疯掉的。这一切快让我疯掉了。

床垫已经转向一边。我的第一个念头就是,在试图爬出井口之前,她已经把床垫推开。因为她还活着。她在呼吸。或者,起初对我来说,情况看起来就是这样的。然后,如同经历了最初的惊怵之后,人的推理能力开始重新出现一样——当我开始问我自己,什么样的呼吸会导致一个女人的衣服不仅仅胸部起伏,而且从颈部一直到脚边都在沉浮升降呢——她的下巴开始蠕动,好像在挣扎着要说些什么。可是,从她那拉得极大的嘴巴里吐出来的不是词语,而是嚼着她舌头的老鼠。老鼠尾巴最先出现,接着,老鼠从她嘴里退出来,把她的下颌拉得更开,老鼠后腿上的爪子在她的面颊上不住地抓挠,好稳住身子。

老鼠"噗通"跳到她的膝盖上,就在跳跃的一刹那,一大群鼠弟鼠妹从她衣服下面涌出来。有只老鼠的须子上面钩着一块白色的东西——是她衬裙上的一块布,或许是她身上的一块肉。我把行李箱朝它们摔过去。我压根儿就没考虑——我脑子里嗡嗡作响,满是恶心和恐怖——只是随便把它摔了过去。行李箱落在她的双腿上。大多数老鼠——也许所有的吧——相当灵巧地躲过了箱子。接着,它们成群结队地钻进一个黑乎乎的、被床垫遮住的圆洞(老鼠们一定靠着鼠多力量大,把床垫推向了一侧),然后刹那间没了踪影。那洞是个什么东西,我再明白不过了。那是个水管口,曾经给牛棚食槽供过水,后来水位降得太低,就派不上用场了。

她身上的衣服碎成了片。似真非真的呼吸停止了。不过,她还是在瞪眼看着我。原来看似小丑的咧嘴大笑,现在倒像是蛇头女怪在怒目而视。我看得清她面颊上老鼠啃啮的痕迹,其中一个耳垂已经没了。

"亲爱的上帝,"我低语道,"对不起,阿莱特。"

不接受你的道歉,她怒目而视,似乎在这么说。等他们看到我这张死脸上到处都是老鼠的咬痕,衣服下面内衣被啃光了,你肯定会在林肯坐上电椅。我这张脸将会是你见到的最后一张。当电烤着你的肝、烧着你的心的时候,你会看到我,而我会哈哈大笑。

我拉低井盖,踉踉跄跄地走到牛棚。在那里,我的双腿开始不听使唤,如果是在太阳底下,我肯定会晕倒的,就像亨利昨晚一样。不过,我现在身处阴凉,坐下来,头几乎垂到膝盖上休息了五分钟之后,我觉得好些了。老鼠是到她那里去了——那又怎么样呢?难道最后老鼠不是会吃掉我们所有的人吗?老鼠和臭虫?就是最坚硬结实的棺材也迟早肯定会烂掉的,好让活东西进去吃掉死人。世道就是这般,可这又有什么关系呢?一旦心脏停止跳动,大脑窒息,我们的灵魂要么到别处去,要么就是熄灭。不论哪一种方式,我们都不会在彼岸感到将皮肉从骨头上剥离的啃啮。

我朝屋子走去,快到门廊的台阶上时,一个念头让我止住了脚步:那次抽动是怎么回事?万一我把她扔进井里时她还活着,怎么办?如果她还活着,但是人瘫痪了,就像被我砍断的那些手指头无法动弹,而老鼠从管道口爬出来开始肆虐,情形会是怎样呢?如果她感到一只老鼠扭动着爬入了她轻易被撑开的嘴巴里,开始——

"不,"我喃喃道,"她感觉不到的,因为她并没有动。她从来就没有动过那么一下子。我把她扔进去的时候,她就死了。"

"爸?"亨利用睡得糊里糊涂的声音叫我,"爸,是你吗?"

"是啊。"

"你在和谁说话呢?"

"没有。在跟我自己说呢。"

我进了屋。他坐在厨房桌子旁边,穿着背心和短裤,显得茫然忧郁,额前翘着一绺头发,像是被牛嘴舔过似的,这让我想起他曾是个多么淘气的孩子,笑着,满院子地追小鸡,小猎犬波波(那年夏天前早死了)跟在他身后。

"我希望我们没干这事儿。"就在我坐在他对面的时候,他说道。

"做了就是做了,覆水难收,"我说,"这话我跟你说过多少回了,孩子?"

"大概百万次了吧。"他低下头片刻,然后,抬起头来看看我,眼圈红红的,眼睛充血。"我们会被逮住吗? 会坐牢吗? 或……"

"不会的,我有计划。"

"你还有计划不会弄疼她的! 可瞧瞧结果是啥样儿!"

就冲他这一句话,我恨不得抽他嘴巴,可我还是用另一只手止住了。现在不是责备的时候。再说了,他说得没错。所有的错都该归咎于我。老鼠除外,我心里想,老鼠可不怪我。可是,事实并非如此。当然一切都怪我。要不是我,她现在就会在火炉边上准备晚饭了。也可能无休无止地唠叨那一百英亩土地,是啊,但她肯定是活得好好的,不会躺在那口井里。

老鼠可能已经回来了,我脑子里有个声音在低声地说,在吃她。老鼠会吃掉她身上的好地方,鲜美可口的地方,那些味道美滋滋的地方,然后……

亨利把手伸过桌子,碰了碰我长满硬节的双手。我惊了一下。

"对不起,"他说道,"我们现在捆在一块儿了。"

我喜欢他这么说。

"我们会没事的,汉克。如果我们脑子不乱,就会万事大吉。现在你听我的。"

他听着。听到某些地方,他开始点头。讲完之后,他问了我一个问题:我们何时填井?

"还没到时候,"我说道。

"那样不会有风险吗?"

"有。"我说道。

过了两天,就在我修补一块距离农场四分之一英里远的围栏的时候,看到从奥马哈-林肯高速公路通往我们家的道路上一团尘土飞扬。从阿莱特非常想要融入的那个世界,我们将迎来一位访客。我走回屋里,锤子别在裤带环里,木工围裙系在腰间,围裙上的长袋子里装着叮当作响的钉子。亨利不在眼前。也许他已经到喷水池去洗澡了。也许在他的房间里睡觉。

走到门前院子、坐在砍墩上的时候，我便认出了那辆席卷烟尘的车：拉斯·奥尔森的红孩子配货送货卡车。拉斯是赫明顿的铁匠，乡村送奶工。有报酬的时候，他也常给人当当司机。此刻，在这六月的下午，他干的就是这么个差事。卡车驶进门前的院子里，把我们坏脾气的公鸡乔治和它的一群小母鸡惊得飞了起来。马达还没来得及熄火，一个胖墩墩的男人就出现在行人道上，身上的灰色防尘外套在风中轻摆。他摘掉风镜，露出眼睛四周又大又白（且滑稽的）的圆圈。

"威尔弗雷德·詹姆斯？"

"是我，"我说着，站起身来。我感到十足的镇定。要是他坐着车身一侧带星的福特警车过来的话，我或许就没这么镇定了。"你是——？"

"安德鲁·莱斯特，"他说，"律师。"

他伸出手来。我打量着他的手。

"在我握手之前，莱斯特先生，你最好告诉我你是谁的律师。"

"目前我正被芝加哥、奥马哈和德梅因三地的法灵顿公司聘用。"

噢，我心想，我毫不怀疑你是。但是，我打赌你的名字甚至还没写在门上吧。奥马哈的大人物们不必为了日常的生计到乡下来吃灰，对吧？那些大人物们正站在桌旁，边喝咖啡边欣赏他们秘书漂亮的腿呢。

我说："既然如此，先生，我无意冒犯您个人，但为何你不干脆把手收起来呢？"

他就这样做了，仍然带着律师特有的微笑。汗水顺着他那胖嘟嘟的面颊往下流，划出清晰的印痕，一路坐车过来，他的头发被风吹得缠结在一起。我从他的身边走过，走到拉斯那儿。他已经把发动机上方的挡泥板掀了起来，正在捣鼓里头的东西。他吹着口哨，听起来跟只电线上的鸟儿一样开心。我羡慕起他来，心想，亨利和我也许还会有开心的一天——世事难料，一切皆有可能——但是，不会是在一九二二年的那个夏天。也不会是秋天。

我握着拉斯的手，问他好。

"还算好吧，"他说道，"就是口干。我想喝点什么。"

我朝屋子的东厢点头。"你知道水在哪儿。"

"知道，"他说道，边"砰"的一声放下了挡泥板，金属的"咣当"声再一次吓得悄悄往回走的小鸡飞了起来。"还是那么甜那么爽口吧，我想？"

"肯定是这样，"我应和着他，心想：拉斯哎，要是你从另一口井打水的话，我觉得你根本不会喜欢那味道。"试试就知道了。"

他绕到了屋子的阴凉处，那儿的小棚子下方立着户外水泵。莱斯特先生看着他走过去，然后转过身来对着我。他解开外套的扣子。回林肯、奥马哈或迪兰后，或者，当他不做科尔·法灵顿公司的生意时，不论他把帽子挂在哪里，里面的西装都需要干洗了。

"我也想来点儿水喝，詹姆斯先生。"

"我也是，钉围栏是件热煞人的活计。"我上下打量着他，"不过比不上在拉斯的卡车里头开上二十英里那么热，我想。"

他搓搓屁股，又露出律师特有的微笑。这一回他的笑容里有了一丝后悔。我能看到他两眼已经在四处张望了。仅仅因为他接受命令，在这夏季大热天里疾行二十英里到乡下来，就低估了这家伙可不妥当。"我的屁股可能永远无法复原了。"

有个戽斗系在小棚子的一侧。拉斯把水打得满满的，"咕咚"喝了个干净，喉结在他那干瘦的、被太阳晒黑的脖子上忽上忽下。他又把水打满，递给莱斯特。他满腹狐疑地看着戽斗，正如我当初看他伸出的手一样。"也许我们可以到里面喝，詹姆斯先生，那样更凉快些。"

"是凉快些，"我应声道，"不过我不会邀请你到屋里去，就跟我不会握你的手一样。"

拉斯·奥尔森看看风向，没有一丝耽搁就回到了卡车上。但是他首先把戽斗递给了莱斯特。我的访客不像拉斯那样大口喝水，而是非常讲究地慢饮细品——换句话说，像个律师——但是他直到把戽斗喝空了才停下。那也像个律师。屏风门"砰"地关上了，亨利穿着罩衫，光着脚，从屋子里走出来。他瞥了我们一眼，完全是若无其事的眼神——好儿子！——然后就去任何一个血气方刚的乡下小伙子都会去的地方了：看拉斯整他的卡车，如果运气好的话，还能学点东西。

房子这边有一堆木柴，放在一块帆布下面。我坐在上面。"我想你出门到这里是来办公事的吧。我妻子的事情。"

"是的。"

"哦,既然你水喝好了,那么我们最好就直奔主题吧。我还有整整一天的活儿要做。现在已经是下午三点了。"

"从日出到日落。农事艰辛啊。"他感喟,仿佛是个内行。

"是的,再碰上个难缠的老婆,日子就更难了。我想是她派你来的吧,可我不明白为什么——如果仅仅是些法律文书,我想,县治安官的副手就可以送过来给我。"

他吃惊地看着我。"你妻子没有派我过来,詹姆斯先生。实际情况是,我是到这儿来找她的。"

像是在演戏,到了我装糊涂的时候了。然后是咯咯发笑,因为咯咯发笑是舞台指令的下一步。"这恰好证明了一切。"

"证明了什么?"

"小时候住在福代斯时,我们有个邻居——一个叫布莱德理的混账老流氓,大家都叫他布莱德理老大伯。"

"詹姆斯先生——"

"我父亲时不时地跟他做些生意,有时候带我一起去。那是个用平板马车的年代。他们大多时候交易的是玉米种子,起码是在春天,不过,有时候他们也做农具买卖。那时候没有邮购,一件好农具要绕整个县走上一圈才能到家。"

"詹姆斯先生,我看不出这——"

"每次我们去看那个老东西,我妈妈都嘱咐我把耳朵堵起来,因为布莱德理老大伯嘴里吐出来的每两个词中就有一个要么是诅咒,要么是脏话。"我用有些酸溜溜的方式讲着,开始享受这一出戏了。"因此,确实,我越来越听不下去了。记得布莱德理老大伯最爱说的一句话就是'没带辔头的母马不能骑,因为你说不清母马会朝哪条道上跑。'"

"我听不懂。"

"莱斯特先生,你认为我的母马朝哪条道上跑了呢?"

"你在告诉我你的妻子已经……?"

"莱斯特先生,潜逃了,逃亡了,不辞而别,午夜迁移。作为美国俚语的热心读者和学生,这些字眼我会自然想到。但是,当消息传出去的时候,拉斯——和镇上大多数人——会仅仅说'她出走了,离开他了'。或者,在这种情况下,离开他和孩子了。我自然想到她会到法灵顿公司她那些爱猪的朋友那里去了,接下来,从她那里听到的信儿会是一则通知,她在卖她父亲的土地。"

"因为她打算这么做。"

"她已经签好所有法律文件了吗? 因为我想,如果她签了,我就只能诉诸法律。"

"事实上,她还没有签字呢。不过,一旦她签了,我会建议你不要花钱去打一场必输的官司。"

我站起身来。工装裤的背带从肩头掉下了一根,我用拇指把它钩回原处。"噢,既然她今天不在,眼下这形势就变成了法律上所谓的'待议问题',对不对? 如果我是你,我就会在奥马哈城找找。"我笑着说,"或者圣路易斯。她总是在谈论'圣路'。在我听来,好像她对你们这些家伙已经厌烦了,如同烦我跟她亲生儿子一样。她说谢天谢地总算摆脱了。是你们两家的瘟神。顺便说一句,这是莎士比亚。《罗密欧与朱丽叶》。一出关于爱情的戏。"

"原谅我这么说,不过,詹姆斯先生,这一切在我看来非常奇怪。"他从西装里头的衣袋里掏出一副真丝手帕——我想,像他这样出差的律师有许多个衣袋——开始擦脸。他的面颊现在不仅仅是发红,而是又亮又红了。不是白天的暑热让他脸色红成那样的。"这地毗邻赫明顿河,紧挨大西部铁路线,考虑到我的客户愿意为这块地支付的金额,很奇怪,真的。"

"对我来说,要认清这情形也需要时间,不过我比你有优势。"

"是吗?"

"我了解她。我保准你和你的客户们认为一笔交易已经做成了,但是阿莱特·詹姆斯……让我们这样说吧,要搞透她的心事,就像是要把果冻固定在地板上一样。莱斯特先生,我们需要记住布莱德理老大伯说的话。唉,这人倒是个土里土气的天才。"

"我能进屋子里头看看吗?"

　　我又笑了,不过,这一回笑可不是强装出来的。这小子有苦衷,我得承认这一点。他不想空手而归,这也可以理解。他坐在满是灰尘而且无门的卡车里走了二十英里路,回到赫明顿镇上之前,还要在路上再颠簸个二十英里(毫无疑问,这之后,他还要坐火车),屁股被颠得生疼。而当他办完这趟辛苦的差事、最后打道回府的时候,打发他出来的人对他的汇报却不会满意。可怜的家伙!

　　"我也回问你一个问题吧:你能把短裤脱掉,让我看着你的鸡巴,好吗?"

　　"你太过分了。"

　　"我不怪你生气。把它看成是……不是比喻,比喻不妥,是一种寓言吧。"

　　"我搞不懂。"

　　"那好,你有一个小时回城的时间仔细想想——两个小时,如果拉斯的红孩子轮胎坏了的话。莱斯特先生,我可以向你保证,如果我真让你在我屋子里——私人地方,我的城堡,我的鸡巴——探这嗅那,你在柜子里面或者……不会发现她的尸体。"有一刻很糟糕,当时我差点儿说出或者在井里。我觉得汗从额头冒了出来。"或者在床下。"

　　"我可从来没说——"

　　"亨利!"我喊道,"过来一会儿!"

　　亨利来了,头低着,脚在尘土中拖着,显得很焦虑,简直像犯了罪一样,不过,这没什么。"爸爸,有事吗?"

　　"告诉这位先生你妈妈在哪儿。"

　　"我不知道。星期五你叫我起来吃早饭的时候,她就不见了。收拾好行李走了。"

　　莱斯特急切地看着亨利。"孩子啊,情况就是这样吗?"

　　"是的,先生。"

　　"整个事实就是这样,没别的了,只有这个事实,对吗?"

　　"爸爸,我能回屋里去吗?我还有作业要做,补上病假落下的。"

　　"那就去吧,"我说,"快点。记住轮到你挤奶了。"

　　"好的,爸爸。"

他沿着台阶沉重地走进屋里。莱斯特看着他走,然后转过身来对着我。"情况比眼睛见到的要更复杂。"

"我看你没戴结婚戒指,莱斯特先生。假如什么时候你戴了,而且时间和我一样长,你就会明白家里头的事总是这样。而且,你会明白别的事情:你无法说得清母马会朝哪条道上跑。"

他站起来。"这事没完。"

"完了。"我说。但我知道这儿其实没完。不过假如事情顺利,我们离目标就更近了些。假如。

他开始穿过门前大院,又折回来,又一次用他的真丝手帕擦擦脸,然后说道:"如果你认为那一百英亩地是你的,仅仅因为你已经把妻子吓跑……把她的行李送到了德梅因的姨娘家,或者明尼苏达的姐姐家——"

"查查奥马哈吧,"我笑着说道,"或者'圣路'。她用不着什么亲戚,不过嘛,她倒是对在'圣路'生活这个想法蛮津津乐道的。天知道为什么。"

"如果你认为自己会在那里种地、收获,那么你最好再想想。那块地不是你的。只要你在那里播哪怕一粒种子,你会在法庭见到我的。"

我说:"我保准一旦她支气管炎发作,你会很快听到她的音讯的。"

我想说的是,不,它不是我的地……但也不是你的地。地就搁在那儿。这样也好,因为七年之后,等我到法庭上要求宣告她从法律意义上已经死亡之时,地就成了我的。我可以等。七年,刮西风的时候闻不到猪粪味儿?七年,听不到猪死之前的号叫(太像垂死的女人的号叫了)或者看到猪肠子顺流漂下,把河水染得红红的?对我来说,那样一个七年听起来妙极了。

"莱斯特先生,祝你一天愉快,当心太阳回头。下午三点的光景太阳毒得很,正照到脸上。"

他上了卡车,没搭我的腔。拉斯朝我招招手,莱斯特厉声对他说了句什么。拉斯瞪了他一眼,那意思是说,任你骂任你嚷,返回赫明顿镇上,反正二十英里路。

他们全都走了,剩下车后扬起的灰尘,这时亨利回到了外面的门廊上。"爸爸,我干得没错吧?"

我抓住他的手腕,捏了一下,装着没有感到我手下的皮肉迅速地收紧,他好像不得不克制把手抽回的本能冲动。"干得不错。棒极了。"

"明天你打算填井吗?"

我仔细地考虑了这个问题,因为我们的身家性命取决于我的决定。治安官琼斯年事渐高,体重愈长。他不是个懒惰之人,不过,若没有充足的理由,就很难把他请动。莱斯特最终会说服琼斯到这里来,但可能要等到莱斯特让科尔·法灵顿两个玩命的儿子中的一个给他打电话,提醒治安官哪个公司是赫明顿(更不用提周边的克莱、菲尔默、约克和塞沃特等几个县)最大的纳税户。可我仍然觉得我们还有起码两天的时间。

"不是明天,"我说,"后天。"

"爸爸,为什么啊?"

"因为高级治安官会到这里来,琼斯老了,但是他不蠢。一口填好的井会令他怀疑为什么要填、为何时间如此接近等诸如此类的事情。不过一口正在填的井……而且理由很充分……"

"什么理由?告诉我。"

"快了,"我说,"快了。"

第二天一整天,我们都在等着看马路上一路尘土飞扬,朝我们奔来。不是拉斯·奥尔森的卡车,而是县治安官的小车子。结果车没有来。来的是香农·考特利,她穿了件纯棉衬衫和印花裙子,看起来很漂亮。她问亨利是否还好,如果一切还好的话,是否能跟她和她父母一起吃顿晚饭?

亨利说他还好。我看着他们手拉手地走上马路,深感忐忑。他可是保守着一个天大的秘密,这个天大的秘密分量沉重。想跟别人分享秘密是天底下最自然的事。再说,他爱恋着这姑娘(或者认为他爱恋着,对于十五岁的孩子来说,这根本就是同一回事儿)。更糟糕的是,他不得不撒谎,而她会知道那是撒谎。人们说,恋爱中的人眼里看不出谎言,可那是傻瓜的信条。有时候,恋人的眼实际上看得过于清楚透彻。

我先在花园里除草(不过草除得少,豆秧倒是除得多),然后坐在门廊上,抽着烟斗,等着他回来。就在月亮升起的时候,他回来了。低着头,塌着肩,是拽着步子在拖,而不是在走路。我不喜欢看到他那副熊样,不过还是感到如释重负。如果他把秘密说出去——或者只是部分秘密——他就不会是现在这样子走路了。如果他把秘密说了出去,他根本就不会再回来。

"你照我们定好的说了吧?"他一坐下,我就问他。

"照你定好的说了。是的。"

"她答应不会告诉她家人了吗?"

"是的。"

"可她能做到吗?"

他叹了口气。"也许会吧。她爱他们,他们也爱她。我料想,他们会从她脸上看出些迹象,然后从她嘴里套出那一点秘密来的。即使他们不那么做,她也许会告诉治安官的。也就是说,如果他真的费心去找考特利一家的话。"

"莱斯特会让他那么做的。他会冲着琼斯大叫,因为他的奥马哈老板正冲着他大喊大叫。这事兜了一圈又一圈,没人知道它会在哪里停止。"

"我们本来就不该做的。"他这么思量着,然后又低声有力地说了一遍。

我什么也没说。有一阵子,他也一言不发。我们看着月亮从玉米地里升起,红彤彤的,满满盈盈。

"爸爸,我想喝杯啤酒,好吗?"

我看着他,既惊讶,又不惊讶。然后我走进屋里,给两人各自倒了杯啤酒。我递给他一杯,说道:"明天后天都不能喝了,记住。"

"不喝。"他呷了口,扭歪着脸,然后又呷一口。"我讨厌对香农说谎,爸。所有这一切都很肮脏。"

"肮脏会洗掉的。"

"这类肮脏是洗不掉的。"他说道,又呷了一口。这回,他没有扭歪着脸。

过了一会儿，月亮变成了银色，我到屋后去用厕所，听着玉米和夜风彼此叙说着大地的古老秘密。回来时，亨利已经不见了。他的啤酒杯半空着，放在门廊台阶的栏杆上。然后，我听到他在牛棚里说："嘘，乖，嘘。"

我走过去看个究竟。亨利搂着艾尔菲斯的脖子，抚摸着她。我想他在哭。我注视了一会儿，不过始终一言未发。我回到屋里，没脱衣服，躺在床上，就是在这儿，我割断了妻子的喉管。过了好久，我才入睡。如果你搞不懂为什么——所有这一切的原因——那么，读这个故事对你来说也没什么用场。

我按照希腊神话中次要女神的名字给我们所有的母牛取名，可是，艾尔菲斯证明了这名字如果不是个糟糕的选择，便是个具有讽刺意味的笑话。为了防止你记不住魔鬼到底为什么来到我们这个古老忧伤的世界，让我帮你重新回忆一下吧：当潘多拉按捺不住好奇心，打开了留给她保管的盒子时，所有的邪恶东西都放出来了。当她恢复镇定，重又把盖子合上时，盒子里唯一剩下的东西就是艾尔菲斯，希望女神。可是一九二二年的那个夏天，对我们的艾尔菲斯来说，毫无希望可言。她老了，脾气坏，产不出奶水。我们快要放弃挤她仅有的那么一点东西了。只要你一坐在挤奶的凳子上，她总是想方设法踢你。一年前我们本该把她宰了，变成可以食用的东西，但是哈兰·考特利屠宰她的费用却让我犹豫了。我本人除了会杀猪之外，对宰杀别的一点也不擅长……这么个自我评价，亲爱的读者，你一定也赞成吧。

"她很厉害，"阿莱特（她对艾尔菲斯有感情，也许是因为她从来不挤她的奶吧）说，"最好别惹她。"可是现在呢，我们要把艾尔菲斯派上用场——在井里，事情就这么巧合——她的死也许比几块多筋的牛肉更有用处。

莱斯特来访两天之后，儿子和我给奶牛鼻子戴了件笼头，牵着她绕过牛棚。走到离井还有一半的路时，亨利止下步子，眼里流露出沮丧的情绪。"爸爸，我闻到她的味道了！"

"那你就回屋里去吧，拿些棉球把鼻子堵起来。棉球在她的梳妆台上。"

他虽然低着头,但我看到了他拔脚时投来的目光。这全是你的错,那种表情在说,全是你的错,因为你放不开。

不过,他会帮我干完要做的事的,这一点我丝毫也不怀疑。不论他怎么看待我,整件事里还有个姑娘,而他不想让她知道他的所作所为。是我强迫他做的,那小姑娘不会理解这一点。

我们把艾尔菲斯牵到井边,到了那儿,她很不情愿向前迈步。我们走到井的另一边,抓着奶牛的笼头绳子,像是抓着五朔节花柱上的绸带一般,全力把她拽过来,拖到腐烂的木头上。在她的重量压迫之下,井盖裂开……塌陷……但是却撑住了。老牛站在上面,头低着,和以前一样显得愚笨固执,露出黄得发绿的牙齿残根。

"现在怎么办?"亨利问道。

我张口想说我不知道,可就是在这一刻,井盖裂成了两半,发出又脆又大的声响。尽管有一瞬间我在想我会被连带着拽进那该死的井里去,两条胳膊会拽得脱臼,可我们还是抓着笼头绳子。接着,鼻钻断开,向上飞回,朝两端断裂开去。艾尔菲斯掉了下去,痛得"哞哞"直叫,脚蹄不断地击打用岩石砌成的井壁。

"爸爸!"亨利惊叫道。他的双手握成了拳头,堵着嘴,指节压进了上嘴唇里。"让她别叫了。"

艾尔菲斯发出长长的回肠荡气的呻吟,双蹄继续踢打石头。

我抓住亨利的手臂,拽着他,踉踉跄跄地回到屋里。我一把将他推倒在阿莱特邮购的沙发上,命令他待在那里,等着我回来叫他。"记住,快要结束了。"

"不会结束的。"他说着,转过身子,脸向下,对着沙发。尽管在这里艾尔菲斯的叫声不可能被听到,亨利还是用双手蒙住了耳朵。亨利听得见。我也听得见。我从食品储藏间高高的架子上取下了那把小口径枪。是点22型号的,但是,对于把牛打死而言,这枪也够用了。假如枪声滚过哈兰农场和我的农场之间的地带,被哈兰听到了会怎么样呢?这也与我们的故事对得上号。换句话说,也就是亨利能够保持冷静足够长时间来讲这个故事。

这里是我在一九二二年学会的东西：总有一些更糟的事情在等着。你认为你已经目睹过最恐怖的事儿了，那种把你所有的梦魇凝聚成一种实实在在的、稀奇古怪的恐怖事儿；唯一的安慰就是，再没什么情况比它再糟了。即便有，一看到它，你的大脑会马上短路，别的什么就再也不知道了。可事实上，还会有更糟糕的事儿，你的大脑也不会短路，不知为何，你还会继续活着。你也许明白，所有的快乐都从你的世界里消失了，你的所作所为让你不可能获得自己希望得到的东西。你也许希望，干脆做个死人算了——可你还是继续活着。你意识到你身处自己创造的地狱里。可不管怎样，你仍继续活着。因为你没有别的法子。

艾尔菲斯坠落在我妻子的身体上，可是阿莱特那大笑的脸依旧清晰可见，依旧面朝井的上方阳光照耀的世界，依旧好像在看着我。老鼠们已经回来。掉入它们世界的奶牛无疑会让它们退回到那个最后被我作为老鼠大道想起的管道里，但是，接下来，它们嗅到了新鲜的肉味，又匆匆跑出来试探。它们已经在一点点地啃啮可怜的老艾尔菲斯了，当她还在"哞哞"直叫、踢蹄（现在更是软弱无力）的时候；其中一只老鼠坐在我亡妻的头上，像顶骇人的皇冠。它在麻袋上咬出了一只洞眼，用它伶俐的爪子把她的一绺头发从洞眼里拉了出来。阿莱特的面颊，曾经是那么圆润那么漂亮，现在只剩下些碎片子挂着。

没什么比这再糟糕的了，我心想，当然，我已经到了恐怖极处。

但是，是啊，总有些更糟的事儿在等着。我往下瞥了一眼，震惊和恶心把我僵住了，艾尔菲斯又在往外乱踢了，有一只蹄子搭上了阿莱特剩下的脸。当我妻子的颊骨断裂的时候，传来了"咔嚓"一声，她鼻子下面的一切都移到了左边，好像系在铰链上。那个从耳根到耳根的笑态依然保持着。这个不再跟眼睛连在一起的笑容变得更加丑陋。好像她不是在用一张脸，而是在用两张脸来吓我似的。她的身体移动了，靠着床垫，使得床垫向一边滑去。头上的那只老鼠很快便蹿到床垫下面。艾尔菲斯又"哞哞"地叫了。我想，要是亨利现在回来，朝井里看一看，他会把我杀了，因为是我使他卷入了这一切。也许我就该杀。可若我死了，就会留下他独自一个人在世上，孤单在世，他便会无助无援。

一部分井盖已经掉进井里。一部分悬在井边。我将子弹上膛，扛枪，瞄准艾尔菲斯。她躺在下面，脖子断了，头侧向岩石井壁。我等着手稳定，然后扣动了扳机。

一枪就够了。

回到屋里，我发现亨利已经在长沙发上睡着了。我自己刚才吓得魂不附体，无暇感觉这有什么奇怪。这一刻，在我看来，他就像是这世界上唯一的真正的希望：虽然堕落了玷污了，但是没到肮脏得无法洗刷干净的程度。我弯身吻他的面颊。他嘟哝了一声，转过头去。我让他继续睡，自顾自走到牛棚去拿工具。三小时以后，等他来和我一起干活时，我已经把悬着的破井盖从井里面拉了出来，开始填井了。

"我来帮忙吧。"他说，声音没精打采，恹恹的。

"好。把卡车开到西边篱笆边上的土堆那里——"

"就我一个人？"他声音里透出的不信只是那么一点点，但我很高兴能听到他话中的情感表露。

"你晓得所有前进挡，也能找到倒车挡，对吧？"

"是的——"

"那你就没问题。我这边要处理的事情很多。你回来时，最坏的部分就会处理完了。"

我本以为他会再一次告诉我，最坏的事永远不会完结，可他没说。我重新开始铲土。我还能看到阿莱特的头顶和麻布袋，一丛头发可怕地从里面钻了出来。在我亡妻的大腿根部，也许已经有了一窝新生的小老鼠了。

我听到卡车咳嗽起来，一声，两声。我希望曲柄不会弹回，打折了亨利的胳膊。

他第三次转动了曲柄，我们的老卡车大声叫嚷着活了过来。他点火发动引擎，一下，或两下，然后车便开走了。他走了近一个小时，不过，当他返回时，卡车的运货板上装满了石块和土。他把车开到井边，停了引擎。他已经脱去衬衫，汗珠亮闪闪的上身显得过于单薄，我甚至可以数得清他的肋骨。我努力回想我上一次见到他饱餐是在什么时候，起初，我没法回忆出来。后来我意识到，一定是我们杀害她之后的第二天早晨那顿早餐。

我会让他今晚好好吃上一顿,我心想,我会让我们俩都好好吃上一顿。不吃牛肉,就吃冰柜里的猪肉——

"瞧那边。"他没精打采地说道,边用手指着。

我看到一股扬尘冲着我们过来。我向下朝井里看了看。弄得还不算好,还没到位。艾尔菲斯的身体还有一半露在外面。当然,这并不碍事,但是,血迹斑斑的床垫角也从土石中冒了出来。

"过来帮我的忙,"我说道。

"爸爸,我们时间够吗?"他的声音听起来只是略有兴趣。

"不知道。也许够。别站在那里,帮忙。"

多余的铲子斜放在牛棚的一侧,牛棚就位于破碎的井盖残骸边上。亨利抓起铲子,我们开始从卡车后面把土和石块尽快铲出。

县治安官那辆门上画着星、顶上带有聚光灯的小车停在柴堆边上的时候(再一次把我们的公鸡乔治和小母鸡们弄得四处飞跑),亨利跟我就坐在门廊的台阶上。我们没穿衬衫,共享着阿莱特·詹姆斯做的最后一样东西:一壶柠檬汁。琼斯治安官下了车,往上提了提裤带,然后摘下了他那顶斯泰森牌的帽子,往后梳梳灰白的头发,又把帽子重新安放在白额头和下方红铜色皮肤的接壤处。他是单独来的。我把这看成是个好兆头。

"天气不错啊,先生们。"他注意到了我们的光身子、脏兮兮的手和汗涔涔的脸。"今天下午干了累活儿,是吧?"

我吐了口痰。"我自己犯了个该死的错。"

"是吗?"

"我们的一头奶牛掉进老牲口井里头去了。"亨利说道。

琼斯又问了声,"是吗?"

"是的,"我答道,"要杯柠檬汁吗,法官? 是阿莱特做的。"

"阿莱特? 她还是回来了?"

"不,"我说,"她把宝贝衣服都拿走了,却留下了柠檬汁。喝点吧。"

"等会儿喝。我先要用用你的茅厕。自从上了五十五,简直是走到哪儿就尿到哪儿。真他妈的不方便。"

"在屋后面。就顺着这条道走，找到门上的新月标志就到了。"

他笑起来，好像这是他本年度听到的最滑稽的笑话，然后便朝屋后走去。他会在路上停下来朝窗子里头看吗？会的，如果他是精明人的话。我也听说过，他是个行家里手。至少，他年轻的时候是这样。

"爸爸，"亨利说，声音很低。

我看了看他。

"如果他发现了，我们就无计可施了。我能撒谎，可是不能再杀人了。"

"好。"我说。这对话虽短，却是我八年来常常思考的一次对话。

琼斯治安官回来了，边走边扣裤子的前门。

"进去给治安官倒杯柠檬汁。"我对亨利说道。

亨利去了。琼斯扣好了裤缝门，摘下帽子，把头又朝后面梳了几下，重新戴好。他身上的警徽在午后的阳光下熠熠发光。挎在屁股后面的枪不小，虽然琼斯年岁太大，不可能参加过第一次世界大战，可是他腰上的手枪皮套看上去像是个盟国远征军用过的家伙。也许是他儿子的。他儿子死在那里。

"茅厕味道真香啊，"他说，"大热天，总是香气扑鼻。"

"阿莱特过去常常在上面撒些生石灰，"我答道，"如果她不回来的话，我也要尽量保持这种做法。到门廊上来吧，我们坐到阴凉的地方。"

"阴凉的地方听起来不错，可我还是站着吧。需要拉拉脊背。"

我坐在垫着爹地垫子的摇椅里面。他就站在我身边，往下看。我不喜欢处于这样的位置，不过还是尽力耐心忍受。亨利拿了只杯子过来。琼斯给自己倒了一杯，尝了一下，然后一饮而尽，还咂咂嘴唇。

"味道不错，是吧？不太酸，又不太甜，刚刚好。"他笑了起来，"我就像个金发姑娘，对吧？"说着，把杯中剩下的喝完。不过，当亨利想给他再倒一杯时，他摇摇头。"你想我在回赫明顿镇的路上遇到每一个篱笆柱都要撒尿吗？这之后，在往赫明顿城的一路上还要撒尿吗？"

"你的办公室搬了吗？"我问，"我过去认为你就在赫明顿镇里面呢。"

"是在镇里，难道不是吗？他们逼我把办公室搬到城里的那天，就是我卸任让哈珀·伯德维尔接任的日子，如他所愿。不，不，只是进城出席法庭听证。也就做做文件活儿，不过还是得去。你也知道，克里普法官是个什么样的人……噢，不，我想你不了解他，你是遵章守纪的人。他脾气臭，要是哪个家伙不准时，他的脾气会更大。所以，哪怕事情的结局只是说老天帮帮忙，然后把名字签到一堆扯淡的法律文件上，我还是得匆匆忙忙到那里去例行公事，对吧？我希望那该死的小破车在回家的路上不会出故障。"

我没应他的话。他说话的样子倒不像有急事要办的人，不过兴许他就是这个风格。

他摘下帽子，又把头发往后梳了几下，可这回没有再戴上。他饶有兴味地打量着我，然后是亨利，然后又回到我身上。"我想，你知道我不是自个儿要来这里的。我认为夫妻之间的纠葛不碍别人的事。可事情非得这样，对吧？《圣经》上说，男人是女人的头；如果女人要学乖，应该是她丈夫在家里教导她。《哥林多前书》。如果《圣经》是我唯一的顶头上司的话，我会照《圣经》上说的去做，这样生活会更简单一些。"

"莱斯特先生没有跟你一起过来，我感到很惊讶。"我说。

"哦，他想来，不过我拒绝了。他还想我弄张搜查证，可我告诉他，我不需要。我说你要么会让我四下看看，要么不会。"他耸了耸肩，面色平和，但是目光警觉有神，转个不停：这儿瞥瞥，那儿看看，这儿看看，那儿瞥瞥。

亨利问到我有关井的情况时，我就说过，我们观察他，判断他精明的程度。如果他很精，我们就带他去看。我们不能显得好像有事瞒着。如果你看到我打了响指，那就暗示，我认为我们得冒险行动了。不过我们得默契一致，亨利。如果我看不到你也打响指，那我就闭嘴默不作声。

我举杯喝下了最后一口柠檬汁。看到亨利望着我，我打了响指。力度不大，看上去只是肌肉拧了一下。

"莱斯特怎么想这件事？"亨利问道，显得怒不可遏。"我们把她捆起来放在地窖里了？"他的手放在身体两侧，没动。

琼斯开怀大笑,大肚子在裤带后面晃动起来。"我不知道他是怎么想的,不是吗?我也不在乎他是怎么想的。律师是人性这张皮上的跳蚤。我会这么说,是因为我为他们办过事——我会这么说,也因为我跟他们作过对——我的整个成年生活就是这样的。不过……"他那双警觉的眼睛紧锁住我的眼睛。"我倒是不在乎看一下,只因为你们不让他看。他为此火冒三丈。"

亨利挠了挠胳膊,边挠边打了两个响指。

"我不让他进屋是因为我讨厌他,"我说,"不过,说句公道话,就算使徒约翰①到这儿为科尔·法灵顿公司当说客,我照样也会讨厌他。"

一听到这话,琼斯"呵呵"地朗笑起来,但是他的眼睛没笑。

我站起来。站着人轻松点。我站着比离琼斯高三四英寸。"你可以看个够。"

"谢谢。这样就让我轻松多了。我回去后,还得应付克里普法官,那就已经够我受的了。我可不想再听法灵顿公司的讼棍对我叽里呱啦的,如果我能避免的话。"

我们走进屋子,我在前头,亨利殿后。说了几句赞扬客厅多么干净、厨房多么整洁的恭维话之后,琼斯跟着我们沿过道往前走。琼斯敷衍地看了看亨利的房间,然后我们来到了事发现场。我推开房门,进了我们的卧室,怀着一种确信无疑的古怪感觉:血肯定又回来了。血会在地板上凝结成块,在墙上喷散成点,浸透到新床垫上面。琼斯法官会看到这一切,然后会转过身来对着我,取下肉嘟嘟的屁股上方放在左轮手枪对面的手铐,对我说,我逮捕你,因为你谋杀了阿莱特·詹姆斯。

没有血,也没有血腥味,因为房间通风透气好些天了。床铺整理过了,不是照阿莱特的习惯摆放的;风格更像军营,虽然我的双脚使我远离了那场夺去琼斯儿子性命的战争。平脚板男人只能杀老婆。

"房间不错啊,"琼斯评论道,"能采到早晨的光线,对吧?"

"是啊,"我说,"而且大多数下午房间里阴凉阴凉的,哪怕是在夏天,因为太阳只照得到对面。"我走到柜子边,打开。那种确信无疑的感

---

① 约翰乃耶稣基督派出传播福音的十二个使徒之一。

觉又回来了,而且比原先更加强烈。被子呢？他会问,那条原本放在顶层架上中间的被子呢？

当然,他没问,不过,当我请他时,他便欣然上前细看。他那双犀利的眼睛——绿得发亮,几乎像猫一样——这儿看看,那儿扫扫,四处在瞄。"衣服不少啊。"他说。

"是啊,"我附和道,"阿莱特喜欢买衣服,也喜欢邮购。不过因为她只带走了那只小行李箱——我们有两只,另一只还在那里放着,在那后面的角落,看到了吧——我必须说她只带走了她最喜欢的那些。而且可能是最实用的。她有两条便裤,一条蓝色劳动布工装裤,这些现在都没了,即便她不喜欢裤装。"

"可裤子适合出行,对吧？不管是男是女,裤子适合出行。女人也许会选择它们。如果走得匆忙的话,就是这样了。"

"我也这样想。"

"她把上好的珠宝首饰和她父母的照片拿走了。"亨利在我们身后说道。我惊了一下,我差点儿忘记他还在那儿。

"哦,是吗？嗯,我想是这样的。"

他在衣服堆里又翻了翻,然后合上衣柜门。"房间不错,"他说道,手里拿着那顶斯泰森帽子,步履沉重地往过道走。"房子也不错。女人离开这样的好房间好房子一定是疯了。"

"妈妈一直在说城市的事儿,"亨利说道,然后叹了口气。"她想开个什么小店。"

"是吗?"琼斯用他那双绿猫似的眼睛直亮亮地盯着他看,"不错！可那样的事情要花不少钱,对吧?"

"她从她父亲那儿得了不少地。"我说。

"是啊,是啊。"他笑了,有些局促,好像是忘了那些地。"也许这样对大家都好。'宁可住在荒地,也不要和尖嘴动气的女人住在一起'。这是谚语书上说的。孩子,她走了,你开心吗?"

"不。"亨利说着,泪水盈睫。我为每滴泪都划了十字祈祷。

琼斯说:"好了,别哭。"说完敷衍的安慰话后,他弓下身来,双手架在肥胖的膝盖上,往床下看。"下面好像是一双女人的鞋子。而且也穿得合脚了。那种适合走路的鞋子。你不认为她是光脚走的,对吧?"

"她穿的是她的帆布鞋,"我说,"那双鞋不见了。"

也确实如此。她过去把那双褪色的绿鞋称为园艺鞋。就在填井之前,我想起了那双鞋。

"哦!"他说了声,"另一个谜团破解了。"他把银托的表从背心口袋里掏出来,看了下时间。"哦,我最好抓紧。时间过得真快啊。"

我们穿过屋子往回走,亨利殿后,也许这样他可以悄悄地把眼泪擦干。我们和治安官一起走向他那辆门上带着颗星的马克斯维尔轿车。我正准备问他是否要看一看井——我甚至知道我会把井叫做什么名称——就在此时,他停了下来,用一种让人害怕的和蔼眼神瞅了一下我儿子。

"我在考特利家停了一下。"他说。

"噢?"亨利说,"真的?"

"告诉过你们了,这些日子我走到哪里就尿到哪里,任何时候,只要附近有茅厕我就上,总以为人们会把茅厕打扫得干净,而且在茅厕里等鸡巴滴出点尿液时,不必担心有黄蜂飞来蜇你。考特利一家倒是干净。闺女也漂亮。和你年龄差不多,对吧?"

"是的,先生。"亨利说道,在先生这个词上,他略微抬高了声音。

"我想,你对她有些好感吧?我从她妈妈的话音中听得出来,她对你也有好感。"

"她说了吗?"亨利问道。他听上去又惊又喜。

"是的,考特利太太说,你为你妈妈的事感到难过,还说香农告诉了她一些你说的话。我问她你说了什么,她说她不便说,不过我可以问香农。我问了。"

亨利看着自己的脚。"我告诉她要保密的。"

"你不会因此生她的气,对吧?"琼斯问,"我的意思是说,一个像我这样胸前有星的大人向一个像她那样的小姑娘打听她所知道的情况时,对她而言,守口如瓶有点难。她差不多非说不可,对不对?"

"我不知道,"亨利说道,依旧看着脚。"可能吧。"他不是在装不开心,他确实不开心,即便事情正以我们所希望的方式发生着。

"香农说了,关于那几百英亩地,你爸妈大吵了一架,当你站到你爸爸一边时,詹姆斯太太狠狠地抽了你的嘴巴。"

"是的,"亨利面无血色地说,"她喝得太多。"

琼斯转向我。"她喝醉了还是微醉?"

"在两者之间吧,"我答道,"如果她喝得烂醉,就会睡上一整夜,而不是起来收拾行李,像个贼似的悄悄溜走。"

"你认为她一旦酒醒了就会回来,是吗?"

"是的。这儿到柏油路有四英里多。我保准她会回来。在她头脑清醒之前,沿途一定有人过来给她搭便车的。我想就在林肯-奥马哈这条道上。"

"是的,是的,我也是这么认为的。如果她联系莱斯特先生,你就会得到她的音信。如果她打算自己在外面待着,如果她脑子里已经有这个想法的话,她会需要钱来行事的。"

就这般,他也了解这情况。

他的目光敏锐起来。"她到底有没有钱呢,詹姆斯先生?"

"哦……"

"别吞吞吐吐。说出来灵魂轻松。天主教徒已经掌握了些情况,对吗?"

"我柜子里有个盒子。里面有二百美金,下个月开始请人帮忙摘棉花,用来支付人工费的。"

"还有考特利先生的。"亨利提醒道。对着琼斯,他说道:"考特利先生有台玉米收割机。哈里斯巨人牌的。几乎崭新。很好使唤。"

"是的,是的,在他院子里看到了。大杂种,对不对?原谅我说话粗口。钱都在那盒子里头,是吧?"

我恶毒地笑笑——但这不是真正的我在笑;打琼斯法官把车停到劈柴堆边上起,就是那个耍奸使诈的人一直在控制着局面。"她留了二十块钱。很大方。用哈兰·考特利的玉米收割机,所有费用就是二十块。至于说摘棉花的人工,我想,银行里的斯图本华沙先生会给我一点短期贷款。如果法灵顿公司没给他恩惠的话,他会这样做的。不管是哪一种办法,我这里已经安排好了最好的农场人手了。"

我伸手要抚弄亨利的头发,他却避让开去,显得有些尴尬。

"哦,我得到了一则关于预算的好消息。应该告诉莱斯特先生,对吧?他可不会喜欢。不过要是他像他自认的那样聪明,我想,他会更早、而不是更迟地知道详情,并在办公室等她。人一旦缺钱,总能找到办法应对,对吧?"

"那是我的经验,"我答道,"如果事情办好了,治安官,我和儿子还要去干活呢。那个没有任何用处的井本该在三年前就填好的。我的一头老奶牛——"

"艾尔菲斯。"亨利像做梦般说道,"奶牛名叫艾尔菲斯。"

"艾尔菲斯。"我应和道,"它从牛棚里出来,在井盖上溜达,结果盖子塌了。它自己没能体面地死去,我只好开枪射死它。到牛棚后面来,我让你看看懒惰的报应,还有那双该死的、翘起来的脚。我们把它埋在它躺倒的地方,从现在起,我把这口老井称作'愚蠢的威尔弗雷德'。"

"哦,我会来的,它是件要看的东西。不过,我今天还要应付那个臭脾气的法官。另选时间吧。"他爬上了汽车,边爬,嘴里边嘟哝着。"谢谢你们的柠檬汁,谢谢你们的款待。要是考虑到是谁派我到这儿来,你们也许不会这么大方的。"

"不客气,"我说,"我们都有不得不干的活儿。"

"还有十字架要背负。"他犀利的眼光又锁定在亨利身上,"孩子,莱斯特先生告诉我,你有事瞒着。这一点他很肯定。你确实如此,是吗?"

"是的,先生。"亨利说道,声音苍白,还有点害怕,好像他所有的情感都飞走了,就像是潘多拉打开罐子时罐里的东西飞走一样。但是对于亨利和我而言,已经不存在艾尔菲斯了,我们的艾尔菲斯已经死在井里。

"如果他问我,我会告诉他,他错了,"琼斯说,"公司的律师不需要了解男孩的母亲在喝酒时用手抽了孩子的耳光。"他在位子上摸索着什么,然后拿出了我熟悉的一件长长的 S 形状的工具,并朝亨利递过去。"孩子,你是否愿意帮帮腰酸背疼的老人呢?"

"愿意,先生,我很乐意。"亨利接住曲柄,绕到了马克斯维尔汽车的前面。

"当心手腕!"琼斯大声嚷道,"这车像头牛一样乱踢!"说完转向我。他眼里原先的探究光亮消失了。只有绿色。单调的、灰蒙蒙的、冷酷的,像是多云天里的湖水。这是一张男人的脸,他可以把一个铁路上的流浪汉打得半死,并不会为此有丝毫良心上的不安。"詹姆斯先生,"他说,"我想问你件事。男人与男人之间的。"

"好啊,"我说。我试图做好准备,应对我确信即将来临的事:你那井里还有头奶牛吗? 一头名叫阿莱特的奶牛? 可我错了。

"我可以把她的姓名和相貌描述用电报发出去,如果你需要的话。她至多走到奥马哈那么远。一百八十块钱可不够跑路的。把大半生时光耗在持家方面的女人也不知道如何躲藏。她很可能住在东边的出租房里,那儿便宜。我会把她带回家。揪着她的头发把她拽回家,如果你需要的话。"

"您的建议十分慷慨,不过——"

那双单调的灰眼睛打量着我。"在做出肯定或者否定的回答之前,仔细考虑一下。有时候女人需要用手跟她谈话,如果你明白我的意思;过后,她们就乖了。敲打一顿才会卿卿我我的嘛。仔细想想。"

"我会的。"

马克斯维尔的引擎"笃笃笃"地发动了。我伸出手——那只割过她喉咙的手——不过,琼斯治安官没有注意到。他正忙着给马克斯维尔点火,调试它的油门。

两分钟过后,在农场道路上,他成了越来越小的灰尘柱子。

"他根本不想来看。"亨利惊奇地说道。

"是的。"

这证明了是件大好事。

看到他过来时,我们已经又快又卖命地铲好了土,现在,除了艾尔菲斯的一条小腿之外,再也没什么东西冒出来了。蹄子在井口下面约摸四英尺。苍蝇如云一般围绕着它飞来飞去。若是治安官当真来看一眼,一定会感到惊奇的。不错,当牛蹄前面的尘土开始上下波动的时候,他会感到更加惊奇。

亨利放下铲子,抓住我的胳膊。那天下午很热,可他的手却是冰凉的。"是她!"他低声说道。他的脸似乎没了,只剩下眼睛。"她在挣扎着要出来啊!"

"别他妈的当笨球了!"我骂道,但是,我也无法把目光从上下起伏的土堆那里移开。似乎井是活着的,而我们正看着它隐藏的心脏在跳动。

接着,尘土和小石子溅散到两边,一只老鼠跳了出来。它眼睛黑如油珠,在阳光下一眨一眨的。这只老鼠大得几乎像一只成年的猫。鼠须被一片血迹斑斑的棕色麻袋布缠住了。

"操你的!"亨利尖叫道。

有东西"呜"的一声贴着我耳朵飞过去;老鼠抬头发愣的时候,亨利用手中的铁铲把老鼠头劈成了两半。

"是她派它出来的。"亨利说,他咧嘴大笑。"现在老鼠是她的东西了。"

"这样想,你不过是难过罢了。"

他扔下铁铲,走到石堆边,我们本打算等土填得差不多后,用这堆石头来把填井活儿收收尾的。他坐在那里,全神贯注地望着我。"你有把握吗? 你肯定她不会变成鬼来闹我们? 人们说,被谋杀的人总归要回头缠住任何——"

"人们说的话多着呢。闪电从来不会在同一个地方打上两次,破镜子带来七年的霉运,三声夜鹰啼叫就预示着家里头要死人。"我说的话听起来头头是道,可我还是不停地望着那只死老鼠。还有那片血迹斑斑的麻袋布。那是她的发套。她在下面的黑暗世界中依旧戴着它,可现在发套上有只洞,头发钻了出来。那副表情是今夏所有死去的女人当中最愤愤不平的,我想。

"小时候,我真相信如果我踩到了地上的裂缝,妈妈的背就会断。"亨利若有所思地说道。

"喏,你明白了?"

他把裤子后面的灰尘掸掉,站到我身边。"可是,我搞定了他——我搞定了那狗日的,对吗?"

"你搞定了！"我不喜欢他说话的腔调——不，丝毫也不喜欢——便拍了拍他的背。

亨利还在咧嘴大笑着。"假如治安官真的应了你的邀请，回来这儿看看，结果发现老鼠打洞窜到上面了，他也许会产生更多的疑问，你觉得呢？"

这个想法让亨利开始歇斯底里地大笑起来。过了四五分钟，他才笑够，笑声把一群乌鸦从栅栏上吓跑了，那栅栏是用来挡住奶牛不让它们进入玉米地的。不过，最后他还是缓过神来。等我们把活儿干完的时候，太阳早就下山了，我们听到猫头鹰在牛棚顶上啼叫，出发进行月亮升起之前的捕猎。井中的石头紧紧地贴在一起，我想不会再有老鼠蠕动着爬到上面来了。我们没有费神去换破井盖；犯不着。亨利好像又正常了起来，我想我们俩兴许今夜能睡个像模像样的觉。

"晚上吃香肠、豆子和玉米面包怎么样？"我问他道。

"我能启动发电机，放放收音机里的《坐干草大车参加出游会》吗？"

"可以，先生，你可以放。"

听到这个，他笑了，是过去那种开心的笑。"谢谢，爸爸。"

我煮了足够四个人吃的饭。我们把饭全吃了。

两个小时之后，我仰坐在客厅的椅子上看《织工马南》的时候，亨利从他的房间走进了客厅，身上只穿着夏天的内衣。他镇定地看着我。"妈妈总是执意要我念祷词，你知道吗？"

我冲他眨了眨眼，感到惊讶。"还在念？不，我不知道。"

"是这样的，即使在我长大到不穿裤子她就不好意思直视我之后，妈妈也坚持要我祈祷。可我现在不能祈祷，或者说，再也不能了。如果我跪下，我想上帝会打死我的。"

"如果有上帝的话。"我说道。

"我希望没有。虽然那样想让我感觉孤单，但我仍然希望没有。我猜，所有谋杀者都希望没有上帝。因为假如没有天堂，就不会有地狱。"

"儿子，我才是杀死她的人。"

"不——是我们一起干的。"

这不是事实——他只不过是个孩子,而且,是我哄骗他干的——可是,对他而言,这的确就是事实,我想对他而言,情况永远会是如此。

"不过,爸爸,你不用为我担心。我知道你觉得我会走漏风声——可能对香农说漏嘴——或者我感受的负罪感太强烈,我会到赫明顿向那位治安官坦白交代。"

这些想法当然曾经在我脑子里划过。

亨利摇摇头,缓慢地,但是用了力气。"那位治安官——你看到他打量一切的样子了吧?你看到他的眼神了吧?"

"看到了。"

"他会设法把我们俩都送到电椅上,这就是我想到的事,才不管到了八月份我才十五岁。到时,他会到场,用那双严厉的眼睛看着我们,看着那些人用皮带绑住我们——"

"别说了,汉克,够了。"

但是,这没够,对他来说,没够。"接着拉动开关。我决不会让那样的事发生,如果我有办法的话。那双眼睛绝不会成为我所见到的最后的东西。"他想了想自己刚说过的话,"不会。永远不会。"

"睡觉吧,亨利。"

"汉克。"

"汉克,睡觉吧。我爱你。"

他笑了。"我知道,可我不大值得被人爱了。"我还没来得及答他的话,他就动身走开了。

于是我们就上了床。我们睡觉时,猫头鹰在捕猎;阿莱特呢,坐在更加幽深的黑暗之中,被牛蹄踢过的下半张脸歪向一侧。翌日,太阳出来了,是玉米生长的好日子,我们呢,继续干着累活儿。

我又热又累地进屋准备午饭时,发现门廊上放着个焙盘子,上面有东西盖着。碟下面压着张纸条,上面写着:对于你们家出的事,我们感到非常难过,愿竭尽全力帮忙。哈兰说不必担心今夏的收割付款问题。要是你得到你妻子的音讯,烦请告知我们。爱你的,萨莉·考特利。又及:如果亨利来会香农,我会给他带回蓝莓蛋糕的。

我笑着把纸条塞进工作服的前口袋里。我们没有了阿莱特的生活已经开始。

如果上帝奖赏我们的善举——《旧约》上是这么说的,而清教徒们对此深信不疑——那么,也许撒旦就会惩罚我们的恶行。对此我无法断定,但是,我可以说那是个难得的夏天,热量足,太阳火,恰合玉米的长势;雨水充沛,不多也不少,把我们的一亩蔬菜园子浇灌得清清新新的。有些天的下午会打雷电,但是从没刮过让中西部农民担心的毁坏庄稼的大风。哈兰·考特利驾着他那台哈里斯巨人牌收割机来了,这台机器一次故障也没出过。我曾担心法灵顿公司或许会搅和我的事儿,但是它没有。我没费周折就从银行弄到了贷款,在十月份之前全部偿清,因为那年的玉米价格飙升,大西部的运费却跌到了谷底。如果你了解你们的历史,你就知道这两样事儿——产品价格和运输费用——在一九二三年换了位,打那以后就一直那样。对于中部的农民而言,当芝加哥农产品交易市场在第二年夏天崩盘的时候,大萧条便开始了。但是,一九二二年的夏天就如同农民们所希望的那样完美。唯独一件事美中不足,这与我们的另一头母牛女神有关。关于这,我马上会讲给你听的。

莱斯特先生来过两次。他想方设法纠缠我们,可是找不着茬儿,他也一定知道这点,因为那年七月他看起来像是饱受折磨。我想象得出来,他的老板们在纠缠他不放,他只好把皮球再往前踢。或者说是努力着向前推进吧。第一次,他问了许多根本就不是问题的问题,只能算是暗示。我觉得我妻子出了什么事吗?她一定出事了,难道我不这样想吗?否则,她要么会联系他处理那一百英亩地,要么干脆两腿夹着尾巴(比喻的说法)溜回农场。或者,我认为她有可能在路上迷上了某个三流演员吗?此类事情确实在时不时地发生,是不是?这倒方便了我,是吗?

第二次他出现的时候,看起来是烦透了,可他这回偏偏猜对了事情的原委:我妻子是在农场出了事吗?那就是事情的真相对不对?那就是她活不见人、死不见尸的原因吧?

"莱斯特先生,如果你是在问我是否谋杀了自己的妻子,我的答案是没有。"

"哦,你当然会这么回答,不是吗?"

"这是你的最后一个问题了。上你的卡车去,滚得远远的,别再回来。如果不听,我会提着斧头见你的。"

"打人是要坐牢的!"他站在那儿,衣领戳到了下颌的底部,汗水在他那胖嘟嘟的、满是灰尘的脸上划下了印痕,他嘴唇抽动着,眼睛突出来,那副样子简直要让人心生怜悯。

"没这回事。我已经警告过你别靠近我的房子,这是我的权利,我还要寄挂号信到你公司去陈述事由。如果你再过来,就是侵犯民宅,我会揍你的。还是听我的警告吧,先生。"曾经用红孩子汽车第二次带莱斯特来这儿的拉斯·奥尔森,为了听得更清楚些,就差合起双手托住耳朵了。

莱斯特走到卡车无门的客座一边,猛地转过身来,伸出胳膊,用手指头指着,像位就要上场的法庭律师。"我认为你杀了她!谋杀案迟早会水落石出的!"

亨利——或者汉克,他现在喜欢被这么称呼了——从牛棚里走了出来。他一直在那里叉干草,现在他握着叉子,摆着持枪的姿势。"我认为你最好从这里滚开,免得浑身淌血。"他说道。直到一九二二年夏天,我所熟悉的那个善良、腼腆的男孩从来就不会说出这样的话,可是,眼前这位说出来了,而莱斯特也明白这孩子的意思。他上了车。没有车门可摔,于是他坐定后把双臂交叉在胸前。

"随时回来吧,拉斯,"我高兴地说,"不过,可别带他过来,不管他给你多少钱要你运他这个废物。"

"好的,詹姆斯先生。"拉斯说道,接着,他们就开车走了。

我朝亨利转过身。"你会用那把叉子戳他吗?"

"会的,先生。戳得他吱吱直叫。"说完,他笑也不笑,便走回牛棚。

不过,那个夏天他可不是一直不笑,因为有香农·考特利。他见她的次数很多(多得对他们俩谁也不好;这一点,我是在秋天才发觉的)。

她开始每周二、周四下午到我们家来,穿着长裙子,帽子戴得整齐,背个斜挎包,里面装了不少好吃的东西。她说她知道"男人烧的东西"是什么样子——俨然她已经三十岁,而不是十五岁似的——还说,她想保证我们俩一周至少吃上两顿像模像样的晚餐。虽然我只有一只她妈妈留下的焙盘可供比较,但是我必须说,哪怕才十五岁,她已经是个高级厨师了。亨利和我只会把牛排扔到炉子上的平底煎锅里,她却有法子把老得嚼不动的肉调得美味可口。她在斜挎包里带了些新鲜蔬菜——不仅仅是胡萝卜、豆子,还有(对我们来说)异国风味的东西,像芦笋啦,又肥又嫩的菜豆啦,她把它们跟腌制的小洋葱和咸肉一起烧。甚至还有甜食。此时此刻,在这寒碜蹩脚的旅馆房间里,我闭上眼睛就能闻到她做的各式糕点。我可以看到她站在灶台边上,一边打着鸡蛋或者甩着奶油,屁股同时还在晃来晃去的情景。

就香农来说,慷慨大度是个再合适不过的词:不管是她的臀、胸,还是心。她对亨利温柔有加,处处关爱。这让我喜欢上她了……但喜欢是个太轻浅的词儿,读者。我爱她,而我们俩都爱亨利。周二、周四吃完晚餐之后,我总是坚持洗碗,让他们去门廊上休息。有时,我听到他们喃喃唧唧的,会偷偷张望,看到他们肩挨着肩地坐在柳条椅上,望着西边的田野,像对老夫妻似的手拉着手。有时候我偷窥到他们接吻,那就一点都不像老夫老妻了。那些吻甜蜜热切,是年轻人特有的那种。尔后,我悄然离开,心里隐隐作痛。

有个周二下午,天很热,她来得比平常早。她父亲在北边的田里开着收割机,亨利跟他坐在一起,后面跟着一帮人手,都是来自莱姆比斯卡的肖肖尼印第安人……紧随其后的是绰号叫老馅饼的家伙,开着辆收粮卡车。香农要一犀斗的凉水,这我乐意奉送。她站在屋子阴凉的一侧,穿了条大连衣裙,裙子遮住了从喉到脚胫、从肩到手腕的所有部位,看起来怎么也不可能凉爽——简直就像是贵格会的装束。她表情凝重,或许称得上害怕。有一会儿,我自己也感到有点害怕。他已经跟她说了吧,我心想。事情证明并不是这样。只不过,在某种程度上,是的。

"詹姆斯先生,亨利病了吗?"

"病了？啊，没有啊。照我说，他健壮如牛。吃起来也像牛。你自己亲眼看到的。不过，我倒觉得就是生病的男人对你的烧菜手艺要说个'不'字也很难啊，香农。"

这话为我赢得了她的微笑，只不过笑容是心不在焉的那种。"他这个夏天很反常。我过去总明白他心里在想什么，可现在没门儿。他看上去忧心忡忡。"

"是吗？"我问道（语气有些过于热切）。

"你没看出来吗？"

"没有，女士。"（我早看出来了。）"在我看来，他还是从前的他啊。不过他太喜欢你了，香。也许在你看来是忧心忡忡的东西，其实只是他的相思病。"

我本以为这话会给我赢来一个真正的微笑，可是没有。她碰了碰我的手，因为刚刚攥过了犀斗的手把子，她的手冰凉。"我想过，不过……"她脱口说出了余下的话，"詹姆斯先生，要是他爱上了某个人——学校里的某个女生——你会告诉我的，对不对？你不会想方设法……不让我伤心吧？"

一听到这话，我便笑了，她漂亮的脸蛋顿时放松下来。"香，听我说。因为我是你的朋友。夏天一向是忙季，阿莱特走了，汉克跟我比独臂的糊裱工人还要忙。晚上回家后，我们吃上一顿——一顿美餐，如果你碰巧在的话——然后读上一个小时的书。有时候他谈到如何想念他妈妈。然后我们就睡觉，第二天起来又要干活。他几乎没空来向你求爱，哪里还谈得上去找别的姑娘。"

"他已经向我求爱了，是的。"她说道，然后朝远处望去，那里，她父亲的收割机正沿着地平线在"突突"地响着。

"哦……那就好，是吗？"

"我刚才想……他那么沉默……情绪沮丧……有时候看着远处发愣，我必须喊他的名字两遍三遍，他才会听到。"她的脸红得厉害，"就连他的吻似乎也不一样了。我不知道该如何解释这个差别，可就是不一样。要是你把我的话传给他，我会去死的。我会去死。"

"我决不会，"我说，"朋友不会出卖朋友。"

"我想我有点傻乎乎的。当然,他思念他妈妈,我知道他确实是这样。但是学校里比我漂亮的女孩多的是……比我漂亮……"

我抬起她的下颌,让她看着我。"香农·考特利,我的孩子看到你的时候,他看到的是世界上最漂亮的姑娘。他没错。嗨,要是我在他这般年纪,我也会向你求爱的。"

"谢谢你。"她说着,泪珠像细细的钻石出现在了眼角。

"唯一要你愁着的事就是他不对劲的时候,帮助他回回神儿。男孩子需要多打气,你知道的。如果我有不对劲,你只管告诉我就是了。那是朋友间另一桩可以放心去做的事。"

她抱了抱我,我也回了她一个拥抱。一个有力而温暖的拥抱,但是,相比较而言,这个拥抱对香农来说可能感觉更好。因为阿莱特处在我们之间。一九二二年夏天,阿莱特处在我跟别的任何人之间。对亨利来说,同样如此。这一点香农刚才就已经告诉了我。

八月份的一个晚上,收割已经完成,老馅饼的人也拿到了报酬,回到了居留地,我在夜里醒来,听到了奶牛"哞哞"的叫声。我睡过了挤奶时间,我想,可是,当我在床边的桌上摸索着找到我父亲的怀表瞥了一眼,才发现时间是凌晨三点一刻。我把怀表靠近耳边,听它是否还在"滴滴答答"地走,但窗外没有月光的黑暗夜色也能告诉我现在几点。并不是奶牛需要挤奶时发出的不适的轻响,而是受伤的动物才会发出的声音。奶牛产崽时也那样叫,但是,我们的女神们老早就过了那个阶段了。

我起来,往门外走去,然后折回来,从柜子里取出我的点二二手枪。当我一手拿着枪、一手提着靴子匆忙走过时,我听到亨利在他紧闭的房门后面呼呼大睡。我希望他不会醒来跟我一起干一件可能是充满危险的差事。那时候,平原上只剩下为数不多的几匹狼,但是老馅饼曾经告诉过我,普拉特和麦迪信小河沿岸,有些狐狸群中有晕夏病现象。肖肖尼人称之为狂犬病,牛棚里的声音最有可能是某个发狂的畜生造成的。

走到屋外后,痛苦的"哞哞"声听起来又响又空洞。在回响。像是井里的奶牛,我想。这个想法让我手臂上的肉发凉,我把点二二握得更紧了。

等我走到牛棚门口，用肩头把右边的那扇门顶开时，我能听到其他奶牛开始同情地"哞哞"直叫起来，不过，这些叫声与那把我吵醒的号叫声相比只能算是平静的问询……如果我不把这叫声的源头除掉，它也会把亨利吵醒。门右侧有个钩子，钩子上面挂着盏弧形碳灯——我们在牛棚里不用明火，除非绝对迫不得已，尤其是在夏天，这时节棚顶层放的都是干草，每个玉米穗仓库也都堆到了顶端。

我用手去摸点火按钮，推了一下。一圈蓝白色的光芒蹦了出来，光艳夺目。起初，我的眼睛被搞花了，什么也看不清楚。我只听到那些痛苦的叫声和蹄子的"咚咚"声，是一头奶牛试图躲避伤害它的东西。那是阿刻罗伊斯。等眼睛稍稍适应了点，我便看到她把头朝两边甩，不停后退，直到后腿撞到了圈门——走道右边第三个——然后，再次蹒跚向前。其他奶牛也在拼命挣扎，完全是一片慌乱。

我拉上靴子，然后把点二二夹在左臂下面，大步走到牛圈前。我用力拉开门，然后后退。阿刻罗伊斯是"驱走疼痛之人"的意思，可眼下这个阿刻罗伊斯却处于疼痛之中。她跟跄着走进道时，我看到她后腿上满是血迹。她后腿直立，像匹马一样（这动作我从来没见奶牛做过），就在她立起来的时候，我看到一只硕大的挪威鼠正咬着她的一只奶头。老鼠的体重把奶牛粉红色的奶头拉成如一根直挺挺的软骨。我惊呆了（而且恐惧），僵在那里，想起了亨利还是个孩子时有时候是怎样从嘴里拉出一根粉红色泡泡糖的样子。别那样，阿莱特总是怪他，没人要看你嘴里在嚼什么东西。

我举起枪，然后又放下。老鼠还在前后晃来晃去的，像个钟摆末端的活重锤，我还怎么开枪？

此刻在过道里，阿刻罗伊斯在"哞哞"叫着，朝两边摇头，好像这样能稍许缓解疼痛。她的四只脚落回到地板上后，老鼠就站在四处散落着干草的棚板上了。它像条诡异而可怕的小狗，须子上面沾着有斑斑血迹的牛奶珠子。我四处巡视，要找个击打老鼠的器具。可是，还我等我抓起之前亨利放在畜栏前的扫帚，阿刻罗伊斯就再一次后腿直立，老鼠"砰"地坠落到地板上。一开始我想是她甩开了老鼠，但马上就发现，

　　粉红色的、皱巴巴的奶头从老鼠嘴里冒了出来，像一只新鲜的雪茄烟。那该死的东西撕断了阿刻罗伊斯的一只奶头！她用头抵着一根棚柱子，望着我，疲惫地"哞哞"低叫，像是在说：这么多年来我给了你牛奶，没惹出一丝麻烦，不像一些我可以点得出名的牛那样，你为什么让这样的事发生在我的身上？血在她乳房下面流成了一片。甚至在我震惊和极度反感的时候，我仍然认为，她不会因受伤而死去的，但是眼前看到她——看到老鼠，嘴里还含着那只无辜的奶头——使我满腔怒火。

　　可我还是不能朝老鼠开枪，部分原因是我怕着火，但大部分原因还是，一手提着碳灯，我担心开枪失手。我把枪托放低，希望打死这个侵略者，如同亨利用铲子劈死井里的老鼠一样。然而，亨利毕竟是个反应灵敏的孩子，我却是个刚从熟睡中惊醒的中年人。老鼠轻而易举地躲过了我，快步蹿到中间的过道上。咬断的奶头在它嘴里忽上忽下，我突然意识到，老鼠在吃奶头——温热的，而且毫无疑问，里面仍然满满地充满奶水——甚至当它奔跑的时候。我追赶，朝它又砸了两次，全没打中。接着，我就看到它逃跑的方向了：通向废弃不用的牲畜井的管子。好啊！老鼠大道！井现在已经被填得严严实实，管子是它们唯一的出口。没有管子，他们早就被活埋了。和她一起被埋了。

　　不过当然，我想，那东西对管子来说太大。它一定是从外面进来的——也许是粪堆里的老鼠窝。

　　它朝管道的开口处跳去，把身体拉到了令人惊异的长度。我最后一次用枪托朝它砸了过去，枪托在管口处砸得四分五裂。可老鼠完全没有打着。我把碳灯放低到管口的时候，隐隐约约地看到，不长毛的老鼠尾巴摇摇晃晃地滑进了黑暗的管道里，还听见它的爪子在镀锌的金属上面划得"吱吱"作响。然后，它消失了。我的心"怦怦"地剧烈跳动，眼前直冒金星。我深吸了一口气，但是吸进的这口气里，坏死和腐烂的臭气太呛人，我慌忙用手捂住鼻子向后退去。呕吐的需要抑制住了喊叫的需要。鼻孔里满是那股臭气，我几乎能看到阿莱特坐在管道的另一端，肉上爬满了臭虫和蛆，在流脓滴水；她的脸开始从头颅上剥落，露齿的微笑正在消失，取而代之的是嘴唇下永远的骨头笑容。

　　我四肢并用，从那糟糕透顶的管道边往回爬，从左边呕到右边，把所有晚饭全部呕光时，我吐出了丝丝胆汁。透过水渍渍的眼睛，我看到阿刻罗伊斯已回到牛圈。这就好。起码我不需穿过玉米地去追她，给她套上笼头了。

我首先想把管子堵住——别的事不做，我先要把这事儿做了——可是，当呕吐平息时，清醒的思维重又占了上风。阿刻罗伊斯是首要大事。她是头好奶牛。更要紧的是，她是我的责任。我有个药箱放在牛棚小间里，那里，我常常放些书。从药箱里找到了一大听罗莱牌抗菌药膏。箱角放着许多干净的碎布。我拿了一半，回到阿刻罗伊斯的牛圈。我把圈门关上，这样就把挨踢的危险减少到最低程度，然后坐在挤奶凳上。现在想来，当时我隐约觉得自己活该被踢。我边抚摸她的身体，边喃喃自语，"嘘，乖，嘘"，可亲爱的老阿刻罗伊斯一动不动，虽然我把药膏涂在她伤口上时，她痛得浑身哆嗦。

尽我所能采取措施防止她的伤口感染后，我用那些碎布擦干净自己的呕吐物。把活儿干好可不是件小事，因为任何一个农民都会告诉你，人的呕吐物就跟没有盖好的垃圾桶一样，会招惹来犯的动物。像浣熊和旱獭什么的，但更多的还是老鼠。老鼠特别喜欢人剩下的东西。

我还剩几块碎布，但它们不过是阿莱特厨房里扔弃不用的东西，对我下面要干的活儿来说太薄了点。我从钩子上摘下镰刀，提着灯走到柴堆，然后从盖柴堆的帆布上割下了一块。回到牛棚，我弯身把灯靠近管道口，想确定那只老鼠（或者另外一只；有一只的地方肯定就会有更多）是否藏在那里准备保卫自己的领地。但是，就我所见，管道是空的，约摸四英尺长。没有粪便，这我并不惊讶。这是一条正在使用的通道——现在是它们唯一的通道——只要还能在外面办事儿，它们就不会把它弄脏。

我把帆布塞进管道。帆布又硬又粗，最后我只好用扫帚柄把帆布往里头捣，但还是成功了。"好了，"我说，"看看你喜不喜欢吧。噎死你。"

我折回，去看阿刻罗伊斯。她静静地站在那儿，我摸摸她，她转过头，温和地看我一眼。那一刻我清楚，现在我也清楚，她只是头奶牛——农民们对自然界往往怀有浪漫的想法，你会发现这一点——但是,她那一眼还是让我泪眼婆娑,我得憋住才能不哭。我知道你尽力了,她说,我知道不是你的过错。

但是,那是我的过错啊。

我本以为会好久睡不着,而刚入睡时,我会梦见那只老鼠窜到干草散落的牛棚板上,嘴里衔着奶头,向它的逃生口奔窜。可我很快就睡着了,这一觉既无梦又解乏。醒来时,晨曦涌进房间,我亡妻腐烂的尸体臭气厚重地黏在我的手上、床单上、枕套上。我突然坐直身子,大口喘气,不过已经意识到臭味不过是幻觉罢了。那臭味是我的噩梦。我闻到臭味,不是在夜里,而是在清晨的第一缕、最清醒的晨曦中,而且,双眼还睁得大大的。

我料想虽然涂了药膏,老鼠的咬伤也会感染,但是没有。那一年晚些时候,阿刻罗伊斯还是死了,但不是死于咬伤。不过,她不再出奶,一滴也出不了了。我本该宰了她的,可是没那份狠心。因为我的缘故,她承受了太多的痛苦。

第二天,我交给亨利一张采购单,嘱咐他把卡车开到赫明顿镇。他脸上露出了灿烂的笑容。

"卡车?我?单独去吗?"

"你还晓得前进挡吗?你还能找到倒挡吗?"

"嘿,当然啦。"

"既然如此,我觉得你行。也许还不能去奥马哈——甚至林肯也不行——不过,假如你慢慢开,你一定会平安到达镇上的。"

"谢谢!"他张开双臂拥抱我,吻我的面颊。顷刻,我们好像又成了朋友。我甚至让自己有点相信情况就是这样的,虽然我心里清楚得很。证据也许藏在地下,但真相却在我们之间,而且一直会是这样。

我把皮夹给了他,里面有钱。"这是你爷爷的。你不妨留着它;反正我本打算今年秋天把它当作生日礼物送给你的。里面有钱。剩余的钱,如果还有剩余的话,你可以自己留着。"我差点儿加上一句,别把任何流浪狗带回家,可我还是及时止住了。那可是她母亲常说的俏皮

64

话啊。

他想再次谢我,但却开不了口。

"返程时在拉斯·奥尔森的店里停下来加油。记住我的话,否则你就不是坐在方向盘后面回家,而是要步行回家了。"

"记得。爸爸?"

"哎。"

他拖着脚滑来滑去的,然后腼腆地看着我。"我可以在考特利家停下来叫香农一起去吗?"

"不行。"我说,还没等我加上一句,他的脸色就沉了下来。"你要问萨利或哈兰香农是否可以去。你要保证告诉他们,你以前从没在镇上开过车。儿子啊,我相信你不会做有损自己名誉的事。"

好像我们俩谁还剩下任何名誉似的。

我在大门口看着我们的老卡车消失在球状的灰尘中。我如鲠在喉,无法下咽。我有一种愚蠢但又非常强烈的预感,我再也见不着他了。我相信,这是大多数父母第一次看到孩子独自离开时会有的感觉,他们知道:如果孩子到了没人监护也能出去办事的时候,他就不再是个孩子了。不过,我不会花太多的时间沉湎于感觉之中;我还有重要的活儿要做,况且我打发亨利出去,正是为了能够独自处理那件事。当然,他会看到奶牛出了什么事,而且很可能猜得出是什么东西干的,可我觉得我还是能够让这件事给他带来的心理负担轻一点。

我首先检查了阿刻罗伊斯。她有些无精打采,但除此之外一切正常。然后我检查了管道。依旧堵着,但是我不抱任何幻想;也许会过上段时间,不过老鼠最终还是会咬破帆布,我必须把它弄得更牢固点。我把一袋波特兰水泥拿到屋子的井边,在一只旧水桶内搅拌了一些。回到牛棚,在等水泥凝固的时候,我把那堆帆布团朝管道里头更深的地方捣。起码深进去有两英尺,最后的两英尺我用水泥把它塞满。亨利回来的时候(他情绪很好;他真的带着香农去了,他们一起分享了冰淇淋汽水,是用购物剩下的零钱买的),水泥已经硬了。我认为肯定有一些老鼠漏网了,可我丝毫也不怀疑,我把大多数老鼠——包括伤害阿刻罗伊斯的那一只——封闭在下面漆黑的世界里。在下面那漆黑的世界里，它们会死去。如果不是死于窒息，那么就是死于饥饿，一旦它们把说不出口的粮食吃光。

那时，我是这么想的。

在一九一六到一九二二的那些年头之间，哪怕是再笨的内布拉斯加农民也发家了。而哈兰·考特利，远远谈不上笨，自然要比大多数人发达得更快。他的农场就说明了这一点。一九一九年，他添了一个牛棚和一个筒仓，而在一九二〇年，他又打了口深井，每一秒钟就抽出令人难以置信的六加仑水。一年之后，他又购置了室内抽水泵（虽然他还精明地使用后院的露天茅厕）。那时，一周三次，他跟他家的娘儿们可以享受在这乡下真正算得上是令人难以相信的奢侈：热水澡和淋浴，它们不是用厨房炉子上烧热的一桶桶水提供的，而是通过管道首先从井里头把水抽上来、然后再传输到集水箱里。正是淋浴才暴露了香农·考特利一直严守的秘密，虽然我认为我已经知道了，打有一天她说，他已经向我求爱了——她用一种根本不像她的、平淡而毫无感情色彩的语气说着，也不朝我看，目光指向远处，看着父亲的收割机，还有跟在收割机后面艰难行走的拾穗者。

这是临近九月底的事，一年的玉米已经摘好了，但还有许多园子的收成要做。周六的一个下午，香农在享受淋浴的时候，她母亲顺着后院的过道走过来，手里抱了一大堆刚从晾衣绳上收好的衣服，因为天色看起来要下雨。香农可能认为她一直把浴室门关得好好的——大多数女士们对自己的洗浴还是严格保密的，而在一九二二年夏末秋初的时候，香农·考特利有着更特殊的理由这样做——但也许门从门闩上滑开，打开了一半。她母亲碰巧朝里头看了一眼，虽然充当浴帘的旧布还挂在 U 形栏绳的四周，喷撒出的洗澡水却已经把浴帘布浇得半透明。萨莉没有必要亲眼看到这姑娘，看到她的体型就够了。这一次，她没有穿着那贵格风格的宽松连衣裙来遮身蔽体。一眼就足够了。姑娘已有身孕五个月，或者差不多吧；无论如何，她很可能也守不了这个秘密多长时间了。

两天之后,亨利放学回家(现在卡车归他用了),显得慌乱而内疚。"香两天没上学了,"他说,"于是我回来的路上在考特利家停了一下,打听她是否还好。我想她也许得了西班牙流感什么的。他们不让我进屋。考特利太太叫我走,并说等她丈夫干完活,他今晚会跟我谈话的。我问我是否能做些什么,她说,'亨利,你做得已经够多了。'"

然后我就记起香农曾经说过的话。亨利用手捂住脸,说:"她怀孕了,爸爸,他们发现了。我知道肯定就是这事儿。我们想结婚,可我担心他们不让。"

"别管他们,"我说,"我也不允许。"

他用受伤的、泪水汪汪的眼睛看着我。"为什么?"

我心想:你已经看到你母亲跟我之间发生的一切了,你竟然非得要问? 但是,我说出来的话却是:"她十五岁,你还有两周才十五岁。"

"可我们彼此相爱呀。"

哦,那声音听起来想要哭。那声懦弱、没有男子汉气概的叫喊。我的手在工装裤腿上握得紧紧的,但是我用力张开、伸平。生气无济于事。男孩子需要跟妈妈讨论类似这样的事情,但是,他妈妈现在却坐在填实的井底,毫无疑问,还有一群死老鼠在伺候她。

"我知道你爱她,亨利——"

"叫我汉克!可别人那么年轻就结婚了。"

曾经有人是这样;但不是很多,自从到了本世纪。可我没说出这些话。我说的是,我没钱让他们另立门户。也许,等到一九二五年,如果收成和价格持续好转的话。可现在呢,我们一无所有。还有个婴儿在路上——

"本来会有足够的钱的!"他说,"要不是你为了那一百英亩地,成为这样一个卑鄙的家伙,本来会有很多钱的! 她会给我一些的,而且她不会像你这个样子对我讲话!"

起初,我太震惊了,说不出一句话来。自从阿莱特的名字——或者甚至这个模糊的指称代词她——在我们之间消失以来,已经有六周或者更长的时间了。

他用藐视的神情看着我。那时刻,沿着我们的路,我远远地看到哈兰·考特利正在路上。我一直把他当成朋友,但是一个意外怀孕的女儿会改变这情况。

"是的,她不会这样对你讲话,"我赞成道,并让自己直直地盯着他的眼睛。"她会以更坏的方式对你说话,而且更有可能会笑话你。如果你扪心自问,儿子,你会清楚这一点的。"

"不!"

"你妈妈把香农叫做小荡妇,然后告诉你把鸡巴放在裤子里。这是她的最后一个忠告,虽然话有些粗而且伤人,就像她说出来的大多数话一样,但是,你还是该听她的话。"

亨利的怒气一下子就熄了。"只是在那……在那夜之后……我们……香农本来不愿意,但是我说服了她。一旦开始,她就跟我一样都好上了这档子事儿。一旦开始,她就主动要求了。"他说这话的时候,带着一种奇怪的、半病态的自豪,然后又萎靡不振地摇摇头。"现在,地闲放在那里长杂草,而我又有了麻烦。要是妈妈在这里,她会帮我解决问题的。钱解决一切问题,那是他说的。"亨利朝着越来越近的那团尘土点点头。

"如果你记不得你妈妈对每个子儿都抠门的话,那么你就是为了自己的利益健忘得太快了。"我说,"如果你忘记了那次她是怎样扇你耳光——"

"我没有!"他愠怒地说,然后更加气愤地说道,"我以为你会帮我的。"

"我是想帮你。可眼下我想让你自己消失掉。当香农她爸出现时,你人在这儿就像在公牛前面挥舞红毯子。让我想想我们该咋办——还有他是个什么状态——然后说不定会喊你到门廊上来。"我抓着他的手腕,"儿子,为了你,我会尽我所能的。"

他抽出了手腕。"你最好这样。"

他走进屋里,恰恰在哈兰的新车停下来之前(一辆纳什牌的轿车,虽然上面蒙了层灰,还是又绿又亮,像蝴蝶的脊背),我听到屏风门"砰"的一声关上了。

纳什车"嘎嚓嘎嚓"了几声,回火,然后停了。哈兰下车,脱下防尘外衣,然后把它叠起来,放到座位上。他罩了件防尘外衣,因为里面穿了正装来出席这个场合:白衬衫,领结,周日去教堂的好裤子,带银色搭扣的皮带。他拉了拉皮带,把裤子在平整的小肚子下面理好。他对我一直不错,而我也认为我们不只是朋友,而且还是好朋友,但是,就在那一刻,我开始讨厌他。不是因为他来向我儿子兴师问罪;天晓得,如果我们俩把处境互换一下,我也会这么干的。不是因为这,而是因为那辆崭新锃亮的绿色纳什牌轿车,是因为他那做成海豚形状的银色的皮带搭扣,是因为他那外面油漆得鲜红的新粮仓,还有室内抽水泵。最重要的原因还是因为他留在农场的那长相平平、却听使唤的老婆;虽然她有点担心,但是,毫无疑问,此刻她正在准备晚饭。这种老婆遇到任何问题的时候给出的回答都是讨喜的:亲爱的,你的意见总是最好的。女人们,注意:像这样的老婆从不需要担心被切断喉咙,汩汩地流干最后的生命之血。

他大步走到门廊台阶上。我站着伸出手,等着瞧他是接还是不接。他在权衡利弊的时候有一阵迟疑,但最后还是短暂地握握我的手,然后松开。"威尔弗,我们今天碰到大问题了。"他说。

"我知道了。亨利刚告诉我。迟做总比不做好。"

"要是不发生就更好了。"他痛苦地说道。

"坐下来,好吗?"

他愣了一会儿,才坐到以前一直是阿莱特坐的摇椅上。我知道他不想坐——一个气愤难耐的男人坐着并不好受——可他到底还是坐下了。

"来点冰茶,好么? 没有柠檬汁了,阿莱特是柠檬汁行家,但是——"

他用胖嘟嘟的手示意我静下来。胖嘟嘟的,但是很结实。哈兰算得上是赫明顿最有钱的农民之一,但他不是甩手掌柜;每逢割干草或者收获时节,他总是和雇工们一起干活。"我想日落前回来,赶夜路可不值。我姑娘的烤炉里有只面包,我想你知道谁是厨师。"

"如果我说对不起,会有用吗?"

"没用。"他的嘴唇合得紧紧的,我能看到他脖子两侧的血管在跳动。"我比大黄蜂还要气愤,可让我更气的是,我没人可以发泄。我不能对孩子们发火,因为他们毕竟只是孩子。可要不是香农怀着孩子,我会把她放在腿上,狠狠揍她一顿,因为她明明知道更多,却没能做得更好。她有家教,去教堂,本不该这样的。"

我想问他是否在说亨利家教不好,可还是闭上嘴,任由他把一路上蓄积的怒气都发泄出来。他已经仔细想过要说的话了,让他说出口,跟他交谈会更容易。

"我想怪萨莉没有早点儿看到姑娘的情况,但是,第一次怀孕常常肚子高,大家都知道这一点……而且,天哪,你知道香农平常穿的那种裙子。也不是最近才开始穿的。自从十二岁开始,她就开始穿那种'老奶奶出门去'的衣服……"

他把胖嘟嘟的手伸到胸前。我点点头。

"我还想怪你,因为你好像跳过了父亲跟儿子之间常有的那种谈话。"就像抚养儿子的事情你什么都懂似的,我心里想。"关于他裤子里有把枪,应该上好保险栓。"他停住了,喉咙里有些哽咽,接着喊了出来,"我的……小……姑娘……她太小了,无法当妈妈啊!"

当然我有哈兰不知道的、但是值得怪罪的地方。如果我没把亨利置身于一个他特别渴望得到女人关爱的境地,香农也许就不会陷入如今这个尴尬的局面。那样,我也许会问哈兰,在忙于怪罪别人的时候,是否也要责备自己。可我保持缄默。我本性并不是个隐忍不发的人,但跟阿莱特一起的生活给了我充分的锻炼。

"但我也不能怪罪你,因为你妻子今年春天离家出走了,在这样的时候你注意力分散是自然的事。因此到你这儿之前,我在家里劈了将近半堆木头,想消煞消煞那门子怒气,这肯定有效。我握了你的手,对不对?"

从他声音里听得出来的自我庆祝弄得我心痒痒地想说话,除非是强奸,我认为探戈需要两人才能跳得成。不过我只是说:"是的,你握了我的手。"

"哦,现在让我们看看你们打算怎么处理这件事吧。你,还有坐在我桌边吃我妻子为他做的饭菜的那个男孩。"

某个恶魔——当耍奸使诈的人离开时进入人身体的家伙——让我

说道："亨利想跟她结婚,给孩子一个姓。"

"真他妈的荒谬,我不想听。我不会说亨利没壶撒尿或者没窗子把壶扔出去——我知道你做得对,威尔弗,或者说,在你能力范围内做得对,但也只能这么说了。这些年光景不错,你还只是比你的银行贷款提前了一步。一旦年景萧条,你打算咋办呢?而通常都是这样,好几年坏几年的。如果你能从那一百英亩地拿到现金,情况就不一样了——现金缓冲艰难岁月,这大家都知道——但是,阿莱特走了,那些地搁在那儿,像是个便秘的老太婆坐在便器上面。"

只有片刻,我考虑了一下,如果在那操他妈的一百英亩地的问题上,我向阿莱特让了步,正同我在别的许多事情上让了步一样,情况将会是怎样呢?我会生活在臭气中,那就是事情的结局。我得为奶牛们把那口老泉挖出来,因为她们不能喝满是血污和漂着猪内脏的河水。

不假,可那样的话我就是在生活,而不仅仅是生存,阿莱特会跟我一起,亨利也不会变成一个郁郁寡欢、痛苦不堪、难以相处的男孩。这个男孩让自己青梅竹马的好朋友陷入了一大堆麻烦之中。

"你打算咋办呢?"我问他,"我觉得你来这趟,脑子里不会没有什么想法吧?"

他好像没听到我的话。他正朝外看,目光掠过田野,落在位于地平线上的、他的新粮仓所在的位置。他的脸色沉重忧伤,但是我写了太多,不愿扯谎:那样的表情并没感动我多少。一九二二年是我一生当中最为糟糕的年头,这一年我变成了一个连我自己也无法理解的人,哈兰·考特利不过是在充满崎岖和痛苦的一段道路上的又一个麻烦罢了。

"她很聪明,"哈兰说,"学校的麦克雷迪老师说,香农是她整个教学生涯中教过的最聪明的学生,而她的教学生涯差不多是从四十年前开始的。她的英语好,数学更好。这一点,麦克雷迪老师说在女孩子当中并不多见。她会做 triggeronomy①(三角学),威尔弗,这,你懂吗? 麦克

———————————

① 这里哈兰把英语中的三角学 trigonometry 错读成 triggeronomy,扳机学,其实这个单词英语中根本没有。

雷迪老师自己也做不来 triggeronomy（三角学）。"

不，我不懂怎么做三角学，但是我知道该如何念这个单词。不过我感到现在并不是我纠正邻居发音的时候。

"萨莉想把她送到奥马哈的一所师范学校。自从一九一八年以来，他们就招女生了，虽然至今没有女生毕业。"他冲我看了一眼，这一眼让人难以接受：是厌恶掺杂着敌意。"女孩儿总是想要结婚，你明白的，而且还要生孩子。加入东星会，还要打扫他妈的地板。"他叹了口气。

"香本可以成为第一个的。她有技能也有智力。你不知道这一点，是吗？"

是的，我真的不知道。我只是猜想——我现在知道这是我许多错误猜想中的一个——她是块做农民老婆的料，而且，仅仅就是这块料。

"她甚至可以教大学的。我们计划等她一到十七岁，就送她到那所学校去。"

你是说是萨莉计划的吧，我心想，若是单凭你自己，这个发疯的想法从来就不会在你那农民的脑瓜里掠过。

"香愿意去，而且钱也备好了。一切都安排好了。"他转过身来看着我，我听到他的颈腱在"吱吱"作响。"现在仍然是一切都安排好了。但是首先——差不多是马上——她将去奥马哈的圣欧塞比亚天主教教养院。这一点，她还不知道，可是就快要发生了。萨莉曾想送她到迪兰——萨莉的姐姐住在那里——或者，到我住在莱姆比斯卡的叔叔婶婶那里，不过，我不相信他们哪个能把我们决定的事办得妥当。惹出这种麻烦的女孩也不该到她所认识和喜爱的人们那里去。"

"哈兰，你决定的到底是个什么东西？除了送你女儿到某个……我不知道……孤儿院？"

他变得气势汹汹起来。"那不是孤儿院！那是个干净、健康、繁忙的地方。他们是这么告诉我的。我一直在打听情况，得到的所有报告都是好消息。她要劳动，要上课，再过四个月，她还要生孩子。生好之后，孩子会被送走，让人领养。圣欧塞比亚天主教教养院的修女们会处理这件事。然后她会回家，再过一年半，她就可以去师范学院，正如萨莉希望的那样。当然，也如我所想的那样。萨莉和我所想的。"

"这当中派我什么份儿呢？我想我有必须承担的份儿。"

"威尔弗，你是故意让我难过吗？我知道，你这一年挺不容易的，但你这样伤害我，我还是受不了。"

"我不是在伤害你，但是你要知道，不是只有你一个人感到生气丢脸。干脆地告诉我你要什么吧，这样也许我们还能做朋友。"

听到这话，他脸上露出格外冷漠的笑意——嘴唇抽动一下，嘴角的酒窝一闪而过——这在很大程度上说明他对我说的"友谊"不抱多少希望。

"我知道你不富有，但是你还要加把劲儿，担负起自己的责任来。她在教养院期间——修女们叫做产前保健——要花三百块。我在电话里跟卡米拉修女谈话的时候，她管这叫做捐助，不过，当我听到这词儿时，我知道是一笔费用。"

"要是你打算让我和你对半分——"

"我知道你拿不出一百五十块，但是你最好能拿七十五，因为那是她的辅导老师要花的费用。帮她补上功课的老师。"

"我办不到。阿莱特走的时候，把钱刮光了。"不过，我第一次发现自己不知不觉地在想她是否可能存了些钱。我说她离家出走的时候拿了两百块钱纯粹是在扯谎，不过眼下这情势，就是一分一角也顶用啊。我在心里头留了意，打定主意要翻翻厨房里的柜子和碗盘。

"再从银行贷个短期款吧，"他说，"我听说你已经还清了最后一笔。"

他当然听说了。这些事本该保密的，但是像哈兰·考特利这样的男人就是耳朵长。我感到一股厌恶的心情重新涌上心头。他曾让我使用他的玉米收割机，每用一次只收二十美金，但那又怎么样呢？他刚才开口要出这个价，甚至更多，好像他的宝贝女儿不曾叉开大腿，说，来吧。

"以前我是用卖庄稼的钱来还贷款的，"我说，"现在我没这钱。我只有地和房子，就这些。"

"你自己去想办法，"他说，"抵押房子，如果那是必须付出的代价。七十五美元是你的份儿。跟你有个十五岁就当爹的儿子相比，我想你还是占了便宜吧。"

他站了起来。我也站了起来。"如果我没办法呢？那又怎么样，哈兰？你会请法官过来？"

他撇了撇嘴，摆出一副鄙夷不屑的表情，这让我对他的厌恶变成了憎恨。这种转变是在刹那间发生的，今天我依然感觉到在我心头的那种憎恨之情，虽然众多的其他感情已经从我心中燃烧泯灭了。"对类似的事，我从不打官司。不过，要是你不尽到责任的话，你我之间就此结束。"他眯着眼，看看越来越暗的天色。"我要回去，得走了，如果我想要在天黑前到家的话。这一两周我用不着那七十五美金，因此你还有时间。我不会来跟你要这钱的。如果你不给，就不给。只是别说你拿不出，因为我知道得更清楚。威尔弗，你本该让她把那些地卖给法灵顿公司的。如是你做了，她还会在这儿，而你手里会有钱。我女儿也许不会大肚子。"

在我的想象中，我把他推下门廊，当他试图站立起来时，双脚跳到他又硬又圆的肚皮，然后我从牛棚里拿出镰刀，戳瞎他的一只眼。而实际上，我站着不动，一只手支在栏杆上，看着他步子沉重地走下台阶。

"想跟亨利谈谈吗？"我问他，"我可以叫他来。对这事儿，他跟我一样感觉糟糕。"

哈兰尚未迈开大步。"她本是个纯洁的姑娘，你儿子却脏了她的身子。要是你把他拽到这里，我会揍扁他的。我会控制不了自己。"

我心里寻思着他的话。亨利正在长身体，力道大，也许最为重要的是，他知道怎么杀人，哈兰·考特利却不会。

他不需要费劲儿发动纳什车，只要推一下按钮。有钱在各个方面都很好。"我需要七十五美元了结这桩事。"他喊道，声音盖过了汽车引擎发动的"砰砰"声和"叭叭"声，然后很快绕过柴堆，弄得公鸡乔治和它的一班人马上飞下跳。他径直开回他的农场，那里有马力充足的发电机和室内抽水泵。

当我转过身来时，发现亨利正站在我身边，看起来面色灰黄，怒气冲冲。"他们不能就那样把她打发走了。"

这样看来，他一直在听我们说话。我不能说我当时感到吃惊。

"能,而且就将要这么做了,"我说,"如果你想做什么傻事,只会把事情搞得更糟。"

"我们可以逃走。我们不会被逮到。如果我们能逃过……逃过我们干的那件事儿……那么我想我也可以跟香逃到科罗拉多去。"

"你不可以这么做,"我说,"因为你没有钱。有钱搞定一切,他说的。咳,我要说的是:没钱搞砸一切。我懂这个道理,香农也会懂。她现在还有个孩子要照应——"

"如果他们让她把孩子送走,就不会有孩子了!"

"那并不能改变一个女人肚子里有了孩子之后的感觉。孩子能使女人在某些方面聪明起来,而男人不懂。我不会仅仅因为她怀了孩子就对你或者对她另有看法——你们并不是头一对,也不会是最后一对,哪怕上帝对她的设想是她大腿间的那玩意儿只用在盥洗室。但是如果你要一个怀孕五个月的女孩跟你一起逃跑……而且她答应了……那样的话,我会为你们俩感到丢人现眼。"

"你懂什么呢?"他问道,一副非常鄙夷不屑的口吻。"你连割断喉咙的屁事儿都干得那么糟糕。"

我说不出话来。见状,他便走了。

翌日,他没有争吵,便离家到学校去了,尽管他的小恋人再也不在那里了。可能是因为我让他开车了吧。开车还是件新鲜事儿的时候,男孩子会找出各种各样的借口开的。但是,肯定,那份新鲜感会慢慢消失,而且用不了多久。通常情况下,新鲜过后的事儿就是灰蒙蒙的难看。像老鼠皮一样。

他出去之后,我便走进厨房。从瓶瓶罐罐里倒出了糖、面粉和盐之后,再晃晃它们。什么也没有。我走进卧室,在她的衣服里翻找。什么也没有。我在她的鞋子里头看,什么也没有。可是,每次一无所获,我就更加确信,一定有钱。

花园里还有活儿要干,但是我没有动手去干。反之,我从牛棚后面出去,走到曾经是老井所在的地方。现在这里杂草丛生:毛线稷和乱蓬蓬的秋季黄花。艾尔菲斯就在下面,还有阿莱特。脸侧向一边的阿莱特。带着小丑笑容的阿莱特。带着发套的阿莱特。

"钱放在哪儿呢,你这个不听话的婊子?"我问她,"你把它藏在哪里了?"

我努力清空大脑。以前,当我找不到放错了的工具或某本书时,父亲就会建议我这么做。过了一会儿,我重新回到屋里,走进卧室,将手伸进壁橱。架子的顶端有两个放帽子的盒子。第一个盒子别无所有,除了一顶帽子——那顶她常戴着去教堂的白帽子(在她肯去教堂的时候,大概每月一次吧)。另一只盒子里放着一顶红色的,可我从来没有见她戴过。在我看来,这顶帽子像是妓女戴的。塞进缎子做的帽子内圈里头、而且折叠成药片大的小正方形的是两张二十美元的票子。此时此刻,我坐在一家廉价旅馆的客房里,听着老鼠在墙里面来回奔跑、匆匆穿梭(是的,我的老朋友们在这儿),我告诉你,那两张二十美元的票子就是我倒霉的兆头。

因为它们不够。这你懂,是吗? 你当然懂的。你不需要是个三角学专家,就能懂三十五加上四十等于七十五这个道理。这听起来没什么了不起的,是吗? 可在那些日子里,三十五美元够你在杂货店里买上两个月的食物,或者在拉斯·奥尔森的店里买个好用的二手笼头。也可以买上一张直接到萨克拉门托的火车票……我有时真希望自己买了那张票。

三十五美元。

有时候,夜里头,我躺在床上,就能真真切切地看到那个数字。它闪着红光,像个交通警示灯,叫你不要穿过马路,因为火车就要开过来了。可我就是要穿,结果,火车把我碾倒了。如果我们每个人心里都有个耍奸使诈的人,那么,每个人心里也就都有个疯子。那些夜里,每当那个闪闪烁烁的数字让我难以入眠,我心里的疯子便会说,这是个阴谋,考特利,斯图本华沙跟法灵顿公司那些不择手段的律师是同谋。当然,我知道并非如此(起码在白天吧)。考特利和律师莱斯特后来也许和斯图本华沙谈过话——在我干了我干的事情之后——但是,斯图本华沙刚开始肯定是无辜的,他当时实际上是在想办法帮我摆脱困境……当然，也设法为"家乡银行和信托公司"做点小生意。但是，当哈兰或者莱斯特——或者他们俩一起——看到机会后，他们就抓住不放了。那个耍奸使诈的人智胜一筹：你觉得那怎么样？那时候，我什么都不在乎了，因为那时候我已经失去了儿子，可你知道我真正怪谁呢？

阿莱特。

是的。

因为正是她把那两张票子放在她那顶婊子红帽子里头让我找到的。你明白她有多么歹毒、多么工于心计了吧？因为不是四十美元把我拖下水的，而是在四十美元跟考特利为他怀孕女儿的辅导老师所索要的数目之间的那笔钱；他要那笔钱，是为了让她可以学习拉丁文，学习三角学，功课跟得上。

三十五，三十五，三十五。

那一周的剩下时间，我都在考虑哈兰为辅导老师索要的那笔费用。周末我也在考虑。有时候，我拿出那两张票子——我已经把它们摊开，但是上面还有折叠的印痕——研究它们。周日晚上，我做出了决定。我告诉亨利，周一他得开 T-型车去学校，因为我要到赫明顿镇上走一趟，问问银行的斯图本华沙先生关于一笔短期贷款的事儿。一小笔。只有三十五美元。

"为什么？"亨利坐在窗边，面带愁容地看着夜色越来越深的西部田地。

我告诉了他。我本以为这次谈话又会引发一场关于香农的争吵，可是，在某种程度上，我需要争吵。整个星期，他只字未提香农，尽管我知道香农已经离家。梅尔特·多诺万到家里来借玉米种的时候告诉了我。"到奥马哈一所很不错的学校去了，"他说，"嗨，给了她更多自主权吧，我是这么想的。如果她们要投票，最好还是先学习。不过，"沉吟了片刻，他补充道，"我女儿照我教导的去做。如果她懂得什么东西对她更好，她最好还是听我的。"

如果我知道她走了，亨利也会知道，更有可能在我知道之前就知道了——学校里的孩子都是热衷八卦的。但是他什么都没透露。我觉得自己是想给他一个把所有伤痛和指责都发泄出来的理由。这当然不会令人开心，但是，从长远的角度看，也许会有益处。不论额头上还是额头后面脑子上的伤口都不要让它长脓。否则，感染会四处扩散。

但是，听到这消息，他只是嘟哝了声，于是我决定稍微再加把力。

"你我共同承担还款。"我说，"到圣诞节前，如果我们把贷款还清的话，钱可能加起来只有三十八美元。也就是每人十九美元。我会把你的那一部分从你干零活的钱里拿出来的。"

肯定，我心想，这话会激起他一阵狂怒……可是，它带来的只是又一声小小的、恶声恶气的嘟哝。他甚至都没有就他不得不开 T-型车到学校的事情争吵，尽管他说别的孩子会拿这车取笑，把它叫做"汉克的要命车"。

"儿子？"

"嗯？"

"你还好吧？"

他转过来，对着我，笑了笑——起码，他的嘴唇动了动。"还行吧。爸爸，祝你明天在银行一切顺利。我要睡觉了。"

就在他站起身子的那一刻，我说："能亲亲我吗？"

他亲亲我的面颊。这是他最后一次亲我。

他开着 T-型车去了学校，我则开着卡车到了赫明顿镇。在那里，只等了五分钟，斯图本华沙先生便把我带到了他的办公室。我说明了我的需求，但是拒绝透露钱的用途，只是列举了几个个人原因。我想为了这么屁大的一点数目，我没必要说得太具体。我做得对。可是当我把话说完，他把手叠在记事簿上，用一种近乎父亲般威严的表情看着我。屋子的角落里，那只校准者牌时钟"滴滴答答"地带走了一块块不声不响的时间。街上——相当喧嚣——传来了一阵引擎"啪嗒啪嗒"的声音。引擎停止，一片寂静；然后，又一只引擎发动起来。那是我儿子，先是开着 T-型车来到这里，然后偷偷地开走了我的卡车吗？我无从确切知道。不过现在我认为，当时的情形就是这样的。

"威尔弗，"斯图本华沙先生说，"你克服妻子出走给你造成的心理影响已经有一段时间了——原谅我提起这个伤心的话题，但是它与我们今天要谈的事情有关，而且，银行家的办公室有点类似牧师的忏悔室——因此，我想我要像个荷兰大叔①一样跟你谈话。巧合的是，因为我父母就是从荷兰来的。"

这种话我曾经听过——正如到过这间办公室的许多来访者一样，我想象得出来——于是例行公事地笑了笑，这也正是这句话所要达到的效果。

"家乡银行愿意贷给你三十五美元吗？这还用说。我甚至愿意采取私人对私人的模式放贷，从我自己的钱包里拿钱来做成这笔交易，只是我身上带的钱从来只够在'漂亮餐厅'买顿午饭，再去修鞋铺擦次皮鞋。带太多的钱总是个诱惑，甚至是对像我这样狡猾的老家伙而言；再说了，公事还是应该公办。但是！"他举起手指头，"你不需要三十五美元。"

"很伤心地说，我确实需要。"我思忖他是否知道其中的原因。他也许知道；他确实是个狡猾的老家伙。但是，哈兰·考特利也是这样的人。而且，那年秋天，哈兰还是个不知廉耻的老家伙。

"不，你不需要。你需要的是七百五十美元，那才是你需要的，而且你今天就可以得到这笔钱。要么存起来，要么把现金放在口袋里走出银行，对我而言，哪一种方式都行。三年前，你付清了住宅的抵押款。没有拖欠，清清爽爽。因此，绝对没有理由说你不能再借一次。孩子，人们一直在这么做，而且都是最优秀的人在做。看到我们正在准备的文书，你会吃惊的。最优秀的人在做。是的先生。"

"我得好好感谢你，斯图本华沙先生，可是我不这么认为。抵押贷款自从生效起就像是我头上的乌云，而且——"

"威尔弗，这话说到点子上了！"那只手指头又竖了起来。这次它在来回摇摆，像是校准者时钟的钟摆一样。"那正是关键！恰恰是那些借了抵押贷款却觉得自己永远可以在阳光底下晃悠的家伙们最后往往拖欠不还，丢光了自己值钱的房产！像你这样拿着银行文书就像是在阴

---

① 英语中的荷兰大叔指的是不留情面的训斥者。

天推着一车石块的人，往往才是还得清钱的人！难道你想告诉我，没有任何需要整修的地方？屋顶要不要补？再添些牲口行不行？"他看看我，显得狡诈，又带着流氓气。"或者加个室内卫生设备，就像跟你住同一条街上的邻居那样？你知道的，这些东西值得啊。有了这些整修，你最终得到的价值会大大超过抵押的成本。钱有所值嘛，威尔弗。钱有所值嘛！"

我仔细考虑了一下。最后说："我很想，先生，对此我不说假话——"

"是的，没必要嘛。银行家的办公室，就是牧师的忏悔室——没有多大差别。威尔弗，城里最优秀的男人曾坐在那张椅子上。最优秀的男人。"

"可我来这里只为了贷笔短期的小款子——这你已经非常体谅地答应了——这个新建议要再稍微考虑考虑。"我脑子里生出一个新的念头，它让我又惊又喜。"我得跟儿子好好谈谈，亨利——汉克，他现在喜欢被这么叫唤。他已经长大了，到了需要有人跟他商量的年龄了，因为我的东西将来有朝一日都是他的。"

"理解，完全理解。但是相信我，这事儿做起来没错。"他站起来，伸出手。我也伸手握了握。"威尔弗，你来这里想买一条鱼。我还主动卖给你一根渔竿儿。多好的交易啊。"

"谢谢你。"离开银行的时候，我在想：我要跟儿子好好商量。这个想法不错。在一颗冰凉了几个月的心里头，这个想法暖洋洋的。

思维是个好笑的东西，对吧？由于满脑子斯图本华沙先生不请自来的抵押贷款提议，我压根就没留意，我开到银行的卡车已经被亨利用上学开的 T-型车换了。我并不能肯定自己能立刻留意到这一点，即使脑子里没有比这更沉重的心事。毕竟，这两部车我都很熟悉；都是我自己的嘛。直到我斜身进去抓曲柄，看到驾驶座椅上放着一张叠好的纸条，上面压着一块石头，才意识到。

我在那儿站了片刻，半身在车外，半身在车里，一只手放在驾驶室一侧，一只手伸到座椅下面，那是我们装曲柄的地方。我想，就在我从临时的镇纸下面抽出纸条把它打开之前，我就已经知道亨利离校并且换车的原因了。长途旅行，卡车要更牢靠。比如说，到奥马哈的旅程。

爸爸，

我已经开走卡车。我想你知道我去哪儿了。别管我。我知道，你可以让琼斯治安官来追我，带我回去，但是，要是你那样做的话，我就会把一切说出来。你也许认为我会改变想法，因为我"只是个孩子，"可是我不会的。失去了香农，我会什么也不在乎。我爱你，爸爸，即便我不知道为什么，因为我们做的每一件事都给我带来了痛苦。

你的爱子

亨利·"汉克"·詹姆斯

恍恍惚惚中，我开车回到农场。我感到有些人在朝我挥手——我甚至感到正在照看考特利家路边蔬菜摊的萨莉·考特利也在朝我挥手——也许我朝她回招手了，可我记不清是否真的回过了。自从琼斯来过我们农场，问了那些兴高采烈、无需回答的问题，并且用他那冰冷的、探寻的眼神打量过一切之后，这还是头一回，电椅对我来说好像是个真真切切的可能了。如此真切，我几乎可以感觉到皮带在我手腕和上臂绑紧，搭扣压在皮肤上。

不管我是否缄默闭口，他都会被抓住。这个结局对我而言是不可避免的。他没钱，甚至连加油的六个钢镚儿都没有，因此，他会徒步走很远的路才能抵达艾尔克豪恩。如果他设法偷到一些油，也会在接近她现在住所的时候被抓住（亨利认为她是个囚犯，却从未想到她也许是个心甘情愿的访客）。哈兰无疑已经对监护人——卡米拉修女——描绘过亨利了。即使他没考虑过怒气冲天的乡村情郎有可能出现在监禁他心上人的地点，卡米拉修女也会考虑的。在她的工作范围内，她以前一定已经对付过怒气冲天的乡村情郎。

我唯一的希望是，亨利被警察逮住后会保持沉默，沉默的时间长到足以让他领悟到，他被逮住是因为自己愚蠢的浪漫想法，而不是因为我的干涉。希望一个十来岁的男孩头脑清醒，就像是对着赛马跑道下希望渺茫的赌注一样，可是，除了这样，我还能有别的什么指望呢？

就在我把车子开进前院里的当儿，一个疯狂的念头在我脑海中划过：T-型车别熄火，打包，动身前往科罗拉多。这念头持续了仅有两秒钟。我有钱——七十五美元——但在我于朱尔斯堡越过州界老早之前，T-型车就会熄火。但这并不要紧；如果要紧的话，我总可以开到林肯，然后用 T-型车和六十美金去换辆牢靠的车。不，要紧的是地点。是家。我的家。我杀了老婆就是为了保住这个家，我现在不能弃它不顾，仅仅因为我那愚蠢幼稚的小同谋脑子里有了离家出走去追寻浪漫的念头。如果我撇下农场，那绝不是前往科罗拉多，而是前往州立监狱。我会被套上枷锁带到那儿。

那是周一。关于周二和周三没什么好说的。琼斯治安官没来告诉我，亨利在林肯-奥马哈地段的公路上搭便车时被逮住；哈兰·考特利也没来告诉我（无疑，带着清教徒的那般心满意足），奥马哈警方根据卡米拉修女的要求逮捕了亨利，目前他正蹲在监狱里，天花乱坠地讲述关于刀、井和麻袋的故事。农场上万物宁静。我在园子里采摘蔬菜，我修理篱笆，我挤奶，我喂鸡——所有这一切，我都是在恍恍惚惚中完成的。我的一部分，而且不是一小部分，相信，所有这一切都是漫长的、极其错综复杂的梦幻，从这梦幻中醒来时，我会发现阿莱特就在身边打着呼噜，亨利在"噼啪噼啪"地劈柴，准备清晨生火。

接下来，周四那天，麦克雷迪夫人——那位亲爱的、矮墩墩的寡妇，在赫明顿学校教书——坐着她的 T-型车来访了，她问亨利是否一切都好。"某种肠胃流行病正在蔓延，"她说，"我想知道他是否得了这病。他离开学校很突然。"

"是的，他是生病了，"我说，"但不是肠胃病，而是相思病。麦克雷迪夫人，他离家出走了。"眼泪，热辣辣的眼泪啊，意想不到地从我眼里涌了出来。我从前襟胸口的袋子里掏出手帕，可是还没来得及擦，泪水就已经顺着面颊流了下来。

当视线重新清晰的时候，我看到麦克雷迪夫人，这个对每个孩子，哪怕是问题孩子，都很和善的人，也快落下泪来。她一定本来就知道亨利被什么折磨吧。

"他会回来的,詹姆斯先生。别害怕。我以前见过这类事情,在我退休前还可能再看到一两次,尽管我的退休时间不像以前看起来那么遥远了。"她的声音低了下去,仿佛担心公鸡乔治或某只小母鸡是间谍一样。"你要提防的是她的父亲。他是个心肠硬脾气倔的男人。人不坏,只是心肠硬。"

"我知道,"我说,"我想您知道他女儿在什么地方吧。"

她垂下了目光。这足以算得上答案了。

"谢谢您来这里,麦克雷迪夫人。我能否请您别把这事告诉别人呢?"

"当然可以……但是孩子们已经在嘀咕了。"

是的,他们会的。

"詹姆斯先生,你装电话了吗?"她寻找着电话线,"看得出来,你没电话。没关系的。如果我听到任何音讯,我会来告诉你的。"

"您是说,如果在哈兰·考特利或者琼斯之前听到任何音讯。"

"上帝会照顾你的孩子的。还有香农。你知道,他们曾经真的是可爱的一对。大家都这么说。有时候果子熟得太早就会遭霜打。这不像话。太不像话。"

她握握我的手——那是通常男人才有的用力一握——然后就开车走了。我想,她当时没有意识到,她谈到香农跟我儿子时用的是过去时态。

周五,琼斯治安官来了,开着那辆门上带有金星的车。而且他不是单独一人。一直紧随其后的是我的卡车。见此,我的心狂跳起来,接着又沉了下去,因为我看清了坐在方向盘后面的人:拉斯·奥尔森。

我极力平静地等待着,当琼斯进行他的"抵达仪式"时:提提裤带,擦擦前额(虽然那天凉飕飕的,阴霾密布),梳梳头发。可我无法冷静。"他好吗?你找到他了吗?"

"没有。没有,不能说我们找到了。"他走上门廊台阶,"在莱姆比斯卡以东的州界处,巡查人员发现了卡车,但是没有孩子的任何迹象。如果事情一发生你就来报告,我们兴许会对他的健康状况了解得更清楚。对吗?"

"我一直希望他自己回来,"我低声说,"他到奥马哈去了。我不知道到底该告诉你多少,治安官——"

拉斯·奥尔森已经漫不经心地走到能听到我们谈话的地方了,而且耳朵差不多都竖了起来。"回到我的车上去,奥尔森,"琼斯说,"这是私密谈话。"

拉斯是个性格温顺之人,他一声不吭,赶忙溜走。琼斯转过身,面对着我。比起上次来访,这回他看上去老大不开心的,而且还丢掉了闲谈扯淡的性格。

"我已经了解得够多了,对吧? 你儿子把哈兰·考特利的女儿搞大了肚子,现在可能已经像兔子一样往奥马哈跑了。他知道油箱快干的时候,就把车子开下马路,进入高高的草地里。很聪明。他是从你身上学到了这份聪明吧? 还是从阿莱特身上?"

我一言不发,不过,他已经让我生出了主意。只是一个小小的主意,但算得上是来得轻巧又方便。

"我要告诉你他干过的一件事情,但是我们得为这件事情感谢他。"琼斯说,"也许这事会使他免于蹲监狱。他把卡车底下所有的草全揪掉之后才愉快上路的。因此,废气不会使草着火,你知道的。引发一场草原大火,烧掉一两千英亩的土地,陪审团可能会为此感到有些不快,你不这么认为吗? 即使肇事者只有十五岁。"

"哦,火灾没有发生,治安官——他干得对——那么,你为什么现在谈这个呢?"当然,我知道这个问题的答案。琼斯治安官不会在乎大律师安德鲁·莱斯特的喜好。可他跟哈兰是好朋友。他俩都是刚刚成立的治安委员会会员,哈兰入会是因为我的儿子。

"你情绪有点儿不对,是吗?"他又擦了擦前额,然后重新戴好他的斯泰森帽子。"嗨,假如是我的儿子,我也许也会这样。你知道吗? 如果他是我的儿子,哈兰·考特利是我的邻居——我的好邻居——我也许会跑到他家,对他说:'哈兰,你知道吗? 我认为我的儿子要去见你的女儿。你要通知那里的人多留意吗?'可你没有那么干,对不对?"

他给我的主意看起来越来越好了,现在快是把它弹射出来的时候了。

"在她待的地方,他还没出现,是吗?"

"没有,没有,也许还在寻找吧。"

"我认为他出走不是为了去看香农。"我说。

"那是为了什么呢?难道在奥马哈有更好吃的冰淇淋吗?因为那就是他前进的方向,我敢肯定。"

"我认为他是去寻她母亲去了。我认为她也许跟亨利联系上了。"

这话使他怔了足足有十秒钟,时间长得足以擦擦前额、梳梳头发了。然后他问:"她怎么跟他联系的呢?"

"我猜最有可能是写信。"赫明顿镇的杂货店同时也是邮局,所有的普通邮件都从那里发出。"他在放学路上常常进去买糖或花生什么的,他们也许就是那时把信给了他。治安官,我并不十分确定,就像我不知道你为什么到这里,气势汹汹,好像我犯了什么事似的。让她怀孕的可不是我。"

"闭嘴!别那样说一个好姑娘!"

"也许应该,也许不是,但这件事对我来说跟对考特利一家同样意外。现在我儿子走了,可起码他们还知道女儿在哪里。"

再一次,他怔住了。然后他从后裤袋里掏出一个小笔记本,在上面写了些什么,放回口袋,问道:"你并不确定你妻子跟你儿子取得了联系,但是——这就是你在告诉我的?仅仅就是个猜测?"

"我知道他母亲出走之后,他没少谈过她,可后来他闭口不谈了。我还知道,他没在哈兰跟他妻子藏香农的地方露面。"事实上,在这一问题上,我和琼斯治安官一样感到惊讶……同时又感到庆幸。"把这两点放在一块儿,你能得出什么结论?"

"我不知道,"琼斯说道,皱了皱眉头。"真的不知道。我原以为我把事情搞清楚了,不过我以前也弄错过,不是吗?是的,将来还有可能会犯错。'我们注定会出错,'这是《圣经》上说的。可是好上帝啊,孩子让我的生活艰难。如果你得到儿子的音讯,威尔弗雷德,我会叫他这头皮包骨头的瘦驴回家,而且不要跟香农·考特利接触,假如他知道香农在哪里的话。她不想见到他，这一点我向你保证。好消息是，没发生草原火灾，而且，我们不能因为他偷了父亲的卡车就逮捕他。"

"不能，"我阴森森地说道，"你是不能让我指控自己的儿子的。"

"但是，"他举起手指头，这让我想到银行里头的斯图本华沙先生。"三天前，在莱姆比斯卡——离州界巡视员发现你卡车的地方不远——有人抢劫了小镇边上的一个杂货店和加油站。那家屋顶挂着蓝帽姑娘标牌的店。抢了二十三美元。案情报告还放在我办公桌上呢。抢劫的家伙年纪很轻，穿着旧牛仔服，嘴上蒙着块印花大手帕，眼睛上面遮着一顶平原居民戴的帽子。店主的母亲正在打理柜台，就在这时，那个家伙拿个什么工具威胁她。她认为可能是撬棍或者撬杆，可谁知道呢？她快八十岁了，眼睛瞎了一半。"

轮到我沉默了。我很震惊。末了，我说："治安官，亨利是从学校离开的，我记得那天他穿了件法兰绒衬衫和灯芯绒裤子。他没拿衣服，无论如何，他都没有牛仔服，如果你指的是靴子和诸如此类的打扮的话。他也没戴平原居民的帽子。"

"他可以偷这些东西，对不对？"

"要是除了刚刚说的，你什么都不知道，你就应该闭嘴。我知道你是哈兰的朋友——"

"嗨，嗨，这与那无关。"

事实并非如此，我们都知道，可这点不宜深究。也许我的八十英亩地跟哈兰·考特利的四百英亩地相比不算什么，但是我毕竟也是个土地拥有者，还是个纳税人，我不会被人用气势威逼吓到的。这就是我说话的要点，这一要点，琼斯也领会了。

"我儿子不是个抢劫犯，他没有威胁女人。这不是他会做出的事，他也不是这样教养长大的。"

直到最近，我心里有个声音嘀咕道。

"也可能只是个手头缺钱的游民。"琼斯说，"不过，我觉得必须向你交代这件事，于是我就这么做了。再说，我们也不知道别人会说些什么，是不是？话传起来很快。大家都长了一张嘴，不是吗？闲话又不值什么钱。就我而言，这个话题结束了——让莱姆县的法官为莱姆比斯卡发生的事情操心吧,这是我的座右铭——但是你应该知道,奥马哈的警察正在密切注视香农·考特利所在的地方。你知道的,就是防止你儿子联系到她。"

他把头发梳回去,最后一次戴好帽子。

"也许他会自己回来,什么坏事都没做,若是这样,我们就可以把整件事作为一笔,我不知道,一笔坏账,勾销掉。"

"好。就是别叫他坏小子,除非你愿意叫香农·考特利坏姑娘。"

他鼻孔张开的样子表明他不喜欢这句话,可是他没接我的话茬。他说的是:"如果他回来,说他见到了他母亲,让我知道,好吗?我们已经把她作为失踪人口登记在册。这样做是有点愚蠢,我知道,但法律就是法律。"

"肯定,我会照办。"

他点点头,朝车子走去。拉斯已经在方向盘后面坐好。琼斯示意他挪开——治安官属于那种自己开自己车的人。我在考虑那个劫持商店的年轻人,极力告诉自己,我的儿子亨利不会干那种事,即使他被逼无奈,也不会狡猾到穿上从别人家牛棚偷来的衣服。不过,亨利现在变了,杀人者学会狡猾,不是吗?这是人的求生技能。我想也许——

但是,不。我不会那样说。那样太脆弱了。这是我的忏悔,我的关于所有一切的最后证词,如果我不说出真相,全部的真相,仅仅是真相,又有什么益处呢?这份证词又有什么意义呢?

是他。是亨利。我从琼斯治安官的眼神里已经明白,他提出马路边的抢劫案,仅仅是因为我没有像他料想的那样向他磕头求饶。但是,我相信事情就是那样的。因为我比琼斯知道得更多。帮你父亲杀了你母亲之后,偷几件新衣服、手里拿着撬棍在年迈的老太婆面前挥舞又算得了什么呢?没什么大不了的。有第一次,就会有第二次,等那二十三美元花光之后。可能在奥马哈。在那里,他们会拿住他。然后一切也许都会败露。差不多肯定的是,一切都会败露。

我吃力地走上门廊,坐下来,双手捂住脸。

日子一天天地过去了。过去了多少天,我不知道,但是我记得那些日子是阴雨连绵的。秋季雨天来临的时候，户外的杂活就得拖后，而我又没有足够的牲口或者外屋的活儿可做，没法用室内的杂活打发时光。于是，我就试着读读书，可是，词语好像就是连不到一块儿，尽管时不时地会从书页上蹦出一个单词出来，厉声高叫：谋杀，内疚，背叛！诸如此类的单词。

白天，我就坐在门廊上，把书放在膝盖上面，身子蜷缩进用来抵御潮湿寒冷的羊皮大衣里头，望着雨水"滴滴答答"地从屋子的悬挑处坠落。夜晚，我躺在床上，听头上屋顶的雨水声响，直到第二天凌晨时分，也还是睡不着。雨声听上去像是手指头在胆胆怯怯地敲门，想要进屋。我好长时间都在思考留在井里的、跟艾尔菲斯一起的阿莱特。我开始胡思乱想，她依旧……不是活着（我虽然紧张，但是还没疯），却不知怎么地还有意识，还在从她的简易坟墓那儿观望着事态的发展，而且心情愉快。

威尔弗，你喜欢事情的发展吗？如果能的话，她会问的（在我的想象中，她确实问了）。值得吗？你觉得呢？

琼斯治安官来访后约摸过了一周的某个晚上，就在我坐着要读《七角楼》的时候，阿莱特在我身后爬了过来，手从我的头侧绕过，冰凉潮湿的手指头轻磕着我的鼻梁。

我把书甩到客厅地毯上面，大声尖叫，一跃而起。就在这当儿，那个冰凉的指尖往下跑到我的嘴角了。然后，它又摸到我，停在头顶那块头发越渐稀少的部位。这一回，我大笑起来——颤颤巍巍的、满怀愤怒的大笑——弯腰去捡书。这时候，手指再一次轻敲我的后脖颈。我的亡妻好像在说，威尔弗，你注意到我了吗？我走开去——这样第四次就不会磕到我的眼睛上了——然后抬起头。头顶上的天花板已经变色，正在脱落。石膏还没有浮凸起来，但是，如果继续下雨的话，就会了。石膏也许还会分解，成块地往下掉。漏雨的地方就在我读书专用地的上头。当然是。天花板的其他地方看起来还是好好的，起码目前是这样。

我想到斯图本华沙说的话：难道你想告诉我，没有任何需要整修的地方？屋顶要不要补？还有那鬼鬼祟祟的眼神。好像他早已知道了一切。好像他是跟阿莱特联手合谋的。

脑子里别尽弄这些事情进去，我告诉自己，不断地想到身在井里的她已经够糟糕了。不知她的眼睛生蛆了吗？臭虫有没有吃光她的利舌，或者起码把它咬钝了？

我走到摆在屋子远处一个角落的桌子边上，拿了上面的那瓶酒，给自己倒了一大杯棕色的威士忌。手颤抖，不过只是略微有点儿。我两口就把酒喝完。我知道把这种喝酒方式变成一种习惯将是一件糟糕的事，不过，不是每个晚上男人都感到他的亡妻轻磕他的鼻子。酒倒让我感觉更好了。更能掌控自己了。我不需要动用七百五十美元的抵押款项来修屋顶。雨停的时候，我可以用碎木片来修修补补。不过，那样修起来会很难看，会把家里搞得像我母亲所说的破烂垃圾场。然而，这也不是问题的关键。修雨漏会花一两天的工夫。我需要干活儿，好把冬天挨过去。苦活儿会赶走脑子里头关于坐在肮脏皇位上的阿莱特、戴着麻布发套的阿莱特的种种想法。我需要来些家修工程，这样，当我累死累活地上床时，马上就能睡得着，而不是躺在那里听雨，想着亨利是否身在雨中，是否可能因为感冒而咳嗽。有时，干活成了唯一的事，唯一的答案。

翌日，我开着卡车进城，干了我压根想都没想到要干的事，如果我不需要借那三十五美元的话：我在银行抵押了房产，拿了七百五十美元。最后，我们全会被给自己的谋划套住。我相信是这样。最后，我们全给套住了。

就在那一周，在奥马哈，一个戴着平原居民帽的年轻人走进了多吉街上的一家典当铺，买了支镀镍点 32 口径的左轮手枪。他付了五美元，那钱，毫无疑问，是那个眼睛半盲、在蓝帽姑娘标牌下面做生意的老太太在胁迫下交给他的。第二天，一个头上戴着鸭舌帽，嘴巴和鼻子用红色印花大手帕蒙住的年轻人走进第一农业银行奥马哈支行，用枪指着一名叫罗达·潘马克的漂亮出纳，索要她抽屉里的所有现金。她递给他约摸二百美元，大多是一元和五元的——农民们卷起来放在工装裤口袋里带过来的那种。

就在他离开银行、一只手把钱塞进裤袋（显然很紧张，掉了几张在地板上）的时候，胖墩墩的门卫——一个退休警察——说道："孩子，你可不想干这事情。"

年轻人朝天上开了一枪。几个人尖叫起来。"我也不想打你，"年轻人从印花大手帕后面说道，"但是如果非逼我开枪，我会开的。要是你知道什么对自己有益，就退后，靠到柱子上，先生，站在那儿别动。外面我有朋友在望风。"

年轻人跑了出去，边跑边摘掉脸上的印花大手帕。门卫等了片刻，然后跟了出去。他举着双手（没有随身携带武器），以防万一外面他真有朋友。当然没有。亨利·詹姆斯在奥马哈没有朋友，除了那位肚里的孩子在不断长大的姑娘。

我从抵押贷款得的钱里拿出二百美元的现金，剩下的都存在斯图本华沙先生的银行里。我在五金店、木料场和杂货店购了物，就是那家亨利可能收到了他母亲信件的杂货店……如果她还活着，可以写信的话。在毛毛细雨中，我开车驶出城里，到家时，毛毛细雨已经转为瓢泼大雨。我卸下刚买的木头和木瓦，喂完牲口，挤好奶，然后开始安放杂货——大多是干货和主食，离了阿莱特掌管厨房，这些东西已经越来越少了。干完了这事，我把水壶放在火炉上，准备洗澡，然后脱下湿衣服。从皱巴巴的工装服右前襟口袋里面，我把一摞钱掏出来数数，结果发现还有近一百六十美元。我为什么要拿这么多现金呢？因为我的心思在别的地方。请问，这别的地方是哪里呢？当然是在阿莱特和亨利身上。不用提亨利和阿莱特了。这些多雨的日子里，我满脑子想的就是他们，想得够多的了。

我知道身边放这么多现金不是个好主意。得放回银行，还可以生些利息（虽然并不足以抵掉贷款利息），在此期间我可以考虑一下如何让这笔钱最好地派上用场。可在那之前，我应该把它放到某个保险的地方去。

我的脑子里出现了装着那顶红色婊子帽的盒子。那是她藏私房钱的地方，钱在那里安全地待了多久，只有上帝才知道。我这一摞钱太多，帽圈里塞不进去，于是我想，就把它放在帽子里头吧。在我找到理由进城之前，钱只能放在那里了。

我一丝不挂地走进卧室，打开柜门。我把装着她那顶去教堂戴的白帽子的盒子推到一边，伸手去拿另一只。我已经把它推到了最里面，现在只好踮脚去够了。盒子上系着根松紧带。我把手指钩到带子下面，把它往前拉，刹那间，我意识到，这帽盒子感觉太沉——好像里面装的是砖头，而不是帽子——接着便有一种怪兮兮的、发僵的感觉，好像手指头浸泡在冰水里。又一会儿，发僵的感觉变成了火烧火燎。疼得太厉害了，我手臂上的所有肌肉都被拴住了。我朝后趔趄了一下，又惊又疼，嚎叫起来，钱撒了一地。我的手指头还钩在那松紧带里面，这时帽盒子"嘭嘭"地出来了。蜷缩在盒子上面的是一只样子再熟悉不过的挪威鼠。

你也许要对我说："威尔弗，老鼠和老鼠样子都差不多的。"平常情况下，你说得有道理，但是，这只老鼠我认识；我不是见过它嘴里叼着奶牛的奶头、像是衔着香烟屁股从我身边逃走的吗？

帽盒挣脱我流血的手，老鼠"咕咚"一声掉到地板上。要是我稍微愣一下想一想，它又会跑掉，但是，有意识的思考已经被疼痛、惊讶和恐惧所取代，那种我想差不多每个人看到血从几秒钟前还是完整的身体某部涌出来时都会感到的恐惧。我甚至忘记了自己身上一丝不挂，像出生的时候一样，只是抬起右脚，踩住老鼠。我听到老鼠骨头在我脚下"嘎吱嘎吱"地断裂，感到它的内脏被压扁。血和成了液体的肠子从它尾巴下面喷了出来，带着热气，弄湿了我的左脚踝。它挣扎着，扭动着，想再咬我一口；我看到它硕大的前齿在咬啮，可是够不着我。够不着，是的，只要我脚踩着它。就这样，我踩着它。我更用力，把受伤的手抵着胸部攥紧，感觉到热乎乎的血黏在那里的厚皮上。老鼠扭动着，"啪啪"地扑腾着。它的尾巴首先甩打到我的腿肚子，然后像草蛇一样缠绕住它。血从它嘴里喷射出来，黑眼睛像大理石一样鼓突。

脚踩着垂死的老鼠，我在那里站了老大一会儿。它的身体内部已经粉碎，内脏变得稀巴烂，可它还在扭来扭去，试图咬上一口。最后，它终于不再动弹。我又在它身上站了一会儿,想确定它没玩装死的花头精(老鼠玩装死——哈!),确定它已经死了后,我才一瘸一拐地走进厨房,一边留下血脚印,一边还迷迷糊糊地想到警告珀利阿斯当心"只穿一只凉鞋的男人"的神谕。可我不是伊阿宋①;我只是个因疼痛和惊奇而变得有点疯狂的农民,一个似乎遭到惩罚、用血玷污了睡眠之地的农民。

当我把手举到水泵下用凉水冲的时候,我听到有人说道:"别再这样,别再这样,别再这样了。"是我在说话,我知道是我,不过,听起来像个老人的声音。一个已经沦为乞丐的老人。

我还记得那晚的剩余时光,但那就与看发霉相册上的老照片一样。老鼠咬穿了我左手大拇指和食指之间的虎口膜——咬得真的厉害,但是某种程度上说也侥幸。如果它逮住我钩松紧带下面的那只指头咬,会把整个指头都咬断的。我在走进卧室抓起敌手的尾巴时(用的是右手,左手太僵硬太疼)才意识到这一点。老鼠长两英尺,重六磅,至少。

那么,它就不是那只逃到管道里的老鼠了,我听到你说,不可能的。可它偏偏就是,我告诉你它就是。并没有辨认标记——没有一块白毛或是容易记住的被咬过的耳朵——但我知道它是伤害过阿刻罗伊斯的那一只,正如我知道它不是碰巧蜷伏在柜子里的。

我抓着它的尾巴,把它提到厨房,扔在垃圾桶里,又把垃圾桶拿到外面的泔水坑旁边。在滂沱大雨中,我一丝不挂,可几乎没有意识到。我大多数时候意识到的是我的左手,因为它疼得太厉害,一跳一抽地,大有要把整个意识泯灭掉的势头。

从湿物间的钩子上,我取下防尘外套(我只能做到这个),缩缩身子钻进去,然后走了出来,这回进了牛棚。我用罗莱牌药膏涂抹受伤的手。它上回使阿刻罗伊斯的伤口免于感染,也许对我的手有同样功效。我转身离开,又想到上次老鼠躲过我的事。那个管道!我走到那里,弯下身子,希望看到或许已经咬成碎片的水泥塞子,要么就

---

① 珀利阿斯和伊阿宋都是希腊神话中的人物。

是空无一物，但是水泥塞子完好无损。当然是的。有一会儿，我似乎
跳出来看到了自己：除了披着件没系扣子的风衣，这个男人赤身露
体，带血的胸毛一直长到腹股沟，撕裂的左手在厚厚的一层鼻涕般的
药膏下面亮闪闪的，眼睛从头上突出来。跟我用脚踩死它时，老鼠眼睛
突出来的样子一样。

不是同一只老鼠，我告诉自己，咬阿刻罗伊斯的那只要么死在管道
里，要么死在阿莱特的膝盖上。

可我知道是的。当时我就知道，现在也知道。

是的。

我回到卧室，跪着蹲下，开始捡血迹斑斑的钱。因为只能用一只手
捡，所以这活儿干得很缓慢。有一次，我撕裂的手撞到了床边，疼得我
嗷嗷大叫。我能看到鲜血玷污了药膏，把它染成粉红色。我把现金放
到梳妆台上，甚至都不想麻烦用本书或者阿莱特那该死的装饰碟子压
住。我甚至记不得为什么之前觉得有必要把钱藏起来。我把红色帽盒
踢进柜子里，然后"嘭"地把门关上。对我的全部一切而言，它可以放在
那儿，一直到时间的尽头。

拥有一块农场或者侍弄过农场的人都会告诉你，事故是家常便饭，
需要谨慎处理。厨房水泵边上的抽屉里，我放着一大卷绷带——阿莱
特总是把那抽屉叫做"受伤柜子"。我开始把绷带卷放开，但是，后来火
炉上冒气的大壶吸引了我的注意。身体还是完好无损的时候，当这样
一种剧痛似乎要耗尽我的体力还只是个理论假设的时候，我曾把水放
在上面烧，准备用来洗澡。我突然想到滚烫的、沸腾冒泡的开水也许就
是为我的手准备的。反正伤口疼得不能再厉害了，我推想，放在开水里
浸一下又能清洗伤口。我在两方面都错了，可是，我当时怎么会知道
呢？这么多年以后，这个想法似乎还有道理。我想，如果咬伤我的是一
只寻常老鼠，那个做法甚至可能是有效的。

我用没受伤的右手把热水用勺子过到浴盆里（倾斜水壶把水倒出
是不可能了），然后，加一块阿莱特用的棕色洗衣皂。我才发现这是最
后一块了。男人不习惯储备东西的时候，被他忽视的、需要补充添置的

93

东西就会很多。我拿了块布，走进卧室，双膝跪下，开始擦老鼠的血和内脏。整个清洗过程中，我都在回想（当然）上一次在那该死的卧室清理地板上血污的情景。那次，起码亨利还跟我一起分担恐惧。现在一人擦洗，而且还处于疼痛之中，着实不好受。我的影子在墙上忽上忽下、忽左忽右地闪现，让我想起雨果《巴黎圣母院》中的伽西莫多。

擦血污的活儿快干完时，我停下来，侧了侧头，屏住呼吸，眼睛睁得老大，心脏似乎在被咬伤的左手上怦怦跳动。我听到一种逃奔的声音，似乎来自四面八方。是老鼠奔跑的声音。刹那间，我断定无疑。来自井里的老鼠们。她忠诚的侍臣们。它们已经找到另一条出路。蜷伏在红色帽盒上面的那只老鼠不过是第一只，也是最胆大的一只。它们已经渗入屋子，待在墙里，很快就会出来征服我。她在复仇。当老鼠把我撕成碎片的时候，我会听到她大笑。

风刮得很大，大得晃动屋子，还顺着屋檐发出尖利的"嘘嘘"声。奔逃的声音愈发剧烈起来，风熄时分，这声音才稍微消退了些。我浑身轻松，轻松感如此强烈，居然让我忘却了疼痛（起码有几秒钟）。不是老鼠；是冻雨。夜色来临，气温下降，雨也变成半固体的了。我继续去刮剩下的血污和内脏。

擦毕，我把带血的水泼下门廊，然后回到牛棚去重新给手敷一层药膏。伤口完全清洗完毕后，我能看到拇指和食指间的虎口膜撕裂了三处，看起来像是下士肩章上的三道杠。左手的大拇指歪挂着，好像老鼠的牙齿咬断了它和其他部分的某条重要的连接线。敷完药膏后，我迈着沉重的步子走回屋里，一边想，伤口还在疼，但是起码干净了。阿刻罗伊斯没事，我也不会有事。一切都不会有问题。我努力想象身体的防御系统全都调动起来抵达咬伤之处，像是戴着红帽子、穿着长帆布外衣的小小消防员。

在"受伤柜子"的底部，有东西用一块破绸布包着，这绸布也许曾是从某条衬裙上撕下来的。我发现其中有瓶药片，从赫明顿镇的药店买来的。标签上用水笔写着整齐的大写字母:阿莱特·詹姆斯睡前服一到两片减缓每月疼痛。我吞了三片，喝了一大口威士忌。我不知道药里有什么成分——吗啡，我想——但是确实灵验。疼痛还在，但是好像属于此时此刻生存在现实其他层面的另一个威尔弗雷德·詹姆斯。头在飘浮,天花板开始在我周围轻轻转动,小小消防员及时到达浇灭感染大火的形象越来越清晰。风刮得更猛烈了,在我半梦半醒的大脑里,从没间断的冻雨拍打屋子发出的低沉沙沙声比原来听起来更像是老鼠了,不过我心里清楚得很。我想我当时甚至在大声自言自语:"我清楚得很,阿莱特,你别骗我。"

在意识越来越模糊的时候,我意识到,我可能会永远走了:震惊、酒醉和吗啡掺和在一起可以结束我的生命。人们会发现我倒在一个寒冷的农舍里,皮肤青紫,撕裂的手放在肚子上面。这念头并没有令我害怕;相反,它让我感到快慰。

在我睡着的时候,冻雨变成了雪。

翌日黎明时分,我醒来的时候,屋子冷如坟墓,我的手肿成原来的两倍。伤口周围的肉苍白得发灰,可前三根指头变成了暗淡的粉红色,是日落时分的那种红色。只要碰一碰除粉红色之外的其他任何部位,都会激起剧烈的疼痛。不管怎样,我还是把它能包多紧就包多紧,这减轻了伤口的抽痛。在厨房的炉子上,我生了火——一只手做的,费了好久,但还是弄成了——然后把身子往炉子靠近取暖。也就是说,除了咬伤的手以外的身体;那一部分早已经发热了,又热又跳,像是戴了一只里面躲藏着老鼠的手套。

到下午三点钟光景,我发烧了,手肿得厉害,绷带便觉太紧,我只好给它松一松。就是做这么件事儿,也疼得我喊了出来。我需要看医生,但是,雪下得比以前更猛烈了,就连考特利家,我也无法到达,更不用说一路赶到赫明顿镇。即使天气晴朗,明亮干燥,我又怎么能用一只手开卡车或者 T-型车呢?我坐在厨房里头,给炉子喂火,直喂到火像龙一样腾跃起来。我不住地出汗,畏寒发抖,将绑着绷带的手贴在胸前,我记起了麦克雷迪夫人友善地打量我那乱七八糟、不是特别有钱的前院的样子。詹姆斯先生,你装电话了吗?看得出来,你没电话。

是的,我没电话。我独自一人待在靠杀人才保住的农场,没有任何求助的手段。我能看得出来,绑带没裹住的地方,肉在发红:手腕处全是静脉,它们会把毒素送到身体的各个部位。小消防员们失败了。我想过用松紧带把手腕处扎紧,使它与别处隔断——放弃左手以保全其他部位——甚至想过用劈柴或者偶尔宰鸡用的斧头砍掉左手。两个想法似乎全有道理,不过又好像太难实施。最终,除了一瘸一拐走到"受伤柜子"去再拿几片阿莱特的药片之外,我什么都没做。这次,我多服了三片,用冷水送下——我的嗓子发烧般灼热——然后,重新坐到火边。我将会死于咬伤。这点我有数,也认了。死于咬伤和感染平常得像是平原上的尘垢。如果伤口疼得我不堪忍受,我会立刻把所有剩下的药片吞光。眼下,我没这么做——除了害怕死去之外,我认为对死亡的恐惧或多或少折磨着所有的人——是因为我觉得可能会有人来:哈兰,或者琼斯治安官,或者是善良的麦克雷迪夫人。甚至,可能是莱斯特律师,会到场诘问我更多有关那该死的一百亩地的问题。

可我心中最期盼的还是,亨利或许会来。可他没有。

倒是阿莱特来了。

你也许会疑惑,我是怎么知道亨利在多吉街典当铺买到那把枪以及杰弗逊广场银行抢劫案的。如果你真的疑惑,你很可能告诉自己:噢,一九二二到一九三三年之间,间隔的时间够长,长得足以让人在塞满《奥马哈世界先驱报》过期报纸的图书馆里填补上许多细节。

不错,我确实去看报纸了。而且,我给在内布拉斯加到内华达短暂而又多灾多难的路途上见到我儿子跟他怀孕女友的那些人都写了信。多数人回了信,相当愿意提供详情。那种调查性工作是有用的,其结果毫无疑问令人满意。不过,调查是在多年以后才进行的,是在我离开农场之后,而且只是确认我已经知道的情况而已。

已经知道?你问道,我的回答很简单:是的。已经知道了。我知道的并非完全是事情发展的原貌,但起码是部分的实情,最后一部分的实情,而且是在事情发生之前。

怎么知道的呢?答案很简单。我的亡妻告诉我的。

当然,你不相信。这我理解。任何理性的人都不会相信。我所能做的就是,重申一下这是我的忏悔,我在世上的临终之言,我所说的每句话,都是认真的。

当晚(也可能第二天晚上;因为高烧,我记不清时间了),我在火炉前迷迷糊糊醒来,又听到了奔跑的沙沙声响。起初,我以为又开始下冻雨了,可当我站起来,从厨台上发硬的面包撕下一片时,却看到地平线上一缕薄薄的橘色晚霞和金星在天空闪耀。风暴已过,可奔跑的声音比原先更大了。不过声音不是来自墙内,而是来自后廊。

门闩开始晃动。一开始仅仅是抖动,好像试图拉动门闩的那只手太虚弱无力,无法把它从闩扣中拨出来。抖动停止了,我刚刚断定自己压根没有看到门闩的晃动——只是因为发烧产生的幻觉罢了——它却轻轻的“咔嚓”一声打开,门就在一阵寒风中转开了。站在门廊上的,是我的妻子,依旧戴着麻布发套,此时上面点缀着雪花。从原本应该是她最后的安息之地走到这里来,一定是个缓慢而又痛苦的行程。她的脸因为腐烂而显得松松垮垮的,下半部滑向一侧,咧嘴的笑容比以前更加阔大。这是会心的笑容,为什么不是呢? 死人什么都明白。

她的四周包围着她忠实的侍从。是它们不知道用什么方式把她从井里弄出来的。是它们支撑了她。没有它们,她只会是幽灵,心怀歹意,却无助无救。她成了它们的女王,也成了它们的傀儡。她宛若无骨,踩着一种与走路无关的、令人恐怖的步子,来到了厨房。老鼠在她的周围奔跑着,有些爱慕地仰望着她,有些憎恨地看着我。她在厨房里晃来晃去,巡游曾经属于她的领地,泥块从她连衣裙的裙边掉下(此时已没有被子和床罩的痕迹),她的头在被切断的喉管上方快速地上下摆动,前后翻滚。有一回,头一直向后倒到肩胛骨,然后猛地向前,伴随着低低的肉被撕裂的声音。

当她终于把浑浊迷糊的目光转向我时,我已经退到了厨房角落放劈柴木箱的地方,现在木箱里几乎已经空了。“别过来,”我低声说,“你甚至根本就不在这里。你在井里,即使你没死,你也出不来。”

她发出咯咯大笑的声音——这声音听起来像是人被厚厚的肉汁呛住了——同时她不停步地走过来,真切得足以投下一层阴影。我能闻到她正在腐烂的肉味儿，这个过去时常在激情澎湃时把舌头放到我嘴里的女人。她就在那里。她真真切切。她的忠诚仆从们也是真真切切。我能感到它们在我脚上来回奔跑，每当它们嗅我裤脚的时候，胡须便会撩到我的脚踝。

我的脚跟撞到了木箱，就在我想弓腰远离走来的尸体时，我失去了平衡，一下子坐到了箱子里面。我撞到了肿胀感染的手，却几乎忘记了疼痛。她在我的上方弯身下来，她的脸……悬荡着。肉已经从骨头上面脱落，她的脸向下垂着，像张画在孩子气球上面的脸。一只老鼠爬到了木箱的一边，"噗通"跳到了我的肚子上，跑到我的胸口，闻闻我的下巴。我能感到其他老鼠在我弯起的膝盖下面四处奔跑。不过它们并不咬我，因为它们此行的任务已经完成。

她俯得更低。她身体的气味让人难以忍受，她翘起的、咧到耳根的笑容……现在写字的时候，那笑容历历在目。我告诉自己去死，可我的心依然在怦怦跳动。她那挂着的脸滑向了我的，两张脸碰在了一起。我能感到我的胡根把她的皮一块一块地拉下；我能听到她破碎的下颌在"吱吱嘎嘎"地磨着，像是上面带着冰的树枝。然后，她冰凉的嘴唇压上我发烫的耳背，开始嘀咕只有死去的女人才会知道的秘密。我尖叫了一声。我答应寻死，在地狱里取代她的位置，只要她停止这一切。可她不依不饶。她不会停止。死人不会罢休的。

我现在才知道这一点。

把二百美元塞进口袋（或者更可能是一百五十美元；记住，有些钱掉在地板上了），逃离了第一农业银行之后，亨利消失了一阵子。用刑法术语说，他"隐匿"起来了。讲这话时，我是带着某种自豪感的。我本想，他进城之后差不多马上就会被逮住，但是，事实证明我错了。他处于热恋之中，他急切而又绝望，对于我跟他一起犯下的罪恶，他依然怀有强烈的负罪感和恐怖感……不过，尽管有了那些分心的事儿，我的儿子还是表现出勇敢、机智、甚至某种令人心酸的高贵。想到最后这点让我感觉最糟。至今，它还让我为他虚掷的生命（三条虚掷的生命；我无法忘怀可怜的怀孕的香农·考特利）充满悲伤，为我领着他，如同牵着一头脖子上系着绳子的小牛，走进毁灭而感到羞辱。

阿莱特把他藏身的棚子指给我看，然后是藏在外面的自行车——那辆自行车是他用偷来的现金买的第一样东西。当时我无法准确地告诉你，他到底躲藏在何处，但多年后，我终于锁定他的藏身之地，并且到过那里；只是个路边的披棚，棚子一侧刷着的皇冠可乐广告已经褪色。那里距奥马哈西部边界几英里之远，从男孩镇上可以望见。一个房间，一扇没有玻璃的窗户，没有火炉。他用干草和杂草把自行车遮好，设计自己的计划。后来，大概是抢劫第一农业银行之后的一周吧——那个时候，警察对一件小小的抢劫案的兴趣已经淡薄了——他开始骑自行车到奥马哈去。

傻男孩才会径直到圣欧塞比亚天主教教养院去，让奥马哈的警察诱捕呢（正如琼斯治安官笃定地预料他会那么做一样），亨利可机灵得多了。他估摸出教养院的方位，但没去接近它。相反，他找了最近的卖糖果和冷饮的小店。他猜得没错，只要可能（也就是说，只要她们表现好，值得院里准许她们放一个下午的假，而且口袋里还有些钱），教养院的女孩子们会经常光顾那里，虽然她们没有被要求穿校服，但是，从她们邋遢的连衣裙、沮丧的目光以及言行举止——轻佻而又羞怯——来识别出她们还是相当容易的。那些挺着大肚子、又没戴结婚戒指的女孩更是格外惹人注目。

傻男孩会试图在店内搭讪某个不幸的夏娃的女儿，因而引起注意。亨利却在外面选了个地方，在位于糖果店和糖果店隔壁的杂货店之间胡同的入口处。他坐在货箱上读报纸，自行车斜靠着身旁的砖墙。他在等待一位比那些只满足于舔舔冰淇淋、然后匆匆回到修女们身边的女孩更胆大些的姑娘。也就是说，一位抽烟的姑娘。守在胡同里的第三个下午，这样一位姑娘到了。

后来，我找到了那位姑娘，与她谈过话。不需要做多少侦探性质的工作。我相信，奥马哈对于亨利和香农来说像是个大都市，不过在一九二二年，奥马哈只是比一般中西部镇子稍大些却硬要冒充城市的地方。维多利亚·哈莱特现在是位有三个孩子、令人尊敬的已婚妇女，不过在一九二二年的秋季，她还叫维多利亚·斯蒂文森：年轻、好奇、叛逆、怀有六个月的身孕,非常喜欢"甜美伍长"①。当亨利递给她烟盒时,她十分乐意拿上一支抽抽。

"再拿两根稍后抽吧。"他邀请道。

她笑笑。"那我就是胆大包天喽! 回去后,修女们会查我们的包,把口袋内外翻个遍。为了呼气时不带烟味儿,我还得嚼上三块'黑杰克'口香糖呢。"她边说边开心地、毫不在乎地拍拍她那鼓鼓的大肚子。"我遇上麻烦了,我猜你能看得出来。坏女孩! 我的男朋友跑了。坏男孩! 可全世界根本就不在乎男孩坏不坏! 因此,接下来就是衣冠楚楚的人把我送进了监狱,企鹅当了卫兵——"

"我听不懂你的话。"

"嗤! 衣冠楚楚的人是我爸爸。企鹅就是我们喊姊妹的修女们!"她笑了起来,"你是个乡下佬,对吧! 多傻! 不管怎么说,我服刑的监狱叫做——"

"圣欧塞比亚教养院。"

"答对啦!"她吐了口烟,眯着眼。"嘿,我打赌,我知道你是谁——香农·考特利的男友。"

"给那女孩一只丘比娃娃吧。"汉克说。

"要是我的话,不会去离我们那里两个街区以内的地方,这是我的忠告。警察有你的体貌描述。"她开心地笑了起来,"你跟其他六个,不过,没人是你这样的土包子,也没人的女朋友长得像香农那么好看。她是个真正的美人儿!"

"你猜我为什么在这里而不是那里?"

"你为什么在这里?"

"我想跟她取得联系,但是我不想被当场逮到。我给你两块钱,帮我给她捎个信儿吧。"

维多利亚眼睛睁得大大的。"好家伙,为了两美元,我都愿意把喇叭藏到腋下,给加西亚捎个信。把钱给我。"

---

① 甜美伍长(Sweet Caporals)是美国万宝路烟草公司在一九一〇年推出的一种适合女性抽的香烟品牌。

"如果你能保密,就再加两元。现在和以后都不能说。"

"保密这件事儿,你不用多付钱,"她说,"我喜欢给那些假清高的婊子捣捣乱。晚饭多吃一点,她们都要打你的手!要是你再想偷饭钱,他们会打烂你的手。这就像是孤儿格列佛了!①"

他把便条给了维多利亚,她转交给了香农。当警察最终在内华达州的艾尔克逮到亨利和香农的时候,便条就放在她装东西的小袋子里。我见过警察拍的便条照片。可在这之前,阿莱特早就告诉过我便条上写的是什么内容了,而且,便条上的实际内容与她所说的字字吻合。

两周之内,每晚我都在你住地的后头等你,从子夜到天明,上面写道,你若不出现,我就当你我之间结束了,然后我就回赫明顿去,永远不再打扰你,即便我会永远爱着你。我们是很年轻,可是我们可以谎报年龄,在别的地方(比如加利福尼亚)开始美好的生活。我有些钱,而且知道该怎样挣得更多些。如果你想给我捎信儿,维多利亚知道该怎样找到我,但是只能一次。次数多了就会不安全。

我认为哈兰·考特利和萨莉·考特利也许得到了那张便条。如果是这样,他们就会看到,我儿子在他的署名外画了一颗心。我不知道,是不是那颗心说服了香农。我也不知道她是不是需要说服。有可能她在世上最想要的就是把那个她已经爱上的孩子生下来(而且给他合法的身份)。这个问题是阿莱特骇人的声音从来没有回答的。或许,这样或那样,她根本不在乎。

遇见维多利亚后,亨利每天都会到那个胡同口去。我肯定他知道也许来的是警察,而不是维多利亚,但是他觉得自己别无选择。在他守候的第三天,她来了。"香农立刻就回信了,但是我现在才找到机会出来。"她说,"有个草包在那个她们不要脸地叫做音乐室的洞里出现了,那之后,企鹅们一直是战备状态。"

---

① 这里,维多利亚因为文化水平低,把英国小说家狄更斯的小说《雾都孤儿》(*Oliver Twist*)中的主人公 Oliver Twist 错读成 Gulliver Twist。《格列佛游记》(*Gulliver's Travels*)是斯威夫特的作品。

亨利伸手要了便条,维多利亚给了,换了支"甜美伍长"。上面只有四个字:明早。两点。

亨利抱住维多利亚,亲了一口。她嘻嘻哈哈地笑了,眼睛亮闪闪的。"哇哦!有些姑娘把运气全占了。"

毫无疑问,有些姑娘的确是幸运儿。可是,当你考虑到维多利亚最终有了丈夫和三个孩子,而且在奥马哈城最好地段的枫树街上有个舒适的家,香农却没能逃过那年的厄运……你说,她们中到底哪一个更走运呢?

我有些钱,而且知道该怎样挣得更多些,亨利曾经这么写道,他确实就这么做了。吻别了活泼的维多利亚(她给香农捎回了他说他会准时守在那里的音信)之后仅几个小时,一个年轻人,鸭舌帽在前额拉得低低的,嘴巴和鼻子上蒙着印花大手帕,抢劫了奥马哈第一国家银行。这一回,抢劫者劫得了八百美元,算是收获颇丰。不过这回的银行门卫是个年轻人,对自己的职责更富有热忱,这就不妙了。劫贼只好在他一条大腿上开了一枪,以便成功逃脱,虽然查尔斯·格林纳活了下来,但是由于伤口感染(我能感同身受),他丢了那条腿。一九二五年初,我在格林纳父母的家里见到他时,他对此事表现出了哲学家般的超然态度。

"我还活着就算幸运了。"他说,"他们在我腿上绑止血带的时候,我躺在他妈的足有一英寸深的血泊中。我敢说,用了整整一盒德雷夫特清洁粉才把血擦干净。"

当我试着替我儿子向他道歉时,他摇摇头,示意不要。

"我本不应该靠近他的。虽然帽子拉得很低,又用手帕遮住了半个脸,可我还是能看到他的眼睛。我本该知道,除非中弹倒地,他是不会罢手的,而我根本就没机会掏枪。这一点从他的眼神里看得出。但是,我当时太年轻,现在年龄大了。年龄变大是你儿子永远没有机会得到的东西。我为你的损失感到难过。"

那场抢劫之后,亨利的钱足够买辆车——一辆像样的旅行车——不过他很明智。(写到这里,我又感到一阵自豪:虽不强烈,但不容否认。)像他这般年龄的孩子,也就一周或者两周前才开始刮胡子的,四处招摇地去买一辆差不多全新的二手车?无疑会把警察引过来。

所以,他没买车,而是偷了一辆。也不是旅行车。他准备弄辆像样的、又难以描述的福特牌双座小客车。就是他停在圣欧塞比亚天主教教养院后面的那辆车;也是香农提着旅行袋从房间里溜出来,悄悄爬下楼梯,从紧挨厨房的洗手间窗户里钻出来,然后爬进去的那辆车。他们还有时间交换了一个吻——阿莱特没说,但我能想象——然后亨利便发动福特,一路向西。天亮的时候,他们已经上了奥马哈-林肯高速公路。他们一定经过了离他老家很近的地方——还有她的老家——大概在那天下午三点左右吧。他们也许朝那个方向看了,不过我怀疑亨利是否减速;他不想在一个可能被辨认出来的地方停下来过夜。

他们作为在逃犯人的生活开始了。

阿莱特对我悄悄说的有关他们逃亡生活的话,比我想要知道的还要多,这里我没有心情把各种细节赤裸裸地写出来。如果你想了解得更多,给奥马哈公共图书馆写信吧。交点费用,他们会给你寄几份胶版复印的与“情侣匪徒”——他们正是以这个称呼扬名的(他们也是这么称呼自己的)——有关的故事。要是你不住在奥马哈,兴许也能从本地的报纸中发现他们的故事。故事结局被认为相当令人痛心,值得成为全国报纸报道的内容。

英俊的汉克和甜美的香农,《世界先驱报》这么称呼他们。在照片上,他们显得难以置信的年轻。(他们当然就是这么年轻。)虽然我心里不想看那些照片,可还是看了。有不止一种办法被老鼠咬,对吗?

偷来的车子在内布拉斯加多沙丘的乡下爆胎了。就在亨利换轮胎的时候,两个男人朝他们走了过来。一人从挂在外衣下面的枪套里拔出手枪——在过去西大荒的岁月里,这被叫做“匪徒拔钉锤”——并且用枪指着两个亡命鸳鸯。亨利根本就没机会去拿枪,枪在他外衣的口袋里,而且,如果他试图去拿,几乎肯定会为此丧命。就这样,抢劫者被抢劫了。亨利和香农在凉飕飕的秋日天空下手拉手地走到附近的一家农舍,当农民出来开门问他能否帮忙的时候,亨利用枪抵着他的胸口,说要他的车和所有现金。

农民告诉记者说,跟他一起的女孩子就站在门廊上,看着远处。农民说,他认为她在哭。他说,他为她感到难过,因为她才那么一丁点儿大,却像住在鞋子的老太太①一样怀了孕,跟这样一个亡命之徒一起旅行,注定了是悲惨的结局。

她是否曾经试图阻止他? 记者问。试图说服他放弃那样做?

没有,农民说。她只是转过身去,站在那里,好像认为要是她没有看到,事情就跟没发生一样。那农民的雷奥老爷车被发现丢弃在麦克库克火车站附近,座位上留了张便条:把车还给你。能做到的时候,我们会把偷的钱寄给你。我们从你那儿拿钱,只是因为身陷困境。你真诚的,"情侣匪徒。"这名字是谁的主意呢? 很可能是香农的,便条上是她的笔迹。他们用这名字是因为不想暴露真名,不过,这样的事情总会生出不少传说。

一两天之后,在科罗拉多州阿拉珀霍一家小小的边疆银行里发生了一起抢劫案。劫贼——戴一顶压得低低的鸭舌帽,印花大手帕蒙住大半张脸——单枪匹马行事。他所劫得的不到一百美元,驾着辆据报道说是从麦克库克火车站偷来的霍普莫比尔,扬长而去。第二天,在夏延韦尔斯第一银行(也是夏延韦尔斯地区唯一的银行)里面,年轻人跟一位年轻女性汇合。她同样用印花大手帕把脸蒙了起来,但要把她的大肚子隐瞒住是不可能的。这回,他们劫得四百美元,高速驶离城区,向西开去。警方在通往丹佛的路上设下了路障,但是亨利机灵地绕过,一路幸运。离开夏延韦尔斯不久,他们就向南拐,专挑泥路和羊肠小道行驶。

一周之后,一对自称亨利和苏珊·弗里曼②的小夫妇在科罗拉多州的斯普林斯登上了驶向旧金山的火车。至于他们为什么忽然在大章克申下车,我不知道,阿莱特也没说——我认为是看到了什么令他们害怕的东西。我所知道的是,他们在那里抢劫了一家银行,然后在犹他州

---

① 《住在鞋里的老太太》("There was an old woman who lived in a shoe")是一首流传很广的儿童睡前歌谣。

② 弗里曼,即 freeman,自由人之意。

的奥格登抢劫了另外一家。也许这就是他们为了新生活筹钱的方式吧。在奥格登，当一名男子在银行外面试图堵住亨利的时候，亨利开枪击中其胸部。但是，这名男子仍然与亨利扭打在一块，于是香农把他从花岗岩台阶上推了下去。他们逃跑了。被亨利击中的男子两天之后死在医院里。情侣匪徒成了谋杀犯。在犹他州，受到指控的谋杀犯是要被绞死的。

那时候靠近感恩节，至于是在感恩节的前头还是后头，我不清楚。落基山西部的警察得到了关于匪徒的描述，他们时刻警戒着。我那时已经被躲在柜子里头的老鼠咬伤了——我想——或者快要被咬伤了。阿莱特告诉我说，他们死了，可他们没有；也就是说，当阿莱特跟她的随从们来拜访我的时候，他们还没死。她要么是在撒谎，要么是在预言。对我而言，两种都一样。

他们的倒数第二站是内华达的迪斯。那是十一月下旬或者十二月上旬一个极其寒冷的日子，天空一片白色，开始飘雪。他们只想在城里唯一的一家餐厅里吃点鸡蛋和咖啡，但他们的运气似乎到头了。柜台服务员来自内布拉斯加的艾尔克豪恩，虽然他多年没有回过家，但他母亲依旧尽心尽职地给他邮寄大扎大扎的《世界先驱报》。前几天，他刚刚收到一扎报纸，因此认出了坐在小包间里面的这对奥马哈"情侣匪徒"。

他没有打电话报警（或者打给附近铜矿的保卫，那样可能会更快更有效），而是决定来个市民擒匪徒。他从柜台下面取出生锈的老牛仔手枪，然后用枪对着他们，要他们举起手来。亨利没有照做。他从包间里溜出，朝那家伙走去，说道："朋友，别这样，我们无意伤害你，我们会付钱走人。"

柜台服务员扣动了扳机，可老左轮枪没打出火。亨利从他手中夺过枪，看了看旋转的弹膛，笑了。"好消息！"他告诉香农，"子弹在弹膛里放得太久，受潮了。"

他把两美金放在柜台上面，付了饭钱，接着犯了个可怕的错误。事到至今，我相信不管怎样，他们的结局都会很糟糕，可我还是希望，我能越过多年的时间,对他喊道:不要把子弹在膛的枪放下。别那么干,儿子! 无论子弹是潮还是不潮,都要把子弹放到口袋里! 可是,只有死去的人才能越过时间喊叫。我现在明白了这一点,而且是根据个人经历知道的。

就在他们离店的时候(手拉着手呢,阿莱特在我发烧的耳边低语道),服务员从柜台上抓起老左轮手枪,双手握着,再次扣动了扳机。这次,手枪打着了火。尽管他很可能认为自己在对着亨利瞄准,子弹却射中了香农·考特利的后腰。她尖声喊叫,往前趔趄,走出餐厅,来到雪中。亨利及时扶住她,她才没有跌倒。亨利帮她上了最近偷来的车里,又是一辆福特。服务员试图从窗户里面朝他开枪,这一次,老枪在他手中爆炸了,一块金属片炸飞了他的左眼。我从来没有为此感到歉意。我可不像查尔斯·格林纳那样能够原谅别人。

严重受伤的情形下——也许已经濒临死亡——香农开始了分娩前的阵痛。亨利开车穿过厚厚的积雪,朝西南三十英里外的艾尔克飞驰的时候,他可能心里想,在那里可以找个医生。我不知道那里是否有医生,但是肯定有警局,而且柜台服务员带着在脸颊上慢慢凝固的眼球打电话报了警。两个地方警察和内华达州巡逻队的四名成员在镇子边缘守候着亨利和香农,不过亨利和香农没有见到他们。迪斯和艾尔克之间有三十英里,亨利却只走了二十八英里。

靠近镇子边界的地方(但离附近的村落仍然很远),亨利的最后一点运气耗尽了。因为香农一边在座位上流血,一边抱着肚子尖声喊叫,情急之下,他一定是开得飞快——太快了。或者,也许他轧到了路上的一个凹坑。不管是那种情况,福特车打滑,驶进了沟里,停下了。他们坐在荒漠高地的旷野中,风一阵紧似一阵,在四周刮起了雪花。亨利在想什么呢? 他在想,他和我在内布拉斯加所干的勾当导致他和心爱的姑娘来到内华达的这地方。阿莱特并没有告诉我,不过她不需要。我知道。

透过下得越来越密的大雪,他看到了一个像是建筑物的东西,于是把香农从车里弄了出来。她设法在风中走了几步,就再也走不动了。这个懂三角学、也许会成为奥马哈师范学校第一个女毕业生的姑娘把头靠在她年轻恋人的肩上,说:"我再也走不动了,亲爱的,把我放在地上吧。"

"孩子怎么样?"他问她。

"孩子死了,我也想死,"她说,"我疼得受不了了。太疼了。我爱你,亲爱的,不过把我放在地上吧。"

他没那么做,而是把她抱到那个建筑物里。那东西其实是一个边界工棚,跟男孩镇边上那个一侧刷有皇冠可乐褪色广告的披棚没有多大差别。里面有只火炉,但没木柴。他出去捡了几片碎木块,大雪还没有把它们湮没。可当他再进棚子时,香农已经失去了知觉。亨利点着炉子,把她的头放在自己膝盖上。他生的小炉火还没有燃成灰烬,香农就已经死了,那时候就只剩亨利一个人了,坐在简陋的边界工棚的小床上;那里,十来个脏兮兮的牛仔曾经在他前面躺着,个个喝得神志不清。亨利坐在那里,抚弄着香农的头发,外面风在呼啸,铁皮做的棚顶在颤抖。

这些事情,是在那两个短命的孩子还活得好好的时候,阿莱特告诉我的。她告诉我这些事的时候,老鼠就爬在我四周,她浑身臭气,我感染而肿胀的手正火燎火燎地疼。

我恳求她把我弄死,切开我的喉管,就像我切开她的一样,可她不愿意。

那就是她的报复。

我的访客来到农场的时候,可能是两天之后,或者甚至三天之后,可我不这么认为。我认为时间只过了一天。我不相信,没有援助我能坚持两天或者三天。我已经不吃,也几乎不喝了。可是,当重重的敲门声开始的时候,我还能设法下床,跌跌跄跄地走到门口。部分的我认为,也许是亨利吧,因为部分的我竟然还敢于希望,阿莱特的来访是在我精神错乱时孵化出来的幻觉……即便不是幻觉,她说的也是谎言。

来人是琼斯治安官。一看到他,我的膝盖立刻松了一下,猛然向前跌去。要不是他抓住我,我会摔到门廊上去的。我打算告诉他有关亨利和香农的情况——香农将被枪打死,他们最终会在艾尔克郊外的一个边界披棚里,他,琼斯治安官,得赶在这一切发生之前,设法叫人阻止。我开口,却是含糊不清的一串词,但他听出了名字。

"他跟她逃跑了,我知道了。"琼斯说,"但若是哈兰过来告诉你这事,他为什么扔下你这副样子不管?是什么东西咬了你?"

"老鼠。"我好不容易回答道。

他用一只胳膊架着我,半扶半搀着我下了门廊台阶,朝他的小车走去。公鸡乔治在木柴堆旁边一动不动地躺在地上,奶牛"哞哞"地叫着。我最后一次喂它们是在什么时候?我记不清了。

"治安官,你得——"

可他打断了我的话。他认为我在胡言乱语。为什么不呢?他能感觉到高热从我身上烘出来,看到高热在我脸上发光。扶着我一定像是拿着个火炉。"你需要省点力气,你需要感激阿莱特,因为要不是她,我绝不会到这儿来的。"

"她死了。"我又挤出一句话。

"是的。她死了,没错。"

于是,接下来我告诉他,是我杀了她。噢,轻松了。我头里面一根被堵住的管子神奇般地敞开了,一直困在管子里、受到感染的幽灵终于消失了。

他把我像一袋粮食般扔进了他的车里。"我们会谈到阿莱特的,但不是现在。我要带你到仁慈天使医院,如果你不吐在我车里,我将感激不尽。"

当他把车子开出前院,把死去的公鸡和"哞哞"直叫的奶牛抛在身后的时候(还有老鼠们!不要忘了它们!哈哈!),我再次试图告诉他,对香农和亨利来说,也许为时不晚,还有可能挽救他们。我听到自己说,这些都是可能的事,好像我是狄更斯故事里将要降临的圣诞幽灵。然后,我就晕过去了。醒来的时候,已经是十二月二号,西部的报纸上都在报道"情侣匪徒"躲过艾尔克警方,又一次逃脱。他们没有逃脱,可是无人知晓这情况。当然,阿莱特除外。还有我。

医生说坏疽并没有蔓延到上臂,所以冒着让我丧命的风险,只截掉了我的左手。这场赌他打赢了。被琼斯治安官送到赫明顿镇的仁慈天使医院的五天后,我面色苍白、失魂落魄地躺在病床上,失去了二十五磅的体重和一只手,但是还活着。

琼斯面色沉重地来看我。我等着他通知我,他要以谋杀妻子的罪名逮捕我,并在我剩下的那只手上铐上手铐。可是他并没有那么做。他只是告诉我,他为我的损失感到难过。我的损失!那个蠢货知道什么叫损失吗?

为什么我现在坐在这个寒碜的旅馆房间里(不过倒不是一个人!),而不是躺在谋杀者的坟墓里?我要用三个字告诉你:我母亲。

像琼斯一样,我妈也喜欢在谈话中夹杂反义疑问句。对他来说,这是他在一生的执法过程中学会的谈话策略——他问出他的那些愚蠢的小问题,然后观察谈话对象是否有任何负罪感的反应:眨眼,皱眉,或是目光小小的转移。对我母亲而言,这是她从她自己的英国母亲那里学来的说话习惯,又把这个习惯传给我。我已经丢掉了曾经有过的英国口音,但是从没丢掉母亲那种把陈述句变成疑问句的说话方式。你最好现在进来,是不是?她会说。或者你爸爸又忘记吃中饭了,你得拿给他,对不对?就连有关天气的观察也用疑问句表达:又一个雨天,是吗?

十一月下旬的那一天,琼斯治安官到家里来的时候,尽管我发着高烧,病得厉害,但是我没有精神错乱。我清楚地记得我们的谈话,如同一个人也许记得一个特别生动的梦魇一般。

你需要感激阿莱特,因为要不是她,我绝不会到这儿来的,他说。

她死了,我答道。

琼斯法官说,她死了,没错。

接下来,我就照我绕膝学舌时那般说话了,我杀了她,是不是?

琼斯治安官把我母亲修辞性的反义疑问句当成了一个真实的问句。多年后——在我失去农场、在工厂里找了份工作之后——我听到工头对小职员发火,因为他在收到前台送来的货运表格之前就把订单错发到了得梅因,而不是达文波特。可我们总是把星期三的订单发到得梅因,这个即将被开除的小职员抗议道,我只是猜想——

猜想让你和我都成了蠢蛋，工头回答。这是句古话，我想，但是我第一次听到。每当我猜想的时候我就想到了琼斯治安官，有什么好奇怪的呢？我母亲把陈述句变成疑问句的说话习惯使得我免除了电椅死刑。我从来没有因为杀妻而被陪审团审判。

直到现在。

陪审团现在就跟我在一起，远远超过十二个，沿着房间四壁的护壁板排队站立，油亮亮的小眼睛望着我。要是女佣拿着新床单进来，看到那些毛茸茸的陪审员，她会尖声高叫着跑掉。不过没有女佣会来，两天前我就在门上挂上了请勿打扰的牌子，到现在，它还在那里挂着呢。我没出去。我可以要街上的饭店送饭，但我想，食物会让他们扑上来。不管怎么说，我并不饿，因此这也不算什么牺牲。他们，我的陪审员们，到现在为止一直都有耐心，不过，我猜，他们的耐心不会持续太久。和任何陪审团一样，他们急于找到证据，这样才能拿出裁决，获得象征性的费用（在我的情况下，是用肉来支付的），然后，回家跟家人团聚。因此我必须结束。时间不会太长。困难的部分已经做完。

坐在我病床边上时，琼斯法官说的是："我想你在我的眼神里看出来了。难道不是吗？"

我仍然病得不轻，不过已经恢复到足以谨小慎微的程度了。"看出什么了，治安官？"

"我到你家去要告诉你的消息。你记不得了，对不对？对此我并不惊讶。威尔弗，你是个患病的美国人。我当时确信你会死去，而且我认为不等我把你弄回镇上，你也许就会死。看来，上帝跟你还没结束。"

某个东西跟我还没结束，不过，我怀疑那是否是上帝。

"是亨利吗？你来告诉我有关亨利的情况吗？"

"不，"他说，"我来谈的是阿莱特。坏消息，最坏的消息，不过你不能怪自己，因为并不是你用棍子把她赶出家门的。"他向前倾了倾身体，"威尔弗，你也许觉得我不喜欢你，但这不是真的。这个地方是有些人不喜欢你——我们都知道他们是谁，不是吗？——不过别把我跟他们放在一起，仅仅因为我必须考虑到他们的利益。你有一两次惹我生气，而且我相信若是你把儿子看得更紧的话，你还会是哈兰·考特利的朋友，不过我一直敬重你。"

对于他的话，我表示怀疑，但是我双唇紧闭，一言不发。

"至于说阿莱特出了什么事，我要再说一遍，因为这话值得重复：你不能怪自己。"

我不能？我想，就算是由一个从来称不上歇洛克·福尔摩斯的执法人员得出，这结论也是荒谬的。

"亨利遇到了麻烦，假如我现在得到的报道是真的话，"他沉重地说，"而且他把香农·考特利跟他一起拽进了热水里头。他们可能会在里面被煮开。你不必非要对你妻子的死承担责任，对你而言，单单是应付这两个孩子就够呛了，你不必——"

"尽管直说吧。"我说道。

他来访之前的两天——也许就是老鼠咬我的那一天，也许不是，但约摸就在那个时间——一个带着他最后一点农产品的农民走进莱姆比斯卡，看到三条科依狗在距离马路北沿约二十码的地方为某样东西撕咬得不可开交。要不是看到一只磨坏的女士漆革皮鞋和一条粉红色的衬裤躺在阴沟里，他也许还会继续往前。他停下脚步，用来复枪吓跑了狗，走到田里一探究竟。他发现的是个带着连衣裙碎布的女人骨骼，还有几块人肉挂在上面。头上是黯然无光的棕发，是阿莱特色彩浓烈的赤褐色头发在外面风吹日晒了几个月后会变成的那种颜色。

"后齿的两颗已经没了。"琼斯说，"阿莱特少了两颗后齿？"

"是的，"我撒谎道，"因为牙床发炎，掉了。"

"就在她离家出走之后我来的那天，你儿子说她拿了值钱的珠宝。"

"是的。"珠宝此刻就在井里。

"当我问她是否可能拿钱的时候，你提到了两百美元，是吗？"

啊，是的。那些我胡诌的阿莱特从柜子里取走的钱。"对的。"

他点点头。"看，这就对了，这就对了。一些珠宝和钱。那就说明了一切，难道不是吗？"

"我不明白——"

"因为你没有从执法人员的角度来看这件事。她在路上遇到抢劫，就是那么回事。某个坏蛋看到一名妇女在赫明顿和莱姆比斯卡之间搭便车，带上了她，杀了她，抢了她的钱和珠宝，然后把她的尸体运到最近的田里，这样，从马路上就看不到尸体了。"从他长脸上的表情中，我能看得出来，他在想她很可能不仅被抢劫而且被强奸了，并认为还好她的尸体没剩下多少让人可以确认这一点。

"嗯，很可能就是这样。"我说。不知什么原因，我居然能够不露声色一直等他走了为止。然后，尽管转身的时候撞到了残肢，我还是大笑起来。我把脸埋在枕头里面，但连那样也掩盖不住我的笑声。护士来的时候——一位又丑又老的悍妇——进来时，看到泪水从我脸上奔涌而下，她猜想（猜想让你和我都成了蠢蛋）我一直在哭呢。她的态度软了下来——这是件我之前觉得根本不可能的事——又给了我一粒吗啡。毕竟，我是悲恸的丈夫，失去儿子的父亲。我该得到安慰。

你知道我为什么笑吗？是因为琼斯法官善意的愚蠢？是因为一个死了的女流民恰巧出现，此人也许被醉酒的同行男伴杀死？两个原因都有，但多半还是因为那只鞋。那个农民停下来查看科依狗到底为何争斗，因为他看到了阴沟里的女士漆革皮鞋。但是，在刚刚过去的夏季的那一天，当琼斯治安官询问她出走时脚上穿的什么东西时，我告诉过他，阿莱特的帆布鞋不见了。可那个蠢货把这点给忘了。

他从来就不记得。

我回到农场的时候，差不多所有的牲口都死了。唯一幸存的是阿刻罗伊斯，她用责备的、饥饿的眼神望着我，哀怨地"哞哞"叫着。我像别人喂宠物一样怜爱地喂着她，而且她也的确算是宠物了。一个对家庭生计再也不能作出贡献的牲口，除了叫它宠物，你还能把它唤作别的什么呢？

曾经，若我住院，哈兰会在妻子的帮助下照看我家；在中部，我们就是这样与邻居相处的。但是现在，哪怕他坐下吃晚饭的时候，我那头要死的奶牛"昂昂"的痛苦叫声飘过田野、传到他耳中，他也不来了。要是我处在他的位置，我也许也会如此。在哈兰·考特利（和所有世人）看来，我的儿子不满足于仅仅毁掉他女儿，他还跟踪她到了那个原本该是避难所的地方，把她偷走，逼迫她成了罪犯。那些"情侣匪徒"的报道一定是多么痛苦地吞噬着他的心啊！就像是硫酸！哈！

接下来的那个星期——农民家和赫明顿镇的主街上都开始进行圣诞装饰的那段时间——琼斯治安官又来到了农场。一看他的脸，我就明白他带来的是什么消息。我摇着头，"不，什么都别说。我不想知道。我不能知道。走开。"

我回到屋里，试图把门堵上不让他进来，但是我身体虚弱，加上只有一只手，他便轻而易举强行开了门进来。"威尔弗，坚持住，"他说，"你会挨过这一切的。"就像他知道自己在说什么似的。

他朝顶上放着装饰性陶质啤酒杯的柜子里看看，发现了我喝得空得可怜的威士忌瓶子，把最后剩下的只有一指深的酒倒进了杯中，然后递给我。"医生会不赞同，"他说，"不过呢，他人不在这儿，而你马上会需要这杯酒。"

"情侣匪徒"在他们最后的藏匿之处被发现了，香农死于柜台服务员的子弹，亨利死于他射进自己脑袋的一颗。尸体被带到艾尔克的陈尸所，等待指令。哈兰·考特利将料理自己的女儿，但是不会过问我的儿子。当然不会。是我自己处理的。十二月十八日那天，亨利坐火车到了赫明顿，我在火车站，还有卡斯汀兄弟的黑色灵车。我的照片被人家反反复复拍下。有人问了我许多我甚至都不想回答的问题。在《世界先驱报》和远远不如它有名的《赫明顿周刊》上，头版头条新闻都是以悲恸的父亲为题撰写的。

但是，要是记者在葬仪社看到我，当那口廉价的松木棺材打开的时候，他们会看到真正的悲恸；他们也许会以尖叫的父亲为题撰写报道。我儿子把香农的头放在膝上，朝自己的太阳穴开了枪，那颗子弹穿进他脑袋时爆炸了，在左侧炸飞了一块头骨。可那还不是最糟糕的。他的眼睛没了。下唇被嚼没了，牙齿突了出来，仿佛一个狰狞的咧嘴笑容。鼻子只剩下一点红色残根。在警察或助理治安官发现尸体之前，老鼠已经把我儿子和他的心上人当做了美餐。

"把他修整好，"在我终于能够冷静说话时，我对赫伯特·卡斯汀说道。

"詹姆斯先生……先生……破损是……"

"我明白破损情况。把他修整好。再把他从那狗屎盒子里搬出来，装到你最好的棺材里。我不在乎棺材的价钱。"我弯腰亲吻了他那张残缺不全的面颊。没有父亲应该白发人送黑发人，但是，如果还有父亲应该得到这样的命运，那就是我。

香农和亨利葬在赫明顿荣光堂的墓地里，香农在十二月二十二日下葬，亨利是在圣诞夜。参加香农葬礼时，教堂里满是人，哭声连天，声音大到足以掀翻屋顶。我知道，是因为我当时也在，至少是在现场待了一会儿。我站在后面，没人注意到我，然后在塞思贝牧师挽词念到一半的时候偷偷溜了出去。塞思贝牧师也主持了亨利的葬礼，不过，我几乎无需告诉你的就是，到场的人要少得多。塞思贝只看到一个人，不，还有一个。阿莱特也在那里，紧挨着我，坐着，没人看到她。她笑着，在我耳边上低语。

事情发展到这一步你喜欢吗，威尔弗？值得吗？

把葬礼费用、下葬费用、陈尸所费用、运尸费用以及处理我儿子残肢断体的费用加起来，正好超过三百美元。我用房屋抵押款支付了。除此之外，我还有别的什么钱呢？葬礼完毕，我回到空落落的屋子里。不过，我首先买了一瓶威士忌。

一九二二年在它的口袋里还留下一个阴谋诡计。圣诞节过后的那天，一场巨大的暴风雪从洛基山咆哮而来，厚达一英尺的积雪和达到飓风级别的强风袭击着我们。黑暗降临，大雪先是变成雪雨，继而变成强雨。午夜时分，我坐在漆黑的客厅里，用一小口一小口的威士忌护理着疼得我嗷嗷直叫的残肢时，屋后传来"嘎吱嘎吱"的声音。是那边屋顶坍塌的声音——是我用房产抵押款，至少是一部分，来维修的那块屋顶。我举杯向它致敬，然后又呷了一小口。寒风从我肩头四周吹进，我从湿物间的衣钩上拿了件外套，穿在身上，然后重又坐下，又喝了些威士忌。不知什么时候，我迷迷糊糊睡着了。三点钟左右，又一阵"嘎吱嘎吱"的坍塌声把我吵醒。这回是牛棚的前半部分倒塌了。阿刻罗伊斯再一次侥幸存活,第二天夜里,我把她带到屋里跟我待在一起。为什么?你也许会问我,我的回答是,为什么不呢?他妈的为什么不呢?我们都是幸存者。我们都是幸存者啊。

圣诞节早晨(我是在冰冷的客厅里呷着威士忌,陪伴着我幸存的奶牛度过的),我数了数抵押贷款还剩下的钱,意识到这钱还不够支付暴风雪导致的损失。我不大在乎,因为我已经对农场生活没了兴趣。不过,想到法灵顿公司要盖杀猪场、污染河流还是让我气得咬牙切齿。尤其在我为保住那该死的一百英亩地付出高昂代价之后。

我突然明白,因为官方已经正式确认阿莱特死亡而不是失踪,那些地就都归我所有了。因此,两天之后,我便忍气吞声地去找哈兰·考特利。

听到我敲门前来开门的这位,以前过得比我好得多,但是,就跟我一样,那一年的打击给他造成了伤害。他体重降了,头发掉了,衬衫也是皱巴巴的——虽然不像他的脸那么皱巴巴的,而且衬衫总还可以熨平。他看起来有六十五岁,而不是四十五。

“别打我,”看到他把手攥成了拳头,我说,“听我把话说完。”

“我不会打只有一只手的人。”他说,“不过,希望你长话短说。我们就在门廊这边说清楚,因为从今往后你都别想再进我的家门。”

“好。”我说。我自己体重也下降了——很多——而且,我还浑身打颤。不过,寒冷的空气吹到残肢上和那只看不见的手上倒是感到挺舒服。“我想卖给你一百亩好地,哈兰。是阿莱特死心塌地要卖给法灵顿公司的那一百亩地。”

听到这话,他笑了笑,眼睛在新近深凹的眼眶里发亮。“时乖命蹇,是不是?半个房子和半个牛棚坍陷。赫密·高顿说,你弄了个奶牛跟你住在一块儿。”赫密·高顿是个跑乡下送信儿的,也是位出名的长舌头。

我出了个低价,低得让哈兰嘴巴往下张开,眉毛向上竖起。那时,我才注意到一股味道从整洁的、设备齐全的屋里头飘出来,与这屋子十分不搭调:炸焦了的食物的味道。做饭的显然不是萨莉·考特利。也许过去我会对这样的事儿感兴趣，可那些日子已经过去了。我当时只想着让这一百亩地脱手。便宜卖掉它好像是件正确的事，因为它们让我支付的代价是如此高昂。

"那真是美元打折变成了便士。"他说，然后，又用明显心满意足的口气说道，"阿莱特会在坟墓里打滚的。"

她可不仅仅是在坟墓里打滚，我心想。

"威尔弗，你笑什么呢？"

"没什么。除了一件事之外，我对那块地再也不操心了。我操心的事只有，别让那该死的法灵顿公司的杀猪场跟这块地沾边。"

"哪怕把你家都丢了？"他点点头，好像我问了个问题。"我知道你在银行抵押贷款的事。小镇无秘密啊。"

"就算是这样也没关系。"我回答他，"接受我的出价吧，哈兰。要是不要的话，你就疯了。他们会用血、猪毛、内脏填满那条河——那也是你的河啊。"

"不是我的。"他说。

我盯着他，怔怔地，说不出一句话。不过他又点头了，好像我问了个问题。

"你以为自己清楚对我做了什么，但是你并不完全清楚。萨莉离开我了。她到麦克库克她娘家人那儿去住了。她说也许会回来，说她要把事情好好想想，可我觉得她不会回来了。因此，这就把我跟你放到同一辆老破车里了，是不是？我们两个男人，今年刚开始时是有老婆的，现在又都丢了老婆。我们两个男人，今年刚开始时孩子是活生生的，现在都死了。我能看到的与你唯一的差别就是，在这场暴风雪中，我没失去半个屋子和大半个牛棚。"他又想了想，"我还有两只手。就这些，我想。"

"什么……她为什么要——"

"噢，动脑筋想想。为了香农的死，她怪你，也怪我。她说要是我不那么火大，把香农送出去，她还会活着，还住在这条路上，在你的农场，跟亨利生活在一起，而不是躺在冰冷的地下。她说她还会有个孙子。她说我是个自以为是、刚愎自用的蠢蛋。她说得对。"

我把那只剩下的手朝他伸过去。他"啪"地把我的手打开。

"别碰我,威尔弗,我警告你。"

我把手收回到身边。

"有件事我确信,"他说,"如果我买下你那块地,不管它怎么划算,我都会后悔的。因为那块地是遭天谴的。我们也许不能在每样事情上看法一致,但是,我敢打赌,在那件事情上,我们看法一致。如果你要卖掉它,就把它卖给银行吧。这样,你可以把你的抵押合同取回,此外还能得到一些现金。"

"他们会转手倒卖给法灵顿!"

"也没那么糟啊。"是他在这件事上说的最后一句话,边说,边当着我的面把门关上。

那一年的最后一天,我开车到赫明顿镇去了,在银行里见到了斯图本华沙先生。我告诉他,我已经决定不再在农场上生活。我告诉他,我会把阿莱特的一百英亩地卖给银行,用卖地所得把抵押合同赎回去。像哈兰·考特利一样,他说不。有那么一刻,我只是坐在椅子上,面对着他,无法相信我所听到的。

"为什么?那是块好地啊!"

他告诉我,他为银行工作,而银行不是地产机构。他称我为詹姆斯先生。在那间办公室里,我叫威尔弗的日子结束了。

"这真是……"荒唐是在我脑子里出现的词语,不过,他还有可能改变主意,我不想冒险去冒犯他。我拿定主意要卖地(还有那头奶牛,我还得为阿刻罗伊斯找个买家,可能是个陌生人,用一袋魔豆做交易)之后,这个主意就在我身上产生了一股痴迷的力量。因此,我压低声音,保持平静。

"斯图本华沙先生,那不完全正确。拉爱德那块地方在去年夏天拍卖的时候,银行就买下了。还有三M那地方。

"情况不一样。我们拥有你原先八十英亩地的抵押,这就够了。至于你要如何处置那一百英亩地,我们毫无兴趣。"

"谁来见过你?"我问他,然后意识到我不必问了。"是莱斯特,对吗？科尔·法灵顿的狗腿子。"

"我不知道你在说什么。"斯图本华沙说，不过我看到他眼睛里有光芒闪了一下。"我想你的悲恸和你的……你的伤……已经暂时破坏了你清楚思考问题的能力。"

"哦不，"我说，接着便开始笑。这是危险的失衡的笑声，就连在我自己的耳朵听来也是如此。"先生，我一生从来没有像现在这么清楚地思考过问题。他过来见过你了——他，或是别的人，我肯定科尔·法灵顿付得起钱，聘用他需要的奸诈律师——你们做成了一笔交易。你是他们的同——谋！"我笑得越来越厉害了。

"詹姆斯先生，恐怕我不得不请你离开。"

"也许你事先把一切都精心设计好了，"我说，"所以你当初才那么急切地想说服我进行他妈的抵押。或许，当莱斯特听说我儿子的事情时，他就看到对我趁火打劫的好机会来了，然后就跑来找你。也许他就坐在这张椅子里，说，'这对我们两人来说都有好处，斯图——你得到农场，我的客户得到河边的那块地，而威尔弗·詹姆斯呢，只能见鬼去了。'不就是这么回事吗？"

他已经按下桌上的电钮，此时，门开了。这不过是家小银行，没有雇用保安。不过，斜着身子进来的银行出纳是个健壮如牛的小伙子。从长相上看，他是罗尔巴切尔家的人；我跟他父亲一起上过学，要是亨利不死，会跟他妹妹曼蒂一起上学的。

"有情况吗，斯图本华沙先生？"他问道。

"假如詹姆斯先生现在离开，就没事，"他说，"你愿意送他出去吗，凯文？"

凯文走进来，我慢慢从椅子里站起身，他恰好抓住我左肘上方。他穿着吊带裤，带着领结，看起来像个银行家，但手还是农民的手，硬，而且长满老茧。我那还在恢复的残肢警惕地抽动了一下。

"过来吧，先生。"他说。

"别拽我，"我说，"我原来长手的地方疼着呢。"

"那就过来。"

"我以前跟你父亲一起上过学。他就坐在我旁边，在春季考试周时，他常常抄我的卷子。"

他把我从椅子上拽离，在那儿，我曾经被叫做威尔弗。好个老威尔弗啊，一个傻得不远抵押贷款的人。椅子差点翻过来。

"詹姆斯先生，新年愉快。"斯图本华沙说。

"祝你新年愉快，你这个骗钱的婊子养的。"我答道。见到他脸上惊恐万状的表情，也许是我这一生中遇到的最后一桩美事。我现在已经在这儿坐了五分钟，咬着钢笔头，努力想回忆起一桩好事——比如一本好书，一顿美餐，公园里一个惬意的下午——可是我却想不出来。

凯文·罗尔巴切尔陪我穿过大厅。我想那是个准确的动词，陪，而不是拽着我。地面是大理石铺的，我们的脚步声在回响。墙壁是深深的栎棕色。在高高的出纳窗口上，两个女职员正为一小群年关岁末的客户服务。一个出纳员年轻，另一个年长，但是她们瞪大眼睛的表情倒是如出一辙。不过，倒不是她们那惊恐、几乎勾起人淫欲的兴致吸引了我的注意，完全是别的什么东西抓住了我。出纳窗口上方有一根三英寸宽的栎木栏杆，在栏杆上奔跑的——

"当心那只老鼠！"我高喊道，并用手指着。

年轻的出纳员发出不大的尖叫声，同时往上看去，然后与年长的出纳员对视了一下。那不是老鼠，不过是天花板上电风扇匆匆落下的影子。此时，大家都朝我看了。

"看什么看！"我对他们说，"看个够！看吧，看到你们该死的眼睛掉下来！"

然后我到了街上，嘴里喷出冬天寒冷的空气，那空气看起来像是香烟的烟雾。"别再回来，除非你真有业务要办，"凯文说，"而且，除非你舌头规矩一点。"

"你父亲是我上学期间遇到的最爱作弊的家伙。"我告诉他。我想要他揍我，可是他只是走回银行，把我一个人孤零零地丢在人行道上，站在我破旧的卡车前。那是一九二二年的最后一天，威尔弗雷德·勒兰德·詹姆斯进城的全部遭遇。

等我到家的时候,阿刻罗伊斯已经不在屋里了。她在院子里头侧卧着,嘴里喷出一团团白气。我能看到雪地上她拖脚行走的痕迹,知道她奔跑着离开门廊,落地不顺,摔断了两条前腿。似乎我的身边就连好得无可挑剔的奶牛也很难幸存。

我走进湿物间去拿枪,然后进屋,想看看——如果可能的话——到底是什么东西把她吓得全速奔跑,逃离她的新安身之地。是老鼠,当然。其中的三只老鼠就坐在阿莱特最宝贝的餐具柜上,用漆黑而庄重的眼神看着我。

"回去告诉她别再烦我,"我对老鼠们说,"告诉她,她作的孽够多了。看在上帝的分上,叫她别再烦我。"

它们只是坐在那里,看着我,尾巴缠绕着丰腴的深灰色身体。于是,我就端起打害兽的来复枪,射中了中间的那一只。子弹把老鼠打得碎裂开来,墙纸上到处飞溅着它的残骸。墙纸是阿莱特九年或十年之前精心挑选的。那时亨利还只是一点点大,我们三人之间什么都好。

其他两只逃跑了。回到它们秘密的地下通道去了,我毫不怀疑。回到它们朽烂的女王那儿去了。它们在我亡妻的餐具柜上面留下的是几小摊老鼠屎,三到四块麻袋碎片,那是亨利在一九二二年初夏的那个晚上从牛棚拿过来的。老鼠们终于把我最后一头奶牛弄死,并且给我带来阿莱特发套的几块碎片。

我走到外面,轻拍着阿刻罗伊斯的头。她把脖子朝上伸伸,哀怨地"哞哞"叫着。让它停下吧。你是主人,你是我世界的上帝,因此,让它停下吧。

我让它停了。

新年愉快。

那是一九二二年岁末,也是我故事的结尾;其余部分都是后记。使者们拥挤在房间里——如果这家老旅馆的经理看到它们,他会怎样高声惊呼啊!——不必等待很久,他们的裁决就要做出。她是法官,他们是陪审团,而我将是自己的行刑者。

我失去了农场,那是当然。农场还在的时候,没有人,包括法灵顿公司,会愿意购买那一百英亩地。当屠宰场最后冲杀进来的时候,我被迫以低得丧失了理智的价格卖了。我肯定这是莱斯特的诡计,而且我还肯定,他为此得到了一笔奖金。

哦,罢了。即使我有经济资源可以依赖,在赫明顿我还是会失去自己小小的立足之地,那一点让我获得了一种有悖常理的慰藉。人们说,我们陷入的经济大萧条在上一年的黑色星期五就开始了,但是,像堪萨斯、爱荷华和内布拉斯加等一些州的人都知道,经济大萧条是在一九二三年开始的。当年在春天的暴风雪中幸存下来的庄稼,却在随后的干旱中全部死光,那是一场持续了两年的干旱。那些数量不多的进入大城市市场和小城市农业交易所的谷物带来的是乞丐般的价格。哈兰·考特利无事可做,一直干闲到一九二五年左右,后来银行把他的农场买下了。在阅读《世界先驱报》上银行销售项目的时候,我碰巧看到了那一则消息。到一九二五年时,这样的项目有时会占据报纸的整个版面。小农场早已开始消失,我相信百年之后——也许就只有七十五年——它们全都会消失的。到二○三○年(如果还有这么一年的话),内布拉斯加在奥马哈以西的所有地区将变成一片大农场。这农场可能属于法灵顿公司所有,那些运气坏透的、只能靠那片农场生活的人将会在又脏又黄的天空下勉强度日,带着毒气面罩,防止被死猪的臭气呛着。每一条河流都会因为屠宰的血而泛红。

来吧,二○三○年,唯独老鼠们快乐。

美元打折变成便士,那天,我主动要求把阿莱特的地卖给他时,哈兰这么说。最终,我被迫更大幅度地压价才把这块地卖给了科尔·法灵顿。律师安德鲁·莱斯特把文件带到赫明顿镇我当时住的宿舍里,在我签字的时候他笑了笑。他当然会笑。大人物总是赢。我是个傻瓜,居然曾认为会有不同的结果。我是个傻瓜,我曾经爱过的每一个人都为我的愚蠢付出了代价。有时候,我心里纳闷,萨莉·考特利是否回到了哈兰身边,或者,哈兰在失去了农场之后是否去麦克库克找她了。我不知道,不过我觉得香农的死可能结束了他们原先幸福美满的婚姻。毒药如水中的墨水一般扩散啊。

同时,老鼠们开始从护壁板里转移进来了。原先的正方形已经变成几近闭合的圆圈了。它们都知道这是后记,在一次无可挽回的行为以后,发生任何事情都无关紧要了。可是我会写完。我活着的时候它们不会得到我,最后小小的胜利将属于我。我的棕色旧夹克挂在我坐着的椅子后背上。手枪放在口袋里头。等我完成最后几页忏悔书的时候,我会用得着它。人们说,自杀者和谋杀者皆会下地狱。如果真是这样,那么我完全熟悉地狱之路,因为最近这八年我一直都在地狱里。

我去了奥马哈,像我过去常说的那样,如果它真是一座傻子城市,那么,我首先就是个模范公民。我靠着卖掉阿莱特那一百英亩土地的所得开始买酒喝酒,甚至在酒价大幅跌价的情况下,我两年就喝光了所有钱。不喝酒的时候,我就去走访亨利一生中最后几个月所到过的地方:莱姆比斯卡那个屋顶上有蓝帽姑娘标牌的杂货店(那时小店已经关门,封掉的门上有个牌子,上面写着:该店属于银行所有,待售),还有加油站,多吉街上的典当铺(在那里我模仿儿子买了我现在口袋里的这把手枪)、第一农业银行奥马哈分行。那位漂亮年轻的出纳还在那里工作,尽管她的姓不再是潘马克了。

"我把钱递给他的时候,他说谢谢你。"她告诉我,"也许他走上了歧途,可他的教养还是不错的。你认识他吗?"

"不认识,"我说,"但我认识他家里人。"

当然,我去了圣欧塞比亚天主教教养院,但是,我没试着进去,向女教师或女舍监或者不管什么头衔的人打听香农·考特利的情况。那是一幢冰冷的、令人望而生畏的庞大建筑,厚厚的石头和在石头上切开的长条形窗户完美地表达了人们心中的教皇等级体系对女人所持有的看法。为数不多的怀了孕的姑娘们悄悄溜出来,眼神沮丧,耷拉着肩膀。望着他们,我便明白香农为何如此愿意出走的原因了。

让人觉得蹊跷的是,在胡同里,我感到自己的心跟儿子最贴近。这胡同紧挨着加乐汀大街药店和冷饮店(斯拉夫特的糖果和最佳的家制软脂奶糖是我们的特产),距离圣欧塞比亚天主教教养院只相隔两个街区。那儿有个货箱,可是太新了,不大可能是亨利在等一位够胆大的姑娘用消息换取香烟时坐在上面的那只。不过,我还是权把它当成是真的。我喝醉的时候,这么假想就会比较容易。在加乐汀大街出现的大多数日子里,我的确是酩酊大醉。有时候,我佯装又是一九二二年了,是我在等待维多利亚·斯蒂文森。如果她来了,我就用整整一包香烟跟她做交换,让她为我带个口信:要是一个自称是汉克的年轻人现身打听关于香农的情况,告诉他走开,别烦人家。到别处去。告诉他,他父亲想要他回农场,也许两个人一起努力,他们还可以拯救农场。

不过,那个姑娘不是我能接触到的。我遇到的唯一的维多利亚是后来的版本。那个维多利亚有三个漂亮的孩子,还有一个体面的头衔:哈雷特太太。那时候,我已经戒酒,在比尔特-莱特服装厂有了份差事,我跟剃须刀和用来刮胡子的肥皂又重逢相识了。有了这副体面的外表,她倒蛮愿意接待我的。我告诉了她我是谁,仅仅因为——如果我诚实到底的话——撒谎不是个选择。我从她稍稍瞪大的眼睛里可以看出,她注意到了我们父子相似的长相。

"哎呀,他可是蛮讨喜的,"她说,"而且为爱疯狂。我也为香农难过。她是个好姑娘。这像是莎士比亚的悲剧,不是吗?"

不过,她把悲剧发成了"交易—啊"①这之后,我就再也没有回到过加乐汀大街,因为对我而言,阿莱特的谋杀已经破坏了这个毫无瑕疵的、年轻的奥马哈太太最初善意的动机。她认为这是浪漫。我纳闷,要是她听到我的妻子在被血浸透的麻袋里发出最后的尖叫,或者,要是她瞥见我儿子那张少了眼睛、缺了嘴唇的脸,她还会觉得这是浪漫吗?

在同样也被称为傻子之城的盖特威城的那些年,我有两份差事。你会说我当然有工作,不然就要在街头讨生活了。不过,比我诚实的人甚至在他们想戒酒的时候还在继续喝,比我体面的人到头来却睡在路上。我认为我可以说,经历了这么多年迷失的岁月之后,我又努力过上了踏踏实实的生活。有些时候,我真的相信就是这样,可夜里躺在床上

---

① 从语言学的角度看,维多利亚可能文化低,更大可能是患有言语障碍,常把两个不同的词的字错置在一起。前面提到她把 Oliver Twist 说成 Gulliver Twist;这里她把 tragedy 发成了 trad-a-gee,即把词中的字母顺序前后倒置。

（听老鼠在墙里奔跑——他们是我常年的伙伴），我知道真相：我还在努力要打赢。甚至在亨利和香农死了之后，在我失去农场之后，我还在努力要打赢井里的尸体。她，还有她的仆从们。

约翰·汉拉罕是比尔特-莱特工厂的仓库工头儿。他不想雇用只有一只手的男工，可我恳求他让我试一试。当我向他证明，跟拿他工资的别的员工一样，我也可以拉起装得满满一集装货架的衬衫或工作服时，他便接受了我。我干了十四个月的拖运工，常常一瘸一拐地回到住宿地，背脊和残肢火辣辣得疼。可我从不抱怨，我甚至抽出时间来学习缝纫。就是在午饭时间（实际上只有十五分钟）和下午的休息间歇，我也做。别的男工出去到卸货码头抽烟，讲黄段子，我却在自学怎么锁边，一开始，先缝我们的麻布货袋，然后就缝公司的主要存货，也就是工作服。最后，我发现掌握了窍门后，我甚至还可以装拉链，这本事在服装流水线上算是不小的技巧了。我会把残肢压在衣服上，把衣服定好位，同时用脚操作电动踏板。

缝纫的报酬比拉集装货架要高，而且，对我来说也更轻松一些。不过，缝纫楼层漆黑幽深，干了四个月左右，我就开始看到老鼠们在一堆堆的、刚刚染成蓝色的劳动布上面奔跑，或是蹲坐在运货的手推货车下面的阴影里。

有几回，我叫我的同事们留意那些鬼东西。他们却声称没有看到。也许他们真的没看到。我倒认为，更有可能是他们担心缝纫楼层会被临时关闭，好让灭鼠的人进来工作，缝纫人员会因此丢掉三天或甚至一周的薪水。对于有家有口的工人们来说，关门几天算得上是灾难。对他们而言，告诉汉拉罕先生我有幻觉非常容易。我理解。当他们叫我疯威尔弗的时候，我也能理解。可这并不是我放弃不干的原因。

我放弃，是因为老鼠们源源不断地进来。

我一直在存钱，准备在寻找另一份差事的时候靠它过日子，但事实证明并不必要。离开比尔特-莱特工厂三天后，我就在报纸上看到了一份广告，奥马哈公共图书馆招聘图书管理员——这岗位必须要有推荐信或者学位。我没有学位，但是，我一生一世都在坚持阅读，而且假如一九二二年教会了我什么,那就是如何欺骗。我伪造了来自密苏里州的堪萨斯市和斯普林菲尔德市公共图书馆的推荐信,谋到了这份工作。我确信夸尔斯先生迟早会核对这份推荐信,然后发现我在造假,因此,我只好努力工作,争取使自己成为全美最优秀的图书管理员,这样,当我的新老板发现欺骗一事时,我干脆就求他宽恕,希望得到原谅。不过,并没有当面对证这样的事。我在奥马哈公共图书馆已经干了四年。从理论上说,我认为自己现在还保有这个岗位,尽管我已经一周没上班,也没有打电话请病假。

是因为老鼠,你知道的。它们又在那里发现了我。我开始看到它们蹲伏在装订室一堆堆的旧书上,或者沿着库中最高的书架东窜西跑,会心地往下朝我看看。上周,在文献室,我为一名上了年纪的读者拉出一卷《大英百科全书》时(这卷内容是从 Ra 到 St,毫无疑问,含有一个条目"褐鼠",更不用说"屠宰场"①了),我看到了一张饥饿的、灰黑色的脸从书架的空白处盯着我看。正是那只咬断了阿刻罗伊斯奶头的老鼠。我不知道怎么可能会是那样——我肯定我已经弄死了它——但是现在不用怀疑了。我认识它。我怎能不认识它呢? 有一片麻布,沾有血迹的麻布钩在它的须子上。

发套!

我把这卷《大英百科全书》拿给了那位老太太(她披了一件白色貂皮长围巾,那东西又细又黑的眼睛冷冷地看着我)。然后,我干脆走到外面去了。我在街上游荡了几个小时,最后来到了这里,木兰花旅馆。之后我一直待在这家旅馆,把我做图书管理员——这份工作已经无关紧要了——攒下的那些钱开销着,写我的忏悔,这才是重要的事。我——

一只老鼠刚刚在啃我的脚踝。好像在说,快点儿,时间快到了。袜子上开始渗出一点点血迹。这并没有扰乱我的心神,丝毫也没有。我见过比这更多的血;一九二二年,有一个房间到处都是血。

此刻我想我听到了……难道是我的想象吗?

----

① 褐鼠是 Rattus norvegicus,屠宰场是 slaughterhouse。

不。

有人来访。

我堵上了管道，可老鼠还是逃脱了。我填上了井，可她还是找到了出路。这次我认为她不是一个人。我想我听到两组蹑手蹑脚行走的脚步声，不是一组。或是——

三组？难道是三组？难道本来会在一个更加美好的世界里当我媳妇的那个姑娘也跟他们在一起？

我想是的。三具尸体沿着过道，轻手轻脚地来了，他们的脸（剩下的部分）因为老鼠的啃啮而变形，阿莱特的脸还是侧向一边……被一头垂死的奶牛踢中。

脚踝上又被咬了一口。

又一口。

管理人员怎么能——

嗷！又一口。不过，它们不会打赢我。我的来访者们也不会，虽然此刻我能看到门把在转动，我能闻到他们的气味，剩下的肉悬挂在他们的骨头上面，发出屠宰的臭气

宰

枪

上帝啊它在哪

停止

啊，让它们停下

《奥马哈世界先驱报》,1930年4月14日

图书管理员在当地旅馆自杀身亡
旅馆安保人员遭遇离奇现场

　　奥马哈公共图书馆管理员,威尔弗雷德·詹姆斯的尸体于周日在当地的一家旅馆被发现,其时,旅馆工作人员正努力与其取得联系,但未获回应。附近房间的住户一直在抱怨"闻到一股臭肉般的气味",周五下午晚些时候,该旅馆的一位女服务员报告,说听到"一名男子低沉的喊叫声,似乎痛苦万分"。

　　旅馆安保主任反复敲门之后,没有得到任何回应,便用万能钥匙打开了房门,发现詹姆斯先生的尸体趴伏在房间的写字台上。"我看到了一支手枪,推断他自杀了,"这名安保人员说,"但是,没有人报告曾听到过枪击声,也没有闻到枪开过的火药味。检查枪支时,我断定,它是一把保养不善的点25手枪,但是子弹没有上膛。

　　"那个时候,我当然已经看到了血。我从来没有见过那样的场面,也再不想见到。他把自己全身都咬遍了——胳膊、大腿、脚踝,甚至脚趾。这还不够。显而易见,他一直在忙于某种写作计划,不过他把纸张也都嚼光了。满地板都是。看起来像是老鼠啃完纸张为了做穴留下的。最后,他咬破了自己的手腕。我相信他就是因此而身亡的。他一定是疯了。"

　　撰写这篇报道的时候,詹姆斯先生的身世仍然鲜为人知。奥马哈公共图书馆图书管理主任罗纳德·夸尔斯在一九二六年下半年招录了詹姆斯先生。"显然他运气背,少掉了一只手,成了残疾人,可是他了解书,又有很好的推荐。"夸尔斯说,"他平易近人,但总是与他人保持距

离。我相信,在申请这儿的岗位之前,他曾在工厂干过活,他还告诉同事们,在失去手之前,他曾在赫明顿县拥有一个小农场。"

《世界先驱报》对这位不幸的詹姆斯先生很感兴趣,并向可能了解他的读者征寻信息。他的尸体目前停放在奥马哈的陈尸所,等待其亲友来处理。"如果没有亲友出现,"据陈尸所的塔特绍尔医生说,"我认为他将被安葬在公地。"

/

大司机

1

如果有机会的话，苔丝一年接受十二场有酬金的演讲。照每场一千二百美元计算，一年加起来总共一万四千多。这就算是她的退休基金了。出版了十二本书之后，她依然对柳树林编织协会非常满意，不过，她也知道，等她到了六七十岁，她也不可能继续写了。就算她还能写，又能写些什么呢？柳树林编织协会去特雷霍特？柳树林编织协会去参观国际空间站？不行的。即使她的主流读者，比如女士读书会什么的，还在读她的书（她们很可能会读），也不行。绝对不行。

从这一点来看，她其实算得上是只过得舒适惬意的小松鼠，靠着写书赚来的钱活得有滋有味，同时还未雨绸缪，把冬天要吃的橡树果子准备好。最近十年来，每年她都会往自己的货币市场基金里投上一万两千到一万六千美元。由于股市的涨跌起伏，收益并没有她期望的那么高，不过，她安慰自己，只要她不断往里面存钱，她就不太会有什么大问题。她就是一台小小的、可以不断地把钱往里头填塞的发动机。每年，她起码要免费搞上三个活动来宽慰良心。其实，用诚实的劳动换取诚实的报酬本不应该让她烦心的，但有时候她还是心烦。可能是因为写书、签名这类的活儿与她从小到大所理解的工作概念不吻合吧。

对于演讲，除了至少一千二百美元的酬金之外，她还有另外一个要求：她必须能够开车抵达她的演讲地点，而且，在往返的路上，最多只能过一夜。这就意味着，向南，她很少去路程远过里士满的地方；往西，她很少超出克里夫兰。在汽车旅馆住上一夜虽然累人，但还是可以接受的;住上两夜,会让她整整一周都打不起精神。况且,她的猫,弗雷泽,讨厌只身守家。每回,她到家的时候,他都把这一心情表露得明明白白,上楼时,他就在她两脚之间蹭来蹭去;坐在她膝盖上时,他就胡乱地搔爪子。虽然隔壁邻居佩西·麦克兰喂他倒是挺有一套的,但是,苔丝不在家,他就吃得很少。

倒不是她害怕坐飞机,也不是她不好意思让邀请她演讲的机构支付旅行费用,因为她住汽车旅馆(一向都不错,但也称不上雅致)的费用就是他们来支付的。她就是讨厌坐飞机:熙熙攘攘的人群,让人有失尊严的全身扫描,过去免费的东西现在都要收费,航班晚点……还有就是,飞机不在你的掌控之中。这一点是最要命的。一旦你通过了无休无止的安检,被允许登机,你其实就等于把自己最值钱的财产——你的性命——交到了陌生人手中。

当然,她开车出行时,同样也会面临这种风险:某个醉汉可能开车失控,越过路中间的界线,与你迎面相撞(他们能活下来;醉鬼好像总能活下来),要了你的性命。不过,即便如此,自己开车时,她会有一种一切尽在掌控之中的错觉。而且,她喜欢开车。开车让人平静。她有很多好的想法都是在静静地匀速开车时想到的。

"我敢说,你上辈子肯定是个长途货运卡车司机。"佩西·麦克兰有一回这么对她说。

苔丝不相信上辈子或者下辈子,她认为,只有看得见的,才是实实在在的——不过,她倒挺希望前世或者来生,自己不是个古灵精怪、面带腼腆微笑、靠写书谋生的弱女子,而是一个大块头,头上戴顶大帽子,遮住他被太阳晒黑的前额和浅灰色的面颊,坐在一辆引擎盖上贴着斗牛狗图案的车上,在横跨全国的公路上飞驰。那样的话,她就不需要在公开露面前精心搭配服饰,只要穿褪色的牛仔裤和两侧扣带子的靴子就行了。她喜欢写作,也不介意公共演讲,不过,她真正钟爱的还是开车。在奇科皮露过面之后,这个想法让她觉得滑稽……不过,还没滑稽到让她发笑的程度。不,根本就不是那种滑稽。

2

布朗芭格斯读书会①的邀请完全符合她的要求。奇科皮,距离斯托克村不足六十英里,演讲在白天举行,而且三B读书会将支付她一千五百美元的演讲酬劳。当然,他们还负责其他相关开销,不过,这部分费用很少,因为连住宿都不用。邀请函发自一位名叫拉莫娜·罗威尔的女士,她解释说,她虽然是奇科皮公共图书馆的首席管理员,但是,她是以三B读书会会长的身份发出这封邀请的,该机构每月举办一次午餐演讲,提倡大家自带午餐,活动备受欢迎。珍妮·伊万诺维奇原本是排在十月十二日的,但是她家里突然有事,所以被迫取消了,具体是婚礼还是葬礼,拉莫娜·罗威尔也记不清了。

"我知道时间有些仓促,"拉莫娜·罗威尔女士在信的最后一段里写道,语气稍稍有点怂恿的味道。"但是根据维基百科上的信息,你就住在毗邻的康涅狄格州,另外,我们奇科皮这儿的读者都是柳树林编织协会的忠实粉丝。如果您能来参加,我们将不胜感激,同时给您前面提到的演讲酬金。"

苔丝怀疑,感激持续的时间最多也就一两天,而且,十月份她已经安排了一场演讲,不过,I-84号公路和I-90号公路顺路,而奇科皮距离I-90号公路很近,来去都很方便,弗雷泽估计都意识不到她出门。

在信中,拉莫娜·罗威尔留了她的电子邮箱地址,苔丝随即就给她回了信,确认了日期和酬金。她还特意指明,按照惯例,签名时间最多一个小时。"我有只猫,如果我不在家里亲自喂他晚饭,他会欺负我的。"她写道。她还询问了一些进一步的细节,虽然,她对这些基本上已经烂熟于心,毕竟她从三十岁起就开始做这个了。不过,像拉莫娜·罗威尔这类组织型的人还是希望你能问她,要是你不问,她们就会焦虑,

---

① Books & Brown Baggers,下文中简称三B读书社。

担心那天请来的作家会不会不戴胸罩,醉醺醺地出现在演讲现场。

其实,就这类紧急邀约来说,酬劳给两千美金还差不多,苔丝的脑子里划过了这个念头,但还是打消了。这等于坐地起价了。她也怀疑,就是把编织协会题材的所有书(竟有十二本之多)加在一起,其销量也抵不过斯蒂芬妮·普拉姆探险丛书当中的一本。不管乐不乐意——其实,苔丝对此并不太在意——她只是拉莫娜·罗威尔的备选项。要价过高的话,她肯定不干。所以,一千五百美元已经很公道了。不过,当她躺在涵洞里面,肿胀的嘴巴和鼻子流出鲜血的时候,又觉得一千五百美元一点儿都不公道。可是,难道两千美元就公道了吗?或者,两百万美元?

你能否给疼痛、强奸、恐怖明码标价,这是编织协会的女士们从来没有考虑过的问题。她们所谓解决了的犯罪问题,实际上只不过是对犯罪的看法而已。不过,当苔丝被迫思考这个问题时,她认为答案是不能。在她看来,好像只有一样东西才可以构成对此类罪恶的惩罚。汤姆和弗雷泽都赞成。

3

见了面,苔丝发现拉莫娜·罗威尔原来是个肩头宽、奶子大、乐呵呵的六十来岁的妇女,面颊红红的,剪着个海军发型,握手强劲有力。她站在图书馆外头、专为演讲嘉宾预留的泊车场中间等候苔丝。出人意料的是,一见面,她说的不是早上好(当时是上午十点四十五分),也没有对她的耳坠说几句恭维话(这副钻石耳坠是她专门为在外用餐和类似这样的场合准备的奢侈品),而是问了一个男性常问的问题:苔丝,你走的是84号公路吗?

当听到苔丝说走的就是84号公路时,罗威尔女士的眼睛睁得大大的。"真高兴你安然无恙地到这儿了。我认为,84号是全美最差的一条公路。回去的时候,可以换个更好的线路。要是互联网上的信息没错，你就住在斯托克村。"

苔丝证实自己就住在斯托克村，不过她也不确定自己希不希望陌生人——即使是讨人喜欢的图书管理员——知道自己住在哪儿。但抱怨也没什么用，如今一切都在互联网上。

"我可以帮你少走十英里的路程，"罗威尔女士说，"你有全球定位系统吗？比起写在标牌上的方向指示，那家伙用起来更方便。是个好玩意儿。"

苔丝确实在车上装了一个全球定位系统，所以，她说，要是返程能少走十英里路，确实挺好的。

"宁可从罗宾汉的牛棚里走直路，也比绕着它走要好。"罗威尔女士边说边在她背上轻轻地拍了拍，"我说得没错吧？"

"绝对正确。"苔丝附和道。她的命运就那么简单地被决定了。她一向是个痴迷于走捷径的人。

4

此类活动通常有四幕戏，苔丝在 3B 读书会每月举办的集会上露面的情况，正好符合这个标准模板。与这个标准模式唯一不同的地方是，拉莫娜·罗威尔的嘉宾介绍简明扼要到了精炼的程度。她没有把令人扫兴的一堆资料卡片拿到讲台上，因为她认为无需再赘述苔丝在内布拉斯加州某农场度过的童年时光，也懒得就以柳树林编织协会为主角的书发表一大通褒奖评论。（这样也好，因为那些书很少有人评论，即使有人评论，也常常提到马普尔小姐①的名字，而且有时候并不太友好）。罗威尔女士只说，这些书籍特别受欢迎（一个情有可原的夸张说法），还说苔丝在接到临时通知时表现得极其大度，愿意奉献时间（鉴于一千五百美元的酬劳，这根本谈不上是奉献）来演讲。接着，在四

---

① 阿加莎·克里斯蒂的侦探小说中，有一系列是以马普尔小姐为主角的。

百来号人的掌声中,她把讲台让了出来。观众们热情高涨,图书馆的报告厅虽然不大,但也还算宽敞。她们中的大多数人都是那种不把帽子戴好决不出席公众活动的女士。

不过,嘉宾介绍更像是序幕。正式的第一幕是十一点钟的接待活动,级别更高的会员可以与苔丝面谈,边聊边吃点奶酪、饼干,喝点劣质咖啡(晚上的活动一般喝用塑料杯盛的劣质葡萄酒)。她们当中,有些要她签名;更多的人请她合影,通常是用手机拍。她们问她从哪里获得这些灵感,她通常胡扯些礼貌且幽默的话语来应答。有几个人问她,你是如何搞到经纪人的,她们眼睛里的火花表明她们就是为了提这个问题才特地多花了二十美金。苔丝说,你就不停地给他们写信,直到有人愿意看你的作品。实情并非完全如此——说到经纪人的问题,一般都不会有百分之百的实情——不过,差也差不了多少。

第二幕是演讲本身,持续四十五分钟左右,主要讲一些轶事(都不是特别私人化)以及她是如何创作小说的。讲述的过程中,最好要提到目前正在创作的书的题目,起码要提三次。那年秋天,正在创作的书刚好就是《柳树林编织协会去探索洞穴》(她向那些还不知道的人解释这个题目是什么意思)。

第三幕是提问环节。这期间,有人问她是从哪里获得灵感的(幽默含糊的回答),她是不是从现实生活(比如"我的阿姨")中提取人物形象的,如何找经纪人包装自己的作品。今天,有人问了她从哪里买的发圈(当她回答杰西潘尼时,引来一阵莫名其妙的掌声)。

最后一幕是签名时间。她尽职尽责地满足他们的要求,题写生日快乐祝词和纪念日快乐祝愿,献给吉恩,我全部作品的粉丝,还有献给莉亚——盼望今夏在托克萨维湖畔与你再会!(一个稍微有点奇怪的要求,因为她从来没有去过那里,但很可能要求签名的人自己去过)。

等苔丝给所有的书都签好了名,并和最后几个恋恋不舍的人合完影之后,拉莫娜·罗威尔带苔丝来到自己的办公室,喝了杯真正的咖啡。罗威尔女士自己喝的是黑咖啡,对于这一点,苔丝一点也不惊讶。她的女东道主一看就是那种喝黑咖啡的类型。办公室里头,唯一让人惊奇的东西就是墙上那张带镜框和签名的照片。照片上的人看着很眼熟,过了一会儿,苔丝终于想起来了。

"这是理查德·韦德马克?"

罗威尔女士略显尴尬地笑了笑。"他是我最喜欢的演员。我还是少女时,就对他有好感。后来,我有机会请他给我签了名,那时候距离他逝世还有十年。不过,即使在那个时候,他也很苍老。这可是他的亲笔签名啊,不是盖的印章。这是给你的。"那一刻,苔丝还以为罗威尔女士说的是那张带签名的照片。接着,她才看到罗威尔女士手里的信封。信封带有开窗,露出了里面的支票。

"谢谢你。"苔丝边说,边接过信封。

"没必要感谢。你该得的。"

苔丝没再推辞。

"现在,我给你指指那条近路吧。"

苔丝神情专注地把身子往前倾了倾。在编织协会系列的一本书中,多林·马奎斯说过,人的一生当中,最好的两样东西就是刚出炉的羊角面包和回家的捷径。苔丝正在用自己的亲身实践证实自己在小说里倡导的理念。

"你能在你的全球定位系统中输入交叉路口吗?"

"能,汤姆很能干。"

罗威尔小姐笑了笑。"那么请输入斯塔格公路和美国47号公路。斯塔格公路现在很少有人走——自从那个该死的84号公路建成以来,它几乎被遗忘了——不过沿途的风景很好。你要在这条路上开大约十六英里。修修补补的柏油路,但不太颠簸,至少我上次走那条路的时候还好,而且,上一次还是在路况最差的春天,所以,现在应该没什么问题。至少以我的经验来看是这样。"

"我也是。"苔丝说道。

"等你上了47号公路,就会看到一个标牌指向I-84号公路,不过,你只需要在收费公路上走大约十二英里,正是风景好的那一段。而且你会节约很多时间,免去无数烦恼。"

"这一点也很棒。"苔丝说道,然后两个人在微笑着的理查德·韦德马克的注视之下哈哈地笑了起来。这时,那家废弃不用、挂着"滴答滴答"作响的标牌的商店,正在九十分钟的车程之外等着苔丝,像一条蛇在自己的洞里等待着猎物。当然,还有那个涵洞。

5

苔丝不仅有一个全球定位系统,她还额外花钱买了个量身定制的。她喜欢玩具。她把交叉路口输入系统之后(她在输入的时候,拉莫娜·罗威尔身子斜进车窗里头,像个男人一样饶有兴趣地看着),这个玩意儿反应了一会儿或者两会儿,然后说道:"苔丝,我在规划你的路线。"

"哇哦,还会叫名字啊!"罗威尔说道,然后笑笑,就是人们看到了某种可爱而又怪异的东西时的那种微笑。

苔丝笑了笑,虽然她心里想,让全球定位系统叫你的名字没什么奇怪的,和在办公室墙上挂一张已故男演员的照片没多大区别。"非常感谢你所做的一切,拉莫娜。非常专业。"

"在三 B,我们每个人都尽力做到最好。好了,你上路吧。多谢。"

"好,准备上路。"苔丝应和着,"不用谢我,我乐在其中。"这话倒是真的,她确实喜欢这样的场合。她的退休基金当然也喜欢这种意外的来钱方式。

"一路平安。"罗威尔说,苔丝向她跷跷拇指,表示感谢。

车子启动时,全球定位系统说话了:"你好,苔丝。我想旅途开始了。"

"没错,"她说,"难道不加一句旅途愉快吗?"

不像科幻电影里的计算机,汤姆的配置比较简单,不能和人进行交谈,尽管苔丝有时候会帮他,模仿他和自己进行对话。汤姆告诉她在前方四百码处右拐,然后在第一个拐弯处左拐。汤姆显示屏上的地图能显示出绿色箭头和街道名称,从某个高高在上、旋转的高科技金属球上接收信息。

她很快就在奇科皮郊外了,不过,汤姆在 I-84 号公路拐弯的地方没有提醒她,于是,苔丝把车开进了乡村。十月的乡村,一片火红,烟雾弥漫,四处是燃烧的树叶的味道。在有条叫做乡村老道的路上开了约摸十英里之后,就在她纳闷是不是她的全球定位系统出差错的时候,汤姆又大声说话了。

"前方一英里,右拐。"

的确,不一会儿,她便看到了绿色的斯塔格公路标牌,上面满是猎枪射击留下的弹孔,字迹几乎无法辨认。不过,汤姆肯定不需要标牌;用社会学家的话说(在尚未发现自己写老太太侦探小说的才华之前,苔丝是社会学专业出身的)他是由他者指引的。

你要在这条路上开十六英里左右,拉莫娜·罗威尔说过。不过,苔丝只开了十二英里。她拐过一个弯道,发现左前方有一幢废弃失修的建筑(一个褪色的标牌上写着 ESSO 几个字母),接着,就看到几大块木片散落在道路上,不过已经为时已晚。木片上有很多生锈的钉子冒出来。她颠簸着,越过路上的坑洼(这些木头很可能就是因为这个坑才从不知哪个乡下佬马马虎虎摞起来的货车上掉了下来),然后,把车侧向松软的路肩,试图绕过七零八落的木片。她知道自己很可能绕不过去,不然,怎么会听到自己哦—哦地叫呢?

接着就听见汽车底盘因为碰到飞溅的木片发出喀—砰—啪的响声,然后,她牢靠结实的越野车开始上上下下颠簸,最后慢慢偏到了左侧,像匹瘸了腿的马一样。她拼命想把车开进那个废弃不用、杂草丛生的店铺院子里,这样,车就不会被碰巧拐弯的车撞上。虽然斯塔格公路上车不多,但多少也有一些,有时候可能是两三辆大卡车。

"该死的拉莫娜。"她骂道。其实,她知道这并不是那位图书管理员的过错;理查德·韦र马克之粉丝协会奇科皮分会的头头(可能是唯一的会员)只是想试着帮她,但是,由于苔丝不知道那位把嵌满钉子的木片掉在公路上然后扬长而去的人姓甚名谁,所以也只能怪罪于拉莫娜了。

"需要我帮你重新规划一下路线吗,苔丝?"汤姆问道,吓了她一跳。

她把全球定位系统关了,发动机也熄了火。这会儿,她哪儿都不想去。这里非常寂静,她能听到鸟叫,还有一种富有磁性的滴滴答答的声音,像只老式的上发条的钟,除此之外,再没别的声音了。值得庆幸的一点是,越野车好像只偏向了左前方,而不是整个车身往左偏。这就意味着可能只有一个轮胎坏了。如果情况属实,她就不需要拖车来拖,只要一点点援助就可以了。

下了车,苔丝看了看左前方的轮胎,发现一片碎裂木片上的钉子刺穿了轮胎。苔丝抱怨了一声,然后从座椅之间的储物盒里拿出了手机。看现在这个样子,能在天黑前赶到家就已经算是万幸了,弗雷泽只好将就一下,吃放在厨房的一碗干粮。拉莫娜·罗威尔的捷径到此结束……平心而论,苔丝觉得就是在州际公路上,她也可能遇到同样的事。实际上,在很多高速路上,她已经避免了不少可能损坏车辆的讨厌事情,不仅仅是在 I-84 号公路上。

恐怖故事和悬疑小说的情节经常都是惊人地相似,她打开手机时,心里还在想,在故事里,手机肯定用不成。现在,故事里的情节成真了,因为,在她打开诺基亚手机时,屏幕上赫然写着无信号这几个字。当然,要是她能用手机,这个故事就太简单了。

随后,她听到有车朝这边开了过来,转过身时,她看到一辆老旧的白色面包车,从那个差点儿要了她命的公路拐弯处绕了过来。车身一侧是卡通骷髅击打一个像是用杯形蛋糕做成的鼓具。骷髅上方,是用湿淋淋的恐怖电影笔迹写的这样几个字:僵尸面包师。看到这个时,苔丝觉得很好笑,全然忘了朝司机挥手。当她想起来时,那辆僵尸面包师的司机正忙着避让马路上的杂物,根本没留意到她。那一刻,她觉得这车肯定会侧翻到旁边的沟里。可它竟然稳住了——勉勉强强地——重新爬上了路面。接着,面包车顺着下一个拐弯一溜烟就不见了,只剩下一团蓝色废气和一股热油的气味。

"该死的僵尸面包师!"苔丝大声喊了起来,然后,就开始放声大笑。有时候,你也就只能这样了。

苔丝把手机别到裤带上,然后走过去开始捡拾那些杂物。她捡得很慢,但是很细心。由于靠得近,苔丝发现所有木片(用油漆漆成白色,看起来好像是谁家翻修时拆下来的)上都有钉子,又大又难看。她慢慢地捡着,因为她不想划破自己的手,而且,她也希望当下一辆车从这里经过时，还可以看到她在做善事。最后，除了一些不碍事的杂碎物之外，她差不多把所有带钉子的木片都捡完了，扔到了路边的沟里，可是，直到这时还是没有别的车辆打这儿经过。她想，也许僵尸面包师们把附近的人都吃光了，此刻他们正要赶回厨房把剩下的东西放进一向受欢迎的人肉馅饼里。

她走回那间废弃商店长满杂草的停车场，有点伤感地看看自己倾斜的车。价值三万美金，四轮驱动，独立圆盘刹车，会说话的汤姆……可是又能怎么样呢？只消一块带钉子的木片就能让你束手无策。

不过它们肯定都有钉子，她心想，在悬疑小说——或者恐怖电影里面——这些带钉子的木片不是因为粗心大意造成的；而是一个阴谋。更确切地说，是一个陷阱。

"想象力太丰富了吧，苔丝·吉恩。"她引用了母亲的话，自言自语道……有点讽刺意味的是，恰恰是她的想象力让她得以维持生计，还让她有能力买下了那栋位于戴屯纳海滩的房子，在那里，她的母亲度过了生命中的最后六年时光。

在无声无息的寂静之中，她又开始意识到那个细微的滴答滴答声了。废弃不用的旧店铺风格古老，这种建筑现在已经基本上见不到了：它有个门廊。虽然左边的角落已经倒塌，一两处的扶手也已经断裂，但是，它是名副其实的门廊，而且它之所以在这破败的景象中显得很迷人，也许恰恰是因为它的破败吧。苔丝认为，对一般的店铺而言，门廊早已过时不用，因为它们要你在那里坐上一段时间，聊聊棒球或者天气，而不仅仅是付了钱，匆匆忙忙地拿了信用卡就顺着这条路往别的地方去。一个锡制标牌从门廊顶上斜挂下来。它比 ESSO 标牌还要黯淡。她走近了几步，把一只手搭到前额，想看看上面写了什么：你喜欢它，它就喜欢你。这是什么东西的标语来着？

就在她快要找到答案时，思绪被引擎声打断了。转身时，她心想僵尸面包师还是回来了。不过，来的并不是那辆白色面包车，而是一辆老式福特 F-150 轻卡，车身和前灯四周的蓝色油漆刷得很蹩脚，还有涂着霸道防锈胶。一个穿着工作服、戴着卡车司机帽的男人坐在车里，正看着沟里七零八落的碎木片。

"喂?"苔丝喊道,"先生,打搅一下?"

他转过头来,看到她站在荒凉的停车场上,便举起一只手,做了个敬礼姿势,然后把车开到了她的越野车旁边,熄掉引擎。引擎发出的痛苦声音让苔丝觉得,熄火就像给它实施了安乐死一样。

"嘿,你好,"他说,"是你把路上那些垃圾捡掉了?"

"是的,所有的都捡掉了,除了刺穿我的前轮胎的那个。还有——"还有我的手机在这里也使不上,她差点儿就补充道,但终究没说。"——就这样。"她有点笨嘴拙舌地说道。

"如果你有备用轮胎,我来给你换吧。"他边说边从卡车里面下来,"有备用的吗?"

她没有立即回答。刚才她搞错了,并不能用高大来形容这家伙,他简直就是个巨人,身高应该有两米。他不光个子高,腹肌发达,大腿也很粗壮,身板宽得像道门。她知道盯着人看不礼貌(她母亲教给她的又一个关于这个世道的事实),但是,想不看却很难。拉莫娜·罗威尔算得上人高马大,可是,和这个家伙比起来,她就像个跳芭蕾的苗条少女。

"我知道,我知道,"他说,听上去很开心的样子。"你肯定没想到会在这里遇到开心绿巨人,是吗?"只是他并不绿,而是被太阳晒成的深棕色。他的眼睛也是棕色的。就连他的帽子也是棕色的,尽管有好几个地方颜色褪得发白,就像被漂白过一样。

"对不起,"她说,"我刚刚在想,我觉得你不是驾着你那辆卡车过来,而是穿着它过来的。"

他把手叉在腰上,对着天空嘘了口气。"以前从没人这样说过,不过,你的话似乎也不错。要是我中了彩票,我会给自己买辆悍马。"

"哦,我可给你买不起那种车,不过,要是你把我的轮胎换了,我倒乐意付你五十美元。"

"你在开玩笑吧?我会免费帮你换。你把废木片捡掉,已经帮了我大忙了。"

"刚才有个家伙开着辆滑稽的卡车从这里经过,不过,他倒是绕开了。"

巨人本来已经在往坏掉的前轮胎那边走了,可现在他转过身来,蹙了蹙眉头。"有人从这儿路过，但是没有帮你的忙?"

"我想他没看到我吧。"

"他也没停下为后面的人捡掉那些垃圾，是吗?"

"是的，他没有。"

"只管走自己的路?"

"是的。"这些问题不知为何让苔丝有些不舒服。之后，那巨人笑了起来，苔丝心想刚才自己可能想多了。

"备用轮胎是在货厢底下吧?"

"嗯，应该在那儿。你只要——"

"我知道的，以前换过轮胎。"

在他双手深深地插在口袋里、慢慢绕到她越野车后面的时候，苔丝发现他的车门没有关好，而且顶灯也亮着。她认为那辆 F-15 的电池也许跟它支持的车身一样破，便拉开车门（门轴吱嘎一声，差不多和刹车声音一样响亮），再嘭地关紧。就在这开门关门的瞬间，她透过驾驶室的后窗，看见车斗里散落着好些木片，木片漆成白色，上面嵌着钉子。

刹那间，苔丝突然有种魂不附体的感觉。那个滴滴答答的标牌，你喜欢它，它就喜欢你，此刻听起来不像是老式的发条钟，而是一颗定时炸弹。

她努力告诉自己，废木片算不了什么，那东西只存在于那种恶心、血腥的书或电影里面。不过，这么想并没有让她放松下来。她面临着两种选择：要么继续努力伪装，否则后果会不堪设想；要么立马逃命，跑到马路对面的树林里。

还没拿定主意，她就闻到一股浓烈的男人汗味。她转过身子，看见他高高地耸立在那儿，双手插在上衣口袋里。"还是不换轮胎了，"他开心地说道，"我操你怎么样? 行吗?"

听到这句话，苔丝选择逃跑，不过只是在脑子里面这么想。她紧贴着他的卡车站着，抬头望着他，他高大的身体遮住了太阳，把她包在自己的影子里。她在想，一两个小时以前，还有四百来号人——大多数是戴帽子的女士——在一间不大但还算宽敞的报告厅里为她鼓掌。而且，从这儿往南的某个地方，弗雷泽还在等着她。她突然意识到，也许，她再也见不着自己的猫了。

"不要杀我。"她用非常细小的声音低声下气地说道。

"你这个骚货,"他说。标牌靠着门廊屋檐,还在滴答滴答地响着。"你这个烦人的婊子。来操吧。"

他把右手从口袋里拿出来,手很大,粉红色的手指上带个戒指,戒指上嵌着块红石头。看起来像红宝石,不过,这石头实在太大,不可能是真的。苔丝想,可能就是块玻璃。标牌还在响着。你喜欢它,它就喜欢你。接着,那只手变成了拳头,迅速朝她挥了过来,越来越大,终于,一切都消失了。

不知从什么地方传来低沉的金属哐当声。她想,是她的头撞到了轻卡驾驶室的一侧。这一刻,苔丝的脑子里只闪过一个念头:僵尸面包师。过了一会儿,她的眼前就黑了。

6

在一间又大又暗的房间里,她醒了过来。房间里散发着潮湿的木头、古老的咖啡和史前腌菜的气味。一台陈旧的桨叶扇从天花板上歪歪斜斜地垂下,正对着她的头顶。房间看起来像是希区柯克的电影《列车上的陌生人》里面破烂的旋转木马。苔丝躺在地板上,从腰部往下,身体都是裸着的,他在强奸她。相对于重量,强奸似乎还是次要的:他现在压在她身上,压得她几乎无法呼吸。这一定是在做梦吧。可她鼻子肿胀,后脑勺起了个大包,碎木片戳到了她的屁股。要是做梦的话,你是不会注意到这些细枝末节的,也不会感到实际的疼痛;一般来说,真正的疼痛还没开始,你就会醒来了。这不是梦,是真的。他在强奸她。他已经把她带进了这家店铺里面,正在强奸她,同时,金黄色的尘粒在午后的斜阳里懒洋洋地旋转着。

有些地方,人们在听音乐,在网上购物,在午睡,在打电话;这里,在这个屋子里,一个女人正遭强奸,而这个女人就是她。他已经扯掉了她的内裤;她能看到内裤塞在他工装裤的上口袋里。这让她想起在大学时代一次电影回顾展上所看过的电影《拯救》。那时候,她对看电影还是比较胆大激进的。把她们的裤子脱掉,在强奸那个胖胖的城里姑娘之前,其中的一个乡巴佬就是这么说的。当你躺在重达三百磅的人肉下面,强奸犯的鸡巴像个没上油的铰链,在你身体里来回抽动的时候,脑子里浮现的种种想法真是滑稽啊。

"求求你,"她说,"求求你,停下来吧。"

"还早着呢。"他说道,随即,拳头再次挥来,填满了她的整个视野。被打的那边脸火辣辣地疼,头中央传来"咔嚓"一声,顿时,她就昏过去了。

7

苔丝再次醒过来的时候,他正在她的周围跳着舞,手从一边摆到另一边,还用五音不全的嗓音唱着《红糖情缘》。太阳正在落山,那家废弃不用的店铺里两扇朝西的窗户——玻璃虽然很脏,但完好无损——被夕阳染成了红色。他的影子紧随其后,也在跳舞,在地板和墙上忽上忽下地跳跃着。靴子发出的"噼里啪啦"的声音简直能要了人的命。

她能看到自己的裤子被皱巴巴地塞在柜台下面,收款机之前肯定就在那儿放着(也许紧挨着一只盛煮鸡蛋的罐子和一只盛腌猪蹄的罐子)。她能闻到发霉的味道。哦,上帝,她觉得很疼。她的脸、胸口,还有下肢的大部分地方都在疼,就像被撕裂了一样。

装死吧。这是你唯一活命的机会。

她闭上眼。歌声停止了,她闻到了男人的汗味,越来越近。此刻,这味道更加刺鼻了。

因为他一直在运动,她心想。她忘了装死,想要大喊。可她还没有喊出来,就被他的大手扼住了喉咙,然后,他就开始掐她的脖子。她心想:这下完了。我完了。这些想法倒是令她镇定,甚至内心充满了轻松感。起码，再也没有痛苦了，再也不会醒来看到这个巨人在夕阳中跳舞了。

她晕了过去。

8

苔丝第三次恢复知觉时，世界已经变成了黑色和银色，她就在里面飘浮着。

这就是死的感觉吧。

接着她感到了身下的手——他的大手——以及喉咙四周像被铁丝网圈住一般的疼痛。他没有把她掐死，可她脖子上还留着他的手印，像戴了根项圈，手掌在前面，手指在两侧和后颈上。

已是夜里了。月亮升了起来。满月。他抱着她，穿过那家废弃店铺的停车场。他抱着她走过他的轻卡。她没有看到自己的越野车。越野车不见了。

你在哪里，汤姆？

他在马路边上停下。她能闻到他的汗味，感到他的胸部在上下起伏。她能感到夜里的空气在她的光腿上凉飕飕的。她能听到身后标牌的滴滴答答声，你喜欢它，它就喜欢你。

他认为我死了？他不可能认为我死了。我还在流血。

或者，她真的死了？很难判断。她软塌塌地躺在他怀里，感觉像恐怖电影里的小姑娘，在其他所有人都丧命之后，被杰森，或者迈克，或者弗雷德，或者不管叫什么名字的人抱着。她被抱到树林深处的躲藏之地，在那里，她将被扣到天花板上面的一个钩子上。在那些电影里，天花板上总是有链子和钩子的。

他又开始走动。她能听到他走在斯塔格格柏油路上的声音：咯噔—咯嘟—咯噔。然后，她又听到"吱吱吱"划地的噪音和砰砰的脚步声。他在用脚踢着那些被她小心谨慎地清理好、扔在这里的木片。这时，再也听不到滴滴答答的标牌响声了,不过,还能听到流水声。不大,不是滚滚的激流,只是潺潺的细流声。他跪了下来,发出轻轻的嘟哝声。

现在他铁定要杀我了。至少,我不用再听他那难听得要死的歌声了。这一点还不错,拉莫娜·罗威尔可能会这么说。

"嘿,姑娘。"他友好地说道。

她没有回应他,不过,她能看到他朝她弯下身来,盯着她半睁半闭的眼睛在看。她费了很大力气,保持眼睛不动,要是他看到她的眼睛动的话,哪怕一点点,或者一滴泪珠……

"嘿。"他用手拍打着她的面颊。她顺势把头滚到了一边。

"嘿!"这一回,他直接抽她的脸,打在另一侧上。苔丝顺势又把头朝反方向滚回去。

他捏她的奶头,不过,他没费周折去脱她的衬衫和胸罩,他捏得也不那么厉害。她还是软塌塌地躺着。

"对不起,我刚才叫你骚货。"他说道,依然很友好。"你操起来挺过瘾。我喜欢年纪大一点的。"

苔丝意识到,他也许真的以为她死了。要是这样就太好了,不过,也许她真的是死了。刹那间,她非常渴望活下去。

他又把她抱起来,汗味儿顿时让她受不了。他的胡须在她面颊上搔得有些痒,但她不能躲。他还吻了吻她的嘴角。

"对不起,我有点粗暴。"

接着,他又把她抱起来。流水声越来越大。月光被黑暗遮住。有一股气味——不,一股臭味——正在腐烂的树叶的臭味。他把她放到了四五英寸深的水中。水很凉,她差点儿叫出来。他用手推她的脚;她就顺势把膝盖弯了起来,就像没骨头一样,她心想,必须保持这种没有骨头的状态。膝盖没弯多少就撞到了一块表面有波纹的金属。

"该死。"他说道。接着,又开始推她。

苔丝依旧保持着软塌塌的状态,即使有东西——一根树枝——在她后背中央划了一道伤口,她也一动不动。她的膝盖一直顶着上面的波纹。她的屁股抵着一块软绵绵的东西,腐烂的植物臭味越来越浓。她真想咳嗽几声,让味道散一散。她能感觉到一层潮湿的树叶在她背上堆积起来，像只被水浸透的小枕头。

要是他发现我没死，我就跟他搏斗。我就踢他踢他踢他——

不过，什么也没发生。有好长时间，她不敢把眼睛稍微睁大一点，或者动一动。她想象着他蹲在那儿，在朝将要把她塞进去的管子里面看，头侧向一边，弯成个问号，他在等她动弹。

踢打这个巨人有什么用呢？他会用一只手抓住她的两只脚，把她拽出来，重新掐她。只是这一回，不掐死她他是不会罢手了。

她躺在腐烂的树叶和缓慢的流水中，半睁半闭的眼睛朝上，什么也不看，一心想着装死。她进入了一种不是全然没有意识的神游状态。就这样，她躺了一段时间，感觉很长，可实际上可能并不长。当她听到机动车声音的时候——他的卡车，就是他的卡车——苔丝心想：那声音肯定是我想象出来的。或者是在梦里。他肯定还在这儿。

不过，那辆机动车没有规律的"砰砰"声先是很大，然后，沿着斯塔格公路逐渐消失了。

这是个鬼花招。

即使不是，她也不能一整夜待在这里。她抬起头（喉咙上的伤口让她疼得皱眉），朝水管口那里看的时候，见到的只是一轮无遮无隐的明月。苔丝朝那个方向蠕动身子，然后停下了。

这是个鬼花招。我才不管你听到什么，他还在这儿。

这一回，这个想法更强烈了。发现涵洞入口处什么都没有愈加坚定了她的想法。在悬疑小说里面，这就是大高潮来临之前故意让你放轻松的时刻。在《拯救》里面，是从湖里冒出一只白手。在《等到天黑》里面，阿兰·阿金猛跳出来扑向奥黛丽·赫本。她不喜欢看悬疑小说和恐怖电影，但在被强奸、甚至差点被谋杀后，她以前看过的所有恐怖电影的镜头一下子都浮现在了眼前，看上去真真切切，就像正在发生一样。

他可能还等。比如，他让自己的同伙把他的车子开走，然后耐心地蹲在涵洞口外面等着。

"把内裤脱掉。"她喃喃道，说完立马捂住了嘴。要是他听到的话怎么办？

五分钟过去了。可能是五分钟吧。水凉飕飕的,她开始打颤。很快,她的牙齿开始"咯吱咯吱"地响了。如果他在那儿,会听到的。

他开车走了。你听到他开车走了。

可能走了。也可能没走。

也许,她不一定要怎么进来,怎么出去。这是个涵洞,一直在路下面延伸,因为她能够感觉到水在她身子下面流淌,这说明它没被堵上。她可以爬过这一段,看看那家废弃店铺的停车场,以确保他的旧卡车不在那儿。可要是他有同伙,她还是不安全。不过,理智告诉她,他没有同伙,不然,同伙肯定也要上她。再说,巨人一般都是单独行事的。

要是他走了呢?下一步怎么办?

她不知道。经历了这些之后,她已经无法想象她的生活了,不过,也许她不必想象。也许,她一心想着回家,回到弗雷泽身边,喂他一顿大餐。她能清晰地看到猫食盒子,就放在厨房存放食品的架子上。

她翻过身来,用胳膊肘撑着,想要爬出涵洞。这时,她看到了涵洞里的其他东西——尸体。其中一具尸体比骷髅好不了多少(伸出皮包骨头的双手,好像在乞求一般),不过它的头上还有不少头发,这足以让苔丝断定,那是一具女尸。另一具尸体,要不是有鼓凸的眼睛和向外突出的牙齿,就可能会被当成变形得不像样子的衣服模型。这具尸体没有刚才那具时间长,不过也已经被动物啃食过了,即使在黑暗中,苔丝也能看到这个死亡女人的牙齿。

一只甲壳虫,从这个像衣服模型的死人的头发里面慢悠悠地、吃力地爬出来,顺着她的鼻梁滚了下去。

苔丝嘶哑地喊叫着,从涵洞里面退了出来,然后迅速站起身来。她的衣服湿透了,紧贴着上身,从腰往下,身子是裸着的。虽然她没晕过去(起码,她自己认为没有晕过去),但有一阵子,她的意识有点破碎不全。回想起这个时刻,她总会把接下来的一个小时当成是偶尔被聚光灯照亮的漆黑舞台。时不时地,一个遍体鳞伤的女人会走到聚光灯下。然后,她又消失了,重新回到黑暗之中。

9

她到了店铺里面,那个又大又空的大厅曾被隔成一个过道,后面放着个食品冷藏柜(也许吧),还有个啤酒冷柜(肯定)。房间里充满了旧咖啡和腌菜的味道。他要么忘记了她的裤子,要么打算回头再来取——也许是在他捡好嵌着钉子的废木头的时候吧。她从柜台下面摸索着拽出了衣服。衣服下面是她的鞋子和手机——已经被摔得粉碎了。没错,他迟早会回来的。她的发圈不见了。她记得(模模糊糊地,像是一个人记得童年时代的某些事那样),今天早些时候,有人问她发圈是在哪里买的,当她说出杰西潘尼时,传来了一阵莫名其妙的掌声。她想起他唱《红糖情缘》的声音——那个令人心惊肉跳、单调的孩子气的声音——接着,她又晕过去了。

10

月色中,她在店铺后面走着,用一块破地毯裹着肩膀,不过,她已经记不清是在什么地方弄到这东西的了。毯子脏兮兮的,但是暖和,她把自己裹得紧紧的。后来,她意识到,她实际上是在绕着店铺兜圈子,这可能是第二圈、第三圈、甚至第四圈了。她还意识到,她在寻找自己的越野车,可每次在店铺后面都没看见它,然后就以为自己忘记看了,于是就一圈一圈地兜起来。她记不得,是因为头部遭到重击,身体遭到强奸,还差点被掐死,整个人还没从恐怖中缓过神来。她觉得,自己的头部可能在流血——除非你醒来时看见了天使,她们跟你这么说,否则,你怎么可能知道呢?现在,风比下午的时候大了些,标牌"滴滴答答"的声音也变响了一些。你喜欢它，它就喜欢你。

"七喜，"她说道，嗓音虽然嘶哑，但是还能发出声来。"是七喜的广告词。你喜欢它，它就喜欢你。"边说边哼了起来。她有一副唱歌的好嗓子，现在虽然喉咙被掐得不舒服，却让她的嗓音多了一种沙哑但迷人的感觉，宛如听见伯妮·泰勒在月色中歌唱。"七喜味道不错……就像抽烟一样！"她意识到唱得不太对劲，但即使唱的没错，也应该趁着这悦耳的沙哑嗓音唱点别的歌，而不是这个傻逼广告词；要是你被强奸了，扔在涵洞里，与两个腐烂的尸体放在一块儿等死，是应该唱个好点的歌儿。

我要唱伯妮·泰勒的成名曲。我要唱《心痛的感觉》这首歌。我肯定记得歌词，肯定记得……

不过，旋即，她又昏了过去。

11

她坐在一块石头上，眼睛快要哭裂了。那条破毯子还裹在她的肩头。她下体疼痛，火烧火燎。嘴里的酸味儿提醒她，她呕吐过，只是记不起来了。她唯一记得的就是——

我被强奸了，我被强奸了，我被强奸了！

"你不是第一个，也不会是最后一个。"她说道。

他要杀我，他差点儿把我杀了！

是的，是的。此刻，虽然她还活着，但这一点并没有让她感到宽慰。她朝左边看看，看到五六十码之外的那家店铺。

他还杀了其他人！她们在涵洞里！臭虫在她们身上爬，可她们不在乎！

"是的，是的。"她用伯妮·泰勒式的沙哑嗓音说道，然后再次昏了过去。

12

现在，她沿着斯塔格公路的中央走着，边走边唱着《心痛的感觉》，就在此时，她听到身后传来越来越近的马达声。她急忙转过身，差点摔倒，她看到刚刚爬过的小山坡的山顶被车前灯照亮了。是他。是那个巨人。肯定是他回来了，发现她的衣服不见了，便勘查了涵洞，发现她不在里面，所以过来找她。

苔丝急忙躲进沟里，一条腿跪在地上，慌乱间，毯子掉了，她踉踉跄跄地倒在树丛里。一根树枝把她的面颊划出血来。她听到自己在惊恐地哭泣。她趴在地上，头发挡着脸。车爬过小山坡时，整个马路都被照亮了。借着光亮，她清楚地看见掉在地上的那块毯子，心想，巨人肯定也能看到。他会停下车，走出来。她想试着逃跑，可他会逮住她。她想惊叫，可没人能听到。在类似这样的故事里，人们从来都听不见呼救声。他会杀了她，不过，在杀她之前，可能还要强奸几次。

那车——是辆小汽车，不是载货轻卡——开走了，没有放慢速度。从车里传来震耳欲聋的歌声："宝—宝—宝—宝贝，你只是什—什—什么还没看见。"她望着车尾灯闪烁着从视野中消失。她觉得自己又要昏过去了，就赶紧用手拍打自己的脸颊。

"不！"她用伯妮·泰勒的调子号叫道，"不！"

她清醒了一点，想就这么窝在树丛里，不过那么做可不明智。现在离天亮还早着呢，可能离子夜还有很长一段时间。月亮低低的，悬在天空。不能再待在这里，不能再迷迷糊糊。她得想一想。

苔丝从沟里把那块破毯子捡起来，裹在肩头，然后摸摸耳朵，想看看耳坠还在不在，结果发现，她仅有的几件奢侈品之一——钻石耳坠不见了。她又放声大哭起来，不过，这次哭得时间不长，哭完之后，她才真正感到回过神来。

赶快想办法，苔丝·吉恩！

是的,她要试试。不过,她在思考的同时,还要走路。只是,不要再唱了。她变调的声音现在听起来让人觉得毛骨悚然。好像经过强奸,这个巨人创造出了一个新女人。她可不想做个新女人。她喜欢原来的她。

她就这么走着。在月光下走,影子也在她身边的马路上走。什么路?斯塔格公路。按照汤姆的说法,她冲进巨人的陷阱时,离斯塔格公路和47号公路交叉口还有不到四英里的路。这个距离不算糟;每天,她起码走三英里的路来保持体形,碰上雨天或者雪天,就骑健身车。当然,作为新苔丝,这是她第一回走路。不过走路也有好的一面:她的身体开始发热,上半身干了,幸好她穿着平底鞋。本来她想穿那双中跟鞋的,幸亏没穿,不然现在就惨了。漫步并不是在什么情况下都是件有趣的事,不,不——

想正事!

然而,她还没开始想,前面的路就又亮了。苔丝又一次冲进树丛中,这一回,毯子没掉下来。是另外一辆汽车,谢天谢地,不是他的卡车,车也没有减速。

可能还是他。也许他换了辆车。可能他开回了他的窝,又换了辆车。他想,她看到是辆小车,就会从她藏身的地方出来。她会朝我挥手,让我停车,然后我就逮住她了。

没错,没错,恐怖电影里就是这样的。

她又有点要昏过去的感觉,于是又打了自己的脸。等回到家,把弗雷泽喂饱,她就能躺在自己的床上(门都锁好,灯要全开着),想睡多久就睡多久。可现在不能。不能不能不能。现在她必须不停地走才行,车一来,就得躲。只要做好这两件事,她肯定能走到47号公路,那里也许有家商店。真正的商店,运气好的话,还会有个付费电话……总该有点好运吧。她没带包,包丢在她的越野车上(车在哪儿也不知道),不过,她记得她的AT & T的卡号;是她家的电话号码再加上9712。记起来要多容易有多容易。

这时,她看到马路边上的一个标牌了。借着月光,她发现上面写着:

朋友,您现在正在通往科尔威奇镇!

"你喜欢科尔威奇,它就喜欢你。"她喃喃道。

她知道这个镇子,当地人把它叫做"考利切"。它实际上算得上是个小城市,属于新英格兰,早在纺织厂兴盛的年代就一直富甲一方,不知什么原因,到了自由贸易年代,当美国的裤子和夹克衫放到亚洲或者中美洲生产时(可能是目不识丁的童工生产的),这座小镇就慢慢衰落了。她现在身处郊外,不过,她肯定能走到有电话的地方。

然后,干什么呢?

然后她会……她会……

"叫辆豪华轿车。"她说。这个想法像日出一样照亮了她。是的,这就是她要做的。如果这里是科尔威奇,那么,她居住的康涅狄格小镇离这里就只有三十英里,也许还不到。想去布拉德利国际机场,或者哈特福特,或者纽约的时候,她都会叫车(能避免的时候,她不愿意在城市里开车),服务站就在旁边的伍德菲尔德小镇上。皇家豪华轿车提供二十四小时服务。还有更好的服务就是,他们会把她的信用卡备案。

苔丝感觉好多了,开始加快步伐。然后,看到有车子的前灯照亮公路时,她再一次匆忙躲进树丛里蹲下来,有如被追赶的猎物一样惊恐万状。这确实是辆卡车,她开始发抖。甚至当她看到过来的是辆轻型白色丰田卡车,根本不是巨人的福特卡车的时候,她还在发抖。车开走了,她努力强迫自己回到公路上,可她做不到。她又哭了起来,泪水在冰凉的脸上暖暖的。她觉得她又要失去理智和意识了,但她不能任由这种情况发生,否则她可能真的回不了家了。

她开始逼着自己幻想,回到家后如何感谢送她回来的司机,并在信用卡表格上加上小费。她想象着自己把信箱向上倾斜了一下,从邮箱背后的钩子上面拿出了备用钥匙,还听到弗雷泽在焦急地"喵喵"叫着。

想到弗雷泽,倒是挺管用的。她从树丛里吃力地爬了出来,继续往前走,并时刻保持警惕,一看到有车灯,就立即躲回去藏起来,一秒钟都不耽搁。因为他就很可能在附近的某个地方。她意识到,从现在起,她要一直提防着他,除非警察逮住他,把他送进监狱。但是,要想做到这

一点,她就得向警察报案,刚想到这里,她的脑子里就出现了《纽约邮报》上一行格外醒目的黑色大标题:

"柳树林"作家演讲后惨遭强暴

像《纽约邮报》那样的街头小报,无疑会登出一张她十年前的照片,那个时候,刚好她出版编织协会系列的第一本。那时,她二十来岁,长长的金发,瀑布一样从肩头泻下,还有双她喜欢穿短裙来展示的美腿。还有——在晚上——穿那种高跟的露跟鞋,有些男人把它们称为"操我鞋"。报纸不会提及,她现在老了十岁,体重增加了二十镑,遭到强暴时,她穿着稳重端庄的职业装;这些细节与街头小报偏爱讲述的故事不大吻合。报道的内容对她还算尊重,不过,她年轻时候的照片可能会让人觉得,她被强奸绝对是自找的。

那是真的吗?或许,只是因为遭受了屈辱和严重摧残而想象出来的最坏的情景?或者,即使她设法走出了这条害人不浅的公路,走出了这个倒霉的麻省,回到位于斯托克村的家里,可能她内心还是有点想要继续躲在树丛中?她不清楚。她想,真正的答案大概是在两者之间吧。她能确定的是,她会得到全国范围的广泛关注,但这种关注如果是关于新书出版的,那么哪个作家都会高兴,可是,如果是关于作家被强奸、抢劫,甚至差点被抛尸,那谁都不会喜欢。她能想象到,下次演讲时,可能有人在提问阶段问她:"你是不是在某些方面引诱了他强奸你呢?"

太荒唐了,就是照目前的状态,她也知道那很荒唐……不过她清楚,如果真发生那样的事,会有人举手问她:"你打算把这个经历写出来吗?"

她会说什么呢?她能说什么呢?

什么也不说,苔丝心想,我会用双手捂着耳朵,从台上跑开。

但是,不。

不不不。

实际情况是,她压根就不会露面。因为她知道,他可能会在那里出现,在后排冲她笑,她还怎么能再读下去、演讲、签名呢?他会戴着那顶上面有些白斑、怪兮兮的棕色帽子,冲着她笑,也许她的耳坠还在他的口袋里,也许他正在抚摸她的耳坠呢。

报警这个想法使她皮肤上又有了发烧的感觉,而且,她能感到脸上因为羞耻一搐一搐的,虽然现在她独自一个人走在黑暗之中。也许她不像苏·格拉芙顿和珍妮·伊万诺维奇那么有名,不过,严格说来,她也算个公众人物。她可能会在CNN①上露面。全世界都会知道,一个疯狂的、咧嘴大笑的巨人强奸了她,甚至他把她的内裤当成纪念品这个事情也会爆料。CNN不会报道这个部分,但是《全国包打听》或者《内部观察》不会有任何顾虑的。

内部知情人士透露,他们在受到指控的强奸犯的抽屉里面找到了该作家的一条内裤:维多利亚的秘密牌蓝色低腰蕾丝内裤。

"我不能报警,"她说,"我不会报警。"

但是在你之前已经有受害者了,在你后面还会有其他人——

她打消了这个念头。她太累了,无法考虑她可能肩负的道德责任。她以后会关注那一点,如果上帝让她活命的话……看来上帝会的。不过,不是在这条人迹罕至的路上,她的强奸犯也许就在某辆来往的车里。

她的强奸犯。他现在成了她的强奸犯了。

13

经过科尔威奇标牌后一英里左右,苔丝开始听到低低的、富有节奏的哒哒声,好像是从她脚下的马路上传来的。她的第一个念头是,H. G. 威尔斯的变异莫洛克人,他们喜欢把机械放到地球的深处,但是,又过了五分钟,声音变得越来越清晰了。声音来自空中,不是来自地面,而且是她熟悉的声音:低音吉他。接着,乐队的其他人开始围绕着这个声音聚拢。她看到了地平线上的灯光,不是车的前灯,而是电弧钠灯的

_____

① 有线电视新闻网。

白色光芒，还有霓虹灯的红色光亮。乐队在演奏《野马萨莉》，她能听见笑声。曲子优美，令人沉醉，中间夹杂着聚会终了人皆散的欢呼声。乐曲声让她想要再哭上几回。

这栋路边的房子是个又大又旧又嘈杂的夜总会，附带一个巨大的停车场，看起来，所有车位都被停满了。这个地方叫做斯塔格人酒馆。她站在停车场照明灯刺眼的灯光下，皱着眉头。为什么有这么多的汽车？然后，她想到今天是周五。显然，要是你来自科尔威奇，或者周边的某个小镇，斯塔格人酒馆是个欢度周五良宵的好地方。他们有电话，不过，人太多了。他们能看到她带淤伤的脸和歪斜的鼻子。他们肯定会问她到底出了什么事，而她现在也没心情编故事向他们解释。至少，现在没有。在外面打付费电话也不行，因为她可以看到那边也有人。很多人。现在，要是你想抽烟的话，你就非得到外面去。而且……

他可能在那里。他不是之前在她四周跳来跳去，一边跳，还一边用五音不全的、声嘶力竭的嗓子唱着滚石推出的某首歌吗？苔丝觉得，也许那个场景是在梦里——或者是在幻觉中见过——不过，她并不这样认为。有没有这种可能，等把她的车藏起来之后，他正好来到斯塔格人酒馆，清清嗓子，准备参加聚会打发今宵？

乐队开始演奏，酷似克兰普乐队的一首老歌：《你的尿能否让狗操》。不能，苔丝心想，不过今天狗无疑操了我的尿。老苔丝不会认同这样的笑话，不过新苔丝觉得，这真是他妈的滑稽。她吼了吼，发出沙哑的笑声，又继续走路，她转向马路的另一边，这样，停车场的灯就基本上照不到了。

就在这时，她看到一辆白色货车倒到了装货月台上。斯塔格人酒馆这一侧没有弧形钠灯，不过，借着月光，她足以看清击打杯形蛋糕鼓的那个骷髅了。难怪货车没有停下来捡那些碎木片。僵尸面包师装货迟到了，那不好，因为在周五夜里，斯塔格人酒馆蹦蹦跳跳，吵吵闹闹，狂欢一片。

"你的尿能让狗操吗？"苔丝问道，同时，她把脏兮兮的破毯子裹得更紧了一点。这毯子虽不是什么貂皮披肩，但是，在十月凉飕飕的夜里，有它总比没有好。

14

苔丝走到斯塔格公路与 47 号公路的交叉口时,看到一样好东西:一个加油和方便的地方,两个洗手间之间的墙上,挂着两个付费电话。

她先上了女厕所,小便的时候,她必须得用一只手捂住嘴巴才能不让自己哭喊出来;她的下面很疼,就像有人在那地方点了一小包火柴一样。她从厕所站起来的时候,眼泪又不住地顺着面颊滚下来。小便池里的水呈淡淡的粉红色。她拿了一摞手纸,轻轻地擦了擦脸,接着,她冲了厕所。本来,她可以再拿一沓纸叠好放进内裤的,但是,现在,没办法了,因为巨人已经把她的内裤当成纪念品了。

"混蛋。"她说道。

她顿了顿,手放在门把上,望着在洗手盆上方沾满水珠的金属镜子里满脸淤伤、眼睛睁得老大的那个女人。然后,她就出去了。

15

她发现,即使记得自己的电话卡号码,在当前这个年代,付费电话用起来也很困难。她试过第一个电话,但那个电话坏了:她能听到接线员的声音,但接线员却听不到她的声音,于是便挂断了。另一个电话歪歪斜斜地挂在墙上——看上去不像能用的样子——却竟然能用。虽然一直有噪音,但是至少她和接线员可以交流了。苔丝没有笔和纸。她包里倒是有,不过,包没了。

"难道你就不能帮我连一下吗?"她问接线员。

"不行,女士。用信用卡的话,必须自己拨号。"接线员说话的口吻像是在对一个傻孩子解释某件显而易见的事。这倒没让苔丝动气;她也觉得自己有点像是个傻孩子。接着,她看到这堵墙奇脏无比,于是让接线员把号码给她,接线员报号码的时候,她就用手指把号码写在了墙上。

她还没开始拨电话,就听见一辆卡车驶进停车场。她的心一下子提到了嗓子眼。接着,当两个说说笑笑、穿着中学生夹克衫的男孩下车,快速走进这家商店的时候,她才松了口气。这时候,她很庆幸车停在了那里,要是再开得近一点,她肯定尖叫起来了。

她觉得有些头晕,便把头倚在墙上靠了片刻,喘了口气。她闭上眼睛,看到巨人高高地俯视着她,双手放在工装裤的口袋里。然后,她睁开了眼睛,拨了写在墙上的电话号码。

她本来以为会听到自助语音服务,或某个心不在焉的人告诉她他们没车,他们当然没有啦,现在是周五晚上,女士,你是天生就白痴呢,还是越长越笨了呢? 但让她没想到的是,电话刚响了两声,就有人接了,是个听上去比较专业的女士,自称是安德里娅。她听苔丝说完话后,说他们会马上派辆车过来,司机叫马努尔。是的,她知道苔丝从哪里打出电话的,因为他们经常派车到斯塔格人酒馆。

"好的,不过我现在不在那个地方,"苔丝说,"我在离那里半英里的交叉路口——"

"好的,女士,我知道的,"安德里娅说,"你在加油站。有时候我们也去那里。人们经常走到那儿打电话,如果喝得有点高的话。车可能四十五分钟左右能到,或许一个小时吧。"

"没关系。"苔丝说着,眼泪又落了下来。这回是感激的泪水,虽然她告诉自己不要松懈,因为在这种故事里头,女主人公的希望最后落空的事太多了。"没关系的。我就在付费电话附近。我会留意看着车的。"

接下来,她会问我是否有点喝高了,因为我可能听起来像是喝多的样子。

不过安德里娅只问她,准备用现金还是用信用卡支付。

"用美国运通卡。我的相关信息应该在你们的电脑里。"

"是的,女士,电脑里有您的信息。感谢您致电皇家轿车,我们会让每个客户都享受到皇家礼遇。"苔丝还没有来得及说一声不客气,安德里娅就挂掉了电话。

她正在挂电话，这时，一个男人——他，是他——绕过商店的角落，径直朝她跑过来。这回没机会高声尖叫；她吓得瘫倒了。

来人不是他，而是一个十来岁的男孩。他经过时看都没看她一眼，朝左一闪就进了男厕所。门砰的一声关上了。过了一会，她就听到年轻人急吼吼地排空膀胱、像马叫一样的声音。

苔丝沿着房子的一侧走着，然后绕过房子的背面。在那儿，她站在一个散发着臭味的垃圾箱旁边（不，她心想，我不是站着，我是潜伏着），等着年轻人小便后离开。他走了之后，她便返回到付费电话那里观望马路。尽管浑身都有伤，但现在最难挨的是咕咕作响的肚子。她错过了晚餐，因为遭到了强奸，还差点被谋杀，根本顾不上吃饭。现在，这种路边便利店里卖的任何一种零食，她都想吃，哪怕是那种劣质的花生酱饼干，虽然花生酱的颜色黄得离谱，但饥肠辘辘的时候，这也算得上美味了。然而她身无分文。即使有，她也不会去买。她清楚，在像"极速加油"这样的路边便利店里，灯光是什么样的，那些明亮的、没有灯芯的荧光灯能让身体健康的人看上去都像是得了绝症一样，更不用说她了。柜台后面的店员会打量她满是淤伤的面颊和前额、断了鼻梁的鼻子和浮肿的嘴唇，而他也许什么也不会说，不过苔丝会看到他瞪得大大的眼睛。也许还能看到嘴唇在轻微扭动，想笑又不敢笑。因为，面对着这样的情况，人们会觉得一个挨打的女人有些好笑。尤其是在周五晚上。女士，谁在你身上动作了？你到底干了什么事才遭到这个报应？有人把加班的时间都花在你身上了，难道你没照办？

那令她想起她在哪个地方听过的一个古老的笑话：为什么每年在美国有三十万个女人挨揍？因为他们不愿……日……倾听。

"没关系，"她嘟囔道，"一到家，我就有吃的了。也许，我会来点金枪鱼色拉。"

听起来不错，不过她相信吃金枪鱼色拉——或者，糟糕的路边便利店的花生酱饼干——的日子已经结束了。开来一辆轿车带她驶出这个梦魇的想法本身就是一个不理性的幻觉。

在她左边，苔丝能听到小汽车在 I-84 号公路上奔驰而过的声音——如果不是因为得知一条回家的捷径而高兴过头的话,她原本会走那条路的。那边,在那条收费公路上,从来没有遭到过强奸或者被塞在涵洞里的人们正在开往不同的地方。苔丝心想,他们欢快的旅行之声是她听过的最孤独的声音了。

16

轿车来了。是一辆林肯城市。方向盘后面的男人从车子里出来,朝四处张望。苔丝从便利店的一个角落近距离地观察他。他穿着一套黑色西服。个头不大,戴副眼镜,看起来不像是个强奸犯……不过,肯定不是所有的巨人都是强奸犯,也不是所有的强奸犯都是巨人。但是,她必须信任他。如果她要回家喂弗雷泽,就别无选择。于是,她把那件脏兮兮的临时披肩丢在电话旁,然后慢慢地朝轿车走去。在房子一侧的阴影里待过一段时间之后,透过小店窗户的灯光就显得格外刺眼,什么都看不清,不过她清楚自己的脸看起来是个什么样子。

他会问我出了什么事,然后会问我是否要去医院。

但是马努尔(他也许看到过更糟糕的情形,这不是没有可能)只是为她扶住车门,说道:"欢迎乘坐皇家轿车,女士。"他说话带着柔和的、与他的橄榄色皮肤和黑眼睛匹配的西班牙口音。

"我将会受到皇室般的礼遇。"苔丝说道。她努力想笑一笑,结果把她浮肿的嘴唇弄得生疼。

"是的,女士。"然后,他就没再说什么了。谢天谢地,马努尔,他也许看到过更糟糕的情形——也许是在他出生的地方,也许就在这辆车的后座上。谁知道轿车司机会有什么秘密呢?光这个问题就能写成一本书了。当然,不是她写的那种书……但是谁知道在这件事过后她会写什么样的书呢?或者,她是否还会再写任何东西?今夜的历险也许会让她暂时停笔;也许永远。到底会怎样,谁也不知道。

她钻进车后座,挪动的时候像个到了骨质疏松晚期的老太。等她坐定、他关好门之后，她就紧紧地抓着车门把手，密切注视着车外的情况，想确定坐在方向盘后面的人就是马努尔，而不是那个穿着工装裤的巨人。要是在《斯塔格公路恐怖故事（2）》中，上车的肯定是那个巨人了：在片子结束前，再让观众紧张一把。有点讽刺意味的是，紧张有利于人体的血液循环。

不过，事实是，上车的确实是马努尔。当然是他。她松了口气。

"我得到的地址是斯托克村普利姆罗斯巷19号。对吗？"

突然之间，她有点记不清了；她把电话卡号码输进付费电话的时候，想都没想，但说到自己的地址，脑子里却是一片空白。

放松，她心想，一切都结束了。这不是恐怖电影，这是你的生活。你经历了一场恐怖遭遇，但是一切都结束了。因此，你要放松。

"对，马努尔，没错，就是这个地址。"

"你想中途在什么地方逗留，还是直接回家？"他这么问，很可能是因为他刚才看到了她受伤的情况。

真是运气好，她最近一直在吃口服避孕药——运气好，加上或许是乐观主义吧，三年来她没有做过一夜情之类的事情，除非你把今夜算上去——但是今天运气一直不好，对于这么一点点好运气，她真是心怀感激之情。她相信马努尔肯定能在沿途的某个地方找到一家药店，轿车司机在这方面几乎无所不通，可她觉得自己不可能走进药店去买紧急避孕药。再说，钱也是个问题。

"不用了，直接回家吧。"

很快，他们就上了I-84号公路，因为是周五夜里，交通繁忙。斯塔格公路和那家废弃的店铺已经甩在身后。前面就是她家了，家里的每扇门都带有安全装置和锁。这很好。

17

一切都和她之前想象的一样：安全到家，在信用卡单上加上小费，沿着两边种满鲜花的小径走到门口（她请马努尔稍停片刻，用车的前灯为她照一照，直到她进屋），当她把信箱侧向一边摸索备用钥匙，把它从钩子上取下时，传来了弗雷泽"喵喵"的叫声。接着，她就进屋，弗雷泽在她的脚边扭扭缠缠，希望苔丝能抱起它，抚摸抚摸，然后给它喂食。这些苔丝都照做了，不过，在此之前，她做的第一件事是把前门锁好，然后设置好防盗警报，这是几个月以来她第一次用这个。当她看到袖珍键盘上方小小的绿色视窗闪耀时，才终于开始感到自己有点儿真正回过神了。她看了看厨房里的时钟，惊讶地发现现在才十一点一刻。

就在弗雷泽吃大餐的时候，她检查了通向后院和厢房天井的两扇门，确信都上了锁。然后是窗户。如果什么地方没关好，警报器的指令盒子会发出提醒的，不过，她还是不放心，非要自己亲自确认一遍。当确信一切妥当之后，她走到前门过道的柜子那里，取下放在顶层架子上的一只盒子，盒子搁在那里太久了，上面积了一层灰。

五年前，在康涅狄格北部和麻省南部，入室盗窃和抢劫一度十分猖獗，案犯大都是瘾君子。居民们得到警告要特别当心，并"采取适当的预防措施"。苔丝对持手枪的好处和弊端没有强烈的感受，对陌生男人夜间破门而入也没感到特别的忧虑，不过，手枪似乎算是一种正当的防卫措施，而且她也想了解一些关于左轮手枪的知识，好为她的下一本书做准备，所以当时正是买枪的好时机。

她来到网上好评率第一的哈特福特枪支专卖店，柜台服务员推荐了一把史密斯＆韦森点38，他管它叫柠檬挤压机。她买了一把，主要是因为她喜欢那名字。店员还告诉她在斯托克郊外有一个不错的射击场地。四十八小时的等待时间一过，苔丝就去了那个射击场。短短一个星期之内，她就开了大约四百发。一开始，砰地把子弹射出去时她感到非常兴奋，但是很快，她就感到乏味了。从那以后，枪就一直放在柜子里，枪盒里除了枪，还有五十发子弹以及持枪许可证。

她给枪上了子弹，感觉好了些——更加安全了。她把枪放在厨房台面上，然后查看了录音电话留言。有一个留言，是邻居佩西·麦克兰的。"今晚我看到你家没灯，所以我猜你决定在奇科皮过夜了。或许你到波士顿去了？对了，我用了信箱后面的钥匙，还喂了弗雷泽。哦，我把你的信放在过道桌上了。全是广告,对不起。如果你回来了,明天在我上班前给我打个电话。只是想知道你安然无恙到家了。"

"嘿,弗雷泽,"苔丝说道,弓腰去抚摸他。"看来,你今晚吃了双份。多精明啊你——"

突然,她眼前一黑,差点倒下去,多亏她抓住了厨房的桌子,要不然会整个人趴在地上。她惊叫了一声,声音听起来非常虚弱。弗雷泽警觉地竖起耳朵,眯着眼,朝她看看,似乎断定她倒不下来(起码不会倒在它身上)后,就接着享用自己的第二顿晚餐了。

苔丝慢慢直起身来,为了安全起见还是抓着桌子不放,然后打开了冰箱。没有金枪鱼色拉,倒是有带草莓果酱的乡村奶酪。她狼吞虎咽地吃着,用勺子刮着塑料盒,直到把最后一口奶酪都吃掉。奶酪在她受伤的喉咙里感觉凉凉的,非常柔滑。不过,她不确定自己能否吃肉。哪怕是罐子里的金枪鱼。

她对着瓶子喝了些苹果汁,打了个嗝,然后便拖着步子走到楼下的浴室。她随身带着手枪,手指放在扳机护罩外面,按照人家教她的那样。

浴室洗脸盆上方的架子上,有一个椭圆形的放大镜,那是她在新墨西哥的哥哥送给她的圣诞礼物。镜子上方用镀金笔迹写着漂亮的我这几个字。过去的苔丝对着它修修眉毛,快速打好粉底,以便化妆打扮。如今的苔丝对着它检查眼睛。不用想,眼睛肯定布满血丝,但是瞳孔看起来还是一样大。她关掉浴室的灯,数到二十,然后再打开,看着自己的瞳孔收缩。看起来应该没问题。这就说明,可能颅腔没有破裂。也许是脑震荡,轻微脑震荡,但是——

好像我会知道似的。我从康涅狄格大学拿到文学学士学位,还有老太太侦探的高级学位,这些老太太侦探用每本书至少四分之一的篇幅来介绍我的侦探秘笈,这些秘笈都是我从互联网上抄来的,再做一定的改编,这样才不至于被告剽窃。我可能会在夜里晕过去,或者死于脑溢血。下次,佩西进来喂猫的时候会发现我。你需要看医生了,苔丝·吉恩。你必须去看医生。

她知道,如果去看医生,她的不幸就会传开。医生们保证为病人保密,这是他们的职业道德要求之一。一个女人,不管她是律师、清洁工,还是房产经纪人,都很可能让医生发誓保密。苔丝自己也有可能做到,甚至是很有可能。不过,看看法拉·弗赛特的例子吧:某个医院员工不慎泄露了消息,通俗小报就有了渲染素材。苔丝本人就听过关于一名男性小说家精神错乱的谣言,多年来他成了人们改编故事的素材。一个多月前,苔丝自己的经纪人就曾在午餐时把这些谣言中最刺激的部分告诉了苔丝……苔丝居然听下去了。

我何止是听了,苔丝一边望着镜子中被放大的、挨过揍的自己,一边想,我立马就把听到的传播给别人了。

即使医生和医院的工作人员对她在公开演讲之后回家的途中遭到暴打、强奸和抢劫的遭遇守口如瓶,候诊室里看到她的其他病人会怎么样?对于他们当中的某些人,她不仅仅是另外一个脸上有淤伤、挨了打的女人;她还是斯托克村的小说家。他们可能会相互议论:你知道这个人吗,一两年前,她写的老太太侦探故事被拍成了电影,在人生时光频道播放的,我的天,你怎么连她都不知道。

毕竟,她的鼻子没破。很难相信居然有东西遭到如此伤害却没有断。但是确实如此。她的鼻子肿了(肯定的,可怜的鼻子),而且很疼,不过她还能呼吸,楼上有些维柯丁,今晚可以用它来止疼。但是,她眼睛青肿,面颊肿胀有淤伤,脖子上也有一圈淤伤。这一点最糟糕,因为脖子有淤伤只有一种可能,那就是被人掐过。她的背上、腿上和臀部还有一些肿块、淤伤、划痕。但是,身上的衣服和长筒袜会遮住这些最严重的伤痕。

好啊。我是个诗人,我竟然还不知道。

"脖子上的伤……我可以穿件高领毛衣……"

绝对可以。十月份正是穿高领毛衣的时候。

至于佩西,她可以说夜里她从楼梯上摔下来了,撞破了脸。说——

"我听到楼下有响动,要下楼去查看,结果被弗雷泽给绊倒了。"

弗雷泽听到自己的名字,在浴室门边喵喵地叫了起来。

"我可以说我的脸撞在了在最下面的拐弯脚柱上。我甚至可以……"

甚至可以在柱子上弄出一点被撞的痕迹。可以用那把放在厨房抽屉里的捶肉锤子。没什么难的,只要轻轻砸一两下,弄掉一点油漆就行了。这样的花招糊弄不了医生(或者像多林·马奎斯这样敏锐的老太太侦探,她是编织协会的老前辈了),但是这个把戏肯定能骗过佩西,结婚二十多年来,她丈夫从没在她身上动过一次手指头。

"倒不是这件事有什么值得羞耻的,"她看着镜子中这个鼻子歪斜、嘴唇浮肿的女人喃喃自语道,"不是那样。"可是暴露给公众会使她蒙羞。人们会知道她曾被人扒光了衣服。一个被扒光了衣服的受害者。

不过那些女人怎么办,苔丝·吉恩?涵洞里的那些女人?

她得为她们做些什么,不过不是今夜。今夜她累了,疼痛、恐惧到了灵魂的最深处。

在内心深处(在她恐惧的灵魂中),她对那个造成眼下这一切的男人的怒火又重新燃起。那个使她处于目前这个境地的男人。她看看放在脸盆旁边的左轮手枪,心想要是他就在面前,她会毫不犹豫地朝他开枪的。这让苔丝对自己有点茫然不解,但是也让她觉得自己更加坚强。

18

她用捶肉的锤子砸着拐弯脚柱,那会儿她已经疲惫不堪,就觉得自己像是别的女人头脑里的梦幻一般。她看了看砸痕,觉得看上去有点假,于是又在砸痕周围轻轻地击打了几下。当她觉得它看起来有点像脸部撞击上去留下的痕迹时,她才缓缓地上楼,顺着过道往里走,手里拿着枪。

有一会儿,她站在卧室门外犹豫不决,卧室房门半敞着。要是他在里面怎么办?要是他拿着她的包,他就会知道她的住址。而防盗警报是等到她回来之后才设置的。他也许就把他的老式 F-150 车停在附近。他也许强行把厨房门锁撬开了。这并不难,只需要一把凿子就够了。

要是他在里面,我应该能闻到他的气味。那种男人的汗味。我会干掉他。我不会说"躺在地板上别动",或者"举起手来,我要拨打911",我不会说恐怖电影中经常出现的这种狗屁废话。我会毫不犹豫

地干掉他。不过,你知道我在干掉他之前会说什么呢?

"你喜欢它,它就喜欢你。"她用低沉沙哑的声音说道。是的。的确如此。他不会明白,可是她懂。

她发觉她竟然有点儿希望他在自己的房间了。那可能意味着这个全新的自己有点疯狂,可是这又怎么样呢?如果事情果真如此,倒也值得。开枪打死他会让她在公众面前不那么难堪。朝好处想吧!也许这还能让她的书热卖!

我倒想要看看,当他意识到我要毙了他时,他眼里流露出来的恐惧。那也许倒能使这件事有个好点的结局。

她的手在黑暗中四处摸索,费了很长时间才找到卧室里的电灯开关,自然,她本以为在摸索的时候,手指头会被人抓住。她慢慢地脱掉衣服,当她拉开裤子、看到阴毛上干结的血污时,痛苦地抽泣了一声。

她把淋浴的水开得很热,热到自己能够承受的极限,希望用水好好洗洗。干净的热水。她要把他的气味从身上洗掉,还有那个破毯子的霉味。之后,她坐在了马桶上。这回小便不像原先那么疼了,但是当她努力尝试着把歪鼻子扳直时,一阵疼痛穿过头颅,让她哭了出来。唉,那又怎么样呢?妮尔·格温,那位伊丽莎白时期的著名女演员就曾有个歪鼻子。苔丝相信自己在什么地方读到过这故事。

苔丝穿上法兰绒睡衣,慢慢地挪到了床上。她躺在床上,所有的灯都开着,"柠檬挤压机"点38手枪就放在床头柜上,她心想,自己肯定睡不着,她那被激发的想象力会把街上传来的每一声响动都变成巨人靠近的脚步声。不过,过了一会,弗雷泽跳了上来,蜷着身子卧在她身边,喉咙地发生呼噜呼噜的声音。那让她感觉好多了。

我到家了,她心想,我到家了,我到家了,我到家了。

19

她醒来的时候,早晨六点钟的阳光穿过窗户流进了屋子。有些事情她必须要办,有些决定她必须做出,但是此时此刻,活着就够了,而且是躺在自己的床上,不是被塞在涵洞里。

这回小便几乎正常了,没血。她又到浴室里冲澡,再一次把水开得很热,热到自己可以承受的极限,她闭上眼睛,任由热水击打着自己抽痛的脸。等到把浑身都冲完之后,她一边把香波弄到头发上,慢慢地有节奏地洗头,一边用手指按摩头颅,跳过那些被他揍过的疼痛部位。起初,她背上那道深深的划痕有些刺痛,不过刺痛一过,她便感到了轻松。她几乎想不起心理小说中出现的冲淋场面了。

洗澡往往是她思路最活跃的时候,一种类似于子宫的环境,现在她需要努力、好好地想想了。

我不想看赫德斯托姆医生,我也不需要看赫德斯托姆医生。就这么定了,不过,过一阵子,两三周后,等我的脸看起来多少正常点了,我会去做一下性病方面的检查……

"别忘了做艾滋病检查。"她说道。这个想法让她做了个鬼脸,结果弄疼了嘴巴。这是个可怕的念头。不过,检查还是得做。为了自己心安。不过,这些都没有解决今天早晨最重要的一个问题。针对自己的遭遇,她报不报警是她自个儿的事,但是对涵洞里的女人们来说,就不是这样了。她们比她失去的还要多。巨人要是继续袭击其他的女人怎么办?肯定还会有人遭殃,这一点她丝毫也不怀疑。也许不是一个月后,或者不是一年后,但是肯定会有。关掉了淋浴器后,苔丝意识到也许下一次遇害的还是她,如果他回头检查涵洞发现她不见了,而且还发现她的衣服也不见了。如果他翻了她的包,他肯定翻了,他就能知道她的地址。

"还有我的钻石耳坠,"她说,"操他妈的狗杂种偷了我的耳坠。"

即使他没再去那家店铺和涵洞,可那些女人现在都属于她了。她要对她们负责,她不能因为害怕自己的照片出现在《内部观察》的封面上就回避这个责任。

在康涅狄格州郊外一个和煦而宁静的早晨,这个答案简单得有点滑稽:给警察打个匿名电话。有着十年写作经验的职业小说家居然没有立刻想到这个办法,真是有点不像话了。她可以把地址报给警察——那家位于斯塔格公路废弃不用的"你喜欢它,它就喜欢你"的店铺——她还要描述巨人的体貌特征。锁定像他那样的人会有多困难？或者锁定一辆蓝色的、车前灯四周有霸道防锈胶的福特 F-150 载货轻卡会有多难？

要多容易有多容易。

不过她在吹干头发的时候，目光却落在她的点 38 式手枪上，她心想，太容易了，因为……

"这么做我会得到什么呢？"她问弗雷泽，它坐在门口，闪着亮晶晶的绿眼睛，望着她。"问题是这么做我会得到什么呢？"

20

一个半小时后，苔丝站在厨房里。她那只盛麦片的碗还浸泡在洗碗池里。她的第二杯咖啡在台子上，已经有点凉了。她正在打电话。

"噢，我的天哪！"佩西惊叫道，"我马上就过来。"

"不，不，我没事，佩西。那样你上班会迟到的。"

"周六上午严格来说是可上可不上的，你得去看看医生，要是脑震荡了或其他一些毛病怎么办？"

"我没有脑震荡，只是摔得鼻青脸肿。去看医生我会很难堪的，因为我是因为喝高了，才摔成这样的，起码多喝了三杯。我整夜所干的唯一明智的事情就是叫了辆轿车送我回家。"

"你肯定你的鼻子没破？"

"肯定。"嗯……基本上可以肯定。

"弗雷泽还好吧？"

苔丝一下子笑了起来，是发自内心的大笑。"我半醒半醉，半夜下楼，因为烟雾探测器在吱吱地响，结果绊到了猫，我差点摔死，可你却在关心猫。好啊。"

"亲爱的，不——"

"和你开玩笑呢。"苔丝说，"上班去吧，不要担心我了。我只是不想让你在看到我的时候尖叫起来。我身上有几个很漂亮的淤伤。要是我有前夫的话,你可能会以为是他干的。"

"没人敢在你身上动手,"佩西说,"你很厉害的,姑娘。"

"那是,"苔丝说,"我可不会受人欺负。"

"你的声音有点沙哑。"

"我有点感冒了。"

"噢……如果你今晚需要什么……鸡汤……镇痛片……约翰尼·德普的 DVD 光盘……"

"要是我需要,会打你电话的。去上班吧。那些淘六号安·泰勒①的时髦女士们还等着你呢。"

"去你的,你个坏东西。"佩西说完,笑着挂了电话。

苔丝把咖啡端到厨房的桌子上。枪在那里放着,紧挨着糖碗:这情景虽不完全是达利画中会出现的场景,但倒也他妈的够接近了。待她放声大哭的时候,这一意象变成了两个。是她记起了自己以前愉快的嗓音才导致她放声大哭的。以后,她不得不一直活在刚才那个谎言里。"你这个狗日的!"她大喊道,"操你妈的混蛋! 我恨你!"

在不到七个小时的时间内她洗了两次澡,可还是觉得身上肮脏不堪。她已经洗过下身了,但是依旧认为他还在那里,他的……

"他的精液。"

她猛地站起来,眼角的余光瞥着她受惊的猫,它正沿着前厅在跑。她的咖啡和奶酪已经浓缩成坚硬的一块东西。等她确定自己做好了一切,她便收起手枪,上楼又去冲了个澡。

21

等她洗完澡、用舒适的睡袍把自己裹好之后,她便躺在床上考虑自

---

① 一个服装品牌。

己究竟该到哪里去打那个匿名报警电话。人多的地方最好。带有停车场的地方，这样，打完之后她就可以挂起电话，立即走人。斯托克村购物中心倒是个合适的地方。还有个问题，就是该给哪个机构打电话。科尔维奇，那地方是不是有点不专业？也许州警署更好些。而且她该把自己要说的话写下来……这样电话打起来更快……她也不会忘掉什么内容……

苔丝躺在床上，一柱阳光罩着她，进入了梦乡。

22

电话从很远的地方响起来，在某个毗邻的宇宙里，然后停了。苔丝听到了自己的声音，悦耳的不带个人色彩的录音，以"你已经接通……"开头。接下来的录音是来电者的留言。一个女人。等到苔丝好不容易使自己回到清醒状态时，打电话的人已经掐断了电话。

她看看床头柜上的闹钟，发现时间是十点差一刻。她已经又睡了两个小时。她惊了一下：也许她真有脑震荡或者骨折吧。接着她就放轻松下来。昨天晚上她运动量不少。许多运动极其不快，但是运动就是运动。睡个回头觉很正常。今天下午她可能还要睡个午觉呢（当然还要再冲一个澡），但是她要先办一件事。一个她必须履行的责任。

她穿了条长长的粗花呢裙子和一件高领毛衣，毛衣有点大，都快把下巴包住了。这样对苔丝来说正好。她在脖子上的淤伤处涂了遮瑕膏，但是没有完全遮住，那副最大的太阳镜也无法完全遮住发青的眼睛（肿胀的嘴唇更是完全无药可救）。不过涂点遮瑕膏还是有点用的，而且这么做让她更有安全感。

在楼下，她按了一下电话机上的播放键，心想那个电话可能是拉莫娜·罗威尔打过来的，例行公事的事后致电吧：我们对活动很满意，希望你也能满意，反馈很好，请下次再来（可能性不大），等等诸如此类的话。可是电话不是拉莫娜打的。留言来自一个自称是蓓思·尼尔的女人。她说她是从斯塔格人酒馆打过来的。

"我们不提倡酒后驾车,为了配合此项倡议,我们会在酒馆打烊之后免费给那些把车泊在我们停车场的人打电话。"蓓思·尼尔说道,"您的福特越野车,康涅狄格州驾驶牌照 775NSD,在今晚五点之前要取回。五点之后,车将会被拖至卓越汽车修理部,科尔维奇北部的约翰·希金斯路 1500 号。费用自理。女士,请注意我们没有您的车钥匙。您一定是自己随身带走了。"说到这里,蓓思·尼尔顿了一下。"我们还有您的其他物品,因此请您到办公室来。请注意,我需要看看您的身份证件。谢谢您,祝您愉快。"

苔丝坐在沙发上,笑了。没有听到这位尼尔女士的留言之前,她还打算要把越野车开到购物中心去呢,竟然忘了自己没了包,没了钥匙,也没了那辆该死的车。什么都没了,她竟然还打算走到车道上,拉开车门,爬进去——

她往后靠着垫子,一边喊着,一边用拳头打着自己的大腿。在房间的另一端,弗雷泽趴在安乐椅下面,看着她,就好像她疯了一样。我们全疯了,还是再来杯茶吧,她这么想着,笑得比原来更厉害了。

待她最后停下来不笑的时候(更像是笑得筋疲力尽了),她又把留言录音放了一遍。这一回她注意的倒是那个叫尼尔的女人说他们还有她的其他物品这句话。她的包?也许甚至还有她的钻石耳坠?可是哪有这么好的事?难道不是吗?

乘坐皇家轿车租赁公司的黑色轿车到斯塔格人酒馆也许有点儿太招摇了,于是她叫了辆出租车。调度员说他们很乐意把她载到他称之为"斯塔格人"的地方,车费是五十美金。"抱歉向您收取这么多费用,"他说,"不过司机得空车开回。"

"你是怎么知道的?"苔丝问道,一脸困惑。

"车留在那儿了,是吧?经常有这样的事情,尤其是在周末。不过,有时候晚上 K 歌之后也有人叫车。您叫的车将在十五分钟之内到达。"

苔丝吃了个水果挞(咽的时候有点疼,不过她没吃早饭,已经饥肠辘辘),然后站在客厅的窗户旁边,一边注视着外面,一边在掌心里来回摆弄备用的那把车钥匙。她决定改变计划。放弃斯托克村购物中心。等她取回车(以及其他任何蓓思·尼尔代为保管的物品),她就会开到半英里外的"极速加油"加油站去,然后从那里打电话给警察。

这个计划看起来再合适不过了。

23

当苔丝乘坐的出租车拐到斯塔格公路上的时候,她的脉搏跳动开始加快了。当他们来到斯塔格人酒馆的时候,她觉得她的脉搏快要每分钟一百三十次了。那位出租车司机一定是在后视镜里看到了什么……或者正是她脉搏加快跳动的明显迹象才促使他提出了这个问题:

"您没事吧,女士?"

"我没事,"她说,"只是本来我今天上午不打算回到这儿来。"

"很少有人这么做。"出租车司机说道,他正嗫着根牙签,牙签从嘴巴的一侧慢慢地移到另一侧。"我猜,他们拿着你的钥匙? 丢在酒吧招待那里了?"

"哦,那倒没有,"她轻快地答道,"但是他们还有我的其他物品——那位打电话的女士不愿意跟我说具体是什么物品,我也不知道到底是什么。"天哪,我听上去怎么像是我书里的某位老太太侦探。

出租车司机把牙签滚回到原来那一边,什么也没说。

"你在这儿等我出来,我会再额外付你十美元,"苔丝边说边朝路边的房子点点头,"我想看看我的车能不能发动。"

"没问题。"出租车司机说。

要是我因为他在里面等着我而大叫,马上把车开过去,行吗?

不过她不会那么说的,虽然也没什么不可以。出租车司机胖墩墩的,约摸五十岁,不停地喘着气。他根本不是巨人的对手,如果这是一个圈套的话……在恐怖电影里,这肯定是个圈套。

被引诱回来了，苔丝忧郁地想着，被巨人女朋友的一个电话引诱回来了，那个女朋友简直和他一样疯狂。

愚蠢、偏执的想法。不过，从路边到斯塔格人酒馆门口这段路似乎很长，踏在硬实的路面上，她的脚步声显得格外响亮：喀嘟—喀嗒—喀嘟。停车场昨晚还是一片车的海洋，现在已经空空落落，只有四辆汽车，她的福特越野车便在其中。她的车在停车场最后面——他肯定不想被人注意到是他把车停在了这里——她还看到了左前方的汽车轮胎。她的越野车与其他三辆车格格不入，看上去很不般配，不过在其他方面，越野车看起来还算不错。他已经给她换了轮胎。无疑，他换过了。不然，他怎么能把车开过来？离开他的……

他的游乐园，他的修罗场。他把福特越野车开到这里，停好，又走回废弃的商店，驾着他的F-150离开。还好我没有早点过来；他会发现我迷迷糊糊地在这里晃荡，那样我也不会活到今天了。

她扭头看了看。若是放在如今她总忍不住去想的那些电影中的一部，她肯定会看到出租车正加速离开（让我自生自灭），但它还在那里。她向司机挥挥手，司机也举手回礼。她是安全的。她的车在这里，而巨人不在。巨人在他自己的家（他的兽穴）中，很可能因为前一晚的劳累正呼呼大睡呢。

门上挂了个歇业的牌子。苔丝敲了敲门，无人回应。她转动了门把。门打开时，恐怖电影的情节又回到了她的脑中。在那些愚蠢的情节中，门把总是能转动的，女主人公（用颤抖的语调）叫道："里面有人吗？"所有人都知道她不该进去，可她偏偏执意上前。

苔丝又回头看了一眼出租车，看到它还在那里。她提醒自己，包里还放着一把装了子弹的手枪，然后走了进去。

24

她走进一间门廊，门廊有停车场一侧的建筑物那么长。门廊的墙上装饰的都是宣传剧照:穿着皮装的乐队,穿着牛仔服的乐队,穿着迷你裙的清一色由姑娘组成的乐队。一个备用的吧台越过大衣架子向外伸出;没有凳子,只有一个栏杆,你在等人的时候,或者因为里面的吧台人太满,就可以在那里喝上一杯。在分成等级的酒瓶上方,一块红色标牌在闪闪发光:百威。

你喜欢百威,百威就喜欢你,苔丝心想。

她摘下墨镜,这样才不会撞到东西。她穿过门廊,朝主房间里面张望着。房间宽敞无比,散发着啤酒味儿。有个迪斯科舞厅,现在漆黑幽静。木地板使她想起了和女伴们度过了很多暑假的那个溜冰场。乐器还在乐台上放着,让人想起僵尸面包师会在今夜回来再来摇滚一把。

"有人吗?"她的声音在回荡。

"我在这儿。"从她身后传来一声轻柔的回答。

25

如果那是男人的声音,苔丝就会高声尖叫了。她努力让自己镇静,但还是迅速转过身来,转得太快,她有点跟跄。站在衣帽间里的这个女人——瘦得皮包骨头,不到一米六——惊讶地眨巴着眼睛,往后退了一步。"哇,别紧张。"

"你吓了我一大跳。"苔丝说道。

"我看得出确实吓了你一大跳。"女人精致的小脸蛋被一团倒梳的黑发围着,头发上插着一枝铅笔。她有一双动人的蓝眼睛,但显得和她不太般配。一位毕加索笔下的姑娘啊,苔丝心想。"我刚才在办公室里。你是那位越野车女士还是那位本田车女士?"

"越野车。"

"带证件了?"

"带了,两样,不过只有一样上面有照片。我的护照。其他东西都在我的包里。我的另一个包。我想那个包应该在你这儿吧。"

"不,对不起。也许你把包塞到座椅下面了,或者其他什么地方?我们只在储物箱里看了看,当然如果汽车锁着的话,我们就不可能那么做了。车没有上锁,你的电话号码就在保险卡上。不过你可能知道这些。也许你会在家里找到包。"尼尔说这话时的声音暗示着她觉得这不可能。"一个带照片的身份证件就可以了,只要照片看起来像你就行。"

尼尔把苔丝带到衣帽间后面的一扇门边,然后沿着一条逼仄的、弯弯曲曲的过道走着。过道把主房间围成一圈,墙上挂满了乐队的照片。在一处,他们从一团氯气的烟雾中穿过,氯气刺激着苔丝的眼睛和喉咙。

过道的尽头是一扇门,上面标着办公室员工专用。过道外面的房间宽敞舒适,洒满了早晨的阳光。一个用镜框装裱的巴拉克·奥巴马的照片挂在墙上,照片上面是个特大的贴纸,上面写着是的,我们能的口号。苔丝看不到自己的出租车了——这个建筑挡住了视线——但她能看到出租车的影子。

那就好。就待在那里等着拿你的十美金。如果我出不来,你也不要进来。只管报警。

尼尔走到角落的桌子旁边,坐下来。"让我看看你的身份证件。"

苔丝打开包,在点38手枪边上摸索着,拿出了护照和作家协会的证件。尼尔随意瞟了一下护照上的照片,不过当她看到作协证时,眼睛变大了。"你是柳树林女士!"

苔丝笑了笑。这一笑把她的嘴唇弄疼了。"正是。"她的声音听起来有点不清晰,就像得了重感冒一样。

"我奶奶很喜欢你的书!"

"很多老奶奶都喜欢,"苔丝说道,"等到老奶奶们的下一代——那些不靠固定工资过活的人——也爱看这些书的时候,我要在法国给自己买座城堡。"

有时候她这么说会把别人逗乐,但尼尔小姐没笑。"我希望不是在这里弄的。"尼尔没有讲得很清楚,也没这个必要。苔丝知道她在说些什么,尼尔小姐也知道苔丝知道。

苔丝本想把她给佩西讲过的故事重述一遍——嘀嘀叫的烟雾探测

器,自己绊到了猫,撞在了拐弯脚柱上——不过,她没讲。这个女人看上去一本正经,很可能不常进斯塔格人酒馆,但是,很明显,对于晚上或者客人喝醉时这里会发生什么事情,她从来没有存过幻想。毕竟,她是个周六上午一大早到这里来打客气电话的人。她可能听说过类似的故事,那些故事以半夜绊倒、浴室滑倒等等为主。

“不是在这儿弄的,”苔丝说,“别担心。”

“也不是在停车场里? 如果你是在那里碰到麻烦的,我就得让伦波尔先生和保安人员谈谈了。伦波尔先生是这里的老板,安保人员应该在繁忙的夜晚定期检查摄像监控器的。”

“我离开这儿以后才发生的。”

若是现在报警,我必须匿名,如果我有意报警的话。因为我在撒谎,她会记住的。

如果她有意报警的话? 她当然有意了。对吧?

“我很抱歉。”尼尔顿了顿,好像在和自己辩论。接着她说,“我不想冒犯你,但你真的不像会来这种地方的人。看样子发生了对你不利的事情,要是这事儿被报道了……哦,我奶奶会非常失望的。”

苔丝表示赞同。因为她会把理由编得让人信服(毕竟,她就是靠这个谋生的),所以,她表示赞同。“坏男友要比蛇牙还要锋利。我想《圣经》上是那么说的。或者也许是菲尔医生说的。不管怎么说吧,我已经和他分手了。”

“许多女人都这么说,然后就没行动了。而那些男人,干过一次就会——”

“就会有下一次。是的,我很清楚,我太愚蠢了,之前真是看走眼了。如果这里保管的不是我的包,那是什么?”

尼尔小姐转了过去(阳光掠过她的脸颊,刹那间凸显出那双非同寻常的蓝眼睛),打开一个文档柜子,拿出苔丝的全球定位系统。看到自己的老旅伴,苔丝很高兴。虽然这并没有使事情完全好起来,但毕竟是朝正确的方向迈进了一步。

“一般,我们是不从顾客的车里拿任何东西的,之所以拿它是为了找到你的地址和电话号码,然后就把车锁上了。不过我不想把这个东西留在车里,小偷很可能砸坏车窗玻璃把它拿走,这东西就放在你的仪表板上。"

"谢谢你。"苔丝感到泪水从戴着墨镜的眼睛里涌出,但是她努力止住了。"考虑得很周到。"

蓓思·尼尔笑了,这一笑使得她那原本冷冰冰的严肃面孔瞬间光芒四射。"别客气。要是你的男友滚回来,求你再给他一次机会的话,想想我奶奶和其他忠实的读者,吉恩,告诉他没门。"她若有所思地说,"不过跟他说的时候,门要上链子。因为坏男友确实比蛇牙还要锋利。"

"这建议不错。不好意思,我得走了。我之前不太确定能不能把我的车开走,所以我告诉出租车司机等我的。"

本来这样就完了,可尼尔突然问苔丝是否介意为她奶奶签个名。苔丝说,当然不介意,虽然发生了这些事,但她还是很开心地看着尼尔找到一张纸,用尺子把页眉处的斯塔格人酒馆的商标撕下来,然后递给苔丝。

"就写'给玛丽,一名真诚的书迷'。可以吗?"

没问题。就在她写日期的时候,她想到了一个主意。"当我和我的男友……你知道的,在拉拉扯扯的时候,一个男人帮了我。要不是他,我也许会被打得更惨。"是的!甚至被他强奸!"我想感谢他,可我不知道他的姓名。"

"我不知道我是否能帮到你。我只是坐办公室的客服。"

"可你是本地人,对吗?"

"是的……"

"我在沿路的小店里见过他。"

"那个叫'极速加油'的店?"

"应该是。我和男友在那发生了争吵。起因是关于那辆车。我不想开,可我也不想让他开。我们沿着公路走的时候……踉踉跄跄走的时候……踉踉跄跄沿着斯塔格公路走的时候……一直在为此争吵不休。"

尼尔笑笑,就像听到以前听过很多次的笑话时的那种表情。

"不管怎么说,这家伙过来的时候开的是辆蓝色的旧轻,车前灯四周涂了防锈胶。"

"霸道防锈胶?"

"我想是吧。"其实她很清楚,就是霸道防锈胶。"不管怎么说,我记得他下车的时候,我还在想,他不是驾着卡车过来的,而是穿着它来的。"

她把签好名的那张纸递还给她的时候,看到蓓思·尼尔正咧着嘴在笑。"哦,我的天,我可能知道你说的是谁。"

"真的?"

"他是不是块头很大,或者说是不是块头大得像巨人一样?"

"像巨人一样。"苔丝说。她感到一种别样的喜悦,这喜悦好像不是在她头脑里,而是在她胸口,就像她感到某个离奇情节的诸多线索开始汇合、拉紧,像是拉紧精心编织的手提袋口时。每次发生这种情况,她都是既感到惊奇,又不惊奇。从没有一种满足感能与之相比。

"你有没有碰巧看到他小拇指上的戒指? 镶着红石头?"

"是的! 像是红宝石! 只是太大了,不像真的。而且还戴着顶棕色帽子——"

尼尔点点头。"帽子上面还有白色斑点。这顶破帽子他带了十年了。你说的那个人就是'大司机'。我不知道他住在哪里,不过他是本地人,要么是科尔威奇,要么是奈斯特弗尔斯。我在周边见过他——超市、五金店、沃尔玛什么的,类似的地方。而且一旦你见过他,你就不会忘记。他的真名叫阿尔·什么的,一个波兰姓,你知道,那种很难发音的。斯特莱科维奇,斯坦科维奇,类似这样的某个名字。我打赌我能在电话簿里找到他,因为他和他兄弟拥有一家货运公司。老鹰货运,好像是叫这个名字。要么就是雄鹰货运。总之,里面有个鸟的名字。我帮你查查?"

"不用啦,谢谢,"苔丝高兴地说,"你已经帮了我大忙啦,我的出租车司机还在等我呢。"

"那好。别忘啦,离你那个男友远点。离斯塔格人酒馆远点。不过,千万别跟别人说我跟你说过这话,要是你说了,我饶不了你。"

"放心,要是我说了,"苔丝笑着说,"我就不配活着。"走到门口,她转过身。"再帮个小忙？"

"只要我能帮得上。"

"要是你在镇上见到那个阿尔什么的，别跟他说你和我聊过。"她笑得更加灿烂。虽然这么做让嘴唇很疼，不过她还是笑了。"我要给他来点惊喜。给他一个小礼物或者什么的。"

"没问题。"

苔丝顿了顿。"我喜欢你的眼睛。"

尼尔耸了耸肩，笑了。"谢谢。我的眼睛和其他部位不太相称，是吗？以前，我总觉得我的眼睛很怪，不过现在……"

"现在好了，"苔丝说，"你的其他部位已经和眼睛融为一体了。"

"我想是这样的。但是有时候，你知道吗？顺其自然就好。就像爱上了坏脾气的男人。"

关于那一点，似乎没什么要说的了。

26

她确信越野车能发动起来之后，便给了出租车司机二十美元的小费，而不是之前说的十美元。他有点动情地谢过她之后，便开车朝 I-84 公路驶去。苔丝把汤姆重新插上，给它通了电，然后也往 I-84 公路方向驶去。

"你好，苔丝，"汤姆说，"我想旅途开始了。"

"不，只是回家，汤姆乖乖。"她说道，边说边把车开出泊车点，她很清楚她正在开的这辆车上的一个轮胎是那个差点儿要了她命的男人安装的。阿尔·什么的。一个开卡车的流氓。"路上要停一下。"

"我不知道你在想什么，苔丝，不过，你应当小心才是。"

要是她在家里的话，她可能会模仿弗雷泽说这样的话。从孩提时代起，她就喜欢捏着嗓子，自己跟自己对话，虽然在八岁或九岁的时候，她就不这么干了，除非是为了制造戏剧效果。

"我也不知道我在想什么。"她说,不过这话不太真实。

前面就是美国 47 号公路的交叉口了,那家"极速加油"店就在那里。她打了信号灯,向里面拐,然后停下,越野车的车头正好在两个付费电话的中间,她看到电话中间积满灰尘的墙上写着皇家轿车的电话,字迹歪歪扭扭的。她的后背突然冷飕飕的,她用双臂抱住自己,并用力抱紧。接着她下了车,朝还能用的那个付费电话走过去。

使用说明的牌子已经面目全非了,也许是某个醉鬼用车钥匙刮坏的,不过有一行字依然醒目:拨打 911 电话免费,只要拿起话筒,键入电话号码。非常简单。

她按了下 9,然后愣了一下,按了 1,接着又愣了一下。她在脑海里想象出一只彩罐,一个神情镇定的妇女在用木棍敲击它。很快,罐子里面的一切咣啷啷地洒出来:她的朋友和同行们都知道她遭强奸了。佩西·麦克兰知道了那个在黑暗中绊倒在弗雷泽身上的故事全是因为羞耻而编造的谎言……而且还知道苔丝对她的信任有限,连事情的真相都不愿告诉她。但确实,那些都不重要。她想,她可以面对公众的质询,尤其是,如果质询可以使蓓思·尼尔称为大司机的那个男人不再奸污、杀害别的女人。苔丝意识到,她可能会被人们当成女英雄,这在昨夜简直是件连想都不敢想的事,那时候小便都能疼得让她喊出来,而且脑子里总想着巨人衣服口袋里放着她内裤的情景。

只是……

"这么做我会得到什么呢?"她又问道。她说得很轻,边说边看看她在墙上写下的电话号码。"这么做我会得到什么呢?"

旋即,她想到:我有枪,而且我知道怎么使。

她挂起电话,返回自己的车里。她看看汤姆的屏幕,上面正显示斯塔格公路和 47 路的交叉口。"这事我需要再考虑考虑。"她说道。

"要考虑什么呢?"汤姆问,"如果你杀了他,然后被抓住,你就要坐牢。不管你有没有被奸污。"

"那正是我要考虑的事。"说着,她便拐上了 47 号公路,这条路会把她带到 I-84 号公路。

坐在越野车方向盘后面感觉真好。舒适惬意。一切回到常态。汤姆一直很安静，直到她经过上面写着前方 2 英里斯托克村 9 号出口的标牌时，才说道："你确定那是个意外？"

"什么？"苔丝惊得跳了起来。她听到汤姆的话从她自己嘴里说出来了，声音更加低沉，就像她模仿汤姆说话时的声音，但是这听起来不像她的想法。"你是说那个畜生是在无意之中强奸了我？"

"不，"汤姆答道，"我是说，要是那天的事情由你决定，你会按照你来时的路回去。这条路。I-84。但是某人出了个更妙的点子，是吗？某人知道一条捷径。"

"是的，"她认同道，"拉莫娜·罗威尔出的点子。"她细想了一会儿，然后摇摇头，"那太牵强附会了，我的朋友。"

对此，汤姆没做任何反应。

27

离开"极速加油"店的时候，她计划要上网，看看自己能否锁定一家货运公司，在科尔威奇或周边某个镇上经营的货运公司。一家用鸟名来命名的公司，可能是老鹰或者雄鹰。处于这种情况下，柳树林的女士们肯定会这样做的；她们喜欢电脑，还总是像十几岁的孩子一样互发短信。撇开其他方面的因素不谈，单单看看她这种业余侦查能力在现实生活中是否管用，也挺有趣。

车朝离她家一英里半的 I-84 号公路出口匝道开的时候，她决定先调查一下拉莫娜·罗威尔。谁知道呢，她也许会发现，除了主持 3B 读书会，拉莫娜还是奇科皮强奸预防协会的主席。这貌似合情合理。若是那样，罗威尔则显然不仅是个女同性恋，而且还是个具有男性特征的女同性恋，那类妇女一般都喜欢强奸犯。

"许多纵火犯都属于他们当地的志愿者消防部门。"当她拐到她家街道的时候，汤姆说道。

"那意味着什么呢？"苔丝问。

"那意味着，你不应该根据他们所供职的机构就排除他们犯罪的可能。编织协会的女士们永远不会那么干。可是不管怎么说，还是先查查她再说吧。"汤姆用一种出乎她意料、"你是我的客人"的口吻在说话。这有点让人心烦。

"托马斯，多谢你的许可。"她说道。

28

可是，等她到了办公室打开电脑之后，她盯着苹果机的欢迎屏幕足足愣了五分钟，心里纳闷，自己是不是真的在考虑找到巨人，用枪把他干掉，或者那个想法只是幻觉——像她这样靠编故事谋生的人容易产生的那种幻觉。在目前的情况下，它是一个复仇的幻觉。她也不看那种类型的电影，尽管她知道有那种电影；人无法回避他所在的文化氛围，除非他是彻底的隐士，而苔丝根本就不是。在那些复仇的电影里面，像查尔斯·布龙松和思尔韦斯特·史泰龙他们这样肌肉发达得让人羡慕的家伙，用不着麻烦警察，就可以孤身独胆，逮住坏蛋。她记得，就连朱迪·福斯特，耶鲁大学的著名毕业生，也拍过这类电影。苔丝不大记得片名了。《勇敢的女人》，也许吧？总之，和这个名字差不多的一个。

电脑屏幕上变成了今日之词的屏保。今日之词是"鸬鹚"，这词碰巧是个鸟儿。

"当你用鸬鹚货运公司发货的时候，你会觉得你在飞翔。"苔丝用那低沉的、模仿汤姆的声音说道。然后，她轻击一个键，屏保就消失了。她上线了，但是没用任何搜索引擎，起码一开始没用。她登录了You-Tube，输入"理查德·韦德马克"几个字，压根儿不知道自己到底在干什么。总之，她毫无意识。

也许我想搞明白，这家伙是否真的值得崇拜，她心里想，拉莫娜肯定觉得值得。

屏幕上出现了许多视频片段。点击量最高的是一段六分钟的视频,名为"他很坏,真的很坏"。浏览量已经有几十万了。视频里包含三部电影中的镜头,不过,令她震惊的还是第一部。黑白的,看起来比较低廉的那种……不过,确实是那类电影里面的一部。就连片名也能证明这一点:《死亡之吻》。

苔丝把整个视频都看完了,接着又回头再看一遍《死亡之吻》的片段。韦德马克扮演了一个咯咯大笑的流氓,在威胁一名坐在轮椅里的老太。他想从老太口中问出:"你那个告密的儿子在哪儿?"当老太不愿告诉他的时候,他说:"你知道,我会怎么处理告密者吗? 我会把子弹打在他们肚子上,这样他们就可以在地上多滚一会儿,好好反省。"

不过,他没有朝老太腹部开枪,而是用一根电线把她绑到轮椅上,推到楼下。苔丝从 YouTube 退出,她找到了她想找的东西。虽然他在随后的许多电影里面的戏份越来越多,经常扮演男主角,但是,最有名的还是《死亡之吻》中扮演的那个咯咯大笑、精神错乱的汤姆·乌多。

"有意思啊,"苔丝说道。

"什么意思?"弗雷泽从窗台那儿问道,它正在那儿晒太阳。

"我的意思是,拉莫娜很可能是在看过他所扮演的具有英雄气概的法官或者勇敢无畏的战舰指挥,或者类似的角色之后,爱上他的。"

"一定是,"弗雷泽赞同道,"因为,要是你关于她的性倾向的判断是正确的话,她很可能不崇拜把轮椅里的老太杀死的男人。"

无疑,果真是那样。想得好,弗雷泽。

猫用满腹狐疑的眼光打量着苔丝,然后说道:"不过,你在那一点上未必正确。"

"即使我错了,"苔丝说道,"也没有人支持精神错乱的坏蛋。"

话一出口,她就意识到,这话真蠢。如果人们不支持精神错乱者,他们就不会拍这么多这种类型的电影了。不过,出于礼节,弗雷泽没有因为她的话而笑话她。

"你最好别笑,"苔丝说,"如果你实在憋不住,只要记住是谁喂饱你的就行了。"

她把拉莫娜·罗威尔用谷歌搜索了一下,发现有四万四千个词条,然后加上奇科皮,发现有一千二百个词条(尽管其中的大多数可能没什么价值）。第一个相关词条源自奇科皮的《每周提示》，与苔丝本人有关：图书馆馆长拉莫娜·罗威尔宣布周五"柳树林。"

"到我出场了，明星一般地引人注目，"苔丝喃喃道，"祝贺苔丝·吉恩。现在让我们看看拉莫娜。"可是当苔丝把屏幕往下拉的时候，只看到了自己的照片。是她的裸肩宣传照片，业余助理例行公事地传上去的。她皱皱鼻子，又回到谷歌的搜索结果，不太确定自己为什么还要再看拉莫娜，只知道自己想看。当她终于找到一张这位图书管理员的照片时，她看到了自己潜意识也许已经怀疑过的东西。

这是《每周提示》八月三号登载的报道。3B公布秋季演讲日程安排，标题是这么写的。标题下面，拉莫娜·罗威尔站在图书馆的台阶上，微笑着，眼睛因为阳光而眯了起来。一张很糟糕的照片，一看就是没有摄影天赋的业余爱好者拍摄的；就罗威尔而言，衣服选得不当。那件为男人裁剪的轻便上装使她看上去胸部宽阔，就像一位专业橄榄球阻截队员。鞋子是丑陋的棕色平底鞋。过于紧身的灰色裤子展示了她"浑圆粗壮的大腿"。

"他妈的狗屁，弗雷泽，"她说，"看看这个。"弗雷泽既没过来看，也没有接她的话——当她太不安而装不出他的声音的时候，他怎么能说话呢？

把你见到的搞搞清楚，她告诫自己，你已经经历过一次可怕的惊吓了，苔丝·吉恩，也许是医生办公室里的绝症诊断之外，一个女人能经历的最大惊吓了，因此要搞搞清楚。

她闭上眼睛，努力回忆坐在那辆旧福特轻卡里的男人形象。他一开始看上去多么友好啊。你肯定没想到，你会在这里遇到开心绿巨人，是吗？

可他不是绿的，他是黑黝黝的、身材巨大而又笨重的男人，他不是坐在轻卡里面开车，而是穿着轻卡。

拉莫娜·罗威尔，不是大司机，但肯定是大图书管理员。她年纪太大，不能是他姐姐。而且，即使她现在是个女同性恋，她未必以前一直就是，因为两人的模样非常相像。

除非我大错特错，眼前的照片正是我的强奸犯的母亲。

29

她走进厨房,喝了杯水,可是水没法让她镇静下来。那个只剩一半龙舌兰酒的旧瓶子一直存放在橱柜的角落里,不知道多少年了。她把它拿出来,本来想拿酒杯,后来就直接对着瓶子抿了起来。虽然酒辣得她嘴巴和嗓子疼,但还挺管用。她不由得多喝了几口——不是抿,而是一小口一小口地喝——然后,她把瓶子放回原处。她不想喝醉,因为她今天必须保持清醒。

愤怒——她成年以来最大的、最真实的愤怒——已经像高烧一样侵入了她的全身,然而这个高烧跟她以前所了解的高烧不同。它像奇怪的血清一样在周身循环,先是身体的右侧发冷,然后是心脏所在的左侧发热。但头脑依旧清醒。实际上,喝了龙舌兰酒之后,她的头脑更清醒了。

她绕着厨房快速地来回踱了好几个圈子,头向下,一只手按摩着喉咙四周的淤伤。她没意识到,自己正在绕着厨房转,正如刚从大司机为她准备的坟墓涵洞里爬出来之后在那废弃的店铺四周来回兜圈子一样。她真认为是拉莫娜·罗威尔把她像某种牺牲品一样,送到她那精神错乱的儿子手中的?可能吗?不可能。仅仅根据一张差劲的照片和自己的记忆,她就能断定他们两人是母子?

可我的记忆很好。尤其擅长记人的脸。

她想,就算是这样,但有可能每个人都是这样。对吧?

是的,而且这个想法太疯狂了,你得承认它确实很疯狂。

她承认,的确是这样,不过,她在纪实类犯罪节目里(她确实看了)曾见过更疯狂的事。旧金山的女房东弄死上了年岁的房客,把他们埋到后院,就是为了图谋他们的养老金。某个飞行员谋杀妻子,然后把尸体冷冻起来,这样他就能在车库后面把她肢解了。那个把自己孩子浸泡在汽油里然后把他们烧掉的男人,就是为了保证妻子拿不到法院判给她的孩子的监护权。把受害者送到自己儿子那里这种做法看上去令人震惊，也不太可能……但并不是完全不可能……人心的邪恶有时候是没有底线的。

"哦，好家伙，"她听到自己用一种掺杂着沮丧和愤怒的声音在说话，"哦，好家伙，哦，好家伙，哦，好家伙。"

得查清。要是你能做到的话，一定要查清。

她走回到电脑旁。她的手颤抖得厉害，敲了三次才把科尔威奇货运公司这几个字输入到谷歌的搜索栏里。终于弄成了，点击"搜索"之后，在条目的最上方出现了红鹰货运。她点击词条进入了红鹰的网站，网页上有个蹩脚的动画卡车，车身上画着一只红鹰，还有个古里古怪、坐在方向盘后面笑嘻嘻的男人。屏幕上，卡车从右往左开过，一闪一闪的，然后又开回来，从左往右，一闪一闪的。无休无止的往复。公司的口号显示在动画卡车的上方，闪烁着红色、白色和蓝色：微笑伴随服务！

除了欢迎页面，导航条上还有四到五种选择，包括电话号码、资费标准和客户评价。苔丝跳过这些，点击了最后一项：看看我们舰队最新加入的成员！当这张照片出现的时候，拼图的最后一张就拼好了。

这张照片比站在图书馆台阶上的拉莫娜·罗威尔的那张好看多了。照片里，奸污苔丝的家伙坐在锃亮的皮特牌平卡车方向盘的后面，车门上用花哨字体写着麻省科尔威奇红鹰货运。他没戴上面有白色斑点的棕色帽子，因为没戴帽子而露出的棕色平头使他看起来更像他母亲了，简直像得出奇。他那开心的、"你可以信任我的笑容"正是苔丝昨天下午见过的那种。他说，还是不换轮胎了，我操你怎么样？行吗？说这些话的时候，他一直面带这种笑容。

瞅着照片，她体内愤怒的血清循环得更快了。她的太阳穴里有砰砰的撞击声，不过，不是头疼；几乎是痛快。

他手上正带着那枚红玻璃戒指。

照片下面写着这样的说明文字：照片中所见到的、坐在公司最新购置的二〇〇八年皮特比尔特389型货车方向盘后面的人是阿尔·斯特雷尔克，红鹰货运公司董事长。这辆大货车现在可以服务全国，我们的客户是全国最棒的！嘿！阿尔看起来难道不像个自豪的爸爸？

她听到他在喊她骚货，一个爱发牢骚的骚货，然后把手攥成拳头。她感到指甲正掐进自己的手掌，然后把手掌握得更紧了，疼，但是痛快。

自豪的爸爸。她的眼睛不停地返回到这几个字上。自豪的爸爸。怒火扩散得越来越快，在她的体内循环，就像是她在自己的厨房里走来走去一样。也像是昨晚她绕着那家店铺转圈子一样，时而清醒，时而迷糊，宛如女演员一会在聚光灯下，一会在黑暗里。

你要付出代价，阿尔。而且不是警察，收拾你的人是我。

接下来还有拉莫娜·罗威尔。那位自豪爸爸的自豪妈妈。虽然苔丝还不能肯定她是他的母亲。一方面是因为，她不愿相信一个女人竟然会纵容如此恐怖的事发生在另一个女人身上，可是这一点也能解释。奇科皮离科尔威奇不太远，每次去科尔威奇，拉莫娜都会抄近道，走斯塔格公路。

"去看她儿子，"苔丝边说边点点头，"去看这个拥有新款皮特牌平头卡车的自豪爸爸。就我的判断，给他拍那张照片的很可能就是她。"她有什么理由不向那天的演讲人推荐她喜欢走的线路呢？

可是她为什么不说，"我一直走那条路去看我儿子"呢？那样说难道不是更自然吗？

"也许她不愿对陌生人谈起姓斯特雷尔克的那段生活。"苔丝说道。有可能是这样，不过再想想路上散落的嵌着钉子的木片。是陷阱。罗威尔打发她走那条路，而陷阱事先已经埋好。因为她已经打过电话给他了？打电话告诉他说，我送个水嫩水嫩的女人给你，别错过了？

可这并不意味着这件事与她有干系……或者说，不能证明她存心预谋。自豪爸爸可以跟踪她的演讲嘉宾，那又有什么难的？

"根本不难。"弗雷泽跳到她的文件柜上说。接着他开始舔自己的爪子。

"而且如果他看到一张他喜欢的照片……一个姿色还不错的人……我认为他知道母亲会打发她路过……"她停住了，"不，那样不合情理。如果没有从妈妈那里得到信息，他怎么知道我不是开车到波士顿的家呢？或者飞回位于纽约的家呢？"

"你去谷歌上搜搜他，"弗雷泽说，"也许他搜过你。就像她那样。

如今一切都在互联网上,你自己这么说过的。"

那倒是合情合理,哪怕只有一点点逻辑。

她认为只有一个办法可以搞个水落石出,那就是给罗威尔小姐来个贸然造访。当她看到苔丝的时候,盯着她的眼睛看。如果看到柳树林作家返回……到拉莫娜家,而不是她的图书馆……她的眼神里流露出来的只有惊讶、好奇,那是一回事。但是如果眼神里还流露出恐惧,那种被你为什么在这儿、你不是应该在斯塔格公路上的一个涵洞里吗这种想法激发出来的恐惧的话,那么……

"那就是另一回事了,弗雷泽。不是吗?"

弗雷泽用他狡黠的绿眼睛打量着她,依旧舔着自己的爪子。那爪子看起来并不会伤人,但是里面藏着利爪。苔丝见过,偶尔还摸摸它们。

她搞清了我居住的地方;我倒要看看我能否以其人之道还治其人之身。

苔丝回到电脑旁,这一次她搜索的是 3B 的网站。她很有把握找到——如今人人都有网站——也确实找到了。网站上贴出了有关会员、书评和非正式的会议记录。苔丝点击了非正式记录,开始翻页搜寻。没花多长时间就发现六月十号的会议是在拉莫娜·罗威尔位于布鲁斯特的家里召开的。苔丝从来没去过那个城市,但是知道它的方位,昨天,她就曾经过一个绿色岔道标牌,那标牌就指向布鲁斯特。奇科皮以南两到三个出口就是。

接下来,她就到布鲁斯特市镇税务记录里搜索,往下翻,直到找到拉莫娜的名字。拉莫娜去年缴过九百一十三美元零六每分的财产税;物业地址位于制鞋带巷 75 号。

"亲爱的,终于找到你了。"苔丝喃喃自语道。

"你要考虑一下怎么应对这件事,"弗雷泽说,"还要考虑一下你打算走多远。"

"假如我没错的话,"苔丝说,"或许我会走得很远。"

她开始关电脑,可随后就想到了还有一件事要查一查,虽然她知道结果也许会一无所获。于是她上了《每周提示》的网页,点击了讣告栏目。上面有个地方可以输入你想查询的人的姓名,苔丝键入了斯特雷尔克。根据一九九九年的讣告,该男子猝死于家中,年仅四十八岁。幸存者有妻子拉莫娜,还有两个儿子:阿尔维恩(二十三岁)和莱斯特(十七岁)。作为一个专写悬疑故事的作家,即使是只写那种被称为"温馨故事"的毫无血腥味的悬疑故事的作家,猝死也是很蹊跷的。她搜索了《每周提示》的总数据库,没有发现更多内容。

她静静地坐了一会儿,手指头骚动不安地敲击着椅子的扶手,工作时为一个词、一个短语或者一种描写事物的方式而绞尽脑汁时,她就是这副样子。旋即,她便开始寻找麻省西部和南部的报纸清单,找到了斯普林菲尔德的《共和党人》报纸。当她键入拉莫娜·罗威尔的丈夫的名字时,出现的标题既直截了当又切中要害:奇科皮商人自杀身亡。

斯特雷尔克是在车库里被发现的,吊在一根梁上。没有留言,也没有提及拉莫娜,但是邻居说,斯特雷尔克先生之前已经因为"大儿子卷进某种不幸"而精神错乱了。

"阿尔卷进了什么样的不幸让你如此难受呢?"苔丝对着电脑屏幕问道,"是否与某个女孩有关呢?谋杀,也许?性侵犯?如果你上吊就是为了这个原因,那么你就是懦夫爸爸了。"

"也许罗斯科的死与他人有关,"弗雷泽说,"拉莫娜可能参与其中。像她那样体格巨大又强壮的女人,你知道的。你当然知道了;你见过她。"

每当她自言自语的时候,声音听起来都不像是她发出来的。她望着弗雷泽,吃了一惊。弗雷泽回头望着她,绿眼睛像是在:问谁,我?

苔丝想做的是,把手枪放在包里,直接开车到制鞋带巷去。但是她应该做的却是,停止扮演侦探角色,打电话报警。由他们去处理。这是过去的苔丝会做的事,可她再也不是从前的那个女人了。那个女人现在好像是个远房亲戚,是那种在圣诞节你寄去贺卡、然后全年其他时间都被你遗忘的那种远房亲戚。

因为她无法决定——而且,因为她浑身受伤——于是她上了楼,回到床上。睡了四个小时之后,她起来,几乎浑身僵硬,无法行走。她服了两片超强泰诺,等到药效来了、自己的状况好了些,就开车去音像店。

她把手枪放在包里，随身带着。她觉得，从现在起，单独开车的时候就要一直把枪随身带着。

她正好在音像店关门之前赶到，要了一部由朱迪·福斯特主演、片名叫做《勇敢的女人》的电影。店员（长着绿头发，一只耳朵上别着安全别针，看起来也就十八岁的样子）憨厚地笑了，告诉她，这部电影叫《勇敢的人》。雷特罗·朋克先生告诉她，再出五十美分，她还可以得到一大袋微波炉爆米花。苔丝本来要拒绝，旋即又考虑了一下。"妈的，为什么不呢？"她反问起雷特罗·庞克先生，"人只活一次，不是吗？"

他惊讶地朝她看看，然后笑了笑，认同她的看法。

到家之后，她把爆米花加热了一下，把碟片塞好，然后一屁股坐到沙发上，把枕头放在后背当垫子。弗雷泽跟她做伴，看起了朱迪·福斯特追赶那些杀了她男朋友的歹徒。一路上，福斯特遇到形形色色的其他朋克，一一用手枪解决。《勇敢的人》恰恰就是典型的那种电影，可是苔丝还是喜欢。她觉得这部电影很有内涵。她还觉得，这些年来她错失了一些好东西：就像《勇敢的人》这样虽然低俗、但是让人觉得过瘾的电影。电影一结束，她便转向弗雷泽，说道："我希望理查德·韦德马克遇到朱迪·福斯特，而不是坐在轮椅上的那位老太，难道你不希望这样吗？"

弗雷泽完全赞同。

30

那天夜里，苔丝躺在床上，十月的风像着了魔似的在屋子四周狂吹，弗雷泽在她身边蜷起身子，鼻子挨着尾巴，苔丝在心里与自己达成协定：如果明天醒来感觉和现在一样，她就去找拉莫娜·罗威尔，也许在见过拉莫娜之后——这要取决于制鞋带巷的事态如何发展——她会去拜访阿尔·"大司机"·斯特雷克。更有可能，她醒来时，神志恢复了清醒，会报警。而且不是匿名报警；她会面对现实，坦然接受一切。

要想在遭到强奸四十小时以及洗过无数次澡之后证明自己被强奸也许很难,但是遍布她全身的性侵痕迹可以证明一切。

还有那些在涵洞里的女尸:她是她们的代言人,不管喜欢还是不喜欢。

明天所有这些复仇的想法对我来说都将显得愚蠢。这些想法就像是生病发高烧的病人产生的幻觉一样。

可是当她在星期天醒来时,还是完全处于新苔丝的思维状态。她看着床头柜上的手枪,心想,我要用枪。我要亲了结这事,鉴于我所经历的磨难,我应该亲自了结这事。

"不过首先我得确定,而且我不想被逮到。"她对弗雷泽说,他现在已经站起来了,伸着懒腰,准备度过又一个"劳神费力"的日子。

苔丝冲了个澡,穿好衣服,然后拿了一叠黄色便笺纸来到阳台。她朝自己的后草坪凝视了差不多有十五分钟,偶尔呷一口已经慢慢变凉的咖啡。最后她在便笺的第一页顶头写下了不要被逮着这几个字,冷静思考之后,便开始做笔记。如同写书的时候她每天的工作状态一样,一开始慢,但是一会儿工夫速度就上来了。

31

到十点钟的时候,她已经饥肠辘辘了。她为自己做了一顿丰盛的早中饭,而且吃得精光。然后把 DVD 带回到音像店,问他们是否有《死亡之吻》这部片子。他们说没有,于是,她准备看看其他影片。搜寻了十分钟之后,她确定要另一部片子,片名是《左边最后一幢屋子》。她把片子拿回家全神贯注地看起来。片子里,几个男人强奸了一名少女之后,离开现场,任由她死去。这情景太像她所遭遇的情况了,苔丝禁不住放声大哭,哭声很大,引得弗雷泽从房间里跑过来。但是她还是坚持看了下去,总算有了回报,片子的结局不错:少女的父母杀死了强奸犯。

　　她把碟片放回到她丢在大厅桌子上的盒子里。碟片明天她要还，如果她明天还活着的话。她打算活下来，但是一切都不确定；人生充满了无数迂回的曲折。苔丝自己早就发现了这个道理。

　　还有时间要消磨——白天的时光似乎过得很慢——她又在上网了，想查一查阿尔·斯特雷尔克在其父自杀前到底卷入了什么样的不幸。不过，她一无所获。可能是那位邻居信口雌黄、胡言一派（邻居们这样做太稀松平常了），不过苔丝想到了另外一种情况：斯特雷尔克还未成年时，不幸可能就已经发生。要是那样，当事人的姓名是不会透露给媒体的，而且法院的记录（如果这个案子曾经到过法院）也是封存起来的。

　　"不过，有可能他变得更坏了。"她对弗雷泽说道。

　　"那些家伙确实会变得更坏。"弗雷泽附和道。（这倒罕见：汤姆总是个随和的人。而弗雷泽却倾向于做魔鬼代言人的角色。）

　　"那么，几年之后，别的事情发生了，而且是更糟糕的事情。然后，妈妈帮助他掩盖真相——"

　　"别忘了他还有个弟弟，"弗雷泽说，"莱斯特。也许他与那事儿也有干系。"

　　"别用这么多角色，快把我搞糊涂了，弗雷泽。我所知道的就是，该死的大司机阿尔强暴了我，而她母亲也许是个帮凶。对我来说，知道这些就够了。"

　　"也许拉莫娜是他姨妈呢。"弗雷泽猜想道。

　　"哦，闭嘴吧。"苔丝说道，弗雷泽便默不作声了。

32

　　下午四点钟的时候，她躺了下来，心里不曾期望睡个一分半秒，不过她正在疗伤的身体倒有自己的日程安排。几乎一刻工夫没到，她就睡着了，听到床头闹钟嗒—嗒—嗒地响个不停时，她醒来了，庆幸自己定好了闹钟。外面，一阵阵十月的劲风把树叶从树枝上扯下，吹得它们飘过后院，五颜六色的，在满地乱窜乱跳。阳光变得很奇怪，成了很淡很淡的金色，这似乎成了新英格兰晚秋午后独有的特征了。

她的鼻子好多了，不过喉咙还是有些红肿。她一瘸一拐地到了浴室，进入冲淋房，在里面待到浴室里雾气腾腾，如同歇洛克·福尔摩斯小说里描写的英国码头那般。淋浴有些效果。要是再吃一两片泰诺，效果会更好。

吹干头发后，她在镜子上擦出一块能照人的地方，然后盯着镜子里的那个女人看，她的眼中充满愤怒却不失理性。镜子保持清晰的时间虽然不长，但是足以让苔丝意识到，无论后果如何，她真的决意这么干了。

她穿上黑色高领毛衣和带大翻盖口袋的黑色带褶裤子，把头发盘在后面扎成圆发髻，然后使劲朝头上压上一顶又大又黑的鸭舌帽。圆发髻弄得帽子后面鼓出一块，但至少，可能看到她的人不会说，我没看清她的脸，不过她有一头漂亮的金发，用发圈扎着。你知道的，就是那种你可以在杰西潘尼店里买到的那种发圈。

她走到地下室，打劳动节以来，那里就一直存放着她的帆布小艇。她从小艇上面的架子上取下那卷黄色的船绳。她用剪树篱的剪子剪下四英尺长的绳子，绕在自己的小臂上，然后把剩下的整卷绳子放进裤子口袋里。又上楼回到厨房，把瑞士军刀也放进那个裤袋里——左边的那个。右边的口袋用来放"柠檬挤压机"点 38 手枪……还有另外一件东西是她从靠近炉子的抽屉里取出来的。然后她用勺子给弗雷泽舀了双份的猫粮，不过，在让他吃之前，她先抱抱他，吻吻他的头顶。老猫把耳朵伸平（与其说是厌恶，也许不如说是惊讶；通常，她不是个喜欢亲吻的情人呀），等她刚把他放下，弗雷泽便赶忙朝饭食碟子走去。

"把这当成最后一次吧。"苔丝对弗雷泽说，"要是我回不来的话，佩西会来看你的，不过可能会是两三天后。"她微笑着说，然后又补充道，"我爱你，你个邋遢的老伙计。"

"知道，知道。"弗雷泽说道，然后就忙着吃他的东西了。

苔丝再一次检查了她的不要被逮住的备忘录，一边检查，一边在脑子里盘点自备的器具，并温习自己到达制鞋带巷后需要实施的具体步骤。她认为必须牢记的最重要的事情就是,事情不会按她预想的方式发生。拉莫娜也许不在家。或者她在家,但是和她的强奸犯—谋杀犯儿子在一起,他们两个在客厅里舒舒服服地待着,正在观看电影里让人情绪高涨的情节呢。《电锯惊魂》,也许吧。那位弟弟——毫无疑问在科尔威奇唤作小司机——可能也在那里。说不定,拉莫娜今晚会举办一场特百惠聚会或者读书会呢。重要的是不要被意想不到的事态迷惑住。如果无法巧妙应对的话,苔丝认为她真的很有可能要和自己在斯托克村的房子永别了。

她把不要被逮住的备忘录在火炉上烧了,用拨火棍把灰烬打散,然后穿上皮夹克,戴上一副单薄的皮手套。皮夹克的里子里面有只深口袋。苔丝把一只切肉刀塞到里面,纯粹是图个好运,她告诫自己不要忘了那里还有把刀。她可不想做一场意外的乳房切除手术。

就在准备出门之前,她又把防盗警报器设置好。

风旋即包围了她,吹打着皮夹克衣领和宽松裤的裤腿。树叶在小龙卷风中盘旋起来。在康涅狄格郊外她那品位高雅的一小块土地的上空,天空并不那么漆黑,乌云从月亮表面匆匆掠过。苔丝心想这样的夜色对于恐怖电影来说再合适不过了。

她钻进越野车,关好门。一片树叶旋转着坠落在挡风玻璃上,然后被刮走了。"我疯了,"她实事求是地说道。"在那个涵洞里,我的理智丢了,消失了,或者是我在那家店周围走的时候弄丢了。只能这么解释了。"

她发动了车子。汤姆的灯亮了,说道:"你好,苔丝。我想旅途开始了。"

"是的,我的朋友。"苔丝身子前倾,把制鞋带巷 75 号的地址输了进去。

33

她已经在谷歌地图上查过拉莫娜的街坊邻里了,等她到达那里的时候,情况看起来和网上的一模一样。到目前为止,一切顺利。布鲁斯特是新英格兰的一座小镇,制鞋带巷位于郊区,那里的房子彼此相隔很远。苔丝以每小时二十英里的速度,慢悠悠地驶过 75 号,确定灯还亮着,车道上只有一辆车——一辆几乎喊着此车属于图书管理员的新款斯巴车。没有任何皮特平头卡车或者别的大型铰链式运货卡车的迹象。也没有老旧的福特轻卡。

街道在一个拐弯处到头了。苔丝上了拐弯处,往回开,拐进罗威尔的车道,没有给自己丝毫犹豫的机会。她把灯和发动机都熄掉之后,长长地、深深地吁了口气。

"安全归来,苔丝。"汤姆说话了,"安全归来的话,我会把你带到你要去的下一站。"

"我会尽力。"她抓起黄色便笺纸(目前上面什么也没写)便下了车。朝拉莫娜·罗威尔的大门走的时候,她把便笺抱在胸前。她在月光中的影子——也许那是老苔丝所剩下的一切了——在她身旁随行。

34

罗威尔的前门两侧用玻璃条块砌出斜面。玻璃条块厚厚的,使人所见到的东西变形,不过苔丝依旧可以分辨出漂亮的墙纸和铺着打过蜡的地板的过道。有张茶几,上面放着两三本杂志,或许是产品目录。过道尽头是个宽敞的房间。从那儿传来电视声。她听到歌声,因此拉莫娜可能没在看《电锯惊魂》。事实上——要是苔丝判断正确、而且歌名叫《攀登每一座山峰》——那么,拉莫娜就是在看《音乐之声》了。

苔丝按了门铃。里面传来一连串的声音,听起来像是《迪克西》的开头曲调——对于新英格兰来说是首奇怪的乐曲,不过,要是苔丝判断正确的话,拉莫娜·罗威尔本来就是个怪女人。

苔丝听到大脚走路的梆梆声,就侧过身来,这样从斜面玻璃透过来的光亮就只能照到她脸部的一点点地方。她把放在胸部的空白便笺纸往下放了放，用一只戴手套的手假装做些书写的动作。她把肩头往下弯垂了一些，看上去像一个正在做某种调查的女人。现在是周日晚上，她感到疲惫不堪，只想了解一下这个女人喜欢的牙膏品牌，然后就可以回家了。

别担心啦，拉莫娜，你会开门的，人人都可以看得出来我对别人是不会造成伤害的，我是那种非常害羞的女人。

从眼角余光里她瞥到一张变形的鱼脸游进了斜面玻璃的视线里。接着，停顿了很长一段时间，拉莫娜·罗威尔才开了门。"谁啊？我能帮你——"

苔丝转过身去。从敞开的门里透出的光亮落在她的脸上。她看到罗威尔脸上惊愕的表情，这向苔丝表明了她需要了解的一切。

"你？你在这儿——干什么？"

苔丝从右前口袋里掏出"柠檬挤压机"点 38 手枪。行驶在离开斯托克村的车道上时，她想象过枪可能会在那里卡住，不过结果还算顺利。

"从门边往后退。要是你想关门，我就毙了你。"

"你不会的，"罗威尔说道。她没有后退，但也没关门。"你疯了？"

"进去。"

罗威尔穿着件宽大的蓝色家居服，看到她的衣服前襟猛然翘起时，苔丝立即举起枪。"要是你叫喊，我就开枪。最好相信我，婊子，我可不是开玩笑。"

罗威尔硕大的胸部瘪了下去。她的嘴唇往牙齿后面抽拉，眼睛在眼眶里不停地左右移动。此刻她看起来不像图书管理员，也不和颜悦色、令人愉快。对苔丝来说，她倒像只在洞外被逮到的老鼠。

"要是你开枪，所有街坊邻里就会听到。"

苔丝不信这话，但是也不争辩。"这与你无关，因为你的命要没了。进去。要是老实回答我的问题，你还会活到明早。"

罗威尔往后退了，苔丝从敞开的门道进来，把枪在面前直直地举着。一关上门——她用脚关上的——罗威尔便原地不动了。她站在那张上面放着几份产品目录的小茶几旁边。

"不许抓东西,不许扔东西。"苔丝说道,从那个女人嘴角的扭动她看出抓东西、扔东西的念头确实在拉莫娜的脑子里出现过。"我能像读一本书一样看透你。我在这儿还会有什么别的原因吗?继续往后退。一直退到客厅。"

"你疯了。"拉莫娜说道,不过她重新开始往后退了。她穿着鞋。即使身上穿着家居服,她还是穿着又大又丑的鞋子。男式系鞋带的款式。"我不明白你究竟在这里干什么,不过——"

"去你妈的,别骗人了。你开门的时候一切都写在你脸上了。一切的一切。你以为我死了,对吗?"

"我不知道你在说什么——"

"就我们俩,所以你还是坦白交代吧!"

现在她们在客厅了。墙上挂着些感伤的油画——小丑、大眼睛的无家可归者——还有许多架子和桌子,上面杂乱地堆放着乱七八糟的东西:雪花玻璃球、巨怪娃娃、喜姆人、爱心熊、糖果屋什么的。虽然罗威尔是个图书管理员,可是却看不到什么书。对着电视机的是只前面放着厚坐垫的乐之宝沙发。椅子旁边放着只电视托盘。托盘上面是个装奶酪零食的袋子、一大瓶健怡可乐、遥控器和《电视收视指南》。电视机上面是幅裱有镜框的拉莫娜和另外一个女人的照片,她们彼此双臂搂着,面颊紧贴在一起。看起来照片好像是在一个游乐园或者乡下集市上拍摄的。照片前面是只玻璃糖果碟子,碟子星星点点地闪烁着光芒。

"你干这事多久了?"

"我不知道你在说什么。"

"为了你那杀人强奸犯儿子,你干了多久了?"

罗威尔的眼睛亮了一下,但是重又开始抵赖……这就让苔丝为难了。当初来这儿的时候,杀死拉莫娜·罗威尔似乎不仅仅是个选择,而是最有可能发生的结局。苔丝一直相信她会这么干的,也相信放在自己宽松裤左前袋子里面的船绳会用不着。可是现在她发现自己无法继续往前走,除非眼前这个女人坦白自己是同共谋。因为她看到苔丝站在门口,虽然带着淤伤,但是伤势都不严重的时候,她脸上所写的东西还不够。

远远不够。

"这勾当什么时候开始的？他当时多大？十五岁吗？他声明过他只是'闹着玩'的吗？许多人初犯的时候都这么说。"

"我不知道你要到底在说什么。你到图书馆，做了一场完全可以接受的报告——并不算精彩，显然，你来演讲纯粹是为了挣钱，不过你的报告至少填补了我们日历上的空白期——可接下来，你就站在我的门口，用枪指着我，发出各种各样疯狂的——"

"没用的，拉莫娜。我看过他在红鹰货运网站上的照片了。戒指和其他所有的一切。他强奸了我，还试图杀死我。他以为他已经把我杀了。是你把我送到他的虎口的！"

震惊、愠怒和罪恶，几种感情痛苦地交织在一起，罗威尔的嘴巴往下坠开。"错了！你这个蠢屎，你都不知道你在说什么！"边说边往前冲。

苔丝举枪。"不，别那样。不许动。"

罗威尔停住了，但是苔丝认为她停不了多久。她正在振作精神准备搏斗或者逃跑。因为她知道，要是她试图往屋子里面跑，而苔丝还是跟着她的话，那可能就是一场搏斗了。

特拉普一家①又在唱歌了。鉴于苔丝目前的处境——她自找的——所有愉快的合唱歌曲都让人觉得极为恼怒。苔丝右手拿枪对准罗威尔，左手捡起了电视遥控器，把电视调到静音，又把遥控器放下，然后站着一动也不动。电视机顶端有两样东西，但是，刚开始她只看到了拉莫娜和她女朋友的照片；现在，她终于看清那只糖果碟子。

此刻她才明白，闪闪发亮的根本不是碟子边缘的玻璃切面，而是碟子里面的某样东西。她的钻石耳坠就在碟子里面。她的钻石耳坠。

罗威尔从架子上抓起汉塞尔与格雷特的糖果屋，朝苔丝砸了过去。苔丝躲过了，糖果屋飞过她的头顶，砸在她身后的墙上。她往后退了退，绊到了跪垫，四肢伸开倒了下来。枪也从手中飞了出去。

_____

① 《音乐之声》里的一家人。

她们两人都去争枪，罗威尔双膝着地，用自己的肩头挡住苔丝的胳膊和肩，像个橄榄球阻截队员在拼命擒抱枢纽前卫。她抓到了手枪，然后把它握紧。苔丝把手伸到自己的皮夹克里，握住她的备用武器切肉刀的把手，意识到她可能没有反击的机会了。罗威尔的身体太硕大了……而且母性十足。是的，确实就是这样。她多年来一直保护着自己的流氓儿子，现在还一心想要保护他。苔丝本该在门关上的那一刻就朝她开枪的。

可是，我不能啊。她心想，甚至就在此刻，确认了事实真相仍然给她带来些许安慰。她站起身来，手依旧放在皮夹克里，直面拉莫娜·罗威尔。

"你是个狗屎作家，也是个狗屎客座报告人。"罗威尔说道。她笑着，话说得越来越快。声音里透着拍卖人节奏轻快的鼻音。"你是他下手的绝妙对象，他当时打算对某个人下手，我知道那些信号。于是，我就把你送过去了，真灵验，他操了你。我不知道你到这里来的目的，不过，现在这就是你的下场。"

她扣动扳机，没有枪响，只有空枪的咔嚓声。苔丝买枪时已经学到了教训，最重要的一点就是不要把子弹装进枪膛里，以避免因不小心扣动扳机而发生意外。

罗威尔的脸上掠过一种近乎喜剧般的惊讶表情。这种表情使她看起来年轻了一些。她低下头看看手枪，就在她往下看的那当儿，苔丝从皮夹克里的口袋中抽出切肉刀，颤巍巍地向前奔去，使劲把刀捅进了罗威尔的肚子里。

这女人发出一阵刺耳的"嗷嗷"声，她想尖叫，但却叫不出来。手枪掉在了地上，拉莫娜踉踉跄跄地往后退，靠在了墙上，低头看着切肉刀的刀柄。一只像连枷一样不停挥舞的手臂碰到了一列喜姆人像。人像从架子上砰砰地掉下，在地板上摔得狼藉一片。她再次发出"嗷嗷"的叫声。她家居服的前襟尚未浸染上血污，不过鲜血开始从衣服里啪嗒啪嗒地往下滴，落在拉莫娜·罗威尔的鞋子上。她把手放到刀柄上，试图把它拔出来，接着又发出"嗷—嗷"的叫声。

她抬头看看苔丝，不太相信发生的一切。苔丝也看着她。她现在记起了在她十岁生日那天发生的某件事。她父亲给了她一副弹弓,她便出去寻找可以用弹弓射击的目标。在离她家五六个街区的某个地方,她看到了一条耳朵残缺不全的流浪狗,泡在垃圾桶里。她在弹弓上装了粒小石子,朝它射去,只想把狗吓跑,但是石子打中了狗的屁股。那狗发出痛苦的"哎克—哎克—哎克"的叫声之后,跑开了,不过还没跑开的时候,狗责备地朝苔丝看看,那副表情苔丝永远也忘不了。如果一切可以重来,她绝对不会再这么做,而且,从那以后,她再也没有用弹弓打过任何生灵。她懂得屠杀是生活的一部分——对于拍死蚊子,她没有丝毫良心上的谴责;每当看到老鼠,她也会放下捕鼠夹子——不过,那时候她还相信,自己今后再也不能那样毫不自责或者毫无悔意地去伤害生灵了。在制鞋带巷那所房子的客厅里,她却没有任何自责和后悔。也许因为,这一切都是正当防卫。或许根本就不是。

"拉莫娜,"她说,"现在我感到自己和理查德·韦德马克有某种联系了。这就是我们给坏人的下场,亲爱的。"

罗威尔站在自己流出的一摊血里,她身上的家居服盛开出了血色罂粟花。她脸色惨白。黑眼睛巨大无比,幽幽地闪着惊愕的光。舌头已经露出,慢慢地盖过下嘴唇。

"现在你可以四下里滚一阵子了,想一想自己做过的事——怎么样?"

罗威尔开始滑动。鞋子在血滩里发出嘎嗞嘎嗞的声响。她摸索着寻找另外一只架子,把它从墙上拉了下来。一排爱心熊宝贝向前倾去,全都自杀了。

虽然苔丝没有感到丝毫的自责和后悔,但她还是发现,自己话虽说得大,终究还是不能像汤姆·乌多那样;她不想看着罗威尔痛苦或者延长她的痛苦。她躬下身来捡起点 38 手枪。从宽松裤子的右前口袋里,拿出从火炉旁边厨房抽屉里带来的那个东西。那是只火炉专用手套。它能非常有效地盖住左轮手枪的单声枪响,只要枪的口径不是太大。她是在写《柳树林编织协会进行神秘巡游》这本书时学到这个知识的。

"你不懂。"罗威尔低沉地说,"你不能这么干。这是个错误。把我送到……医院去。"

"是你自己的错。"苔丝把火炉手套盖在右手的左轮手枪上面,"谁让你在弄清了你儿子是什么人之后不把他阉割了。"说着她把火炉手套抵着罗威尔的太阳穴,稍微把她的头转向一侧,然后扣动扳机。传来一声低低的、很重的"噗"的声音,像是个身体硕大的人在清嗓门。

一切就这样结束了。

35

她之前没有在谷歌上搜到阿尔·斯特雷尔克的家庭住址;她本想从罗威尔那里要的。但是,正如她自己之前想的,类似这样的事情从来不会按照计划发生。此刻她要做的就是保持头脑清醒,把任务进行到底。

罗威尔的办公室在楼上,位于一间原先打算做客卧用的房间里。这里的爱心熊和喜姆人更多。还有六张带镜框的照片,不过没有一张是她儿子的,或者是她过世的、不凡的罗斯科·斯特雷尔克的照片;这些都是曾经给 3B 做过报告的作家签过名的照片。这房间令苔丝想起斯塔格人酒馆贴有乐队照片的门厅。

她没有让我在我的照片上签名,苔丝心想,当然不会,她为什么要记住我这样一个狗屎作家呢? 对她来说,我基本上就是一个填补空缺的会说话的蠢蛋。更不要说是她儿子绞肉机里的肉了。我来得正是时候,这对他们来说是多么幸运啊。

在罗威尔的办公桌上,有一台苹果电脑,和苔丝的那台差不多。屏幕黑乎乎的,但是电脑上亮着的灯告诉她,电脑处于待机状态。她用戴手套的指尖按了个键,屏幕就重新亮起来了,她便盯着罗威尔的电脑屏幕看。不需要烦人的密码,多好。

苔丝点了地址簿图标,把屏幕往下翻到 R 字母栏,找到了红鹰货运。地址是科尔威奇市镇路运输广场 7 号。接着,她又翻到了 S 字母栏,找到了巨人和他的弟弟莱斯特。大司机和小司机。他们都住在市镇路上,离他们的公司很近,公司一定是从他们的父亲那里继承过来的;阿尔维恩住在 23 号,莱斯特住在 101 号。

要是有个三兄弟,她心想,他们就成为三个卡车小司机了。一个住在茅草屋里,一个住在木屋里,一个住在砖头屋里。可惜啊,只有两位。

她又下了楼,从玻璃碟子里拿起她的耳坠,放进大衣口袋,边放边看看靠墙坐着的死女人,目光里没有丝毫的怜悯。没必要担心留下蛛丝马迹的证据;苔丝自信自己什么都没留下,哪怕是一根头发丝。她把火炉手套——此时里面炸了个洞——放回到自己的口袋里。那把刀是全美百货商店出售的普通刀具。说不定,它还与拉莫娜自己的那套刀具吻合呢。到目前为止她干净利落,不过艰难的部分也许还在后面。她离开屋子,上了车,驱车离开。十五分钟后,她把车开进一间废弃不用的带状商场的停车地带,这带状商场很长,长得她有足够时间把科尔威奇市镇路 23 号这些信息输进她的全球定位系统里面。

36

有了汤姆的导航,苔丝发现自己刚过九点就接近目的地了。月亮依旧低低地挂在天空。风比原先刮的更猛了。

市镇路从 47 号公路分叉出来,不过距离斯塔格人酒馆起码还有七英里远,而距离科尔威奇的镇中心就更远了。运输广场位于两条道路的交汇口上。根据标牌指示,三家卡车货运公司和一家搬家公司就设在此地。这些公司所在的几幢大楼有点像组装房屋,样子丑陋不堪。最小的那栋属于红鹰货运公司。在这周日的夜里,整幢大楼黑咕隆咚的。大楼外面是几英亩的停车场地,四周用栅栏围着,高强度的弧形灯把它照得亮亮的。仓库那块停满了出租车和拉货的车辆。至少其中一辆平头车的车身一侧印有红鹰货运字样。不过苔丝觉得这辆车不是网站照片上出现的那辆。

紧挨仓库地带的是一个卡车加油站。输油管——超过十二根——

被同样高强度的弧形灯照亮。明亮洁白的灯光从主楼的右侧向外流溢，左侧则漆黑一片。还有幢建筑，呈 U 形，就在后面。一排汽车和卡车就停在那儿。路边的标牌是个巨大的电子屏幕，上面满是鲜红的字体。

里奇镇公路卡车加油站
"你们驾驶，我们加油"
汽油每加仑 2.99 美元
柴油每加仑 2.69 美元
最新彩票此处随时可买
饭店周日夜里关闭停业
周日夜里恕不供应淋浴
商店和汽车旅馆"时刻营业"
"时刻欢迎"

在标牌底端，字拼写得不成样子，内容却充满激情：

支持我们的军队！在阿富汗赢得胜利！

货车穿梭往来，给车加油，也给司机自己加油（即使这些饭店现在没营业，苔丝也能猜的出营业的时候，菜单上肯定有炸鸡排、肉块、面包布丁之类的食物）。这地方在周一到周五忙碌得像个蜂巢，但一到周日晚上就成了坟场，因为这一带一无所有，就连像斯塔格人酒馆这样的路边房子都没有。

只有一辆车泊在油管旁边，车朝外面对着马路，油管喷嘴伸在车的汽油阀口里。这是辆老式福特 F-150 轻卡，前灯四周涂有霸道防锈胶。在刺眼的灯光下无法分辨清楚颜色，不过苔丝也不必分辨。她已经近距离地看过那辆卡车了，知道它的颜色。车里面空无一人。

"你好像没觉得惊讶嘛，苔丝。"就在她把车慢慢停在路肩、眯眼朝商店打量的时候，汤姆说道。尽管外面的光线刺眼，她还是可以看到有两三个人在那里，而且她也可以看清其中一个人就是大司机。他是不是块头很大,或者说是不是块头大得像巨人一样?蓓思·尼尔曾经问过她。

"我一点也不惊讶,"她说,"他就住在附近。他要加油还能到别的地方去吗?"

"也许他在准备出行呢。"

"周日晚上这么迟了还出行?我不这么认为。我认为他在家里看《音乐之声》,把所有啤酒喝光了才到这里来买酒的。顺便把油箱加满。"

"不过,你可能猜得不对。你把车开到商店后面,等他离开的时候,紧跟其后,这样不是更好吗?"

但是,苔丝不想那么做。卡车加油站的正面都是玻璃。如果她把车开进来,他可能向外张望时正好看见她。即使油管高墩上的灯光明亮耀眼,他要看清她的脸庞有点困难,但是他可以辨认出她的车子。公路上有许多福特越野车,可是在周五那晚之后,阿尔·斯特雷尔克必须要对黑色福特越野车格外留神。再说了,还有她的车牌,周五的时候,他很有可能注意到了她的康涅狄格州的车牌。

还有其他事。更为重要的事。她发动了车子,移动了一下车的位置,把加油站置入后视镜的视野范围之内。

"我不想在他后面,"她说,"我想在他前面。我想等着他。"

"要是他结婚了怎么办,苔丝?"汤姆问,"要是他老婆在等他怎么办?"

这个想法让她吃了一惊。接着她就笑了,倒不是仅仅因为他戴的那颗戒指太大了,不可能是红宝石的。"像他这样的家伙没有老婆,"她说,"至少不是待在身边的那种。在阿尔的生活中只有一个女人,而她已经死了。"

37

与制鞋带巷不一样的是,市镇路的四周没有任何郊区特征;跟特拉维斯·特里特一样,它是个地地道道的乡下。月亮正在升起,月色下,这里的一座座房子成了闪烁着电灯光芒的岛屿。

"苔丝,你快到目的地了。"汤姆用他真实的声音说道。

她爬上一个缓坡,看到左侧有只信箱,上面写着斯特雷尔克,23号。车道漫长,弯道处有些隆起,用沥青铺的,像黑冰一样平坦。苔丝毫不犹豫地拐进车道,不过,刚拐进去,她就有些担心了。她费了很大劲才没让自己踩刹车、往后退。因为,要是她开进去的话,她就别无选择了。她就像是一只困在瓶子里的虫子。即使他没有结婚,但如果有其他人在屋子里怎么办呢?比如,莱斯特?要是大司机买的啤酒和快餐并不是为一个人买,而是给两个人买的,怎么办?

苔丝熄掉车前灯,借着月色,继续往前。

在她目前的精神状态下,车道好像在永无尽头地向前延伸。可是,开了可能还不到八分之一英里的路,她就看到斯特雷尔克屋里的灯光了。屋子坐落在山顶,外表整洁,比小村舍要大,但比农舍要小。屋子虽不是用砖头砌成的,但也不是用茅草搭建的寒舍。要是在三只小猪和大坏狼的故事里,苔丝想,这房子应该是木头的。

停在屋子左侧的是辆长长的拖车,拖车侧面写着红鹰货运几个字。泊在车道尽头、车库前面的,是网站上的那辆车。在月光下,平头卡车看起来像个鬼魂。快靠近它的时候,苔丝放慢车速,旋即,一道白色的耀眼光芒照来,照亮了草坪和车道那光芒刺得她双眼难睁。那是活动感应灯,如果斯特雷尔克回家时,灯还亮着,他在车道那头就能看见。或许,他在市镇公路离家不远的时候就能看见。

她猛踩刹车,感觉就像十几岁时梦见自己在学校里身上一丝不挂一样。她听到一个女人在呻吟。她心想是自己,可听起来和感觉起来都不像是她。

"这不好,苔丝。"

"闭嘴,汤姆。"

"他随时都会回来,而你却不知道那个玩意儿上面的定时器定的是多长时间。你干掉他母亲的时候就不太顺利,而他可比他母亲的块头大多了。"

"我说了闭嘴!"

她努力想要思考,不过,那道炫目的光亮使她很难思考问题。泊在那里的平头车的影子和她左侧的拖车,好像在朝她伸出锋利的黑手指——想象中吓人的鬼怪的手指头。该死的路灯! 当然,像他那样的人,肯定会有路灯的。她现在必须离开,就在他的草坪上掉个头,然后把车尽快开回到公路上,可是,如果这么做,她可能会碰上他。她知道很可能会这样。

赶快想,苔丝,赶快想!

哦,天哪! 让事情更糟的是,有条狗开始狂吠了。这屋子里养着条狗。她想象着一条满嘴尖牙的比特犬。

"如果你打算待在这儿,你就得隐蔽起来,"汤姆说道……不,那声音听起来可不像她的。或者不完全像她的。也许,那声音属于她最深层的自我,眼下这个幸存者。那个杀人犯——也是她。一个人会拥有多少个隐藏在内心深处的自我呢? 她觉得可能有无数个。

她朝后视镜里瞥了一下,咬咬至今还肿胀的下唇。还没看到驶近的车的前灯。不过,因为皎洁的月光和那个圣灵般的路灯光芒混杂在一起,她还能够分辨得出车灯吗?

"那个灯是定时的,"汤姆说,"不过在灯熄灭之前,我会采取行动的,苔丝。如果灯熄灭之后你把车开走的话,它还会亮起来。"

她把越野车拉成四轮状态,开始绕着平头车猛冲,然后停下。草坪的那一侧,草长得高高的。在那没心没肺的路灯下面,他肯定能看到她留下的车辙。即使灯光熄灭了,等他驱车过来的时候,灯还会再亮,到那时候他就会看到车辙。

屋内,狗依然在叫:呀咳! 呀咳! 呀咳呀咳呀咳!

"把车开过草坪,停在拖车后面。"汤姆说道。

"可是,车辙! 车辙!"

"你得把车藏在什么地方。"汤姆回答道。他的口气虽然客气,却很坚定。"至少那一侧的草修整过了。你知道,大多数人不是那么善于观察的。多林·马奎斯一直那么说。"

"斯特雷尔克可不是编织协会的女士,他是个狗日的疯子。"

不过因为真的别无选择——既然她到这儿来了，就别无选择了——苔丝只好把车开到草坪上，穿过亮得如同夏日正午的路灯光亮，转向停在那里的银色长箱子。这么开车的时候，她把屁股略微抬高，离开了座位，好像这么做了，她就可以神不知鬼不觉地把越野车经过草坪时留下的车辙弄得不那么明显。

"即使他回来的时候灯还亮着，他可能也不会怀疑，"汤姆说道，"我打赌鹿一直把灯弄亮。也许他甚至还有那种灯，好把鹿从他的蔬菜园里吓跑。"

这话有道理（听起来又像是她特别设定的汤姆的声音了），但是没让她宽慰多少。

呀咳！呀咳！呀咳呀咳呀咳！狂吠声听起来就像是狗在那里拉钢锯儿。

银色拖车背后的地面坑坑洼洼，而且还光秃秃的——其他货运箱子肯定隔三差五地堆在这儿——不过倒是相当稳固。她把越野车朝长箱子的阴影里尽可能开得深些，旋即熄掉引擎。她出了很多汗，浑身发出一股除臭剂都遮盖不了的味道。

她下了车，关车门的时候，路灯熄灭了。有一会儿，她倒是迷信起来，认为是自己把路灯熄掉的，然后又意识到，那个吓人的鬼东西只是正好到了熄灭的时间。她斜靠着越野车暖烘烘的盖子，深深地吸气，然后像个马拉松长跑运动员一样，在最后四分之一英里的路段把气呼出来。也许搞清楚路灯亮多长时间很容易，但是那个时候她没心思管这个问题。她太害怕了，感觉它似乎亮了几个小时。

苔丝把自己调整好之后，便开始盘算起来。手枪和抗热手套。都在，而且顶用。她认为抗热手套未必能够盖住另一声枪响，因为里面有个洞；她得靠小山顶上的屋子与世隔离这个地理优势了。把刀留在拉莫娜的肚子里没有问题；如果她到了得用切肉刀对付巨人的地步，那么她的处境肯定凶多吉少了。

枪里面只剩下四颗子弹了，你不要忘记这一点，尽管朝他射。为什么不多带些子弹呢，苔丝·吉恩？你认为你筹划好了，可我觉得你干得不太好。

"闭嘴,"她喃喃道,"不管你是汤姆、弗雷泽还是其他什么人,都给我闭嘴!"

责怪的声音停止了,当声音真的停止的那刻,苔丝忽然意识到,真实的世界也已经沉寂。路灯熄灭时,狗也停止了狂吠。此刻唯一的声音就是风,唯一的光亮就是月。

38

因为路灯可怕的炫目光亮不见了,长箱子倒是提供了很好的庇护,不过她还是不能留在这儿。要是她打算完成来这里的使命,那就不能留在这儿。苔丝绕着屋后疾跑,生怕弄亮另一盏感应灯,可又别无选择。没其他灯了,可是月亮躲到了一团云层后面,她绊到了地窖的斜平顶,快要跪倒的时候,头又差点儿撞到手推车上。有一刻,她躺在那里,寻思自己变成了什么样的人。她是作家协会的会员,不久前,开枪打中了一个女人的头。在捅了她的肚子之后。我已经完全背离常规了。接着,她又想到他叫她骚货,后来便再也不顾及自己是恪守常规还是失控了。不管怎么说,那是个愚蠢的说法,而且还有种族分子的嫌疑。

斯特雷尔克屋后果真有座花园,不过不大,显然不值得用感应灯来保护,防止鹿来糟蹋。花园里什么都没了,除了几个南瓜,而且很多都已经腐烂了。她跨过一排瓜藤,绕过屋子远处的角落,平头车就在那里。月亮又出来了,把原先的铬黄色变成了幻想小说里剑刃的银白色。

苔丝走到平头车后面,接着沿着车左侧往前走,然后在高及下颌的前轮旁边跪下。她从口袋里掏出"柠檬挤压机"手枪。他不可能把车开到车库里,因为平头车拦在路上。即使它没有挡道,车库里也大概满是单身汉才有的七七八八的东西:五花八门的工具、渔具、野营设备、卡车零件和促销装的苏打盒子等等。

那只是猜测。猜测是危险的。多林会为此怪罪你的。

当然,她会。没有人比苔丝更了解编织协会的女士们,可是那些喜欢吃甜食的宝贝儿们很少冒险。假如你真的冒险,就会被迫做许多猜测。

苔丝看看手表,惊讶地发现现在才九点三十五分,而她却觉得好像已经过去了四年。也许五年吧。她刚开始以为听到了越来越近的引擎声,接着确定没有。她希望风没有吹得如此猛烈,但是一只手是希望,另一只手是狗屎,就看哪只手先抓满了。编织协会的女士们从来没有人道出这个说法——多林·马奎斯和她的朋友们对事情把握得更加深入透彻,比如开始得最快,结束得也最快——不过这倒是真话。

也许他的确去旅行了,不管是不是周日夜里。也许太阳出来的时候,她还会待在这里。风在不停地吹,铲刮着她疯了般地想要登上的这个小山顶,寒气钻进她已经发疼的骨头里。

不,他才是个疯子。还记得他是如何跳舞的吗?他的影子在背后的墙上舞蹈?还记得他如何唱歌吗?还记得他号啕的嗓音吗?你等着他。苔丝·吉恩。你等到地狱结冰吧。你已经无法回头了。

实际上,她就害怕那一点。

他会把车开进来,满怀希望地正好开到她躲藏的平头车背后。他会把轻卡灯熄掉。趁他眼睛还没能适应——

这一回可不是风。连车的前灯还没照亮车道的弯道,她就分辨出那种调试不好的引擎发出的嘭嘭声了。苔丝单腿跪着,使劲把帽檐往下压,这样风就不会把帽子吹掉。她还得靠近一点,那就意味着她要把时间算得很精准。如果她在草丛中朝他开枪,很有可能会射偏,即使离得很近。射击教练曾告诉她,只能在十英尺或者不到十英尺的范围内,她才可以信赖“柠檬挤压机”手枪的性能。他曾建议她买把性能更加可靠的手枪,不过她一直没买。要距离靠得足够近才有把握打死他并不是所有要考虑的问题。她还要搞清楚,卡车里面的人就是斯特雷尔克,而不是他的弟弟或者他的某个朋友。

我没有行动计划。

不过现在再计划已经太迟了,因为来的是那辆卡车。路灯亮了,她看到那顶上面有漂白斑点的棕色帽子了。她还看到他,像她一样,对着刺眼的灯光眯着眼,她知道他这会儿什么也看不见。现在正是下手的时候,否则就没机会了。

我就是那个勇敢的女人。

没有筹划,甚至考虑都没考虑,她就绕着平头车的背后开始走了,没有跑,只是大步流星镇定地走着。风在她四周猛刮,拍打着她宽大的裤子。她打开客座的车门,看到他一只手上戴着嵌有红宝石的戒指,另一只手抓着一只纸袋,里面有只正方形的盒子。啤酒,可能是十二听一扎的。他朝她转过身来,恐怖的事情便发生了:她分成了两半。勇敢的女人见到了强奸她、窒息她、把她扔到涵洞的禽兽;苔丝见到了一张稍微宽大的脸庞以及嘴角和眼角四周的皱纹,那些皱纹周五下午还没有。不过就在她记起这些特征的那刻,"柠檬挤压机"手枪在她手里叭叭响了两下。第一颗子弹打断了斯特雷尔克的喉咙,正巧就在颌下。第二颗子弹在他右眼眉毛的上方炸开了一个黑洞,还击碎了驾驶室的边窗。他向后倒下,倚着车门,一直抓着纸袋上端的那只手垂了下去。他的整个身体狰狞地扭动了一下,戴着戒指的那只手"啪"的一声,捧在方向盘的正中,摁响了喇叭。屋里,狗又开始狂吠了。

"不,就是他!"她手里拿着枪,站在敞开的门边,朝车里凝视。"肯定是他!"

她绕着轻卡的前端奔跑,失去了平衡,一条腿跪倒在地,然后站起来,用力拉开驾驶室的侧门。斯特雷尔克倒在外面,头撞在他那平坦的柏油车道上。帽子坠落了。右眼睛被恰好穿过右眼上方头颅的子弹斜着拽出来,向上朝月亮瞪着。左眼盯着苔丝。可这张脸并不是苔丝周五下午见过的那张。

他是不是块头很大,或者说是不是块头大得像巨人一样? 蓓思·尼尔曾经问过。

像巨人一样,苔丝曾回答道,不过……可没这个人这么高大。强奸她的人大概有两米,当他从卡车(就是这辆卡车,这一点她丝毫也不怀疑)下来的时候她是这么认为的。身子壮,大腿粗,而且宽得像道门。可是这个人起码有两米一。她为了搜寻巨人而来,结果却杀死了另外一个巨怪。

"哦,我的上帝,"苔丝话一出口,风便把话刮走了。"哦,我亲爱的上帝,我究竟干了些什么?"

"你杀了我,苔丝,"地上的人说道。考虑到他头上和喉咙里的洞,那个人的话说得当然有道理。"你按照自己的意愿杀了大司机。"

她浑身的肌肉全然没了力气。她跪倒在他旁边。头顶上,月光从风声怒号的天宇照射下来。

"戒指,"她喃喃道,"帽子,卡车。"

"他出去寻找袭击目标的时候,总戴着戒指和帽子,"大司机说,"而且他还开轻卡。他出去寻找袭击目标的时候,我就待在公路上,坐在红鹰平头车里,要是有人看到他——尤其是他坐下的时候——人家会以为看到的是我。"

"他为什么要那么干?"苔丝问这个死人,"你是他的哥哥。"

"因为他疯了。"大司机耐心地说。

"而且还因为以前这样做频频得手,"多林·马奎斯说道,"在他们更小的时候,以及在莱斯特与警察有麻烦的时候。问题是,罗斯科·斯特雷尔克自杀是因为第一次麻烦,还是因为拉莫娜让大哥阿尔为此承担责任。或者,也许因为罗斯科会把事情说出去,拉莫娜便杀了他。但她把事情弄成像是自杀的样子。究竟是哪一种情况,阿尔?"

不过关于这个话题,阿尔却沉默了。死亡的沉默。

"我会告诉你我所认为的事情的来龙去脉。"多林在月色下说道,"我认为拉莫娜知道,如果你弟弟被警察审讯,哪怕是被一个半吊子警察审讯,他就可能会坦白交代出一些比在校车上揩女生油或者朝停在当地情人车道上的汽车里瞥几眼要严重得多的事情。我认为她找你谈过话,希望说服你承担责任,而且她还说服她丈夫一声不吭。或者吓唬他,要他保持缄默,那倒更有可能。要么是因为警察从来就没要求那位姑娘主动指认,要么是因为她不愿指控,他们才得逞的。"

阿尔一言不发。

苔丝心想,我跪在这儿,用想象的声音在对话。我疯了。

但是她知道,自己正在努力保持镇定。要做到这点的唯一办法就是弄清楚事情的来龙去脉,她想,她以多林的口吻讲述的故事要么是事实,要么接近事实。这故事基于猜测和过分大胆的推理,不过倒也有道理,与拉莫娜在最后时刻所讲的吻合。

你这蠢货,你不知道你在说什么。

而且:你不懂。这是个错误。

这是个错误,是的。今夜她所做的每一件事都是错误的。

不,不是每一件事。她熟悉内情。她知道。

"你知道吗?"苔丝问这个被她枪杀的男人。她伸出手来抓斯特雷尔克的胳膊,然后抽开。衣袖下面还是暖暖的,就好像他还活着。"你知道吗?"

他没回答。

"让我试试。"多林说道。然后就用她那最友好、"你会告诉我一切"的长辈的声音,那种在书上总是灵验有效的声音,问道,"司机先生,你知道多少情况?"

"我有时候有所怀疑,"他说,"大多数情况下我没想过这事。我有生意要打理。"

"你问过你妈妈吗?"

"我也许问过。"他说道。苔丝觉得他那怪兮兮的右眼躲躲闪闪的。不过在这狂风怒嚎的月夜,谁又能说得准呢?

"姑娘们失踪的时候? 你是那时候问的吗?"

对于这个问题,大司机没有应答,也许是因为多林已经开始发出像弗雷泽一样的声音了。当然也像汤姆。

"可是从来都没有证据,是吗?"这一回问话的倒是苔丝自己了。她不确定他是否会对她的声音做出回应,不过他倒是搭腔了。

"是的,没有一丝证据。"

"那你就不想要证据了,是吗?"

这一回,没有应答。苔丝站起来,身子不稳,走到带漂白斑点的帽子那里,帽子已经被风吹过了车道,落在草坪上。就在她捡起帽子的那一刻,路灯又熄了。屋内,狗停止了吠叫。这让她想起了歇洛克·福尔摩斯。站在狂风劲吹的月色下,苔丝听见自己从喉管内发出从没听过的最为悲恸的轻笑声。她摘下自己的帽子,把它塞进夹克衫口袋里,然后戴上他的那顶。对她来说这帽子太大了,于是她又摘了,花了好长时间调节帽子后面的带子。她重又回到被她枪杀的男人身边,她觉得这个人也并不是无辜的……但是即使有罪,也还不至于要被枪毙。

她轻轻地拍打着棕色帽子的边沿,问道:"这是你在公路上时戴的那顶帽子吗?"虽然她知道不是这一顶。

"是的。"斯特雷尔克说道。

"你也不戴戒指,是吗,亲爱的?"

"是的。对客户来说戴戒指太俗气了,不像是做生意的样子。要是卡车加油站那里——有人喝得太高或者醉得不省人事——看到了戒指,以为是真的,怎么办呢?没有人会冒险从背后袭击我,因为我体格太强壮,身材太高大——起码我一直是这么认为的,但是今夜,有人朝我开枪了。我觉得自己不该被人枪杀。为了枚假戒指不该杀我,为了也许是我弟弟干过的坏事也不该杀我。"

"那么你和你弟弟从来没有同时为这家公司开过车,是吗?亲爱的?"

"没有。他在路上的时候,我就在办公室打理。我在路上的时候,他……好了,我想你知道我在外面的时候,他在干什么。"

"你早就该说出来了!"苔丝冲着他高声尖叫,"哪怕你只是怀疑,也早该说出来!"

"他害怕,"多林用友好的口吻说道,"难道不是吗,亲爱的?"

"是的,"阿尔说,"我害怕。"

"害怕你弟弟?"苔丝问道。

"不是怕他,"阿尔·斯特雷尔克说,"是怕她。"

39

回到车上,苔丝发动了车子,汤姆说道:"苔丝,你没法弄明白的。

一切发生得太快了。"

的确如此，不过，它忽视了就在眼前的事实：像电影里的复仇者一样，在追寻强奸她的罪犯的过程中，她其实已经把自己送往了地狱。

她举起手枪，对准自己的太阳穴，然后又放下。不能，现在不能。她还有义务要帮助涵洞里的那些妇女，还有其他可能会加入到她们行列中的妇女，如果莱斯特·斯特雷尔克逃脱的话。在经历了刚才的风波之后，她绝不能让他逃脱。

她还有一站要逗留，但不是在她的越野车里。

40

市镇公路 101 号路上的汽车道并不长，也没有铺过。只是一对车辙，杂草挨车辙长得很近，她驱车朝小屋驶去的时候，两边的杂草刚好刮到这辆蓝色 F-150 轻型卡车的两侧。这栋房子周围的一切都是乱糟糟的，就像《德州电锯杀人狂》里的画面一样。有时候，生活与艺术多么相似啊。而且，艺术越粗犷，模仿就越像。

苔丝不想偷偷摸摸地进行——如果莱斯特·斯特雷尔克对他哥哥卡车的声音了如指掌，如同他熟悉哥哥的声音一样，何必还要熄掉前灯呢？

她还戴着那顶有漂白斑点的棕色帽子，大司机不在公路上的时候就戴着它。那个带有假红宝石的戒指相对于她的手指来说太大了，于是，她把戒指放进裤子的左前口袋里。小司机在外出"打猎"时，穿衣打扮和开车的样子，都在模仿他哥哥，他肯定体会不到自己的最后一位受害者以同样的方式干掉他时的那种滑稽，但是苔丝却能。

她把车泊在后门旁边，然后把引擎熄火，下了车，一手拿着枪。门没上锁。她步入一个工棚，那里散发着啤酒和变质饭食的馊味。一只六十瓦的灯泡吊在一根脏兮兮的绳子上，从天花板上悬下。正前方是四个塑料垃圾桶，里面的东西正流溢出来，是那种三十二加仑、可以在沃尔玛买到的桶。桶后面，挨着工棚墙壁，摞着一堆书，书堆的左侧是另一扇门，前面有一个台阶。台阶通往厨房。这门上，有个老式门闩，不是门把。门支在没有上油的铰链上，她一压门闩，门便嘎嘎嘎地响了起来，她把门推开。一小时以前，这样的嘎嘎声会吓得她纹丝不动。可现在，这声音丝毫也算不上什么。她有正经事要做。她走了进去，里面一股油腻的炸肉的味道，还可以听到电视里传出来的笑声。是某个情景剧，《宋飞正传》，她心想。

"你来干什么？"莱斯特·斯特雷尔克从里面喊道，"要是你来是为了拿酒的话，我可只有一罐半了。我一会喝完就要上床睡觉了。"她循着他的声音走去。"要是你早说，我可以给你留下——"

她来到屋里。他看到了她。苔丝手里拿着枪，头上戴着莱斯特强奸她时戴过的帽子，她没有想过他看到自己最后一个受害者重新露面可能会做出什么反应。即使想过，也不可能预见到她此刻见到的这个人的极端行为。他的嘴向下张开，接着，整张脸都僵住了。他手里拿着的啤酒罐从手中掉下来，落到大腿上，啤酒沫喷溅到他唯一的一件衣服上面，那是一条发黄的乔基牌三角短裤。

他就像看见了鬼，她心想，她边朝他走，边举起枪。很好。

客厅里面是单身汉那种一片狼藉的样子，也没有什么雪花玻璃球和人像之类的东西。摆设和他母亲屋子里的一模一样：乐之宝沙发，电视托盘（里面放的是一听没打开的蓝带啤酒，一袋多力多滋薯片，而不是怡健可乐和奶酪），同样的《电视收视指南》，上面印着西蒙·考威尔①的照片。

"你已经死了。"他低语道。

"没有。"苔丝回答道。她用"柠檬挤压机"手枪抵着他的头。他想抓住她的手腕，但是力量不够，而且也太晚了。"你去死吧。"

她扣动扳机。血从他的耳朵里冒出来，头啪地侧到了一边。电视上，乔治·科斯坦扎②说："我在池子里，我在池子里。"观众大笑。

---

① 西蒙·考威尔(Simon Cowell)是美国 The X Factor 选秀节目评审。

② 《宋飞正传》里的人物。

41

差不多已是子夜时分,风吹得更猛了。劲风刮来的时候,莱斯特·斯特雷尔克的屋子在摇晃,每次苔丝都会想到那头用树枝建造自己屋子的小猪。

住在这间屋子里的小猪从来没有担心过自己的狗屎屋子被吹走。可他不是头小猪,苔丝心想,他是只大坏狼。

她坐在厨房里,在满是污垢的蓝马牌便笺簿上写着什么,便笺簿是她在斯特雷尔克楼上的卧室里发现的。二楼有四个房间,卧室是唯一一个里面没塞满诸如铁床架和小艇发动机之类杂物的房间,小艇发动机看起来好像是从五层楼屋顶抛下来的。因为仔细检查那一摞摞无用的、一钱不值的、毫无意义的东西可能要花上几周、甚至几个月的时间,苔丝便把所有的注意力转到了斯特雷尔克的卧室,在里面仔细搜寻。她在壁橱架子最里面的手提包里找到了她想找的东西。手提包被一堆过期的《国家地理》杂志盖着,但还是被她找到了。手提袋里装着一团女人内裤。苔丝自己的内裤就放在最上面。苔丝把内裤放到口袋,然后,像小偷一样,把那圈黄色的系艇绳缆丢进了手提包里。在强奸犯装战利品的包里发现绳子,没有人会感到惊讶的。而且,她也用不着绳子了。

"托托,"独行侠①说道,"我们在这儿的任务已经完成。"

电视还开着,节目从《宋飞正传》到《欢乐一家亲》,又从《欢乐一家亲》变成了本地新闻,与此同时,苔丝在写一封书信体的忏悔书。她写到第五页的时候,电视新闻播完了,接着是一个没完没了的全无敌清肠剂的广告。达尼·维爱纳②说道,"有些美国人每两三天才大便一次,

---

① 独行侠,经典西部片《独行侠》(*The Lone Ranger*)的主人公,托托(Tonto)是片中的印第安人,独行侠的搭档。
② 全无敌清肠剂的发明人。

而且因为这样的情况持续了多年，他们便认为这是正常情况！称职的医生会告诉你这不正常！"

信的抬头是致有关机构，前四页用一个段落写成。在她脑子里，这封信像是在呐喊尖叫。手写得有点酸了，在厨房抽屉里找到的圆珠笔马上快写不出来了，不过，谢天谢地，也快写好了。她终于在第五页纸的顶端开始写下新的一段。

我不会为我的所作所为寻找任何借口。我也不会说，我干这事是因为心智不够成熟健全。我愤怒，所以才犯错。就那么简单。如果是一般情况——我的意思是，事态不像现在这么严重的情况——我也许还会说，"这个失误情有可原，他们两个看上去几乎一模一样，快成双胞胎了。"但现在的情况并不是一般情况。

我坐在这里，一边在这些纸页上写字，一边听着他的电视声和风声，我想到了偿还赎罪——倒不是因为我希望获得宽恕，而是因为我觉得做了错事却不想着做些好事来弥补，这种做法是不对的。我想到了去非洲，和那些艾滋病患者一道工作。我考虑过到新奥尔良去，在无家可归者的帐篷或者粮库里做志愿者工作。我考虑过到海湾去清理鸟儿身上的油污。我还想把我为退休存好的约一百万美金捐给某个公益团体，以呼吁人们终止对女性实施暴力。在康涅狄格州肯定有这样的团体，或许还不止一个。

可接着我想到了来自编织协会的多林·马奎斯，想到了她在每本书里都说的一句话……

她说谋杀者总是无视一些显而易见的东西。亲爱的，你们可以利用这一点来破案。甚至就在苔丝写到赎罪的那一刻，她意识到自己的赎罪已不可能。因为多林绝对正确。

苔丝戴了顶帽子，以便不留下头发让人做 DNA 分析。她还戴了手套，这手套她一直没摘下来过，即使在驾驶着阿尔·斯特雷尔克的轻卡时，也没摘掉。把这份忏悔书在莱斯特的厨房里烧掉，把车开到他哥哥的房子（砖头房子，不是木条房子）那里，钻进自己的越野车，返回康涅狄格，还不算太迟。她可以回家了，弗雷泽正等着她。乍一看，她显得思路明晰，警察要花上好几天才会找到她，但是他们终究会找到她的。因为，虽然她对法医学上的细枝末节全神贯注，但是对那个显而易见的大山却视而不见，完全像编织协会出版的书里写的杀手一样"顾小失大"。

那个显而易见的大山有个名字：蓓思·尼尔。一个长着瓜子脸的漂亮女人，生着一双不协调的毕加索的眼睛，还有一团乌发。她已经认出了苔丝，甚至还有她的签名，不过那还不是问题的关键。问题的关键将是她脸上的淤伤，还有苔丝问过她阿尔·斯特雷尔克的相关情况，描述过他的卡车，当尼尔提到戒指的时候，她还描述过那枚戒指。像颗红宝石。

尼尔会在电视上看到这个故事，或者在报纸上读到这个故事——一家三口死了，她怎么能看不到？——而她会到警察那里报告。警察会来到苔丝家。他们会理所当然地检查康涅狄格州的枪支注册记录，发现苔丝拥有一把点38式的名叫柠檬挤压机的史密斯＆维森左轮手枪。他们会要求她拿出手枪，开枪检验，与在三个受害者家里发现的子弹进行比较。她还有什么能说的呢？她会用铁青的眼睛看着他们，然后说（声音依旧沙哑，因为莱斯特·斯特雷尔克掐她的脖子导致）她精神失常？甚至在涵洞里死去的那些女人被发现之后，她还会继续坚持这个说法吗？

苔丝重新拿起笔，又开始写了。

她在每本书里都有这样一句话：谋杀者总是无视显而易见的东西。多林还有一次从多萝西·塞耶斯①的书中撕下一页，给一名谋杀者留下一把子弹上膛的枪，命令他体面地离去。我也有把枪。我哥哥迈克是我唯一幸存的亲戚。他住在新墨西哥的陶斯。他可以继承我的产业。这取决于我罪行的法律后果。要是他继承了，我希望发现这封信的机构把信拿给他看看，向他传递我的愿望，那就是把大部分钱捐给某

---

① 多萝西·塞耶斯（Dorothy Sayers），与阿加莎·克里斯蒂同时代的英国侦探小说家。

个专门帮助受到性侵犯的妇女的慈善组织。

我对不起大司机——阿尔·斯特雷尔克。他不是强奸我的人。多林认为他也没有强奸、谋杀其他妇女。

多林？不，是她。多林不是真名。不过苔丝太困了，没有办法回过头来改这个名字。而且，她快写完了。

对于拉莫娜和另一个人渣，我不做任何道歉，他们死了更好。
当然，我死了也更好。

她停顿了一下，时间长得足以回头检查写好的信，看看她是否遗忘了什么。好像没有，于是她就签署了自己的名字——她的最后一次签名。写到最后一个字母时，笔没水了，她把它扔到一边去。

"莱斯特，还有什么要说的吗？"她问道。

唯有风声。狂风吹得正猛，使得到处是榫头的小屋呻吟起来，喷进一阵阵寒气。

她回到客厅，把帽子戴在他头上，戒指套在他手指上，物归原主。电视上面有个带镜框的照片。照片里，莱斯特和他母亲一起站着，互相搂着腰。他们在笑。就是个孩子和他妈妈。她朝照片看了会儿，然后就离开了。

42

她觉得她应该回到那个废弃不用的店铺去，事情是在那里发生的，也该在那里结束。她可以在长满杂草的地方坐一会儿，听风把那陈旧的标牌（你喜欢它，它就喜欢你）弄得"滴滴答答"地响，想想人们在生命的最后一瞬间会想到的事情。就她而言，可能就是弗雷泽了。她想，佩西会把他带走的，那样就好了。猫是幸存者。它们可不管谁喂它们，只要把碗盛满就好。

这时刻,到达店铺费不了多少时间,可店铺似乎还是太遥远。她很累。她决定到阿尔·斯特雷尔克的老卡车里去,就在那里了结自己。但是,她不想把血喷溅在辛辛苦苦写好的忏悔信上,鉴于信上已经包含了所有的流血细节,因此——

她便把便笺纸拿到了客厅,电视机还开着(一个样子像罪犯的年轻人正在兜售机器人擦地板机),然后把纸扔在了斯特雷尔克的大腿上。"给我抓着,莱斯特。"她说道。

"没问题。"他回答道。她注意到,他的肩膀上有一点脑浆已经有点干了。

苔丝走了出来,走进风嗖嗖的黑暗之中,慢慢地爬上车,在轻卡方向盘后面趴着。驾驶室的门关上的时候,门铰链发出的尖叫声竟然有点耳熟。不过,没什么奇怪的。难道她没在店铺里听到过这声音?不,听过的。她本来是想帮他忙的,因为他要给她帮忙——帮她换轮胎,那样,她就可以回家喂猫了。"我不想他的电池耗尽。"她说道,然后笑了起来。

她把点38式手枪对着自己的太阳穴,然后又犹豫了。那样子开上一枪不见得有效。她想用自己的钱来帮助那些受到伤害的女人,而不是一个治疗毫无意识地躺在病床上的植物人。

朝嘴巴里面开枪,那样更有效。没错。

抵着舌头,枪管有些滑滑的,她能感到瞄准器的节点正掘进嘴巴的顶部。

我已经度过美好的一生了——不管怎么说,非常美好的一生——虽然我在生命的尽头犯下了可怕的错误,如果在这之后,还有什么事情发生的话,也许就怪不得我了。

啊,可是,夜风非常甜美。夜风裹挟而来的淡淡香气,也非常甜美。离世而去真是耻辱,可还有什么选择呢?是告别人世的时候了。

苔丝闭上眼睛,收紧放在扳机上的手指头,就在这时,汤姆说话了。他竟然说话了,奇怪的,因为汤姆在她的越野车里,而越野车在另一个斯特雷尔克兄弟的屋子旁边,距离这儿差不多有一英里的距离。而且,她听到的声音,根本就不像她平时模仿汤姆的那种。也不像她自己的声音。冷冰冰的。而她——她的枪在嘴里。她无法开口说话。

"她从来就不是个好侦探,是吗?"

她把枪从嘴里抽了出来。"谁?多林吗?"

她惊呆了。

"还能有谁呢,苔丝·吉恩?她怎么会是个好侦探呢?她来自过去的你。难道不是吗?"

苔丝觉得那倒是真的。

"多林认为,大司机没有强奸和杀害那些女人。那难道不是你写的吗?"

"我,"苔丝说,"我肯定。我刚才累了,就是那样。而且惊呆了,我想。"

"而且还有负罪感。"

"是的,有负罪感。"

"你觉得有负罪感的人能做出好的推断吗?"

恐怕做不出。

"你想告诉我什么呢?"

"你只是解开了部分谜团。在你还没能解开全部谜团之前——你,而不是那个满嘴陈词滥调的老太太侦探——不可否认,不幸的事情发生了。"

"不幸?你这么认为吗?"从老远的地方,苔丝听到自己在笑。不知在什么地方,风使松垮垮的檐沟顶撞到屋檐,发出"滴答滴答"的声响,听起来像是那间废弃不用的店铺里七喜标牌的声音。

"乘你还没朝自己开枪,"这个新的、陌生的汤姆说道(他听起来越来越像个女人),"你为什么不自己想想呢?不过,不是在这里。"

"那么,在哪里?"

汤姆没有回答这个问题,也用不着回答。他的意思是说,"把那个该死的忏悔书随手带走吧。"

苔丝下了车,重新回到莱斯特·斯特雷尔克的屋子里。她站在死人的厨房里,思忖着。她在用汤姆的声音说话(听起来一直像她本人的声音),并通过这种方式思考,多林的声音听上去有点疲惫,好像进行了一次远足。

"阿尔的房门钥匙和汽车钥匙在一起，"汤姆说，"不过有狗。你不要忘了狗。"

是的，还有狗，那会比较糟糕。苔丝走到莱斯特的冰箱边。稍稍翻了一遍，在最下面的架子上找到一个汉堡包。她用一期《亨利叔叔》杂志把汉堡包裹了两层，然后返回到客厅。她从斯特雷尔克的大腿上抽走了忏悔书，小心翼翼地，清楚地意识到伤害她的那个身体器官——导致今夜三个人被杀的那个身体器官——正好躺在纸页下面。

"小偷，杀人犯，"小司机用嗡嗡的、死气沉沉的声音说，"不赖嘛，小姐。"

"闭嘴，莱斯特。"她说完便离开了。

43

趁你还没朝自己开枪，你为什么不自己想想呢？

她驾驶着老轻卡沿着通往阿尔·斯特雷尔克家的道路往回开的时候，努力尝试着那么做。她开始考虑汤姆了，即使没有跟她一起在卡车里，比起多林·马奎斯来说（在她状态最好的时候），汤姆依然算是个更为出色的侦探。

"我就长话短说吧，"汤姆说，"要是你认为阿尔·斯特雷尔克没有参与谋杀——我指的是参与其中的一大部分——那么，你就疯了。"

"肯定的，我疯了，"她答道，"我知道我杀错人了，可我却努力说服自己，我没杀错，不就是因为我疯了吗？"

"那是犯罪后的自说自话，没有逻辑，"汤姆说道，听起来他非常得意。"他根本不是天真无邪的羔羊，而是十恶不赦的坏蛋。清醒清醒吧，苔丝·吉恩。他们不仅仅是兄弟，还是合伙人。"

"生意上的合伙人。"

"兄弟从来就不仅仅是生意上的合伙人。情况总是比那还要复杂。

尤其是在有拉莫娜那样一个母亲的时候。"

苔丝出现在阿尔·斯特雷尔克那铺得平平整整的汽车道上了。苔丝觉得汤姆可能说得对。有件事她明白：多林和她编织协会的朋友们从来没有见过像拉莫娜·罗威尔那样的女人。

路灯还亮着。狗突然叫了起来：呀咔—呀咔，呀咔呀咔呀咔。苔丝等待路灯熄灭，等待狗安静下来。

"汤姆，我没有办法搞清楚事情的真相。"

"如果不看看的话，你也不能确定搞不搞得清楚。"

"即使他知道，他也不是强奸我的那个人。"

汤姆沉默了一会儿。她以为他已经放弃，然后接着他又说话了，"假如一个人做了坏事，另一个人知道了但是没有阻止，那么他同样有罪。"

"从法律的角度来说？"

"没错，我是这么认为的。要是说仅有莱斯特在寻觅、强奸和谋杀女人，我可不相信。如果大司机知道，可他什么都不说，就凭那一点，他也该杀。事实上，我要说，开枪打死他，算是太便宜了他。用热火棍子刺穿他，才更公道。"

苔丝疲惫地摇摇头，摸着座椅上的手枪。只剩下一颗子弹了。如果非得把这颗子弹用到狗身上，她就得再找一把枪了，除非她打算上吊，或者用其他什么法子自行了断。不过，像斯特雷尔克兄弟这样的家伙通常都有枪。这一点倒蛮好，拉莫娜可能会这么说。

"如果他知道，那他的确该死。可是，如果他不知道呢。他的母亲肯定知道，耳坠就是我所需要的全部证据。可这里没有任何证据。"

"真的吗？"汤姆的声音很低，苔丝几乎听不清楚。"去看看吧。"

44

她步履沉重地爬上台阶的时候，狗没叫，不过，她可以想象得出狗站在门内、低着头、露出牙齿的样子。

"古博尔?"妈的,反正对于乡下的狗来说,这名字和任何其他名字一样好听。"我叫苔丝。我有汉堡给你吃。我还有把上了膛的枪。现在我要开门了。如果是我,我会选肉。好了? 算是个交易吧?"

狗还是没叫。也许只有路灯才能让它叫。或者一位漂亮的女盗贼。苔丝先试了一把钥匙,然后另外一把。没用。那两把钥匙可能是货运公司办公室的。第三把,在锁眼里转了一下,趁身上还有勇气的时候,她把门打开了。她一直在想象一条牛头狗,或者罗特韦尔犬,或者是长着红眼睛、下巴流口水的斗牛狗。然而,她见到的却是一条杰克罗素猎犬,正充满希望地朝她看,还不住地甩打着尾巴。

苔丝把手枪放到夹克衫的口袋里,摸摸狗的头。"乖乖,"她说,"本来还以为我会怕你呢。"

"没必要怕。"古博尔说,"嘿,阿尔在那里?"

"别问,"她说,"要吃汉堡吗? 我警告你,枪可不长眼睛。"

"给我吧,乖乖。"古博尔说。

苔丝喂了他一块汉堡,然后进来,关上门,开灯。为什么不呢? 毕竟,这里只有她和古博尔。

阿尔·斯特雷尔克的房间收拾得比他弟弟的要整洁。地板和墙上都很干净,书架上还有几本书。墙上也有几个小人像和一幅带镜框的拉莫娜的大照片。苔丝觉得那照片似乎能说明什么,但那几乎算不上是什么证据。不能说明任何问题。要是有一张理查德·韦德马克扮演著名的汤姆·乌多的剧照,情况也许就不同了。

"你在笑什么呢?"古博尔问,"要分享一下吗?"

"事实上,不。"苔丝说,"该从哪里开始找呢?"

"我不知道,"古博尔说,"我只是一条狗。再来点可口的牛肉怎么样?"

苔丝又喂了他些肉。古博尔用后腿站起来,转了两圈。苔丝心想她是不是有点发疯了。

"汤姆? 有话要说吗?"

"你在另外一个斯特雷尔克兄弟的家里找到了内裤,对吗?"

"是的,而且我拿到了。内裤被撕碎了……哪怕没被撕碎,我也再不想穿了……可它们是我的。"

"除了一些内衣之外,你还发现了别的什么吗?"

"别的东西,你是指什么?"

并不需要汤姆来回答这个问题。问题不在于她发现了什么,而是她没有发现什么:没有包,没有钥匙。莱塞特·斯特雷尔克可能已经把钥匙扔到树林里了。要是苔丝本人也会那么干的。不过,包是另外一回事。那个包是凯特·丝蓓品牌的,很贵,里面缝着一条丝绸带子,上面写着她的名字。要是包——包里的东西——不在莱斯的屋里头,而且,他也没有把包和钥匙一同扔到树林里面,那它会在哪儿呢?

"肯定在这里",汤姆说,"我们找找看吧。"

"要吃肉!"古博尔叫道,然后又转了一个圈。

45

她该从哪儿开始呢?

"嘿,"汤姆说,"男人一般都把秘密藏在两个地方:书房或者卧室。多林也许不知道这一点,可你知道啊。这屋子没有书房。"

她走进阿尔·斯特雷尔克的卧室(古博尔跟在后面),在那儿,她发现一张特别长的双人床,整齐得像是在部队里一样。苔丝朝床下看看。什么都没有。她开始转向柜子,停下,然后再转回到那张床。她掀起床垫。看。过了五秒钟——也许是十秒钟——她冷冰冰地、没精打采地说了几个字。

"大丰收。"

床垫下面的盒子里有三个女士手提包。中间的那个是奶油色的手包,苔丝无论在哪里都能认得出来。她把包拉开。里面什么也没有,除了一些纸巾和一支眉笔,笔的上半端藏着一把小巧玲珑的睫毛梳。她寻找上面有她名字的丝绸带子,可是已经不见了。丝绸带子被人小心翼翼地拆掉了,不过,在精致的意大利皮革上,她看到了一个小小的划口,缝线在那里被拆开了。

"是你的吗?"汤姆问道。

"你知道是我的。"

"这支眉笔呢?"

"全美各大商店都在卖这种东西。"

"是你的吗?"

"是的,是我的。"

"你确信?"

"我……"苔丝咽了口唾液。她感觉到了某种情绪,但是不能肯定到底是什么。轻松?恐怖?"我想我确信。但是为什么呢?为什么他们两个都参与其中了?"

汤姆一言不发。他不需要说什么。多林也许不知道,不过苔丝认为她自己知道。因为拉莫娜把他们俩都毁了。那是心理医生会说的话。莱斯特是个强奸犯;阿尔是个恋物癖,心理上间接地参与强奸。也许他还参与过杀害涵洞里的一两个女人。但是事实究竟如何,她永远无法确认。

"可能要到天亮才能把整个屋子搜一遍,"汤姆说,"不过你可以仔细搜一下这个房间的其他地方,苔丝·吉恩。他有可能把包里的所有东西都毁了——剪碎了信用卡,然后把它们扔到科尔威奇河里,这是我的猜测——不过你得确定,因为任何上面有你名字的东西都会把警察引到你的家门口。从柜子开始搜。"

在柜子里,苔丝没有找到信用卡或者其他任何属于自己的物品,然而,她确实找到了一样东西。在最上面的架子上。她从刚才站过的椅子上下来,仔细看着这个东西,越看越郁闷:一只肚子里塞得满满的鸭子,也许是哪个孩子钟爱的玩具。鸭子的一只眼睛已经不见了,人工合成的鸭毛已经纠缠成块。很多地方的毛都已经掉了,似乎鸭子被人宠爱得半死不活似的。

在褪色的黄色鸭喙上是个褐红色的斑点。

"那是我认为的东西吧?"汤姆问。

"哦,汤姆,我想是的。"

"你在涵洞里见到的尸体……其中会不会有一个是孩子的?"

没有,里面哪个尸体也没有那么小。不过,也许涵洞并不是唯一一个藏尸地点。

"把它放回到架子上,交给警察来查。你需要确定他电脑里面没有关于你的情况,然后你需要从这鬼地方离开。"

有个又冷又湿的东西碰触着苔丝的手。她差点儿叫出来。是古博尔,眼睛亮亮的,抬头看着她。

"再来点肉!"古博尔说道,于是苔丝又给了他一些。

"要是斯特雷尔克有电脑的话,"苔丝说,"电脑肯定有密码。他的电脑可能不会开着任我进去。"

"那就把它带走,你回家的时候,把它扔到河里去。让它和鱼们一起睡觉去。"

但是屋子里没有电脑。

在门口,苔丝把剩下的汉堡包全喂给了古博尔。他可能会把所有的汉堡呕吐在地毯上,不过那样也不会惹恼大司机。

汤姆说:"满意了吧,苔丝·吉恩? 你没杀害无辜之人,你满意了吧?"

她觉得她应该是满意了,因为她好像不想再自杀了。"蓓思·尼尔怎么办,汤姆? 她怎么办?"

汤姆没有回答……而且也不必回答。因为,毕竟,他就是她。

难道不是吗?

关于那一点苔丝不能完全肯定。只要她知道下一步该怎么做,这重要吗? 至于说明天,那是另外一天。斯佳丽·奥哈拉说得对①。

眼下最重要的事情是警察必须知道涵洞里有尸体。因为,在某些地方,还有朋友和亲戚一直在担心她们的下落。还因为……

"因为这只鸭子说,可能会有更多受害者。"

那是她自己的声音。

---

① "明天是另外的一天"(Tomorrow is another day)是《飘》中的主人公斯佳丽·奥哈拉的名言。

46

　翌日早晨七点半,睡了不到三个小时断断续续、梦魇不断的觉之后,苔丝打开了她的电脑。但不是为了写东西。写作成了离她思想最为遥远的事了。

　蓓思·尼尔是单身一人? 苔丝认为是。那天在尼尔的办公室,苔丝没看见她手上的结婚戒指,就算苔丝可能没注意到,但是办公室里也没有她家人的照片。她记得唯一见过的照片是带有镜框的巴拉克·奥巴马的照片……而他已经结过婚了。因此,对,蓓思·尼尔可能离婚了或者是单身一人。不论哪种情况,电脑搜索根本没有什么作用。苔丝觉得她不妨到斯塔格人酒馆去找她……可她又确实不想回到那个鬼地方。永远不想。

　"你为什么要自寻烦恼?"弗雷泽从窗沿那里说道,"起码先查一下科尔威奇的电话簿。你身上是什么味道? 是那条狗的?"

　"是的,是古博尔的。"

　"叛徒。"弗雷泽鄙夷不屑地说道。

　她搜索出十二条包含"尼尔"的条目。其中一个是 E. 尼尔。E 代表伊丽莎白? 有个办法能搞清楚。

　她毫不犹豫地拨了那个号码。她在出汗,心跳也加快了。

　电话响起来了,一声。两声。

　很可能不是她。可能是伊迪丝·尼尔。或者埃德温娜·尼尔。甚至是埃尔韦拉·尼尔。

　三声。

　如果是蓓思·尼尔的电话,她可能不在。她可能在卡茨基尔度假呢。

　四声。

　——或者与某个僵尸面包师鬼混在一起,那又怎么样呢? 可能是首席吉他手。他们可能在交媾之后一起冲澡，还唱着《你的屁能否让狗操》。

电话接通了，苔丝立即在耳朵里辨认出了那个声音。

"你好，我是蓓思，但是我现在不能来接电话。一会儿会有嘀的一声，你知道听到这个声音该干什么。祝你度过愉快的一天。"

我这一天过得非常糟糕，唉，昨晚简直糟——

传来了嘀的一声。苔丝还没意识到自己想要说话，就听到自己说开了。"你好，尼尔小姐。我是苔丝·吉恩——还记得那位柳树林女士？我们在斯塔格人酒馆见过面。你替我保管了我的GPS，我还为你的奶奶签过名。你当时看到了我的惨状，可我对你撒了谎。不是男朋友弄的，尼尔小姐。"苔丝开始语速加快，担心自己话还没说完，电话留言磁带就用完了……但是她发现自己非常想把话说完。"我被强奸了，很糟糕，不过后来我想自己把事情摆平……我……关于那事，我必须要和你谈谈，因为——"

电话线上咔嚓一声，然后，蓓思·尼尔本人的声音就传到苔丝的耳朵里了。"重新开始吧，"她说，"不过慢点说。我刚醒，现在还迷迷糊糊的。"

47

在科尔威奇镇的公园里，她们碰了头，吃了午饭。她们坐在靠近乐队站台的长凳上。苔丝觉得自己不饿，不过蓓思·尼尔还是强塞给她一块三明治，苔丝竟然不知不觉地开始大口大口地吃了起来，这使她想起了古博尔在吞食莱斯特·斯特雷尔克的汉堡包的情形。

"从头开始吧，"蓓思说道。她镇定自若，苔丝心想，简直镇定得异乎寻常。"从头开始，把一切都告诉我。"

苔丝从收到邀请函开始。蓓思·尼尔很少说话，只是偶尔插上一个"哦"或者"好"，让苔丝知道她还在听。讲述这个故事是件费口舌的活儿。幸运的是,蓓思早就备好了两听布朗博士奶油苏打。苔丝拿了一听,急不可待地喝起来。

讲完故事,已经是下午一点多钟了。来吃午饭的几个人都走了。还有两个女人推着婴儿车在里面走着,不过离她们很远。

"让我理清一点,"蓓思·尼尔说,"你要杀死自己,然后某个幻影般的声音却叫你回到阿尔·斯特雷尔克的家。"

"是的,"苔丝答道,"在那里,我发现了我的包。还有上面有血迹的鸭子。"

"你的内裤是在弟弟的屋子里发现的。"

"小司机家,是的。内裤现在就在我的越野车里。还有包。你想看吗?"

"不想。枪呢?"

"枪也在车里。里面只剩下一颗子弹了。"她好奇地看看尼尔,心想:这个长着毕加索眼睛的姑娘。"难道你不怕我?你是有可能对我不利的证人。不管怎么说,是我现在唯一能想得到的一个。"

"我们现在在公园,苔丝。而且,我家里的电话上还有你的供词。"

苔丝眨着眼。她竟然没想到这一点。

"即使你用某种方式成功地把我杀了,那边的两位年轻母亲也没有注意到——"

"我不是来杀人的。在这里或者别的地方。"

"那就好。因为,即使你搞定了我以及电话里的录音,迟早会有人找到周六上午把你带到斯塔格人酒馆的那个出租车司机。等到警察找到你,他们会发现你脸上的伤痕。"

"是的,"苔丝说,"确实如此。接下来怎么办呢?"

"我觉得明智一点的话,你最好避一避,先把你脸上的伤养好。"

"我已经想好怎么说了。"苔丝说,接着给蓓思讲了她给佩西虚构的那个故事。

"很好。"

"尼尔小姐……蓓思……你相信我吗?"

"哦,我信,"她说,有点心不在焉。"嘿,听着。你在听吗?"

苔丝点点头。

"我们两个女人在公园闲聊，倒也不错。但是过了今天，我们就再不会见面了，对吧？"

"只要你是这么想的。"苔丝说，她脑袋里有种像是牙医给打了一针奴佛卡因麻醉之后的那种感觉。

"我就是这么想的。你需要编好另一个故事，以防警察跟送你回家的司机谈话——"

"马努尔。他的名字叫马努尔。"

"——要么跟周六上午送你到斯塔格人酒馆的出租车司机谈话。我认为没有人会把你和斯特雷尔克一家的事情联系起来，只要现场没有任何可能暴露你的身份的线索，不过一旦故事出现纰漏，这将会是不小的新闻，谁也不能保证不会调查到你身上。"她身子往前倾了倾，轻轻地在苔丝的左胸部拍了一下。"我希望你确保事情不会搞到我的头上，因为这与我无关。"

是的。与她没有任何关系，她绝对不该遭到调查。

"你会跟警察讲什么故事呢，嗯？我是说不会提到我，但是却令人信服的故事。说吧，你是作家嘛！"

苔丝足足想了一分钟。蓓思给时间让她想。

"我会说拉莫娜·罗威尔告诉了我有关斯塔格公路捷径的事情——这是真的——还会说当我驱车路过的时候，我看到了斯塔格人酒馆。我会说，我又往前开了一段，然后停下来吃晚饭，然后又决定回头喝上几杯，听听乐队的表演。"

"不错。乐队叫——"

"我知道乐队的名字。"苔丝说。也许，奴佛卡因麻醉药的药效正在消失。"我会说我遇到了一帮家伙，喝得不少，断定我自己喝高了不能开车。你不在这个故事里头，因为你不上夜班。我还可以说——"

"好了，这么说就行了。你很擅长这个。只是不要太过了。"

"不会的，"苔丝说，"这故事我可能根本没机会讲。一旦他们得知了斯特雷尔克一家人及那些受害者的情况，他们会寻找杀手的，而这个杀手和像我这样的娇小的女作家很难扯上关系。"

蓓斯·尼尔笑了。"娇小的女作家，我的天。你就是个坏婊子。"接着她看到苔丝脸上出现了受到惊吓的表情。"怎么啦？你怎么啦？"

"他们一定能把涵洞里的女人和斯特雷尔克一家联系在一起吧，对吗？起码联系到莱斯特身上？"

"在强奸你之前，他戴套子了吗？"

"没有。我的天，没有。我到家的时候，他的精液还在我的大腿上。里面也有。"她发颤了。

"那就说明他跟别人也没有戴。反正有很多证据。他们会把证据汇集起来。只要那些坏家伙真的销毁了与你相关的东西，你就不会有事。担心那些你无法控制的事情没意义，不是吗？"

"是的。"

"至于你……你不会回家在浴室割腕吧？或者用掉最后一颗子弹？"

"不会的。"苔丝想到当她坐在卡车里把"柠檬挤压机"手枪放在嘴里的时候，夜晚的空气闻起来多么甜美。"不会的。我还好。"

"那么现在是你离开的时候了。我在这里再稍微坐会儿。"

苔丝起身离开长凳，然后又坐了下来。"还有些事我需要知道。你为什么要为一个你不太认识的女人这么做？一个你只见过一面的女人？"

"如果我说，因为我奶奶喜欢你的书，如果你为了一个三重谋杀罪去坐牢，她会非常失望的，你会相信吗？"

"一点也不信。"苔丝说道。

蓓思一言不发，沉默了一会。她捡起布朗博士的罐子，然后又把它放回到地上。"许多女人遭到过强奸，难道不是吗？我的意思是，在这方面你并不是独一无二的，对不对？"

是的，苔丝知道在这方面她并非独一无二，但是知道这一点并不会丝毫减轻她的伤痛和屈辱。也不会缓解她的焦虑，尤其是她在等马上要进行的艾滋病测试结果的时候。

蓓思笑了，但笑得很苦涩。"就在我们说话的时候，全世界很多女人正在遭遇强奸。还有小女孩们。有些遭到奸杀，还有些侥幸活了下来。在这些幸存者中,你认为有多少人会报警?"

苔丝摇摇头。

"我也不知道,"蓓思接着说,"不过据全国犯罪伤害调查的报道,因为我在谷歌网上搜索过,有百分之六十的强奸案没有报警。每五起案件中就有三起没报警。我认为这个比例也许低了,但是谁又能说得准呢?"

"谁强奸了你?"苔丝问道。

"我的继父。我十二岁那年。他一边强奸我一边把黄油刀举到我面前。我默不作声——我害怕——但是当他射精的时候,刀滑落了。可能不是故意的,可是谁能讲得清?"

蓓思用左手把左眼的下眼睑拉下,把右手弯成杯状放在左眼下方,玻璃眼睛正好滚到右手掌上。空洞洞的眼眶有些发红,向上斜着,好像怔怔地向外凝视着这个世界。

"那种疼痛是……嘿,真是没法形容那样的疼痛啊,真的没法形容。对我来说,好像世界末日来临了。还有血。很多血。母亲带我去看医生。她说,我要告诉医生我穿着长筒袜跑着,滑倒在厨房的油地毡上,因为她刚刚打过蜡。她说,医生一定会单独和我谈话,她全靠我了。‘我知道他对你干了件天杀的事’,她说,‘可要是人们知道真相的话,他们会怪罪我的。求求你,孩子,为了我,行行好,别说,我保证从此再也不会有坏事发生在你身上了。’于是,我就照做了。"

"后来又发生过那样的事吗?"

"又发生了三次或四次吧。可我总是保持缄默,因为我只剩下一只眼睛了。听着。我们说完了,还是没说完?"

苔丝挪过身子去拥抱她,但是蓓思向后缩了缩——像吸血鬼看到十字架一样,苔丝心想。

"别那样。"蓓思说。

"可是——"

"我知道,我知道,多谢,团结,永远的姐妹情,等等等等。我不喜欢被人拥抱,仅此而已。我们说完了,还是没说完?"

"说完了。"

"那你就走吧。在回家的路上，把你的手枪扔到河里去。你烧掉那份供词了吗?"

"烧了。相信我。"

蓓思点点头。"我会把你留在我家电话上的留言抹掉的。"

苔丝走远了。她向后回望了一次。蓓思·尼尔还坐在长凳上。她已经把眼睛重新装进去了。

48

坐在越野车里，苔丝忽然意识到，她应该把最近的几次旅程从全球定位系统里面删除掉。她按下了电源键，屏幕立刻亮了。汤姆说话了："你好，苔丝。我想旅途开始了。"

完成了删除工作之后，苔丝就把全球定位系统关掉了。不是旅途，真的不是;她只不过是要回家。她心想，她相信自己可以独自找到回家的路。

/

万事皆平衡

斯特里特之所以看得见标牌，是因为他不得不把车子驶到路边，好去呕吐。这阵子他经常吐，而且事前也很少有什么征兆——有时候一阵恶心，有时候嘴后面冒出一股粗重的味道，有时候根本什么都没有；就只呕哇一声，东西就吐出来了。这使得开车有点风险，不过，现在他还是经常开车，一方面是因为，到了晚秋，他就不能开车了；另一方面是因为，他还有许多事情要考虑。他的思路向来都是在开车的时候最活跃。

他把车子开到哈里斯大道的支路上。这条路非常宽阔，长两英里，位于德里县机场边上，路边一带大多是汽车旅馆和五金仓库。这一带白天非常繁忙，因为除了服务机场之外，它还连接了德里县的东西两端，不过，一到傍晚，路上就空空落落的了。斯特里特把车开到自行车车道，从客座上摆着的一堆塑料袋里头抓了一只，把脸伸进袋子，任由自己稀里哗啦地呕吐。晚餐就这样以另外一种形式再次出现了。或者说，只要他睁开双眼，他就能再次看见自己吃过的晚餐。可他没睁。只要你见过一回呕吐物，就等于目睹过所有的了。

呕吐阶段刚开始的时候，一点儿痛苦都没有。汉德森医生已经提醒过他，这种情况会有变化，而且，就在上个星期，情况确实变化了。还算不上很疼；只是由内脏传来一阵闪电般的袭击，然后蔓延至喉咙里，像是胃酸过多引起的消化不良。症状来了，然后，就消失了。不过，这种症状会变得越来越严重的，汉德森医生曾这样跟他说过。

他把头从袋子里抬起来，打开放手套的盒子，取出一根扎面包的金属绳，趁气味还没有弥漫到整个车厢时，把装呕吐物的袋子系好。他朝右看了看，发现一只临时的垃圾筐，废纸篓的一侧印着一只乐呵呵地低垂着耳朵的狗，还有垃圾入篓的字样。

斯特里特下了车，走到垃圾筐旁边，把刚从虚弱的体内吐出来的东西放了进去。夏日的太阳此时正悬在机场平坦的场地上空，红彤彤的；他的影子尾随着脚后跟，长长的，单薄得有些吓人，就像是四个月之后的情形，那时候，他的身体会完全被癌症击垮，癌症好像不久就要把他活生生地吞噬掉。

他转回到车旁，这才看清了横跨公路的标牌。起初——大概是因为他眼睛还在流泪吧——他以为上面写着头发增生。而后，他眨了眨眼睛，才发现，实际上，标牌上面写的是公道延长。这些字下面的字写得更小：公道价格。

公道延长，公道价格。听起来不错，而且似乎有些道理。

支路远处的一侧，也就是县城机场栅栏的外围，有段路是用沙砾铺成的。白天繁忙的时候，许多人就在那里摆摆路边的地摊。斯特里特整整一生的时光都是在缅因州小小的德里城里度过的。这些年，他一直目睹人们春天在那儿卖新鲜的卷牙，夏天在那里卖新鲜的浆果和玉米棒子，还有差不多一年四季人们都在那里卖龙虾。在泥泞的雨季，有个叫雪人的疯老头子占了这个地方，兜售那些从破烂堆里捡来的小玩意儿，那些东西冬天被人们遗弃，要待到积雪融化才会暴露出来。许多年前，斯特里特从老头那儿买了个模样好看的布娃娃，想送给女儿梅。梅那时才两岁或者三岁。他犯了个错误，把布娃娃的来历告诉了詹妮。詹妮让他把那东西扔掉。"难道我们能把这布娃娃煮一煮，给它消毒杀菌？"她质问道，"我真不知道为什么有时候，聪明人会做这么愚蠢的事情。"

不过，癌症可不管你的智商，聪明也好，愚蠢也罢。

有一张牌桌撑在那儿，雪人就曾在上面展示他叫卖的玩意儿。一把又大又黄的雨伞斜立着，给坐在桌子后面矮墩墩的老汉挡住了落日的红色光辉。

斯特里特在车子前面站立了一会儿，本来都要上车了（矮墩墩的老人根本就没注意到他；他好像在看便携式的小电视），可好奇心攫住了他。他看了看马路，什么也没见着——可以料想，支路在这时刻如同死了一般寂静，所有上下班的人都在家里吃着晚饭呢，把他们没有癌症的状态视为理所当然——然后，便穿过四条空荡荡的车道。他皮包骨头的影子——尚未到来的斯特里特幽灵，远远地落在了身后。

矮墩墩的老汉抬头来看。"啊，你好。"他说道。在他关掉电视前，斯特里特发现这家伙正在看《新闻内幕》。"今晚还好吧？"

"哦，我不知道你好不好，不过我这一向比原来好了。"斯特里特答道，"现在这个点儿还在卖东西，有点晚了吧？高峰过后，这里的车辆就很少了。而且，这儿是机场的背面，除了货物配送之外，什么也没有。过路客一般都从威奇安姆大街进来。"

"是啊，"矮墩墩的老汉说道，"运气背，区域划分的时候把像我这样的路边摊都分到这边了。"他对世道的不公摇摇头，"我本打算收拾摊位，七点钟回家，不过有个感觉，还会有个顾客要过来。"

斯特里特朝桌上看看，发现除了电视，没什么可卖的玩意儿（除非电视机要出售），便笑了笑。"我算不上顾客吧，请问，怎么称呼你？"

"乔治·艾尔韦德。"矮墩墩的老汉说着站了起来，一边伸出同样胖墩墩的手。

斯特里特握了握他的手。"我叫戴维·斯特里特。我不能算你的顾客，因为我都不知道你在卖什么东西。一开始，我以为标牌上写的是头发增生呢。"

"你想要增生头发吗？"艾尔韦德问道，并朝他上下审视了一番。"我这么问，是因为你的头发好像有点少。"

"很快会掉光的，"斯特里特说道，"我在接受化疗。"

"哦，天哪。对不起。"

"没关系。虽然化疗不知道会化到什么程度……"他耸了耸肩。对一个陌生人说出这些话来是多么容易啊，他不禁感喟。就连自己的孩子，他也还没对他们说这些，当然，詹妮肯定知道。

"治愈的可能性不大吗？"艾尔韦德询问道。他的语气里透着质朴的同情——不多，也不少——斯特里特觉得自己的眼睛里充盈着泪水。在詹妮面前，哭泣让他感到尴尬极了，不过，他就仅仅哭过两回。而在这儿,跟这个陌生人在一起,哭泣好像是再正常不过了。可他还是从裤袋里掏出了手帕,把眼泪揩掉。一架小飞机飞来,准备降落。在红太阳的映衬下,小飞机看起来像只挪动的十字架剪影。

"我听到的说法都是没希望了,"斯特里特说道,"因此,我想化疗仅仅是……我不知道……"

"为治疗而治疗?"

斯特里特大笑起来,"正是这样。"

"也许你得考虑一下,把化疗换成额外的止痛药。或者,你可以跟我做一桩生意。"

"就像我开始说的那样,只有等我知道了你在卖什么,我才有可能真正成为你的顾客。"

"哦,好,大多数人管我卖的东西叫蛇油。"艾尔韦德笑眯眯地说道,在桌子后面一下子兴奋起来。斯特里特注意到,虽然乔治·艾尔韦德胖墩墩的,不过他的影子倒是瘦瘦的,看起来病恹恹,跟斯特里特自己的影子一样。他想,随着黄昏来临,每个人的影子都开始呈现病态,尤其是在八月份,黄昏非常漫长,苟延残喘似的,有些令人不大开心。

"我看不到瓶子啊。"斯特里特说道。

艾尔韦德把手撑在桌上,身子凑了过来,顿时看起来像是一副做生意的样子。"我卖延长产品。"

"和这条路的名字很像嘛。"

"我倒从来没注意过这一点,不过,我觉得你说得对。虽然有时候一支雪茄不过就是一摊烟雾,巧合也只是巧合。但是人人都想延长,斯特里特先生。要是你是个年轻女子,喜爱购物,我会给你延长信贷。要是你是个男人,鸡巴长得小——遗传可能就这样残酷啊——我会给你延长鸡巴。"

斯特里特为这句赤裸裸的话感到既惊又喜。一个月当中头一回——自从诊断以来——他忘却了自己正在遭受迅速蔓延的癌症带来的痛苦。"你在逗我玩呢。"

"哦,我可是个了不起的玩笑家,不过,我从不拿生意开玩笑。我一生出售过无数的鸡巴延长物,有一段时间,在亚利桑那州,人们叫我大鸡巴艾尔。我可是完完全全地实话实说，不过，对我来说倒是好事，我既不要求你，也不期望你相信我说的话。矮子经常需要增加身高。要是你确实需要增加头发，斯特里特先生，我很乐意给你提供增发产品。"

"大鼻子的人——就像吉米·杜朗特那样——能否弄个小鼻子呢？"

艾尔摇摇头，笑了。"这回是你逗我玩啦。答案是不能。你要是需要缩减的话，就得到别处去了。我只卖延长产品，非常美国化的产品。我把延长爱情的产品，有时称为爱情饮剂，卖给失恋的人；把延长贷款的产品卖给手头缺钱的人——现在，缺钱的人很多；把延长时间的产品卖给处于最后期限压力之下的那些人。有一次，我把增添视力的产品卖给了一个想要当空军飞行员的家伙，因为他知道自己过不了视力测试。"

斯特里特笑咧了嘴，觉得十分有趣。他原本以为，开心对现在的他来说遥不可及，可生活却充满了惊喜。

艾尔韦德也在咧嘴大笑，好像他们在分享一个绝妙的笑话。"还有一次，"他说道，"我把一件增加真实性的产品卖给了一位画家——一位非常有才华的人——当时他正处于偏执狂型的精神分裂状态。那东西可贵了。"

"多少钱？斗胆问一问。"

"抵了这家伙的一幅画作。这幅画现在还在我家呢。你也许知道这画家的名字，他在意大利文艺复兴时期就闻名了。要是你在大学里修过艺术鉴赏课的话，你可能欣赏过他的作品。"

斯特里特继续咧嘴笑着，却朝后退了一步。虽然他已经接受了自己不久就要离开人世这个事实，但那并不意味着，他今天就想要离开人世。"你是说？你的意思是……我不知道……你长生不老？"

"很长命的，肯定，"艾尔韦德说，"而且正因为如此，我这会儿才能为你做点什么。你可能喜欢一种延长生命的产品吧。"

"我想，这不可能做到吧？"斯特里特问道，脑子里却正在计算返回车子的距离。

"当然能……要破费点。"

"是钱？还是我的灵魂？"

艾尔韦德拍拍手，眼睛也流氓似的骨碌碌地转了起来。"常言道，就是灵魂咬我屁股，我也不会谈它。我说的是钱，通常都是这样。你今后十五年收入的百分之十五就行了。算代理费用吧，你可以这么叫。"

"那就是给我的延长时间？"斯特里特带着渴望，贪婪地思考着十五这个想法。十五年好像很久，尤其是当他把它跟眼前的实际情况相比的时候：六个月的呕吐，越来越多的疼痛、晕厥，最后是死亡。还要加上那个写了"跟癌症作了漫长而勇敢的斗争之后"的讣告，就像他们在《宋飞正传》里所说的那样。

艾尔韦德把手举到齐肩那么高，做出一副"谁知道"的夸张手势。"也许二十年吧，说不准，这不是火箭科学。不过，要是你期望长生不老，那就算了。我兜售的就是公道延长。这个，我最拿手。"

"不错。"斯特里特说道。这家伙带动了他的情绪，如果他需要个搭档配角，斯特里特倒是愿意帮忙。不管怎么说，适可而止吧。斯特里特一边笑着，一边把手伸过牌桌。"百分之十五，十五年。虽然我不得不告诉你，一个银行经理助理薪水的百分之十五，严格意义上，不会让你开上劳斯莱斯的。一辆乔治亚车，也许吧，不过——"

"还不止这些。"艾尔韦德说道。

"当然不止了。"斯特里特说道，他叹息了一声，把手收了回去。"艾尔韦德先生，跟你聊天我很高兴，你给我的夜晚带来了光明，我本来以为不可能有光明的。我希望你精神方面的问题得到治疗。"

"嘘，你个蠢蛋。"艾尔韦德说道，虽然他还笑着，不过此刻笑容里已经没有丝毫愉快的情绪了。突然，他显得高了许多——至少高了三英寸——而且显得不那么圆墩墩了。

是光线的缘故吧，斯特里特心想，落日光线捣的鬼。他忽然注意到，不舒服的味道可能不过就是燃烧过的航空燃料的味道，被随意经过的一阵风带到了栅栏外围这个小小的沙砾广场上。这样想很有道理……不过，他还是听了艾尔韦德的话，一言不发。

"为什么男人或者女人需要延长、需要增加呢？你有没有问过自己这个问题？"

"我当然问过。"斯特里特答道，语气里含着一丝粗暴。"我在银行供职,艾尔韦德先生——德里储蓄银行。人们一直向我要求延长贷款。"

"那么,你知道人们需要延长来弥补短缺——短期信贷啦,短鸡巴啦,近视啦,等等诸如此类的。"

"是啊,现在就是个他妈的短缺的世道。"

"确实如此。不过,就连不存在的东西也有重量。负重量,这才是最糟糕的。从你身上失去的重量一定到别处去了。这是简单的物理学。我们可以这么叫吧,精神物理学。"

斯特里特饶有兴味地打量着艾尔韦德,刚才一瞬间觉得这家伙突然变高的印象消失了。这不过是个矮矮的、圆墩墩的家伙,他的钱包里可能还放着绿色的门诊卡呢——如果不是来自朱丽普山,就是来自班戈的阿卡迪亚精神病医院。当然,前提是他有钱包的话。

"斯特里特先生,我可以言归正传吗?"

"请。"

"你得转移重量。就是说,你得对别人干坏事,如果你要把坏东西从自己身上去掉的话。"

"明白。"他说。

"不过,不能是随便一个什么人。古老的无名祭祀已经尝试过了,不灵验。非得是你憎恨的人。斯特里特先生,你有憎恨的人吗?"

"我可没那么疯狂。"斯特里特说道,"而且我觉得对于那些炸掉美国"科尔号"船①的畜生来说,坐监狱算是太便宜他们了,不过,我不认为他们会一直——"

"正经些,否则不灵的。"艾尔韦德说道,这会儿,他又显得高了不少。斯特里特纳闷,这会不会是他服药之后产生的某种奇特的副作用。

"要是你指的是在我个人生活当中的话,那么,我没有憎恨的人。有些人我不喜欢,比如隔壁邻居登布拉太太,她老是把没盖盖子的垃圾箱放在门外,风一吹,垃圾就在我家的草坪上撒得满地都是——"

"斯特里特先生,已故的帝诺·马丁曾经说过,有时候人人都有憎

---

① 二〇〇〇年十月十二日,美国海军第五舰队的"科尔号"驱逐舰在也门亚丁港遭到自杀式爆炸袭击,造成多人伤亡。

恨的人。"

"威尔·罗杰斯①说过——"

"他是个骗子,戴帽子时总把帽子压到眼睛四周,像个小小的顽皮牛仔。此外,要是你真的无人可恨的话,那么我们就没法做生意了。"

斯特里特仔细想了一会儿。他低头看看自己的鞋子,用小得连自己都辨认不出来的声音说话。"我想,我恨汤姆·古德胡。"

"在你的生活当中,他算什么人呢?"

斯特里特叹口气,"他是我自文法学校以来最好的朋友。"

片刻的沉默,然后,艾尔韦德开始放声朗笑。他绕着牌桌大步走,在斯特里特背上拍拍(他的手冰凉,手指感觉又长又细,而不是又短又粗),然后又大步走回到他的折椅边。他一屁股倒在上面,还呼哧呼哧喘着粗气。他脸色发红,顺着面颊哗哗流下的眼泪在夕阳下看起来也是红的。

"你最好的……自文法……哦,那是……"

艾尔韦德再也说不出话来。他的鼻息变成了阵阵风声和号啕声,还有阵阵痉挛。他的下颌(在这张胖嘟嘟的脸上尖得出奇)朝着一尘不染(不过正在变暗)的夏日天空,时而向上,时而向下。最后,他终于控制住自己,不再笑了。斯特里特曾想到把自己的手帕给他,但还是决定不让自己的手帕接触到这个专卖延长产品的销售人员的皮肤。

"这妙极了,斯特里特先生,"他说,"我们可以做生意了。"

"哎呀,妙极了。"斯特里特说道,又朝后退了一步。"又能活十五年,我已经感到高兴了。不过,我的车还停在自行车道里,违反了交通规则,我可能会吃罚单。"

"不用担心,"艾尔韦德说,"你也许已经发现了,我们闲聊了这么久,连个平民百姓的车子都没来过,更别说德里警察局的人了。每当我开始跟严肃认真的男女顾客严肃认真地做生意的时候,从来不会受到交通方面的干扰;我保证。"

斯特里特不安地朝四周看看。的确如此。他能听到远处威奇安姆

---

① 美国幽默作家,演员。

大街上的车流声,那是开往厄普米尔山的车,可是这儿却十分清静。当然,他提醒自己,工作日结束之后,这里的交通一向不太繁忙。

可是没有任何车?完完全全没有人和车?你也许能在子夜时分指望这事儿,不过,不可能是在晚上七点半。

"告诉我你为什么憎恨你最好的朋友。"艾尔韦德说道。

斯特里特再一次提醒自己,这人神智混乱。艾尔韦德说出来的任何话语都不要相信。这个想法倒让他如释重负了。

"我们小的时候,汤姆就长得比我好看,现在更是这样。他精通三项体育运动,而我唯一会玩儿、还只是玩得半吊子的体育运动就是迷你高尔夫。"

"我想不会有拉拉队为那样的人加油吧。"艾尔韦德说。

斯特里特苦笑,开始对这个话题上瘾了。"汤姆很聪明,但在德里高中上学时一直很懒惰,所以上大学的希望渺茫。不过,当他的成绩下降得厉害、足以威胁到他的运动资格时,他就慌了。那时候,谁出现了呢?"

"你啊!"艾尔韦德喊道,"老负责先生啊!辅导他,是吗?也许还写过几篇论文吧?肯定还特意把几个汤姆经常拼错的单词写错来糊弄老师吧?"

"没错。事实上,我们上高三时——那年汤姆拿到了缅因州的体育奖——我真正是扮演了两个学生:戴维·斯特里特和汤姆·古德胡。"

"不容易啊。"

"你知道什么更不容易吗?我有个女朋友。是个漂亮女孩,名叫诺尔玛·威顿。深棕色的头发和眼睛,皮肤完美无瑕,颧骨也很好看——"

"说到这个,你就停不下来了——"

"确实是。不过,先不谈她的性感——"

"你从来没真的把她的性感放在一边吧——"

"——我爱那个姑娘。可你知道汤姆干出什么事了吗?"

"把她从你身边抢走了!"艾尔韦德怒不可遏地说道。

"对。他们俩找到我,和盘托出了事情的原委。"

"了不起!"

"声称他们就是情不自禁。"

"声称他们相爱了。"

"是啊。本能的力量啊,这件事他们自己无法控制啊,还有等等之类的借口。"

"让我猜猜看,他把她肚子搞大了。"

"确实。"斯特里特又望望自己的鞋子,想起了诺尔玛在二年级还是三年级时穿的一条裙子。裙子裁剪得刚好让下面的一圈衬裙能够飘起来。那差不多是三十年前的事了,可有时候,跟詹妮做爱时,他脑子里还是浮现出那个形象。他从没跟诺尔玛做过爱,她不允许。可她却热切地为汤姆·古德胡脱下了内裤。很可能他第一次张口,她就从了。

"然后他把她抛弃了。"

"没有。"斯特里特叹息道,"他娶了她。"

"然后,和她离了婚! 可能是把她打痴了以后吧?"

"比这还要糟糕。他们还是厮守着。生了三个孩子。走在百赛公园里时,他们常常手牵着手。"

"这是我听到过的最糟糕的事情了。没什么比这再糟糕的了。除非……"艾尔韦德从浓密的眉毛下面狡黠地看看斯特里特,"除非你自己的婚姻里没有爱情。"

"恰恰相反,"斯特里特说道,他被这想法给怔住了。"我非常爱詹妮,她也爱我。在癌症期间,她对我的支持真是非同寻常。如果天地间还有和睦这等事,那么汤姆和我算是各自找到适合自己的归宿了。绝对如此。可是……"

"可是什么?"艾尔韦德既高兴又急切地看着他。

斯特里特意识到,他的指甲掐进了掌心。他没有舒张放松,而是更加拼命地往下掐。往下掐,一直掐到他感觉到血滴了出来。"可是他偷走了她!"这件事很多年来一直在啃啮他的心,现在这秘密吼出来感觉好多了。

"确实他就这么干了,我们一向贪得无厌,不论所渴望的东西对我们是好还是坏。斯特里特先生,你说呢?"

斯特里特没有回答。他呼吸困难，像刚刚跑了五十码，或者刚刚卷入了一场街斗。

"就这些了？"艾尔韦德用友善的教区牧师的口吻问道。

"不。"

"那就全吐出来，把水泡放干吧。"

"他成了百万富翁。他不该成为百万富翁的，可偏偏他就成了。在八十年代末期——那场该死的洪涝差不多把整个镇子冲光之后不久——他开了一家垃圾公司……不过，他管它叫德里废品清理回收公司。这名字好啊，你知道的。"

"不算难听。"

"他到我这里来贷款，虽然银行里很多人都觉得不靠谱，但我还是帮他弄成了。艾尔韦德，你知道我为什么帮他弄成吗？"

"因为他是你朋友！"

"再猜。"

"因为你认为他会搞砸、赔光。"

"是的。他把所有的积蓄投到垃圾卡车上，把房产作了抵押，去买了靠近新港镇线路的一块地，做垃圾填埋场用。新泽西的流氓们拥有垃圾填埋场，那是为了洗靠贩卖毒品和卖淫得来的黑钱，也把它当成埋尸体的坑用。我认为这是个疯狂的想法，于是就迫不及待地把那笔贷款批了。他感激涕零，为此至今视我为兄弟，总是不忘告诉人们，我如何为他铤而走险。'就像在中学里一样，戴维帮了我。'你知道吗，镇上的小孩子们现在管他的垃圾填埋场叫什么？"

"告诉我！"

"垃圾山！巨大的垃圾山！如果谁告诉我说那个垃圾山有放射性，我绝不会惊讶！垃圾上面覆盖着草皮，但是，四周竖着请勿靠近的标牌，也许在那绿色的草皮下面有只曼哈顿老鼠！它们也可能是放射性的！"

他停顿下来，意识到自己的话听起来滑稽可笑。艾尔韦德失去了理性，可是——让人惊讶的是，斯特里特自己也变疯了！起码在关于他朋友这个话题上。还有……

250

在癌症这个事情上,斯特里特心想。

"好,我们来理一理。你们小的时候,汤姆·古德胡就比你长得好看。他拥有运动天赋,而你却没有。你汽车后座上的那个姑娘一向把又白又滑的大腿夹得紧紧的,但是却为汤姆又开了。他娶了她。他们至今还在相爱。孩子都很好,我想?"

"健康漂亮!"斯特里特吐了口痰,"一个结了婚,一个上了大学,一个还在中学! 那个还是橄榄球队的队长呢! 酷似他那个老骚货父亲!"

"是的。而且,他有钱,而你却为了一年六万美金左右的薪水,在拼死拼活地挣扎着。"

"因为给他放了这笔贷款,我得了一笔奖金,"斯特里特喃喃道,"因为我的做法显示出了远见。"

"可你实际上想要的却是升职。"

"你怎么知道的?"

"我现在虽是个商人,不过,有段时间我也是个卑微的打工仔,还没独当一面、自己单干,就被开除了。那其实是我一生中最好的一件事。我现在知道这些事儿是怎么回事了。还有别的什么事吗? 不妨来个一吐为快吧。"

"他现在喝的是花斑老母鸡啤酒!"斯特里特高喊道,"德里没有人喝那种摆谱的狗尿! 就只有他! 只有汤姆·古德胡,垃圾王!"

"他有跑车吗?"艾尔韦德平静地说道。

"没有。要是他有的话,我起码可以跟詹妮一起拿跑车绝经来开开玩笑。他开的是辆他妈的路虎。"

"我想也许还有一件事吧,"艾尔韦德说,"如果是这样,你也不妨一吐为快。"

"他没患癌症。"斯特里特差不多是像说悄悄话一样说出这句话的,"他五十一岁了,和我一样。可他还是他妈的健康得……如同一匹……马一样。"

"你也是啊。"艾尔韦德说道。

"什么?"

"好了,斯特里特先生。鉴于我治好了你的癌症,起码是暂时治好了,我可以叫你戴维了吗?"

"你太疯狂了。"斯特里特说道,语气中带着一丝敬畏。

"不,先生,我清醒得很。不过,注意,我说的是暂时。我们的关系现在还处于'试一试你再买'的阶段。这个阶段要持续起码一周时间,也许是十天。我建议你去看看医生。我认为,他会发现你的状况有了明显好转。不过好转时间不会长,除非……"

"除非?"

艾尔韦德身子往前倾,亲密地笑了笑。相对于他那张嘴来说,他的牙齿似乎太多了(而且太大了)。"我时不时地到这儿来,"他说,"通常就在这个时候。"

"就在日落之前。"

"对。大多数人注意不到我——他们的目光从我身上穿过,好像我压根不存在似的——但是你会来找我的,是吗?"

"要是我身体好些,我肯定会来的。"斯特里特说道。

"而且你会给我带些什么的。"

艾尔韦德的笑容显得更灿烂了,这时,斯特里特发现一个既奇妙又恐怖的情况:眼前这个人的牙齿不光太大、太多,而且还很尖利。

他回来的时候,詹妮正在洗衣房叠衣服。"回来啦,"她说道,"我刚还有点担心呢。一路还顺利吧?"

"还好。"他答道。他扫视了一眼厨房。样子与往日不同了。像是梦中的厨房。于是,他开了灯,情况好些了。艾尔韦德就是个梦。艾尔韦德跟他的诺言都是梦境。他只不过是个从阿卡迪亚精神病院跑出来的傻瓜。

她来到他身边,吻吻他的面颊。烘干机的热气把她的脸烘得红红的,看起来很漂亮。她其实已经五十了,可显得很年轻。斯特里特心想,他死后,她的日子可能还很长。他想,梅和贾斯汀兴许还会有个继父。

"你气色不错,"她说,"看上去有点血色了。"

"是吗?"

"是啊。"她朝他莞尔一笑，可这笑的背后隐藏着痛苦。"趁我叠剩下的衣服的时候，过来跟我说说话吧。这活儿真够乏味的。"

他跟着她，站在洗衣房的门边。他知道，站着比帮忙好。她说过，他连块洗碗布都叠不好。

"贾斯汀打电话来了，"她说，"他和卡尔都在威尼斯，住在一家青年旅社。他说，他们的出租车司机说得一口很好的英语。现在正在参加舞会呢。"

"不错啊。"

"不把诊断结果告诉他们，你做得对，"她说，"你做得对，是我错了。"

"这是我们结婚以来的第一次。"

她朝他皱皱鼻子。"他非常期待这次旅行。不过，等他回来，你就必须得说了。梅要从斯尔思港过来参加格蕾茜的婚礼，正好可以趁机会跟她也说说。"格蕾茜就是格蕾茜·古德胡，汤姆和诺尔玛的长女，卡尔·古德胡——贾斯汀的旅伴——排行老二。

"到时候看吧。"斯特里特说。他裤子后面的口袋里放了只呕吐袋子，可他已经一点儿也没有要呕吐的感觉了。他有点想吃东西，好多天来，他头一回有这种感觉。

其实什么都没发生——你知道的，对吧？这只是一点点心理暗示罢了，会逐渐消退的。

"就像我的发际线一样。"他说。

"什么，亲爱的？"

"没什么。"

"哦，说到格蕾茜，诺尔玛打电话来了。她提醒我，说星期四晚上，轮到他们请我们在家吃饭了。我说我要问问你，但是我也跟她说了，你在银行忙得要命，要工作到很晚，忙些坏账之类的东西。我想，你不想见他们。"

她的嗓音和从前一样平淡镇定，可是，突然间，她哭了起来，眼睛里充满泪水，就像故事书描绘的一般，眼泪顺着面颊啪嗒啪嗒地滚下来。爱，在婚后多年，已经变得平淡乏味，可现在，爱在他胸中一下子汹涌起来,如同在早年的岁月中一样新鲜,那时,他们俩在科斯索斯街寒碜的公寓里过日子,有时在客厅地毯上做爱。他走进洗衣房,把她手中的衬衫接过来,抱住了她。她也紧紧地抱住了他。

"为什么这么不公平啊,"她说,"我们会挺过去的。我不知道该怎么挺过去,但是我们肯定能挺过去的。"

"是的。我们就从周四晚上跟汤姆和诺尔玛一起吃饭开始吧,就像往常那样。"

她抽出身子,泪眼婆娑地看着他。"你要告诉他们?"

"扫了吃饭的兴致?不。"

"你能吃吗?不会……"她把两个指头放到紧闭的嘴唇上,鼓起腮帮子,一副呕吐的鬼脸扮相,惹得斯特里特咧嘴笑了。

"我不清楚星期四情况会怎样,不过,现在我想吃点东西了。"他说,"不介意我给自己弄个汉堡包吃吧?或者,我去麦当劳……给你带份巧克力奶昔……"

"我的上帝啊,"她说道,然后擦了擦眼睛。"奇迹。"

"准确地说,我不会称之为奇迹。"汉德森医生星期三下午对斯特里特说,"不过……"

自从斯特里特在艾尔韦德先生的黄伞下面和他一起讨论生死问题以来,两天过去了。现在,距离斯特里特和古德胡一家共进晚餐还剩一天时间,这次聚会地点在古德胡家,斯特里特有时候把那地方想成是垃圾砌成的房子。眼下的谈话不是在汉德森医生的办公室进行的,而是在德里家乡医院一间不大的诊疗室。汉德森试图说服他放弃核磁共振检查,告诉他核磁共振成像不在他的保险范围之内,并说检查结果肯定会让他失望。可斯特里特坚持要做。

"不过什么,罗德?"

"肿瘤好像缩小了,而且你的肺部似乎清晰了。我从来没有见过这样的结果。其他两位医生也从没有见过这种情况。更重要的是——这话就咱俩私下说说——核磁共振相关的技术人员也从来没有见过,那些技术人员都是我信得过的人。他们认为可能是机器本身出了故障。"

"不过,我倒是感觉良好,"斯特里特说,"这就是我为什么要求做这个检查的原因。那也是出了故障吗?"

"你还吐吗?"

"有过两三次,"斯特里特实话实说道,"不过,我认为是化疗反应。顺便说一下,我要求暂停化疗。"

罗德·汉德森蹙了蹙眉头。"这样做很不明智。"

"一开始同意做化疗才是不明智的,我的朋友。你说,'对不起,戴维,你死亡的概率是百分之九十,你没机会说情人节快乐了,因此,我们要在剩下的时间里往你身体里下满毒。化疗的感觉很可能比我用从汤姆·古德胡垃圾填埋场找来的淤血给你注射还要糟糕。'当时我竟然像个傻子一样说,好吧。"

汉德森看起来有点生气。"化疗是最后的、最大的希望——"

"别他妈的放屁了。"斯特里特一边说,一边温和地咧嘴笑笑。他深深呼吸了一口气,这口气息一直沁入肺的底部,感觉好极了。"癌症凶的时候,化疗并不适合病人,只会增加病人的痛苦。这么做,只是为了待到病人死的时候,医生和亲人对着棺材互相拥抱,说'我们已经竭尽全力了'。"

"这么说未免太刻薄了。"汉德森说,"你知道,这个病容易反复,知道吧?"

"你对肿瘤说去吧,"斯特里特说,"对再也不存在的肿瘤说去吧。"

汉德森看看斯特里特的影像,这些影像在诊疗室显示屏上以二十秒的间隔闪闪晃晃,叹了口气。影像显示良好,连斯特里特也知道,但是这些影像似乎让他的医生不开心。

"放松,罗德。"斯特里特轻轻地说,就像梅或者贾斯汀小时候丢了或弄坏心爱的玩具时他的口气。"倒霉事会发生;有时,奇迹也会发生。这是我在《读者文摘》上面读到的。"

"根据我的经验,这种事情从没发生过。"汉德森拿起笔,敲敲斯特里特的病历资料,最近三个月,资料一下子多了很多。

"万事总有头一回。"斯特里特说道。

星期四晚上；夏日夜晚的黄昏时刻。垂落的太阳把红彤彤、梦幻似的光芒照射到三块修剪精美、上水浇灌、风景如画的草坪上，汤姆·古德胡冒失地管它叫"旧式后院"。

斯特里特坐在天井里一张草坪椅子上面，听到詹妮和诺尔玛往洗碗机里装东西时碟子发出"啪啪"的声响和她们俩的笑声。

院子？这不是院子，是购物频道迷关于天堂的构想。

甚至还有个喷泉，喷泉中央站着个大理石做的孩童。不知什么原因，这光着屁股的胖娃娃（在撒尿，肯定）最让斯特里特感到光火。他肯定这是诺尔玛的主意——她重新回到大学里拿了个通识教育学位，捣鼓出这么个半吊子古典名堂——不过，在这儿，在美轮美奂的缅因州傍晚的落日余晖里，见到如此景色，而且知道它的存在正是汤姆垃圾垄断的结果……

说曹操，曹操到，正想到这，垃圾王就走了进来，左手手指间夹着两瓶正在冒汗的花斑老母鸡啤酒。汤姆·古德胡身材颀长而笔挺，穿着件开颈牛津纺衬衫和褪色的牛仔裤，清癯的脸庞被夕阳照耀着，很像杂志里做啤酒广告的模特。斯特里特脑子里似乎已经看到了广告：要过好日子，就喝花斑老母鸡。

"既然你漂亮的妻子说她开车，那就喝点吧，我想你也许会喜欢来瓶新牌子的。"

"谢谢。"斯特里特拿了瓶子，靠到嘴边喝起来。不管是不是装腔作势，这啤酒味道还真不错。

就在古德胡坐下的时候，橄榄球运动员雅克布端着一碟奶酪和饼干出来了。他双肩宽阔，英俊潇洒，和从前的汤姆一样。可能有很多拉拉队员向他投怀送抱，斯特里特心想，可能非得他妈的用棍子才能把她们打跑。

"妈妈说你们可能喜欢吃这个。"雅克布说。

"谢谢你，你要出去？"

"就一会儿。和几个伙计们扔扔飞碟，玩到天黑，然后做功课。"

"待在路这边玩。因为垃圾又多了，那儿有毒藤。"

"哦，我们知道。初中时，丹尼被毒藤感染过，当时情况太糟了，他

256

妈妈以为他得了癌症呢。"

"哦!"斯特里特说。

"孩子,回家时开车要小心,别显摆你的车技。"

"放心吧。"这孩子用一只胳膊抱抱他父亲,毫不做作地吻了吻他父亲的面颊,这让斯特里特感到沮丧。汤姆不仅仅身体好,还有个漂亮老婆,一个滑稽好笑的撒尿胖娃娃,一个英俊潇洒的十八岁儿子,他和最要好的朋友一起出去前还和他父亲吻别,而且竟然一点也不做作。

"他是个乖孩子,"古德胡一边看着雅克布跑上台阶,一边满心欢喜地说,"学习刻苦,成绩好,不像他老子。幸运的是,我有你这个朋友。"

"我们俩都有福气。"斯特里特说道,笑眯眯地把一点法国产的布里奶酪放在一块饼干上,然后把它放到嘴里。

"看到你吃东西我好过些了,老兄,"古德胡说,"我和诺尔玛还纳闷,你是不是哪里出了毛病呢。"

"我很好。"斯特里特说完,又喝了些美味(当然也昂贵)的啤酒。"不过,我前面一直在掉头发。詹妮说这让我显得更消瘦了。"

"那事女士们倒不必担忧。"古德胡说,然后用手把自己的头发往后捋捋,他的头发和十八岁时一样还是满满实实的,也没长一根白头发。顺心的时候,詹妮·斯特里特看起来还能像四十岁的人,但是在渐渐下山、红彤彤的夕阳里,垃圾王看起来像三十五岁。他不抽烟,喝酒从不过量,还在一家与斯特里特任职的银行有生意往来的健身俱乐部锻炼,那家俱乐部的费用斯特里特可付不起。他家的老二卡尔目前和贾斯汀·斯特里特在欧洲,他们俩旅行花的是卡尔·古德胡的钱。当然,这些钱其实都是垃圾王的。

哦,拥有一切的人,你的名字叫古德胡。斯特里特心想,冲老朋友笑笑。

他的老朋友也冲他笑笑,用自己的啤酒瓶颈碰碰斯特里特的酒瓶。"生活真美好,不是吗?"

"非常美好,"斯特里特附和道,"天长,夜爽。"

古德胡扬扬眉。"这话你是从哪儿听来的?"

"自己杜撰的,"斯特里特说,"不过说得倒也不错,不是吗?"

"如果真是这样,我倒要把我许多愉快的夜晚归功于你。"古德胡说,"我脑子里刚刚闪过这样的念头,老兄,我的生活都要归功于你。无论如何,美好的那部分都归功于你。"

"哪里啊,你是靠自我奋斗获得成功的。"

古德胡把声音压低,保密般地说起来:"想知道真实情况吗?女人造就男人。《圣经》上说,'谁能找到好老婆?因为她的身价超过红宝石。'这话有点道理。是你介绍我们认识的。我不知道你是不是还记得这事儿。"

斯特里特突然感到一种无法抵御的冲动,想把啤酒瓶摔碎在天井的砖头上,然后用凹凸不平、还泛着酒沫的瓶颈戳进老朋友的眼睛里去。然而,他笑了笑,又抿了口啤酒,然后站起身来。"我想我需要上厕所了。"

"啤酒不能买卖,只能租赁。"古德胡说道,接着放声大笑,好像是他自己发明这句话似的。

"失陪。"斯特里特说道。

"你现在看起来好多了!"斯特里特走上台阶的时候,古德胡在他后面喊道。

"谢谢,"斯特里特说,"老兄。"

他关上厕所门,把锁扣推进去,开灯,然后——平生第一次——打开了别人家的药柜门。他一眼看到的第一件东西令他无限高兴:一管男士专用的染发产品。还有一些处方药瓶。

斯特里特心想,把药放在客人用的厕所间的人实在是自找麻烦。倒不是有什么轰动性的东西:诺尔玛服哮喘药;汤姆正在服高血压药——阿替洛尔——还使用某种皮肤膏。

阿替洛尔药瓶里的药只剩一半了。斯特里特取出一粒,把它塞进牛仔裤的表袋里,冲了冲厕所,然后就离开了,感觉像个刚刚从陌生国家偷渡过来的人。

第二天晚上,天空乌云密布,但是乔治·艾尔韦德依旧坐在黄伞下面,还是在观看便携式电视上的《新闻内幕》。内容与歌星惠特尼·休斯顿有关,说她签署了一份巨大的新录制合同不久之后就离奇地体重骤降。艾尔韦德用又短又粗的手指头一扭开关,掐掉了这个谣言,微笑着看看斯特里特。

"戴维,感觉怎么样?"

"好多了。"

"真的?"

"真的。"

"还吐吗?"

"今天没有。"

"吃东西了?"

"狼吞虎咽。"

"我想你已经做了检查。"

"你怎么知道的?"

"一名不折不扣的事业有成的银行家当然会这么做。你给我带什么来了?"

有一刻,斯特里特想走开。然而,他还是把手伸进身上穿的便服夹克衫的口袋里(就八月份而言,今晚凉飕飕的,而他的身体又很单薄),拿出一块小小的方形餐巾纸。他犹豫了片刻,然后把它递给牌桌对面的艾尔韦德,他打开了纸包。

"啊,阿替洛尔。"艾尔韦德说,然后把药片放到嘴里吞了下去。

斯特里特惊讶地张开了嘴,然后慢慢闭上。

"别一副大惊小怪的样子,"艾尔韦德说,"如果你干像我这样高度紧张的活儿,你也会有血压问题的。唉,不说这个了,你不会想知道这些。"

"然后呢?"斯特里特问。即便穿了夹克衫,他还是感到冷。

"然后?"艾尔韦德显出吃惊的样子,"你开始享受你十五年的健康生活。也可能二十年,甚至二十五年。谁知道呢?"

"我生活得幸福吗?"

艾尔韦德做出一副坏兮兮的表情。要不是因为斯特里特在这表情背后看到了冷酷和沧桑，估计还会觉得好笑。就在那一刻，他确信乔治·艾尔韦德干这生意已经好久了。"幸福不幸福全在于你自己，戴维。当然，还有你的家人——詹妮、梅和贾斯汀。"

他告诉过艾尔韦德他们的名字吗？斯特里特记不清了。

"主要还是孩子们吧。有句古话，大意是：孩子是父母的人质，可事实上是孩子们把父母当成了人质，我是这么觉得的。他们当中某个人可能在某个偏僻的乡间马路上遇上致命的或者致残的事故……成为令人心力交瘁的疾病的受害者……"

"你是说——"

"不，不，不！这不是什么道德故事。我是个生意人，不是《黑夜煞星》①故事里的人物。我说的就是，你的幸福掌握在你手中，以及你最近、最亲的人手中。要是你认为我在二十年后将会出现，把你的灵魂收集到我发霉、陈旧的笔记本里，那么，你最好再想想。人类的灵魂已经变成贫乏和透明的东西了。"

斯特里特心想，他这么说就像跳了很多次、发现葡萄确实够不着的狐狸一样。不过斯特里特不想这么说。既然交易已经完成，他现在想做的就是离开此地。但是他还是有点犹豫不决，不是因为他想问那个一直萦绕在他脑子里的问题，而是他知道他必须得问。因为这里没有什么馈赠礼物这样的事情。斯特里特一生中大多数时间都在银行里从事买卖，他明白什么是精明、划得来的交易；或者说，他能闻到，一种微弱的、令人不爽的臭味，像是烧焦的航空燃料。

就是说，你得对别人干坏事，如果你要把坏东西从自己身上去掉的话。

可是偷了一粒高血压药片不算做坏事吧？算吗？

艾尔韦德，与此同时，正在使劲儿把大雨伞收拢。伞一收好，斯特里特就观察到一个有趣又让人沮丧的情况：伞根本就不是黄色的，而是灰灰的，如同天空。夏天差不多结束了。

"我的大多数顾客完全满意，非常愉快。你想听到这句话吧？"

---

① 原名为 *The Devil and Daniel Webster*，上映于一九四一年。

是的……又不是。

"我感觉得到你有个更相关的问题要问,"艾尔韦德说,"如果你想得到答案,就不要绕弯子,直接问出来。要下雨了,趁没下雨前,我想躲起来。我这年龄最不需要的就是支气管炎。"

"你的车呢?"

"哦,这就是你的问题吗?"艾尔韦德毫不掩饰地嗤之以鼻。他两边的面颊消瘦,没有一丝胖墩墩的样子,两个眼睛在眼角处往上翻,眼白在那里变黑,成了让人不舒服的——是的,真是这样——癌症般的黑色。他看起来像全世界最不令人开心的小丑。

"你的牙齿,"斯特里特愚蠢地说,"是尖的。"

"说出你的问题,斯特里特先生!"

"汤姆·古德胡会患上癌症吗?"

有一刻,艾尔韦德嘴张得老大,然后开始咯咯地笑。笑声呼哧呼哧的,含糊不清,听起来令人很不舒服——像只琴音行将消逝的汽笛风琴。

"不,戴维,"他答道,"汤姆·古德胡不会患上癌症的。不是他。"

"那么,是谁? 谁?"

艾尔韦德用鄙夷不屑的眼神扫视着斯特里特,那份鄙夷让斯特里特的骨头都感到发虚——好像骨头里面被某种毫无疼痛、但是腐蚀性极强的酸啃出了洞眼。"你管那么多干吗? 你恨他,你自己说过的。"

"可是——"

"你只管看,等,享受。把这个拿去。"他把一张名片递给斯特里特。名片上面写的是非宗教派别儿童基金,还有位于开曼岛上的一家银行的地址。

"避税天堂,"艾尔韦德说,"你把给我的钱,也就是你收入的百分之十五存在那儿。要是你骗我,我会知道的。那时候你会痛苦的,伙计。"

"要是我太太知道后问长问短怎么办?"

"你老婆有个人支票本。除此之外,她什么都不看。她信任你。我说的对吗?'

"嗯……"雨点击打着艾尔韦德的手和胳膊,成烟雾状后,发出噬噬的声音,斯特里特望着眼前这一切,一点也不吃惊。"是的。"

"当然我是对的。我们的交易已经完成。从这里离开,回到你老婆身边去吧。我肯定她会张开双臂欢迎你的。把她带到床上去。把你凡人的鸡巴插到她那里去,假装她是你最好的朋友的妻子。你不配得到她,不过你运气好。"

"要是我想反悔呢?"斯特里特喃喃道。

艾尔韦德僵硬地笑了笑,露出一排凶残的牙齿。"不能反悔。"他说道。

那是二○○一年八月,距离双子塔倒塌还不到一个月。

十二月份(事实上,同一天威诺娜·芮德因为在商场偷盗而被逮捕),罗德里克·汉德森医生宣布,戴维·斯特里特身上的癌细胞全部消失——而且还说,这是真正的现代奇迹。

"对此,我没有任何解释。"汉德森说道。

斯特里特倒有解释,不过,他还是保持了沉默。

他们的谈话是在汉德森的办公室里进行的。在德里家乡医院的诊疗室里,也就是斯特里特曾经看过自己奇迹般被治好的身体影像的地方,诺尔玛·古德胡坐在斯特里特坐过的那张椅子上,看着并不乐观的核磁共振成像扫描。当医生告诉她,左乳房的肿块确实是肿瘤,而且已经扩散到淋巴结上的时候,她毫无知觉地听着——要多平静有多平静。

"情况不妙,不过,也不是毫无希望。"医生说道,把手伸过桌子去握诺尔玛冰凉的手。他笑笑,"我们想马上就开始对你进行化疗。"

第二年的六月份,斯特里特终于得到了晋升。梅·斯特里特被哥伦比亚大学新闻学院的研究生院录取了。作为庆祝,斯特里特和妻子一起在夏威夷度过了被推迟了很久的假日。他们做了很多次爱。在毛伊岛的最后一天,汤姆·古德胡打来电话。电话线路不好,而且汤姆几乎说不出话来,不过,消息还是传了过来:诺尔玛过世了。

"我们马上赶回去。"斯特里特许诺道。

他把消息告诉詹妮的时候,她一下子就瘫倒在宾馆床上,双手掩面哭泣。斯特里特躺在她身旁，紧紧地抱住她，心想：反正，我们正好也准备回家了。虽然他对诺尔玛的死有点伤心（对汤姆也有些同情），可好的一点是：他们躲过了令人厌恶的蟑螂季节。

十二月份，斯特里特把一张一万五千美元的支票寄给了非宗教派别儿童基金。他把这笔钱算成纳税申报单上的扣除金额。

二〇〇三年，贾斯汀·斯特里特在布朗大学上了优秀学生名单，而且，他发明了一个名叫"菲多走回家"的游戏。游戏的目标是，把你放出去的狗从购物大楼领回家，在这个过程中，你要避开许多坏蛋司机、从十层阳台坠落的杂物，还要避开一些丧心病狂、自称是杀狗奶奶的老女士们。对斯特里特来说，这个游戏听起来像是玩笑（贾斯汀跟他们说游戏是有讽刺意味的），但是游戏公司看了一眼之后就给他们这位潇洒英俊、幽默风趣的儿子支付了七十五万美元，购买了版权。版税另算。贾斯汀给父母买了两辆丰田探路者越野车，分别是粉色女士款和蓝色绅士款。詹妮哭着，抱着他，说他是个傻气、冲动、大方、出类拔萃的孩子。斯特里特把他带到洛克斯酒店，给他买了瓶花斑老母鸡啤酒。

十月份，卡尔·古德胡在爱默生学院的室友上课回来时发现，卡尔面朝地板躺在他们合住的公寓的地板上，他给自己烤制的奶酪三明治还在煎锅里冒着烟。虽然才二十二岁，可他却患有心脏病。会诊的医生们诊断说，他患有一种先天性心脏缺陷——心壁单薄之类的——但之前一直没有发现。卡尔没死；他的室友及时赶到，而且懂得心肺复活救治的方法。可是，因为缺氧，这位不久前才和贾斯汀·斯特里特一起游历欧洲的聪明、英俊、矫健的年轻人变得和他之前患病的时候差不多，走路跟跟跄跄的。他有时候神智不太清楚，离家一两个街区（他已经搬回家和他那痛心不已的父亲一起生活）就会迷路，而且话也说不清，只能发出含糊其辞的嘟嘟声，这声音只有汤姆听得懂。古德胡给他雇了个看护。那位看护负责给卡尔进行康复训练，帮他换换衣服，还带他两周进行一次"外出远足"。最常见的"外出远足"就是到冰淇淋店去，在那儿卡尔总会买上一只开心果冰淇淋，然后弄得满脸都是，看护会耐心地用湿巾帮他把脸擦干净。

詹妮不再和斯特里特一起到汤姆家吃饭了。"我受不了，"她坦言道，"倒不是卡尔蹑手蹑脚走路的样子让我受不了，也不是他有时候尿裤子——而是他的眼神，好像他记得自己原来是什么样子，却不大记得自己怎么变成了现在这样。而且……我不知道……他脸上总有满怀希望的表情，那表情让我觉得生活中的一切都是玩笑。"

斯特里特明白她话里的意思，因此他和老朋友（没有诺尔玛做饭，现在大多数时候就是吃外卖了）一起吃饭的时候经常思考这话的含意。他喜欢看着汤姆给他残疾的儿子喂饭，他也喜欢看卡尔脸上满怀希望的表情。那种表情像是在说，"所有这一切，都只是我做的梦，马上我就会醒来。"詹妮说得对，这是个玩笑，不过，在某种程度上说，是个好玩笑。

假如你真的思考过这件事的话。

二〇〇四年，梅·斯特里特在《波士顿环球报》找了份工作，宣称自己是美国最幸福的女孩。贾斯汀·斯特里特创作了"摇滚之家"，一直畅销到"吉他英雄"问世，才被人们淡忘。那时，贾斯汀已经转到了名叫"随心所愿"的音乐谱曲电脑项目。斯特里特本人被任命为自己所在银行的分行经理，并有传言说他以后可能担任地区级职位。他把詹妮带到坎昆，在那里，他们度过了极其美好的时光。她开始管他叫"我的亲"了。

汤姆公司的会计私吞了两百万美元之后，人间蒸发了。随后进行的会计审查显示，生意已经摇摇欲坠，似乎那位老不死的会计多年来一直在蚕食着公司。

蚕食吗？斯特里特读到《德里新闻》上的这则故事时心里在想，更像是在某个时段对公司进行大口啃啮。

汤姆看起来再也不像三十五了，而是像六十。他肯定知道这一点，因为他不再染发。斯特里特看到汤姆染过的头发下面还没白，倒是高兴；他的头发有点像艾尔韦德的雨伞合起来时的颜色，灰灰的，没精打采，就和坐在公园长凳上喂鸽子、上了年纪的老人的头发颜色差不多。还是把它叫做失败者专有发色吧。

二〇〇五年,橄榄球员雅克布没去上大学(靠他得到的全额运动员奖学金本来可以去上的),却去了他父亲那濒临破产的公司做事,遇到了一位姑娘,结了婚。那姑娘人长得小小的,皮肤黝黑,热情奔放,名叫凯梅·多灵顿。尽管卡尔·古德胡在整个婚礼过程中大喊怪叫,咯咯笑个不停,唠叨不休,尽管古德胡的长女——格蕾茜——离开教堂时,在教堂的台阶上踩着了自己的裙子,绊倒了,腿上有两处摔断了,斯特里特和他妻子还是一致认为,婚礼仪式很精彩。从婚礼开始到格蕾茜绊倒之前,汤姆·古德胡看起来几乎跟从前一模一样。换句话说,就是很开心。斯特里特不会吝啬给他一点快乐。他觉得就是在地狱,人们偶尔也会呷口水的,即使这么做的目的只是让你更深刻地体会口渴的痛苦滋味。

小夫妻去了波利泽度蜜月。我想老天一直在下雨吧,斯特里特心想。可是老天没有下雨,不过,雅克布因为急性胃肠炎和不停拉肚子把一周大部分时间耗在了一家寒碜破旧的医院里。之前他只喝瓶装水,可是后来忘记了,用自来水刷了牙。"妈的,都怪我自己。"他说。

八百多美军士兵在伊拉克牺牲。那些可怜的孩子。

汤姆·古德胡开始痛风,后来腿瘸了,开始用拐杖。

那年,给非宗教派别儿童基金的支票金额特别大,不过,斯特里特毫不吝啬。施予要比被施予更有福气,所有的精英人士都是这么说的。

二〇〇六年,汤姆的女儿格蕾茜患了脓溢病,牙齿全掉光,嗅觉也丧失了。在这之后不久的一个晚上,也就是在古德胡和斯特里特两家每周聚餐的时候(这回就两个男人;看护带卡尔"外出远足"了),汤姆·古德胡泪流满面,失声痛哭。他不再喝花斑老母鸡啤酒了,改喝孟买蓝宝石酒,这回喝得酩酊大醉。"我搞不清楚,到底倒了什么霉,"他啜泣道,"我觉得自己像……说不清……像倒霉的约伯①!"

斯特里特抱住他,安慰他。他告诉老朋友,乌云总是滚滚而来,不过,它们迟早会滚滚而去。

---

① 约伯是《圣经》中的人物,以虔诚和忍耐著称,魔鬼为了考验他,把他变得又穷又病。

"是啊,可这些乌云在这里的时间真他妈够长的了!"古德胡哭喊道,然后用握紧的拳头重重击打在斯特里特的脊背上。斯特里特并不介意,因为他这位老友不如从前那么强壮有力了。

查理·辛恩、托利·斯百林,还有大卫·哈塞尔霍夫①都离婚了,但在德里,戴维和詹妮·斯特里特却为庆祝他们结婚三十周年的纪念日办了个派对。派对临近尾声的时候,斯特里特陪着妻子从外面回家。他已经安排了燃放烟火。除了卡尔·古德胡一个人之外,所有人都在鼓掌。卡尔也尝试过,可手就是拍不到一起。最后,这位昔日爱默生学院的学生放弃了拍手,而是用手指着天空,大喊大叫。

二〇〇七年,基弗·萨瑟兰②因为酒后驾车被指控,坐了大牢(这不是头一回了),格蕾茜·古德胡·迪克森的丈夫在一次撞车事故中身亡。当时,安迪·迪克森在下班回家的路上,一个醉鬼把车驶进了他的车道。好消息是,那位醉酒驾车的不是基弗·萨瑟兰;坏消息是,格蕾茜·迪克森已有四个月的身孕,她丈夫为了节约开支,早已终止了自己的人寿保险。格蕾茜搬回家去,跟她父亲和弟弟卡尔住在一起。

"照他们家的运势,那孩子生下恐怕会是畸形。"一天晚上,斯特里特跟妻子做完爱之后,躺在床上说道。

"嘘!"詹妮震惊地喊道。

"要是你把它说出来,它就不会变成真的了。"斯特里特解释道,很快这对儿就相拥着进入了梦乡。

那一年给儿童基金的支票是三万美金。斯特里特写支票的时候,没有丝毫心疼。

格蕾茜的孩子出世的时候,正值二〇〇八年二月暴风雪肆虐的高潮期。好消息是,孩子没有畸形;坏消息是,孩子一生下来就夭折了。死因是该死的家族遗传性心脏病。格蕾茜——无牙、无丈夫、无嗅

① 这三位都是美国影星。
② 加拿大影星,代表作美剧《24小时》。

觉——坠入了深深的忧郁之中。斯特里特认为,这反倒说明她还有理智。要是她四处乱转,打着口哨说,"别担心,快乐起来。"他倒会建议汤姆把家里所有的锐器锁好。

一架载着"闪光-182"摇滚乐队两名成员的飞机坠毁了。坏消息是,四人死亡;好消息是,尽管其中一位成员不久也会离世,实际幸存下来的摇滚乐队成员可以重组……

"我冒犯上帝了。"汤姆在一次聚餐的时候,两个男人现在把这样的聚餐称为属于他们自己的"单身汉之夜"。斯特里特从卡拉妈妈店里买来通心粉,把碟子擦得干干净净。汤姆·古德胡几乎碰都没碰他的晚餐。另一个房间里面,格蕾茜和卡尔正在观看《美国偶像》,格蕾茜一言不发,那位爱默生学院的前高材生却在大声喊叫,呱呱说个不停。"我不知道怎么回事,可是,我已经冒犯上帝了。"

"别这么说,因为这不是真的。"

"你又不知道。"

"我知道,"斯特里特坚定地说,"你刚才说的全是胡话。"

"谢谢你这么说,朋友。"汤姆的眼睛里充满了泪水。泪珠顺着面颊流下。一颗泪珠在没刮胡子的下巴悬了一会儿,然后"叮当"一声掉进了没动过的通心粉里。"感谢上帝,保佑雅克布。他没事儿,这些日子在波士顿的一家电视台上班,他妻子在布利甘妇女医院里做会计。每过一段时间,他们都会和梅见见面。"

"好消息。"斯特里特诚心诚意地说,希望雅克布不会以某种方式害了他女儿。

"你还来看我。我理解为什么詹妮不来了,我不会为此嫉恨她,可是……我盼望着这些夜晚,它们把现在跟从前的岁月连在了一起。"

是啊,斯特里特心想,从前你拥有一切,而我患了癌症。

"我会一直在你身边的,"他说,然后用自己的双手握紧着古德胡的一只微微颤抖的手。"我们是朋友,一直到永远。"

二〇〇八年,那是怎样的一年啊!操他妈的!中国举办了奥运会!克里斯·布朗和蕾哈娜成了亲密的一对儿!银行倒闭!股市崩盘!十一月份，美国环保署封了垃圾山，那是汤姆收入的最后来源。针对那些跟地下水污染和非法倾倒医药废物有关的情况，政府阐明了其诉诸法律的意向。《德里新闻报》暗示，甚至可能会采取刑事措施。

斯特里特经常在傍晚时分沿着哈里斯大道的支路驾车外出，寻找那把黄伞。他不想讨价还价；他只想找他扯扯牛皮。但是他再也没见到过那把伞，或者伞的主人。他感到失望，但是并不惊讶。做交易的人就像鲨鱼，非得不停地移动，否则就会死。

他写了张支票，把它汇到了开曼岛上的那家银行。

二○○九年，克里斯·布朗获得了格莱美大奖之后，把他的头号亲妞儿打得半死。几个星期之后，前橄榄球员雅克布·古德胡——在妻子从他的夹克衫口袋里发现一件女人内衣和半克可卡因之后——把自己那位热情奔放的妻子凯梅打得半死。妻子躺在地上一边哭喊，一边骂他婊子养的。于是，雅克布用叉子刺进她的腹部。刺完后，他马上就后悔了，拨打了911电话，可是，伤害已成事实：他刺破了她胃部的两块地方。后来他告诉警察，关于当时的情况，他什么都记不得了。当时，他失去意识了，他说。

法院给他指派的律师太傻了，连个保释金减免也没帮他搞定。雅克布·古德胡向他父亲求助，可他父亲连自己的供暖账单都无法支付，哪里还谈得上给虐待妻子的儿子提供高昂的律师费？古德胡又向斯特里特求助，他还没说几个字，斯特里特就答应了。他还记得，雅克布毫不做作地亲吻他父亲面颊的样子。而且，帮他支付诉讼费用使斯特里特有机会向律师询问雅克布的精神状况；据说，他内心受到愧疚的煎熬，情绪非常低落。律师告诉斯特里特，这孩子可能会服刑五年，其中，三年有望缓期执行。

服完刑，他就可以回家了，斯特里特心想，他可以跟格蕾茜和卡尔一块儿看《美国偶像》，要是这节目还在播的话。有可能，那时还会在播。

"我有保险。"一天晚上，汤姆·古德胡说道。他体重减了许多，衣服穿在身上空荡荡的。眼睛也模糊不清了。他还患上了牛皮癣病，总是不停地抓胳膊，白皙的皮肤上留下又长又红的印痕。"如果我觉得可以把事情弄得像一场意外事故，我就自杀。"

"我不想听到类似的话，"斯特里特说，"情况会好转的。"

六月份，歌星迈克尔·杰克逊翘辫子了。八月份，卡尔·古德胡也去世了，被一块苹果哽塞而死。本来他的看护可以实施海姆利克急救法救活他的，但是因为十六个月前资金短缺，那位看护早就离开了。格蕾茜当时听到了卡尔"咯咯咯"的声音，不过，她说，她以为"这不过是他平时的胡言乱语罢了"。好消息是，卡尔也有人寿保险，虽然只是个小保单，但是得到的保险赔偿足够把他葬了。

葬礼过后（汤姆·古德胡整个过程都在哭泣，靠着他的老朋友撑住身子），斯特里特突然有了出手大方的冲动。他找到了基弗·萨瑟兰的工作室地址，寄给他一个匿名戒酒会的宣传册，东西可能会直接被扔到垃圾堆里去，他知道，不过，你永远也说不准。有的时候，可能出现奇迹。

二〇〇九年九月初，一个炎热的夏日傍晚，斯特里特和詹妮开车来到顺着德里机场后头延伸的马路上。栅栏外围的沙砾广场上已经没人做生意了，于是，他把自己精美的蓝色探路者泊在那儿，搂着他深爱的妻子。太阳像个红红的球体，在往下坠落。

他转向詹妮，发现她在哭泣。他把她的脸转过来，朝向他，神情庄重地吻掉了她的眼泪。这令她笑了起来。

"怎么啦，亲爱的？"

"我在寻思着古德胡一家子呢。我从没见过哪家人运气会这么背。仅仅是背运吗？"她笑了，"更像是倒了大霉啊。"

"我也没见过。"他说，"不过，倒霉的事情无时无刻不在发生。在孟买袭击中伤亡的一名妇女怀孕在身，你知道吗？她两岁的孩子还活着，但是，被打得险些丧命。还有——"

她把两个手指头放到嘴唇上。"嘘，别再说了。生活并不公平，我们知道。"

"可生活是公平的！"斯特里特急吼吼地说道。在夕阳余晖的映照下,他脸色红润,很健康。"就看看我吧。曾经有段时间,你根本不会认为我能活着见到二〇〇九年,对不对?"

"是的,可是——"

"还有我们的婚姻,依旧跟橡树门一样牢不可破。或者,我错了?"

她摇摇头。他没错。

"你已经在给《德里新闻报》撰稿了,梅在《环球报》搞出大名堂了,我们的儿子二十五岁就成了大腕。"

她又开始笑了。斯特里特心里感到高兴,他不喜欢看到她忧郁的样子。

"生活是公平的。在盒子里面,我们同样摇摇晃晃了九个月,然后就是骰子滚动。有些人连续得到七。有些人不幸,得到的是蛇眼。世道就是这样。"

她用双臂搂着他。"我爱你,亲爱的。你看起来总是那么乐观。"

斯特里特耸了耸肩头。"平均定律偏向乐观的人,所有银行家都会这么说。最终,凡事都会平衡。"

机场上空,金星进入视野,在渐渐变蓝的苍穹下闪闪放光。

"许一个愿吧!"斯特里特说道。

詹妮笑了,摇摇头。"我祈愿什么呢?我想要的一切都有了。"

"我也是。"斯特里特说。不过,旋即,他双目坚定地凝视着金星,心里祈愿着要得到更多。

/

美满婚姻

1

在车库里发现那样东西之后,达茜心想,人们不会在闲谈中过问的一件事儿是:你的婚姻怎么样?他们会问你:周末过得怎么样?佛罗里达之行如何?身体还好吗?孩子怎么样啦?他们甚至还问你:宝贝儿,生活待你怎么样啊?可就是无人涉及这问题:你的婚姻怎么样?

不错啊,在那晚之前,她原本会是这样回答这个问题,一切蛮好。

她生下来的时候,名叫达赛伦·麦迪森(只有被新买的婴儿取名用书搞糊涂了的父母才会喜欢达赛伦这么个名字吧),那一年,J. F. 肯尼迪当选为美国总统。她是在缅因州的弗雷堡长大的,那时候,弗雷堡还不过是个小镇子,尚不属于美国第一家超级商场 L. L. 比恩①,以及其他六个被称为"奥特莱斯"(好像它们都是排污水道,而不是购物商场似的)的超大型零售商的附属地区。念完弗雷堡中学之后,她便进了艾迪森商业学校,在那儿学了些文秘技能。之后,她受雇于乔·兰塞姆·雪佛兰公司,到一九八四年她离职时,这家公司已经成为了波特兰地区最大的汽车经销商。她相貌平平,但倒是从两个比她稍谙于世故的女友那里学到了足够的化妆手法,让她能把自己上班时打扮得端庄得体,泡酒吧时楚楚动人;周五和周六的晚上,她们一帮人喜欢到"灯塔"或者"墨西哥人"(那里有现场演奏)喝几杯玛格丽特。

一九八二年,乔·兰塞姆雇了波特兰的一家会计公司,帮他打理已经变得错综复杂的税务状况("是那种我们乐意遇上的问题",达茜无意中听到他对一名高级销售人员说)。两名挎着公文包的男子走出来了,一老一少。这二位都戴眼镜,穿着老式西服;两人都梳着短发,整齐地

① L. L. 比恩(L. L. Bean),美国著名的户外用品品牌,创始于一九一二年。

从前额往后梳,那副派头让达茜想起母亲那本题为《一九五四年的记忆》的高级年鉴里的照片。年鉴的人造革封面上,印着一个将麦克风举到嘴边的男孩拉拉队长。

年轻的会计名叫鲍勃·安德森。会计们来公司的第二天,她就跟他搭讪起来。交谈过程中,她问他是否有什么兴趣爱好。有,他说,他是个钱币收藏家。

他开始告诉她那是怎样的一个爱好,她却说:"我知道。我父亲收藏十美分的自由女神硬币,还有五美分的水牛头钢镚儿。他说这些是他的癖好。安德森先生,你收藏钱币时有偏爱的品种吗?"

他有:小麦便士①。他最大的希望就是,有朝一日碰上一枚一九五五年的重影币②,那是——

可就连这一点事儿她也知道。一九五五年的重影币是个失误。有价值的失误。

顶着一头精心梳理过的浓密棕发的安德森先生,对她的回答感到十分高兴。他请她叫他鲍勃。后来,在吃午饭的当儿——他们是坐在车身修理厂后面的长凳上,边晒太阳边吃饭的——他吃的是黑麦面包配金枪鱼,她呢,吃的是盛在特百惠碗里面的希腊色拉——他问她周六是否愿意跟他一块儿去城堡岩逛逛街卖。他刚刚租了个新公寓,他说,正在寻找一张扶手椅。如果碰上价廉物美的,再买台电视。价廉物美,这是个她在往后的日子里听惯了的词儿。

跟她一样,他也是相貌平平,是你在大街上看见也不会留意的普通人。他也不会刻意打扮,好让自己更中看些……不过那一天在长凳上,他却像化了妆一样。约她出去的时候,他双颊发红,而且还红得恰到好处,令他容光焕发。

"不去看看硬币么?"她揶揄道。

他笑了,露出整齐的牙齿。小而白,一看即知经过了精心护理。她

---

① 小麦便士(wheat pennies),发行于一九〇九至一九五八年,是钱币收藏家最爱的品种之一。

② 由于制币工艺上的问题,有部分一九五五年的小麦便士上"1955"字样有明显的重影。

从没想过，有朝一日想到那些牙齿都会让她浑身打颤——为什么会这样？

"如果见到一套漂亮的硬币，我当然也会看看。"他说。

"尤其是小麦便士？"她再次逗他，不过也是点到为止。

"尤其是那些。你想来吗，达茜？"

她来了。而且在婚礼的那个夜晚也来了①。那之后，高潮来得并非特别频繁，但时不时也会有，足够让她觉得自己是个正常而充实的女人。

一九八六年，鲍勃得到了晋升。在达茜的鼓励和支持下，他也创办了一家不大的邮购公司，专营可收藏的美国硬币。从一开始，生意就不错，到一九九〇年的时候，他增加了棒球卡和老电影纪念品的业务。他从来不备海报、宣传单页和窗卡，可每当人们询问他这些物品时，他差不多总能找得到。实际上，在计算机还没使用的那些年头，是达茜利用她那本饱和的罗洛德克斯通讯录给全国的收藏者打电话才找到这些东西的。生意从来没有兴旺发达到变成可以全职，不过也没什关系。他们俩谁也不想经营全天候的生意。在这一点上，他们达成了共识，就像他们最终商量好在帕诺尔买下那栋房子，还有在合适的时候生几个孩子。他们总是达成共识。意见不一致时，他们会妥协让步。不过，大多数时候他们的看法还是一致的。他们很有默契。

你的婚姻怎么样？

还不错。算得上美满。一九八六年，多尼出生——为了他，她放弃了工作，而且除了帮忙打理安德森硬币和收藏品公司之外，再没干过别的工作——一九八八年，又生了佩特娜。那时，鲍勃·安德森密匝匝的棕发已经渐渐变稀，到了二〇〇二年，也就是苹果电脑最后彻底取代了达茜的罗洛德克斯通讯录的那一年，他头上有了一大块发亮的秃顶。他试着用不同的办法梳理剩下的头发，可结果呢，在她看来，只是使那块秃顶变得更加醒目招眼。令她恼怒的是，他还尝试过两种所谓的神奇生发剂，就是那种深夜时分，由贼头贼脑、专吃广告饭的家伙在有线

---

① 原文中的 come 是个双关语，既是来去某个地方的"来"，也是"高潮来临"的"来"。

276

电视上卖出的货色(鲍勃·安德森在悄悄跨入中年的时候变成了夜猫子)。他没告诉过她他试过这些,但毕竟他们同住一间卧室,虽然她的个头没高到无需帮忙就能看到橱柜最顶层,可她有的时候要踩着凳子把他的"周六衬衫"放好,就是那些他在花园里干活时穿的衣服。于是,二○○四年的秋天,她在那里发现了一瓶液体;第二年又发现了一瓶绿色的小胶囊。她上网查了查,发现不便宜。肯定,神奇的东西从来就不便宜嘛,她记得自己曾这样想过。

不过,恼怒也好,不恼怒也好,对于这些神奇药剂,她还是保持了平和的态度;二○○五年油价上涨,他却非要买那辆二手雪佛兰越野车时也是如此。她猜(事实上,是她知道),他在某些时候也做了让步,比如她坚持要让孩子们参加好的夏令营活动,给多尼买电吉他(他已经弹了两年,弹得出奇好,后来却突然放弃了),或是给佩特娜租马。成功的婚姻是一种平衡——这是人所皆知的事儿。成功的婚姻也取决于对恼怒的高度宽容——这一点则是达茜的心得。正如史蒂维·温伍德那首歌中所唱的,宝贝儿,你只得顺其自然。

于是她顺其自然。他也是。

二○○四年,多尼离家,到宾州上大学去了。二○○六年,佩特娜沿着沃特维尔的那条路向下,到科尔比去了。那时候,达茜·麦迪森·安德森已经四十六岁了。鲍勃四十九岁,但他依旧跟斯坦·莫林一起进行幼年童子军的活动。莫林是个建筑承包商,住在顺着这条路下去半英里的地方。达茜觉得自己的秃顶丈夫穿着卡其短裤和棕色长筒短袜参加每月一次的野外远足十分滑稽,可并没有说出口。他的头秃得愈发厉害,眼镜成了双焦点镜,体重也从一百八十磅升到二百二十多磅。他成了会计公司的合伙人——本森和培根公司现在变成了本森、培根和安德森公司。他们卖掉了帕诺尔的第一套房子,在雅茅斯买了一套更贵的。她的乳房,以前小而坚挺(她一直认为这是她的最亮点;她压根儿就不想让自己看起来像猫头鹰餐厅里的那些低胸女招待),现在变大了,也不那么硬实,晚上摘掉胸罩时会下垂——当你已经接近五十岁界线的时候,还能指望什么呢?——但鲍勃仍然会时不时从她身后冒出来,双手托住它们。楼上的卧室俯瞰着他们宁静的两亩地,那里时常有他们欢爱的快乐插曲。要是他在性爱游戏中来得快了些，没能让她满足，经常，但并不总是这样，她会抱住他，在他昏昏入睡时感受他温暖的身体……那种满足从没消失过。她觉得，那是一种懂得很多夫妻已经离散、而他们依然生活在一起才生出的满足；那是一种知道临近银婚时、生活的航程依然走得稳稳当当的满足。

二○○九年，也就是从他们在这条路上一家不大的浸信会教堂里——那座教堂如今已经不复存在，原来的教堂遗址变成了停车场——说"我答应"的二十五年后，多尼和佩特娜在城堡岩景观丘的桦树酒店给他们俩办了场惊喜派对。到场的客人有五十多位，还有香槟（上好品质的）、小牛排，外加一个四层的大蛋糕。两位受尊之人随着肯尼·洛金斯《自由自在》的乐曲起舞，如同他们当初在婚礼上那般。客人们为鲍勃轻快的舞步鼓掌，她却为这早已忘却的一幕感到心痛。是啊，心痛也是应该。除了那尴尬的秃顶（起码对他来说是尴尬的）外，他还长出了大肚腩，不过，作为常年伏案的会计来说，他的脚步还算轻盈。

然而，所有那一切都成了历史，成了将进入讣告的内容，而他们仍然太年轻，还不到思考讣告的时候。它忽视了婚姻的细枝末节，可是她相信（坚信），那些平常的、秘而不宣的事才是验证婚姻伴侣关系的素材。那次，她吃了坏虾，呕吐了一整夜。坐在床沿，汗涔涔的头发黏在颈背上，眼泪顺着发红的面颊流下来的时候，鲍勃就在她身边，耐心地端着面盆，等她每次呕吐之后，再拿到盥洗间里，倒掉污物，清洗干净——每次都洗干净，才不会有呕吐物的味道让她更恶心，他说。第二天清早六点钟，可怕的反胃终于好转时，他却已经把车暖好，准备带她去急诊室了。他向公司请了病假，取消了去怀特河的旅行，只为万一她再次不舒服时能陪在身边。

他们之间的照顾是相互的。她也曾经陪着他一起坐在圣斯蒂芬医院的候诊室里——那是一九九四年或一九九五年的事了——等待活检结果。淋浴时，他无意中发现左腋有只可疑的肿块。所幸活检排除了癌变，只是淋巴结感染。肿块待了一个月左右，后来自行消失了。

透过半掩半开的盥洗间门，会瞥见他坐在马桶上，膝上放着填字游戏书;闻到他面颊上有科隆香水味儿,就意味着他要开着雪佛兰越野车外出两三天,床上他睡的那侧会空上两三晚,因为他要在新罕布什尔或者佛蒙特(B, B & A公司现在的客户遍布北新英格兰地区的所有州),把某个人的账务理理清。有时候,那味道意味着他要外出看看某个硬币收藏,因为不是家中钱币生意的所有交易都可以用电脑完成的,这一点他们俩都清楚。还有前厅那只陈旧的黑色行李箱,那一只无论她怎么唠叨,他都不会丢弃的行李箱。他放在床头的拖鞋总是一只塞在另一只里头。床头柜上的那只水杯,连同水杯旁边放着的橘色维生素药片,总是放在当月的《硬币和货币收藏》杂志上面。打完饱嗝之后他总是说:"外面要比里面空间大。"放完响屁之后他总是说:"当心,毒气袭击!"他的外套总是挂在过道的第一个衣钩上。他的牙刷照在镜子里头(达茜想,要不是她定期更换,他准至今还用着结婚时用的那把牙刷呢)。每吃完两到三口饭,他会用餐巾擦擦嘴。他会精心准备露营装备(总是多带一个罗盘),然后才跟斯坦和一帮九岁孩子出发,去攀登死人之路——那是一段危险又骇人的艰难路段,穿过金木大道后面的树林,抵达威恩伯格的二手车城。他的指甲总是又短又干净。接吻时,他嘴里呼出的气息是洁牙牌口香糖的味道。这些,还有其他无数的琐事构成了他们的婚姻秘史。

她知道他一定也有一部关于她的历史,从她冬天用的肉桂味无色唇膏,到他吻她颈背时闻到的香波味儿,以及她每月两到三次无故失眠、凌晨两三点还在用电脑的声音。

现在,二十七年过去了,或者说——有一天,她自寻开心,在电脑上使用计算器算出——九千八百五十五天过去了。差不多是二十五万小时和一千四百多万分钟。当然,其中有些时间他在出差,她自己也会外出(最伤心的一次是小妹布朗德琳意外身故后,去明尼阿波利斯陪伴父母)。不过,大多数时间他们还是厮守在一起。

她对他的所有情况都悉数了解吗?当然不。正如他并非对她全然了解一样——比如,她有时候(大多是在雨天或者是在她失眠的那些夜里)会大嚼黄油手指或者鲁斯宝贝牌巧克力能量棒,吃到不想吃或是反胃,可就是停不下来。又比如,她觉得新来的邮递员有几分可爱。无从

279

知道一切，可是她觉得，经过了二十七年，他们知道所有重大的事情。这是一桩美满的婚姻，是经历了漫长的考验、目前还在持续的百分之五十左右的婚姻当中的一桩。她毫不置疑地相信这一点，正如她走在人行道上的时候相信引力会把她拴在地球上一样。

直到车库里面的那个夜晚。

2

电视遥控器不灵了，水槽左侧的厨房柜里没有双 A 电池。有 D 号和 C 号，甚至还有一包尚未开启的极小的三 A，可就是缺那该死的双 A①。于是，她便到车库去了，因为她知道，鲍勃存了一摞金霸王电池在那儿。就是为了这么一丁点的事儿，她的生活就整个改变了。好像人人都悬在空中，高高地悬在空中，只要迈错了糟糕的一小步，你就会摔下来。

厨房和车库由一个有顶的过道连接。达茜一边行色匆匆地穿过过道，一边把家居服往身上拉紧——两天之前，热得异乎寻常的夏天突然结束，现在感觉更像是十一月，而不是十月了。风啃啮着她的脚踝。她本该穿上短袜和宽松裤的，但是《两个半男人》不到五分钟就要播出，该死的电视却锁在了 CNN②上。要是鲍勃在家，她就会请他去手工调一调频道——电视后的某个地方有调频道的按钮，只有男人才能找得着——然后，再打发他去拿电池。毕竟，车库大多数时候是他的专属领地。她到车库去仅仅是把车子开出来，而且，只是在天气不好的时候才那么做；天气好时，她就把车停在车道拐弯的地方。可是鲍勃现在人在蒙彼利埃，鉴别一套二战时的钢制便士，于是她，至少说是暂时，成了安德森家唯一的主人。

---

① 这些都是美国常见的电池型号，有 D、C、AA、AAA 和 N。
② 美国有线新闻网。

她在门边上摸索着找到了那三个开关,用掌根往上一推,头顶上的荧光灯"吱吱呀呀"地亮了。车库空旷而又整洁,工具一一挂在钉板上,工作台也收拾得整整齐齐。地面是水泥地板,漆成战舰灰,上面没有一丝油斑点;鲍勃说过,车库地面上有油斑,要么说明车库主人经营废品,要么不善维护。他平时到波特兰上班用的才开了一年的丰田普锐斯停在里面。他是开着那辆跑了很多里程的 SUV 到佛蒙特的。她的沃尔沃停在外面。

"开进来很方便,"他不止一次这么说过(结婚二十七年后,原创性的话就会越来越少了),"用放在遮阳板上面的开门遥控就行了。"

"我喜欢把车放在能看到的地方。"她总是这么回答,尽管真实原因是她担心倒车出来时会把车库门划坏。她讨厌倒车。她认为他知道这一点……正如她知道他有个特别的癖好,喜欢把纸币头像朝上放在钱包里面,而且每次暂停阅读的时候,从不会把书摊开倒着放——因为他说那样折断书脊。

起码车库里头很暖和;粗壮的银色管道(你很可能会管它们叫通风管,但达茜吃不大准)在天花板上方纵横交错。她走到工作台边,几个方罐子排成一列,上面整齐地贴着标签:栓、螺丝、搭扣和 L-夹子、管件,还有——她尤其喜欢这个——零碎东西。墙上有个挂历,画面是位泳装美女,年轻性感得让她伤感。挂历左侧钉着两张照片,一张是多尼和佩特娜在雅茅斯小联盟球场里的快照,他们都穿着波士顿红袜队套头衫。照片下面是鲍勃用魔术记号笔写上去的家乡球队,1999 几个字。另一张照片新多了,展示出长大成熟、距离漂亮还有一步之遥的佩特娜,她跟未婚夫迈克一起站在老果园海滩的文蛤陋屋前头,彼此搂着对方的腰肢。这张照片下面是用魔笔写的标题幸福的一对。

放电池的柜子上面有个动力牌胶带标签,上面写着"电材"。达茜朝那个方向走去,没看脚下——她过于相信鲍勃近乎疯狂的整洁癖——结果被没完全推到工作台下的纸箱绊了一跤。她跟跄了一番,最后的一刹那抓住了工作台。她折断一片指甲——又疼又气——但是,毕竟没让自己摔个很可能不轻的大跤,这还算不错。考虑到万一自己头颅着地摔个碎裂,屋里连个打 911 急救电话的人都没有,这算是不错的了——地面上虽没有油污,而且干净,可是特别坚硬。

她原本可以简单地用脚边子把箱子推回到工作台下面的——事后,她才意识到这一点,而且把这仔细思考过,就像数学家在脑子里反复思考一道深奥复杂的公式一样。毕竟,她当时走得匆忙。但是,她在箱子上面看到了一张帕顿威尔克斯公司的编织用品价目单,于是便蹲下身子把它抓起来,想把它跟电池一起拿走。可是,当她拿起它时,又发现了一张之前找不到放在何处的布鲁克斯通公司的邮购目录。而且,在那张价目单下面还有保娜•杨……陶柏芝……福喜利……布罗明戴尔①……

"鲍勃!"她叫了出来,但叫声是以两个音节气愤地跑出来的(他留下泥泞的印迹或者把湿透的毛巾丢在盥洗间地板上,好像他们住在一家有佣人服侍的豪华宾馆似的;每逢这种时候,她就会叫出这样的声音),不是鲍勃,或者鲍噢一勃!因为,说真的,她读他就像读一本书一样。他认为她从邮购目录上订购了太多的东西,曾经有一次过火到大声说,她对邮购购物已经上瘾了(这真好笑,她上瘾的明明是黄油手指)。他那次小小的心理分析换来的是她两天对他不理不睬。可是,他知道她心里是如何想的;他也知道,对那些不是至关重要的事情,她依旧是原来那个"眼不见心不烦"的姑娘。于是,他便把她的各种邮购目录单偷偷地收拾好,妥当地堆到这里来了。大概,下一站就会是放进回收箱了。

丹斯金……特快……电脑大卖场……苹果世界……蒙哥马利……莱娜•格莱斯……

她越往里面翻,就越感到生气。看到这些,你简直会认为她花钱花得要把家败光了,这真是荒谬。此刻,她已经完全忘了《两个半男人》。她在脑子里酝酿好了回击鲍勃的好戏,只等他从蒙彼利埃打电话过来(吃完晚饭回到宾馆后,他总要打电话回家的)。不过,她准备先把这些价目单拿回到他妈的屋子里头,这么做,要她来回走个三四趟,因为这

---

① 保娜•杨(Paula Young)、陶柏芝(Talbots)、福喜利(Forzieri)和布鲁明戴尔(Bloomingdale's)都是品牌名,分别是假发、女装、意大利综合购物网站和百货公司。

一摞单子起码有两英尺高,而且很重。她被箱子绊倒过,真的是不足为怪。

被价目表搞死,她心里想,这倒是一种充满讽刺意味的死法——

这个想法像根干树枝一样干脆利落地断掉了。她一边想着,一边翻阅,现在已经翻到一摞的四分之一处了。翻到到"醋栗斑"(乡村风格)下面时,她突然发现了不是价目单的东西。不,完全不是价目单,而是一本杂志,名叫《捆绑妓女》。她差点儿没把它拿出来,要是在抽屉里偶然看到,或者在那个高高的放着神奇生发产品的架上看到,她可能就不会拿了。可是,在这儿发现了这本杂志,而且塞在足有两百张价目单里……她的价目单……这就有了超乎男人对性变态感到尴尬的某种含义了。

封面上的女人被绑在椅子上,除了件黑色的面罩之外,她浑身赤裸,不过面罩也只是遮住了脸的上半部,你还可以看出她在尖叫。她被粗重的绳子绑着,绳子勒进了她的乳房和腹部。她的颌、颈和胳膊上都有假血。横贯这一页下方的,是醒目的黄色字体,印着一句让人不快的诱惑:臭婊子布兰达想要,在 P49 得到了。

达茜不打算要把杂志翻到第四十九页,或者其他任何一页。她心里这样对自己解释这种情况:这是男性的探索。她对男性探索的了解源自在牙医办公室里读过的《大都会》上面刊登的一篇文章。有个妇女在自己丈夫的公文包里发现了两三本同性恋杂志后,给杂志的一位顾问写信咨询(这位心理医生专攻一向神秘的男同)。非常直白的东西,这位读者写道,她担心自己的丈夫也许已经心理出柜了。虽然,她继续写道,他一定还在小心隐瞒。

不用担心,提供咨询的女士说。男人从天性上说爱好冒险猎奇,许多人喜欢探索,要么是另类性行为——同性恋在这方面位列头号,团体性行为排列第二——要么就是恋物:水中,异装,公开性行为,乳胶人偶。当然,还有捆绑,她补充道,有些女人也对捆绑着迷。这使达茜大为诧异,不过,要是有人问到的话,她会第一个承认她并不全部清楚。

男性探索,就是这么回事儿。他也许是在某个报刊摊点上看到了这本杂志(虽然达茜在努力想象这个特别的封面出现在某个报刊亭,但是她的思路就是无法向前），一时感到好奇。或者，也许是他从某家便利店的垃圾桶里拣出来的呢。他把它带回家，在车库里翻翻，就像她一样感到震惊（封面模特身上的血是假的，但是那个尖叫看起来太真实了），然后随手把它塞进那堆价目单里了；它们已经捆好，准备放到回收箱里，因此她看不到它，也就不会找他麻烦。就是这样，只是一时兴起，偶然为之。要是她仔细查看其余的价目单，也不会发现类似的东西。也许会有一些《阁楼》①和内裤杂志——她知道大多数男人喜欢丝绸和蕾丝，鲍勃在这方面也不例外——但是，不会再有《捆绑妓女》这一类。

她再次看向封面，注意到一个奇怪的现象：上面没标价格。也没有条形码。因为好奇这样的杂志要花多少钱，她又查看了一下封底，封底上的照片让她蹙眉：一个裸体金发美女，绑在像是用钢做成的手术台上。但这一位脸上惊恐的表情看上去和三美元纸币上的头像一样夸张，这一点多少让她宽心。站在金发美女旁边的胖男人手里拿着把刀，好像是金厨牌的，戴着臂环，穿着皮内裤，看起来十分滑稽——不像是个要把今天的捆绑妓女切成碎块的人，倒更像是个会计。

鲍勃是个会计，她脑子里说道。

愚蠢的想法来自她脑子里太大的愚蠢区域。她推走了这个想法，如同弄清封底没有定价和条形码之后，就把那本格外让人不爽的杂志推回到价目单堆里一样。就在她把纸箱推回到工作台下面的时候——她改变了把价目单运回屋子里的想法——心里忽然有了关于杂志上为何没有定价和条形码的答案。这是一种用塑料套包装出售的杂志，把不堪入目的封面遮住。定价和条形码都在塑料包装上，一定就是这样，难道还会有别的可能？如果不是从垃圾桶里把它摸出来的话，他就一定是在某个地方买下这破东西。

也许他是从网上购来的。有些网站可能专门经营这类东西。更不用说装扮成十二岁幼童的年轻女人了。

"没什么。"她说道，接着很快把头点了一下。这是桩业已结束的交易，一封泥牛入海的信，一次已有结果的讨论。今晚他打电话过来的时

---

① 《阁楼》（*Penthouse*），一本男性成人杂志。

候，或者待他回家的时候，要是她提及此事，他不仅会感到难堪，而且会自我辩护。他可能会说她在性方面幼稚，这一点她觉得自己的确如此；他可能会怪她反应过激，这一点她决心避免。她决意要做的就是，顺其自然吧，宝贝儿。婚姻就像是一座处于不断建造状态的房子，每年都看到有新房间竣工。第一年的婚姻是个茅舍；持续了二十七年的婚姻是座巨大的、布局凌乱的大厦，肯定有不少边边角角和储藏空间，多半积满了尘埃，废弃不用，有些还放着令人不爽、你不愿看到的物件。可那算不上是什么大不了的事。你可以扔掉那些物件，也可以把它们送给慈善机构。

她太喜欢这个想法（这想法让她觉得这事就到此为止了），居然大声把它说了出来："根本就不是什么大不了的事儿。"而且，为了证明这不是什么大不了的事，她用双手使劲把纸箱推了一下，一直把它送到了后墙。

从那儿传来哐当一声。是什么呢？

我不想知道，她心里想，旋即非常肯定，这想法不是来自大脑的愚蠢区域，而是来自智慧区域。工作台下面黑幽幽的，可能会有老鼠。即使像这样一个收拾得整整齐齐的车库，也可能会有老鼠，尤其是在寒冷的天气；再说了，老鼠受到惊吓时，可能会咬人。

达茜站起来，掸掉家居服膝盖上的灰尘，离开了车库。过道走了一半时，她便听到电话"叮铃铃"地响了。

3

答录机还没有开始工作的时候，她就已经回到了厨房，但她还是等着。要是电话是鲍勃打过来的，她就让机器接。此时此刻，她不想跟他说话。他也许会从她的声音里听出什么。不接的话，他会认为她到拐角的商店或音像村去了，一小时后会再打来。而一小时之后，她不愉快的发现就可能淡定一些，她会心情舒畅，他们可能会进行愉快的交谈。

可是,打电话的不是鲍勃,而是多尼。"哦,该死,我真想跟你们说说话。"

她拿起电话,往后斜靠着厨台,说道:"好,说吧。我刚从车库回来。"

多尼有说不完的新闻。目前他住在俄亥俄州的克利夫兰。在该城一家最大的广告公司的最底层累死累活地干了两年,没有获得任何晋升的机会,他和另一位朋友便决定独立闯荡一番。鲍勃强烈反对他这么做,并正告多尼说,多尼跟他的合伙人永远得不到他们熬过第一年所需要的起步贷款。

"脑子清醒清醒吧,"达茜把电话转给他之后,他说道。这是今年春的事儿,最后一些雪片儿还零星地隐匿在后院的大树和草丛下面。"你二十四岁,多尼,你朋友肯也是。你们两个没经验的新手,甚至连第二年的撞车车险都买不上,仅有的全是负债。没有银行会贷款七万美元给一家新办企业的,尤其是在现在这种经济形势下。"

然而他们获得了贷款,现在还搞定了两个大客户,而且都是在同一天。一家是汽车交易商,正在寻求新颖途径吸引三十岁左右的客户。另一家恰恰就是给安德森和海沃德公司发放启动贷款的银行。达茜高兴得叫了起来,多尼也在电话里头高声回应。他们交谈了约有二十分钟。在谈话过程中,他们有一次被"嘟嘟"的声音打断,是又有电话打进来了。

"你想接那个电话吗?"多尼问道。

"不,是你父亲的电话。他在蒙彼利埃,看一批钢便士藏品。他在买下收藏之前会再打电话来的。"

"他做得怎么样啊?"

不错,她心里想,拓展新兴趣。

"挺着身子嗅空气呢。"她说。这是鲍勃顶爱说的一句话,这话让多尼笑了起来。她喜欢听他笑。

"还有,佩特娜怎么样啦?"

"你自己打电话给她呗,多尼。"

"我会的,我会的。我一直在抽时间考虑做这事儿。"

"她很好。满脑子的结婚计划。"

"你会认为她下周结婚,而不是在明年六月。"

"多尼,要是你不花心思去理解女人,你永远结不了婚。"

"我不急,我现在开心得很。"

"你小心享受就好。"

"我很小心而且礼貌。我得赶紧出发了,妈妈,约了半小时后与肯见面喝点东西。我们要对这桩汽车生意进行头脑风暴呢。"

她差点儿要告诉他不要喝得太多,但旋即克制住了。他也许看起来还像个初中生,而在她最清晰的记忆中,他是个穿着红色灯芯绒套头衫的五岁孩子,在帕诺尔的耶伯伦公园里头,不知疲倦地在混凝土小路上推着他的小滑板车。可现在他再也不是个五岁孩子,也不再是个初中生。他是个年轻人了,而且,尽管看似不可能,还是个开始闯荡世界的年轻企业家。

"好吧,"她说道,"谢谢你打来电话,多尼。跟你交谈真是件乐事。"

"我也是。老爸打电话来时,代我向他问好,我爱他。"

"我会的。"

"挺着身子嗅空气,"多尼边说边窃窃地笑了,"不知他把这句话教给了多少童子军?"

"所有的童子军。"达茜打开冰箱,看看是否碰巧还有根黄油手指,冻得凉凉地等着她。没有。"真恐怖。"

"我爱你,妈妈。"

"我也爱你。"

她挂了电话,又感到舒坦了。她面带微笑。不过,当她站在那儿、倚着厨台的时候,笑容逐渐消失了。

"哐当"一声。

当她把纸箱推回工作台下面的时候,曾有"哐当"的声音。不是"砰砰"声,好像盒子撞到了一只掉落的工具上,而是"哐当"。类似空荡荡的回响声。

我才不管它呢。

不幸的是,情况可不是这样。"哐当"的声音感觉事有未尽。纸箱也是。是否还有类似《捆绑妓女》的别的什么杂志呢？

我不想知道。

对，对。不过，不管怎么说，也许她应该搞清楚。因为如果只有那一本杂志的话，她对于鲍勃只是一时好奇的判断就是对的；那好奇感仅凭向一个不雅的（而且也是不平衡的，她补充道）世界偷窥一眼就完全满足了。如果还有更多的话，也可能没什么大不了的——他毕竟正把它们朝外扔呢——但也许她该知道吧。

主要还是……那个"哐当"声。这个声音在她脑子里萦绕不断，压倒了有关杂志的问题。

她从储藏室拽了把手电，往外走，回到车库。一出门，她便立刻把家居服的翻领揪紧，心里希望自己穿上了夹克衫。真的，天气正在变冷。

4

达茜双膝着地，把装价目单的纸箱推到一边，在工作台下面打开了手电。有一刹那，她搞不懂自己看到的是什么东西：两排黑乎乎的东西阻断了光滑的踢脚板，一排比另一排稍微厚一点。旋即，一丝不安在她上腹部油然生起，并且从她胸骨中间往下蔓延到腹部凹陷的地方。这是一处藏匿之地。

达茜，别管它。这是他的事儿，为了自己心安，你就由它去吧。

金玉良言，可是，她已经走得太远，听不进这个建议了。她爬到工作台下面，握着手电，准备避开蜘蛛网，可是并没有一丝一线。如果她还是原来那个"眼不见心不烦"的姑娘，那么她那秃顶、集币、参加童子军的丈夫就还是原来那个一切优雅、一切洁净的小伙子。

他本人爬到这里来过，所以蜘蛛网都没机会在这里编结起来。

是真的吗？实际上，她并不知道，对吗？

可她认为她知道。

裂缝分列八英寸的踢脚板两侧，好像有个暗榫，这样，踢脚板就可以转动。用力推纸箱时，她恰巧把踏脚板撬开了一条缝，可还是无法解释那声"哐当"。她推了一把踢脚板的一端。踢脚板一端往里摆，另一端往外翘，露出一个长八英寸、高一英尺、深或许十八英寸的隐藏之处。她本以为会发现更多杂志，说不定卷着，然而没有。只有一只小小的木盒，她非常笃定自己认识这只盒子。就是这只盒子发出的"哐当"声。木盒一直倒立着，装有枢轴的踢脚板把它撞倒了。

她把手伸进去，抓住木盒子——她的不安如此强烈，简直都有质感了——把它拿了出来。是五年前，或者更久之前吧，在圣诞节的时候，她送给他的橡木盒。或者是为他的生日而送的？她记不得了，只记得这盒子是在城堡岩的工艺店里买到的。上方是浅浮雕的手工雕刻，雕了个链子图样。链子下面，也是浅浮雕的，说明盒子的用途：链扣。鲍勃有一摊袖口链扣，而且，虽然他工作时爱穿纽扣款式的衬衫，但是他有一些非常漂亮的链扣。她记得自己当时想，要把那些东西摆放得井然有序，这只盒子倒有用。达茜知道，当这个礼物被包好、并且得到称赞之后，有一阵子，她在卧室里面他那一侧的床头柜上见过它，但是无法记得近期是否见过。她当然有段时间没见过了。因为它放在这里，在他工作台下面的隐蔽地方。她敢拿房子跟运气（他的又一句习语）打赌：如果她打开盒子，里面存放的绝不会是链扣。

那么，就别看了。

又一条忠告，可现在她实在无法放手。她一边感觉自己像是个漫游到一间赌室的女人，为了某个疯狂的原因把自己一生的积蓄都当赌注压在一张牌上，一边打开盒子。

让它空着吧。求求上帝，如果你爱我，就让它空着吧。

然而，盒子不是空的。里面有三个塑料的长方形东西，用一根橡皮带扎着。她把那捆子拣了出来，只用手指尖——如同一个女人扔掉一块破布，生怕它不仅脏，还有细菌。达茜解开了橡皮带。

她的第一个念头就是，它们是信用卡，然而，不是。最上面是一张红十字会献血者的证件，这证件属于一个名叫玛乔丽·杜瓦尔的人。她的血型是 A 型阳性，地区是新英格兰。达茜把证件翻转过来，看到了那位玛乔丽——不管她是谁——最后一次献血是在二〇一〇年八月十六日。三个月之前。

到底谁是玛乔丽·杜瓦尔？鲍勃怎么会认识她呢？而且，为什么这个名字引起她模模糊糊、可又非常清晰的记忆呢？

下一个是玛乔丽·杜瓦尔的北康威图书馆的图书证，上面的地址是：新罕布什尔州南甘赛特市赫尼巷17号。

最后一个塑料片是玛乔丽·杜瓦尔新罕布什尔州的驾照。她看上去像个极其普通的美国妇女，三十五岁左右，不是很漂亮（虽然没人在驾照上的照片看起来状态最好），但样子倒也中看。微暗的金发向后梳着，或挽成圆髻，或扎成马尾，这一点从照片上无法分辨。出生日期是一九七四年一月六日。地址与图书证上的地址相同。

达茜意识到自己在发出沉闷的哼哼声。听到从自己喉咙里发出这种声音真是恐怖，然而她无法停止。她的胃好像变成了一只铅球，把她的内脏往下拽，扯成新的、让人不适的各种形状。她在报纸上见过玛乔丽·杜瓦尔的照片。还在六点钟的新闻节目里头见过。

她双手毫无知觉，用橡皮带重新把证件绕好，放回盒子里，然后再把盒子放回到隐藏之处。她正准备重新把隐藏处盖好，就在此时此刻，她听到自己说："不，不，不，那不对。不可能对。"

那是聪明的达茜的声音呢，还是愚蠢的达茜的声音呢？难以分辨。她笃定清楚的是，愚蠢的达茜就是那个打开盒子的人。由于那个愚蠢的达茜，她正往下跌。

她把盒子重新拿出来，心里想着，这是个错误，必须是错误，我们已经结婚了半辈子，我应该知道，我会知道的。又打开盒子，心里想，人们真的彼此了解吗？

在今夜之前，她的确这样认为。

玛乔丽·杜瓦尔的驾照现在放在这搭东西的最上面。之前，它是放在最底下的。达茜把它放在了那里。可是，其他两个证件哪个在上面呢，是红十字会的证件，还是图书证？这个问题很简单，当只有两个选择的时候，就不会复杂。可是，她却因为太过不安而记不起来。她把图书证放在上面，但是旋即就知道放错了，因为打开盒子的时候，她看到的第一件东西是一抹红色,鲜血一般的红色,当然,献血证件总是红色的,所以献血证原本是放在最上面的。

她把它放到那里,就在她用橡皮带重新绕好那堆塑料片的时候,家里的电话又开始响了。是他打来的。是鲍勃,从佛蒙特打来的,假如她在厨房里接他的电话,她会听到他乐滋滋的声音(一个如同她自己声音般熟悉的嗓音),问道,喂,亲爱的,好吗?

她手指猛一用力,橡皮带"啪"地断了。带子飞得远远的,她惊叫出声,究竟是因为沮丧还是因为害怕,她不清楚。可是真的,她为什么会害怕呢?结婚二十七年,他可从来没在她身上动过一根指头,除了抚摸。只有为数不多的几回,他对她说话的声音高了点。

电话又响了……又……然后在半途断了。现在他会留言。又想你了!该死的!给我回个电话吧,这样我就不担心了,好吗?我的电话号码是……

他还会把自己的房号加上去。他做事尽善尽美,没有半点遗漏,也从不想当然。

她现在考虑的事儿绝对不会是真的。这就像是妖魔般的妄想一样。有时候在人的思想最深处,妖魔从泥泞中突然站起来,浑身亮闪闪的,面目狰狞,但又让人信以为真:酸性消化不良乃是心脏病发作的开始;头痛乃是大脑肿瘤的开端;佩特娜周日没打电话意味着她出了车祸,正躺在医院,神志不清。可是这些妄想通常是在失眠时的凌晨四点才出现,而不是在晚上八点钟……那根该死的橡皮带子到哪里去了呢?

她终于找到了,橡皮带子落在纸箱后面,她再也不想朝箱子里面多看一眼。她把带子放进口袋,开始站起来去找一根新的。她忘记了自己身在何方,头"嘭"的一声撞到了桌底。达茜哭了。

工作台所有的抽屉里面都没有橡皮带,这让她哭得更厉害了。她穿过过道往回走,那几张可怕的、说不清道不明的身份证件还在她家居服的口袋里装着。她把一根橡皮带从厨房抽屉里拿出来,在那只抽屉里头,她存放着各种各样的有用无用的杂物:纸夹子啦,系面包的绳子啦,已经基本没有吸力的冰箱磁铁啦。后面这两样东西,有一个上面写着达茜当家,那是鲍勃送给她的、装在长筒袜里的一个礼物。

在厨房台面上,电话上面的灯在持续不断地一闪一闪着,显示留言,留言,留言。

她匆忙赶回到车库,这回没有拉紧家居服的翻领。她再也感觉不到外面的寒冷了,因为内心的寒冷更加强烈。还有那只铅球在把她的内脏往下拽拉,把它们拉长。她模模糊糊地意识到,她需要去厕所,而且很急。

没关系。忍住。就当你是在路上,而下一个休息区在前方二十英里。把这事儿处理妥当。把所有东西按照原来的样子放回。然后你就可以——

然后她就可以什么呢?忘掉它吗?

那可做不到。

她用橡皮带把身份证件扎好,发现驾照不知怎的重新放在了最上面,于是,她骂自己是个傻逼……一个贬义词,假如鲍勃在任何时候试图把这个词用到她身上,她会为此扇鲍勃耳光的。可是他从没试过。

“傻逼,但不是捆绑妓女。”她嘟哝道,肚子突然有一阵撕心裂肺的痉挛。她慢慢蹲下来,一动不动地僵在那里,等着痉挛过去。要是这儿有个盥洗间,她会奔过去的,然而没有。痉挛过去了——不情愿地——她重新把证件按照她笃定正确的顺序一一排列好(献血证,图书证,驾照),然后把它们放回木盒里。接着,又把盒子放回到隐藏之处,再把带枢轴的踢脚板紧紧封闭好。最后,把纸箱放回她被它绊倒的时候它原来的位置上:稍微有点往外突出。他根本不会知道这其中有些异样的。

可这一点她确定吗?要是他就是她所认为的那种人——有这样的想法都是可怕的,要知道,半个小时之前,她所要的只是他妈的电视遥控器用的新电池——要是他的确就是那种人,那么他一定是小心翼翼好长时间了。他的确是小心翼翼,他整洁干净,他是原先那个一切优雅完美、一切洁净的男孩。可是,假如他就是那些证件隐约暗示的那种人,他保准儿是超级小心。超级戒备。狡猾。

直到今晚,她才想到把这个词跟鲍勃联系在一起。

“不。”她对车库说道。她在冒汗,头发打绺,紧贴在脸上,她开始痉挛,双手颤抖不止,像患了帕金森氏综合症人的手一样,不过,她的声音却镇定得出奇,安静得出奇。"不,他不是那种人。搞错了。我丈夫不是比蒂。"

她回到屋里。

5

她决定沏茶。茶有镇定作用。她给水壶灌水的时候,电话又开始响了。她把水壶丢在水槽里——"嘭",这声响令她发出一声细细的尖叫——接着走到电话旁边,边走边在家居服上面擦着湿手。

镇定,镇定,她告诉自己,要是他能守住秘密,我也能。记住所有这一切都有合情合理的解释。

噢,真的?

——我只是不清楚其中的原因罢了。我需要时间来思考这个原因,仅此而已。因此,镇定。

她拿起话筒,兴高采烈地说道:"假如是你的话,帅哥,就过来吧。我丈夫外出了。"

鲍勃笑了。"亲爱的,你好吗?"

"挺直身子嗅嗅空气呗。你呢?"

长时间的沉默。不管怎么说,这沉默让人感觉到漫长,虽然不可能超过几秒钟时间。在沉默中,她听到了些让人心惊的冰箱的"吱吱"的叹息声,然后是水从龙头上滴落到她丢在水槽里的茶壶上的声音,还有自己的心跳声——最后的声响似乎来自她的喉咙里头,而不是发自她的胸腔。他们结婚这么久了,他们几乎彼此心灵呼应得细致入微。这会在每桩婚姻中发生吗?她不清楚。她只知道自己的婚姻。只是现在,她并不清楚自己是否真正了解那一位。

"你听起来有点怪怪的,"他说,"声音很浊。一切还好吧,宝贝?"

她本该感动的。然而她没有感动,反而感到恐惧。玛乔丽·杜瓦尔:这个名字不仅仅悬挂在她眼前,而是好像一亮一熄、一闪一灭的霓虹标牌。有一刹那,她说不出话来,而且使她害怕的是,随着她眼泪越涌越多,熟悉的厨房此时此刻开始在她面前摇晃。痉挛般的沉重感也重新回到了腹部。玛乔丽·杜瓦尔。A 型阳性。赫尼巷 17 号。如同在说:嘿,亲爱的,生活待你怎么样,你在挺直身子嗅嗅空气吗?

"我想起了布朗德琳。"她听到自己说。

"哦,宝贝。"他说,他声音里透出的怜爱是十足的鲍勃气息。她再熟悉不过了。难道自一九八四年以来,她不是一次又一次地依赖着这份怜爱吗? 甚至在更早之前,他们还在谈情说爱、她逐渐意识到他是自己的真命天子时,依赖不就存在吗? 无疑,她依赖着他。就如同他依赖着她一样。想到这份怜爱可能只是毒药蛋糕上面的甜霜,她就觉得自己疯了。而此刻,她正对他撒谎这个事实甚至更疯狂。也就是说,若疯狂有程度之分的话。或许,疯狂就像是件独一无二的东西,没有比较级形式,也没有最高级形式。她现在在想什么呢? 以上帝的名义发誓,在想什么呢?

然而他正在说话,她却不知道他刚刚说了什么。

"再说一遍。我刚才正伸手够茶呢。"又一个谎言,她双手颤抖得太厉害了,不可能伸手去够任何东西,不过,这是个小小的、似乎能让人相信的谎言。而且她的声音没有颤抖。至少,她不认为自己的声音在颤抖。

"我说,什么让你想起了布朗德琳?"

"多尼打电话了,问了问他妹妹的情况。这让我想起了我自己的妹妹。我到外面散了一会儿步。我有点拉着鼻子说话,虽然也有感冒的原因。你可能从我的声音里听出来了吧。"

"是的,我立刻就听出来了,"他说,"听着,我明天不去伯灵顿,直接回家。"

她差点儿喊不! 可那样做就等于把事情搞砸了。那样也许会使他更担心,天一亮就上路了。

"你这么做的话,我就揍你的眼。"她说,听到他笑,她才松了口气。"查理·弗莱迪告诉过你,伯灵顿的销售值得去一趟,他的商脉不错。还有他的直觉,你一直这么说。"

"是的,不过,我不想听到你这么低落。"

他知道(而且还是马上！马上!)出了什么差错,这真糟糕。她需要对出差错的事撒谎——嘿呀,那就更糟了。她闭上眼睛,看到臭婊子布兰达在黑面罩里头尖叫,然后又睁开。

"是的,我刚刚情绪低落,但是我现在好了,"她说,"只是一时的。她是我的妹妹,我看到父亲把她带回家。有时候,我会想到这件事,仅此而已。"

"我知道。"他说。他确实知道。她妹妹的死,并不是她爱上鲍勃·安德森的理由,但他对她伤恸的理解却加深了他们之间的情感纽带。

布朗德琳·麦迪森在外面滑雪的时候被一个骑雪地摩托的醉鬼撞死了。他逃离了现场,弃尸于距离麦迪森家半英里的树林里。等到八点钟,布朗德琳还没回家的时候,两个自由港的警察和当地居民区监察委员会的人进行了一次搜寻。是达茜的父亲发现了尸体,然后抱着尸体穿过半英里的松树林回到家里。达茜——坐在客厅里,留意接听电话,努力让母亲镇定——是第一个见到他的人。他在冬天满月的、寒气凛凛的月光下沿着草坪大口大口地吐着白云一般的气息回来了。达茜首先想到的就是,在特纳古典电影台播放的老黑白爱情电影里,某个家伙背着他的新娘跨过了他们度过幸福蜜月的农舍门槛,与此同时,有五十把小提琴把糖浆倾泻到电影配乐上。

达茜发现,鲍勃·安德森可以用一种别人无法做到的方式讲述。他没有痛失兄弟姐妹,可他失去了最好的朋友。在抄接贴地棒球的过程当中(起码不是鲍勃打偏的;他根本不打棒球,那天他正在游泳),那个男孩冲到马路上去接打偏了的球,被送货卡车撞到,送到医院后不久就死了。对她来说,这个陈年的悲恸并不是使她觉得他们的相遇意义特殊的唯一原因,但是,正是它使他们的结合有了些神秘意味——不是巧合,而是注定。

"就待在佛蒙特吧,鲍比。到销售现场去看看。我爱你这么关心我,不过,要是你跑回家,我会感到自己像个小孩,那会让我抓狂。"

"好。不过我会在明天七点半给你打电话。严正警告。"

她笑了,听得出来那笑是真的……或者,她的笑与真实的笑太接近了,没有丝毫的差别。为什么她不能真笑呢?究竟为什么不呢?她爱他,会在证据不足的情况下判他无罪。在每一个证据不足的情况下。这也并不是选择。你无法关闭爱情——哪怕是非常缺失、有时视为理所当然的二十七年的爱情——用你关掉水龙头的那种方式。爱,发自心灵,而且,心灵有它自己的规律。

"鲍勃,你总是在七点半打的呀。"

"指控有效。今晚给我打电话,要是你——"

"——需要任何东西,不管几点钟。"她帮他把话说完。此刻,她几乎又觉得像她自己了。从猛烈的打击中,大脑可以恢复神志的次数之多可真有趣。"我会的。"

"我爱你,亲爱的。"这些年来,太多次的谈话都是这样结尾的。

"我也爱你。"她边说边笑道,然后挂断了电话,前额抵着墙壁,闭上眼睛。当笑容还未能从脸上消失的时候,她就开始哭了。

6

她的电脑放在缝纫间里,那台老苹果电脑旧得不能再旧了,反倒有股复古的时尚气质。平常除了收发邮件,或者上上易邮宝之外,她很少用它。可是,这刻儿她打开谷歌,在里面敲进玛乔丽·杜瓦尔的名字。她犹豫了一会儿,才把比蒂加进去搜索,不过,她犹豫的时间不长。为什么要延长这份痛苦呢?反正它是要来的,这一点她肯定。她点击"回车"键,就在她看着小小的等候的圈子在屏幕上方绕来绕去的当儿,原先的痉挛又一次袭来。她赶紧跑到盥洗间,坐在马桶上,双手捂住脸。门背后有面镜子,她不想在镜子里面看到自己。可是,镜子为什么要放在那儿呢?她为什么允许镜子放在那儿呢?谁想坐在马桶上照镜子看自己呢?哪怕是在最佳状态的时候,更何况,非常肯定的是,现在不是最佳状态呢?

她拖着双脚,慢慢回到电脑旁,像个因为干了母亲称之为大坏事的那种事儿、知道马上就要接受惩罚的孩子。她看到谷歌给她提供了超过五百万个搜索结果：哦，无所不能的谷歌，如此慷慨，又是如此可怕。但是第一个结果竟令她发笑；它邀请她在推特网上关注玛乔丽·杜瓦尔·比蒂。达茜觉得可以忽略这个结果。除非她错了（那会使她多么感激啊），否则她正在搜索的玛乔丽最后一次用推特应该有段时间了。

第二个结果来自《波特兰新闻先驱报》，达茜点击它的时候，迎接（那个迎接的感觉像是击了她一巴掌）她的照片是那张她记得在电视上出现过的，很可能也是她在报纸上看过的，因为《波特兰新闻先驱报》正是他们家订的报纸。这篇文章是十天前登出的，而且是头版头条的新闻故事。一名新罕布什尔妇女也许已经成为"比蒂"的第十一位受害者，标题这么醒目地写道。副标题是：*提供消息的警方人士称："我们百分之九十肯定。"*

玛乔丽·杜瓦尔在报上的照片看起来漂亮多了，那是在摄影室拍的，她摆着古典姿势，穿着黑色长裙。头发披下来，金色的，在这张照片上颜色显得淡多了。达茜纳闷，是否是玛乔丽的丈夫提供的这张照片。她觉得是。她猜这照片就放在赫尼巷17号的壁炉架上，或被安放在客厅里。漂亮的女主人用她永恒的笑容欢迎客人。

绅士们更爱金发女郎，因为他们厌烦了把黑发女士硬塞给他们。

这也是鲍勃的口头禅之一。她从没喜欢过这句话，现在则更讨厌这句话装在自己脑子里。

玛乔丽·杜瓦尔是在离她南甘赛特的家六英里的一个沟壑里被发现的，那地方正好位于北康威的边界上。县司法官猜想，死亡可能是勒扼所致，但是他也说不准；结论要由法医来下。他拒绝对此事做进一步猜想，或者回答任何别的问题，不过，根据未透露姓名的消息人士说（此人"跟调查密切相关"，因此他的话起码具有了一半的可信度），杜瓦尔曾被啃咬，并遭到了性侵犯，"手段跟其他几起比蒂谋杀案相同。"

要把前几起的谋杀案完全总结起来，这一起谋杀案算得上是个自然过渡。第一起发生在一九七七年。一九七八年有两起，一九八〇年又是一起，然后在一九八一年又发生两起。其中两起发生在新罕布什尔，两起在麻省，第五起和第六起发生在佛蒙特。之后，中间间隔了十六年。警方猜想，三种情况下，有一种情况已经发生了：比蒂搬迁到另一个地区，而且还在继续追求自己的嗜好；比蒂因为某个与此无关的犯罪已经被捕入狱，或者就是比蒂已经自杀。根据记者为写报道而咨询过的心理医生的解释，有件事不可能发生，那就是，比蒂对谋杀感到厌倦。"这些家伙不会厌倦的，"那位心理医生说，"这是他们的娱乐或消遣，是他们的心理强迫冲动。不仅如此，这还是他们的秘密生活。"

秘密生活。这短语是个有毒的夹心软糖。

比蒂的第六个受害人是来自巴里的一名妇女，圣诞前一周，被一辆路过的扫雪机在雪堆里发现的。这个圣诞假日对她的家人来说有多凄惨可想而知，达茜心里想。倒不是那一年她自己有多享受圣诞假日。孤孤单单地远离故乡（每当她和母亲交谈的时候，连野马也不能从她嘴里拽出这个情况），做一件自己没把握是否胜任的活计，即使已经干了十八个月，工资还被晋过一级，她却丝毫没有感到节日的气氛。她有些熟人（一起喝玛格丽特的姑娘们），但是，没有真朋友。她从不善于交朋友。用害羞来描述她的人格算是个厚道的词；内向可能更加准确。

后来鲍勃·安德森面带微笑走进了她的生活——邀请她出去，但从不接受拒绝。在扫雪机发现比蒂"早期连环谋杀"最后一个受害人的尸体之后，还不到三个月。情况肯定就是那样，他们相爱了，然后比蒂停止杀人十六年。

因为她？因为他爱她？因为他想罢手不干大坏事了？

或许只是巧合。可能是那样吧。

不错的猜想，可是，她在车库里发现的那些身份证件使得巧合似乎不大可能成立。

比蒂的第七个受害人，也就是报纸上称为"新连环谋杀"的第一个被害人，是一位来自缅因州沃特维尔市的妇女，名叫斯泰西·莫尔。她丈夫跟两个朋友一起在波士顿看了两三场红袜队的比赛，一回家就在地窖里发现了她。那是在一九九七年八月。她的头被塞进了一箱甜玉米里，玉米是莫尔一家在16号公路路边农家地摊上卖的。她裸着身子，双手被绑在背后，臀部和大腿上有十二处被咬伤的痕迹。

　　两天之后,斯泰西·莫尔的驾驶执照和蓝十字会证件用一个橡皮带扎着,被邮寄到了奥古斯塔,上面用大写字体写着:刑侦部首席检察官布博收。还有个留言:你好! 我回来了! 比蒂!

　　负责莫尔谋杀案件的侦探们一下子就辨认出了这包裹。类似的、挑选出来的各种身份证件——还有类似的、兴高采烈的留言——在以前的每起比蒂谋杀案发生之后都会被寄出。他清楚什么时候她们独自一人。他折磨她们,主要是用他的牙齿;他强奸她们,或者对她们实施性侵犯;他杀害她们;几周,或者几个月过后,他再把她们的身份证件邮寄到警察分局,用这个办法来奚落警方。

　　为保证杀人的功劳记到自己头上,达茜心里懊恼地想着。

　　二○○四年,又有一起比蒂谋杀案发生;二○○七年,发生了第九起和第十起。那两起是最惨绝人寰的,因为其中有一个受害人是孩子。那个妇女十岁的儿子因胃痛从学校告假回家,其时,正好比蒂在作案,显然是不期然撞到了。孩子的尸体和他母亲的尸体一起在附近的一条小河里被发现。当这名妇女的身份证件——两张信用卡和一张驾照——寄到麻省七号警区的时候,附带的卡片上写着:你好! 这男孩是个意外伤害! 对不起! 不过,动作很快,他没"受苦"! 比蒂!

　　还有其他许多文章,她都可以搜到(哦,无所不能的谷歌),可是为了什么目的呢? 平凡的生活中又一个平凡夜晚的甜美梦想,已经被梦魇吞噬了。阅读更多关于比蒂的文章,能驱散这个梦魇吗? 问题的答案显而易见。

　　她肚子突然收紧。她跑往盥洗间——尽管有风扇,但是气味还有,通常你可以无视生活是个多么发臭的营生,但不会总是这样——接着,就双膝着地,倒在马桶前面,张开嘴巴,盯着马桶里蓝色的水。有一阵子,她觉得呕吐的需要将要过去,然后,想到了斯泰西·莫尔,那张被扼死的、发紫的脸塞进玉米里,臀部满是干成巧克力牛奶色的血污。这个想法使她再也忍不住,吐了两次。吐呕得太厉害了,满脸溅上的都是太渍宝洁厕剂的水迹,还有她自己的呕吐物。

　　她边哭,边喘着气,把马桶冲了。马桶陶瓷必须要清洗了,不过,眼下,她只是把马桶盖子放下,把自己发红的脸靠在马桶盖子冰凉的米色塑料上。

下一步怎么办？

明摆着的法子就是，报警。可要是报了警，结果却证明是错了，情况会怎么样呢？鲍勃一直是个最大度、最宽容的男人——每次她把老旅行车的前部撞到邮局停车场边上的大树上，结果把挡风玻璃弄碎的时候，他唯一关心的是，她是否划伤了脸——可是，假如她错误地指认，说他犯有十一宗他并未实施的谋杀，他还能够原谅她吗？而且全世界都会知道。不论有罪无罪，他的照片会刊登在报纸上。头版。她的照片也会在上面。

达茜拖着身子站起来，从盥洗间柜子里拿起马桶刷子，把自己的呕吐物清理好。她清理的动作缓慢。背疼。她觉得自己吐得太狠，拉伤了肌肉。

清理活儿干到一半的时候，下一个想法就"砰砰"地接踵而至了。不仅仅是他们两人被拽进报纸的胡猜乱想和二十四小时有线新闻肮脏的漂洗圈子中，还有孩子们要考虑啊。多尼跟肯刚刚找到他们的头两个客户，可是，这个新闻狗屎炸弹爆炸三个小时后，银行和寻求新颖途径的汽车交易商就会不见踪影。今天才真正呼吸第一口气的安德森和海沃德公司，明天就会死亡。达茜不知道肯·海沃德到底投了多少钱，多尼可是把所有身家都押上去了。虽然那并不等于是大量资金，但是，当你第一次开始自己人生航程的时候，你还投进了别的东西。你的心力，你的脑力，你的自我价值。

再有，就是佩特娜和迈克，可能就恰恰在这个时刻，他们两人正头靠着头商量婚礼计划呢，根本没意识到一只两吨重的保险箱扣在一根磨损严重的弦上，正悬挂在他们头顶。佩特娜一向把父亲当成自己的偶像。要是她发现，曾经在后院的秋千上推她摇荡的那双手同样就是绞杀了十一位妇女生命的双手，她会受到怎样的打击？要是她发现，曾经和她晚安吻别的嘴唇后面隐藏着撕咬十一位妇女的牙齿，在有些案子里甚至一直咬到有些妇女的骨头，她会受到怎样的打击？

她又一次坐到电脑边上。这时候，达茜的脑子里冒出一则可怕的报纸头条新闻。新闻配着鲍勃的一幅照片刊出，照片上的鲍勃，系着颈巾，穿着滑稽荒唐的卡其短裤和长筒袜。那则新闻太清晰明白，就像已经刊印出来了：

连环杀手"比蒂"领导幼年童子军十七年

达茜用一只手"啪"地捂住嘴。她能感觉得到自己的眼睛在眼眶里一阵一阵地跳动。她忽地产生了自杀念头，有那么一会儿（漫长的时刻），这念头似乎完全合乎情理，而且是唯一合乎情理的解决方案。她可以留言说，她这么做，是因为担心自己患了癌症。或者说出现了老年痴呆（阿尔茨海默病）的早期症状，那倒更好些。可是，自杀也会给几个家庭投下阴影，而且，要是她搞错了怎么办？假如鲍勃只是在路边或者在别的什么地方发现了那些身份证件，该怎么办？

你知道那不大可能吗？聪明的达茜轻蔑地笑道。

好，是这样，但是，不大可能与不可能毕竟不同，是不是？也有别的东西，别的能使她目前陷进的笼子十分牢靠的东西：要是她没搞错的话，怎么办？她的死，难道不会使鲍勃逃之夭夭，去杀害更多的人，因为他再也不必过这种秘密的双重生活？达茜不能肯定自己相信死后还会有意识存在，可是，要是真有的话，怎么办呢？要是她在彼岸，不是面对伊甸园里碧绿的田野和丰饶的河流，而是面对一排可怕的、被扼杀的妇女，她们身上留着她丈夫的牙印子，人人控告，是她导致了她们的死亡，因为她选择了一条轻而易举的出路，那该怎么办？难道只要她无视自己所发现的蛛丝马迹（这样的情况基本不可能，起码现在她自己是不相信的），她们的指控就不再是事实吗？她真的认为，仅仅是为了自己的女儿可以举办一场像样的婚礼，她就要把更多的妇女置于可怕的死亡境地吗？

她心里想：我希望死了算了。

可她没死。

很多年来的头一回，达茜·麦迪森·安德森从椅子滑到了地上，双膝跪地，开始祈祷。可是不灵。除了她之外，屋里空空落落的。

7

　她是从不记日记的，但是，她把十年的约见记录一直放在阔大的缝纫盒底下。鲍勃十年的出行记录则塞在他家庭办公室柜子的某个抽屉里。作为一名会计，他在记账的事情上十分心细，把每笔结算、免税和汽车折旧的每分钱都记录在案。

　她把两人的所有记录本都摞在电脑边上，然后打开谷歌，强迫自己做必需的调查，把比蒂案件受害者的姓名和死亡日期都记录下来（有些必然只是大概时间）。然后，当电脑上的数字钟无声地驶到十点时，她开始进行艰苦的核对工作。

　她宁愿用十二年的生命来交换某样能证明他与哪怕一桩谋杀案无关的证据。然而，她的约见记录恰恰使事情变得更糟。新罕布什尔州基恩县的凯莉·葛威是于二〇〇四年三月十五日在当地垃圾填埋场后面的树林里被发现的。根据法医的说法，她已经死亡三到五天了。在达茜的约见笔记上，从二〇〇四年的三月十日到十二日潦草地写着鲍勃到布拉特见菲茨威廉姆。乔治·菲茨威廉姆是本森、培根和安德森公司的一位大客户。布拉特是菲茨威廉姆所居之地布拉特伯勒的缩写。从新罕布什尔的基恩县开车到那儿很方便。

　海伦·沙韦尔斯通跟她儿子罗伯特是二〇〇七年十一月十一日在埃姆斯伯里镇的纽利河中被发现的。他们住在二十英里之外的塔索尔村。在她二〇〇七年的记录本里十一月的那一页上，从八日至十日下面画下的一条线上，潦草地写着鲍勃在索格斯，两个财产出售外加波士顿硬币拍卖会。她还记得，在这些日子的某个夜晚，自己给他在索格斯的汽车旅馆打电话，但是没有找到他。假定他当时和某个硬币销售商外出了，或许在洗澡？她似乎回忆起来了。如果她记得没错的话，那么当晚他会不会实际上是在路上？或许在埃姆斯伯里镇做完一桩差事（小小的递送）后，正在回旅馆？或者，假如他在洗澡，以上帝的名义发誓,他又在冲洗什么呢?

数字钟超过了十一点,开始爬向子夜时分,这是一个据说墓地打哈欠的时分。她开始细细查看他的旅行记录和发票,并不时地停下来重新检查。七十年代后期的材料零零星星,没有多大帮助——在那些岁月里,他不过就是最底层的一名办公室寄生虫罢了——不过八十年代以来的所有材料都在,她发现与一九八〇年和一九八一年发生的比蒂谋杀案之间的联系清晰且不容置疑。相同的时间,相同的地点。而且,"聪明的达茜"坚持认为,如果你在一户人家的屋子里发现了足够多的猫毛,很大程度上,你只好认为这家某个地方有只猫了。

那么,我现在怎么办?

答案似乎是带着她困惑而恐慌的脑袋上楼去。她怀疑自己能否睡得着,不过,至少可以冲个热水澡吧,然后躺下。她疲惫不堪,呕吐拉伤的背部还在疼痛,而且浑身汗臭。

她关掉电脑后,拖着沉重的步子慢腾腾地爬到二楼。热水澡使背痛得到了舒缓,口服一两颗泰诺,可能会在凌晨两点左右进一步减缓背痛;她确信,她醒来时会发现这一点的。她把泰诺放回药盒的时候,趁便把安比恩安眠药瓶拿出来,抓在手里一分钟之久,然后又放下了。这药无法让她睡着,只会使她昏昏沉沉,而且——或许——比她现在还要妄想。

她躺下来,朝床另一侧的床头柜看了看。鲍勃的钟。鲍勃备用的一副看书用的眼镜。一本名叫《陋屋》的书。你该读一读,达茜,这是一本改变生活的书,他在最近这次出行前的两三个晚上这么说过。

她关了灯,旋即,眼前就出现被塞进玉米箱中的斯泰西·莫尔。她又把灯开了。大多数夜里,黑暗是她的伴侣——是睡眠仁慈的预告者——然而,今夜情形却不是这般。今夜,黑暗被鲍勃的一群妇女占据了。

你还不知道。记住,你并不确认那件事。

可是,如果你发现了足够多的猫毛……

猫毛够多了。

她躺在床上,甚至比自己原先担心会睡不着的状态还要清醒,大脑一圈圈地在转,一会儿想到受害人,一会儿想到自己的孩子,一会儿想到自己,甚至还想到某些被遗忘的、有关耶稣蒙难时刻在客西马尼园里祈祷的圣经故事。就这样,她痛苦地来回胡思乱想,感觉约摸过了一个小时的光景之后,她朝鲍勃的钟瞥了一眼,发现才过了十二分钟。她用一只臂肘撑起身子,把钟面转向了窗户。

他在明天晚上六点钟才会到家,她心里想着……尽管既然现在已经是子夜一刻钟,她觉得,从理论上说,是在今晚,他就会到家。不管怎样,她还有十八个小时的时间。这时间肯定足够让她作出某个决定。要是她能睡着,哪怕就一会儿——睡眠可以调整大脑——该多好啊,但是,这不可能了。她会迷糊上一会儿,然后想到玛乔丽·杜瓦尔,或者斯泰西·莫尔,或者(最悲惨的)罗伯特·沙韦尔斯通,十岁。他没有"受苦"!之后,任何睡着的可能性会又一次消失。她会永远睡不着的想法进入了脑海。当然,那不可能,可是躺在这儿,尽管已经用了斯格普漱口水清洗过了,嘴里却还有呕吐物的味道,这一想法似乎还是蛮有道理的。

不知什么时候,她发现自己不知不觉想起了小时候的某一年,她在屋子里转悠着照镜子。她总是站在镜子前面,双手摆成杯状,放在脸的两侧,鼻子抵着镜面玻璃,但是屏着呼吸,这样才不会把雾气喷在镜面上。

要是被母亲发现,总要拍她一把,把她撵走。那样会在镜子上留下斑印,我还得把它擦干净。你为什么对自己这么感兴趣?你永远不会因为美貌被绞死的。为什么要站得这么近?这个样子,任何值得看的东西,你都看不清楚的。

那时她多大?四岁?五岁?不管怎么说,她感兴趣的倒不是镜子里的自己——或者说,主要不是自己;可那时她太小了,无法说得清。她相信,镜子是通往另一个世界的门户,而且,她看到照在玻璃里头的不是他们家的客厅,或者盥洗间,而是别人家的客厅,或者盥洗间。也许是麦森家的,而不是麦迪森家的。因为在玻璃的另一面,照进的东西看起来相似,但是并不相同。要是你看的时间够长,你就会开始挑出一些并不相同的地方:那边的地毯看起来像是椭圆形的,不是圆形的;门似乎是带转栓的，不是带插栓的；某盏灯的开关装在门的另一侧。就连小姑娘也不一样了；达茜相信她们是有关系的——镜子姐妹们？——但是不，不一样的。那个小女孩不是达赛伦·麦迪森，她或许叫做珍妮，或者桑德娜，或者甚至依琳娜·瑞格比，不知什么原因（某个让人害怕的原因），那个小女孩正在一个举行过婚礼的教堂里捡拾稻子。

躺在床头灯投射的光圈里，她没有意识到自己打了会盹儿。达茜觉得，要是自己当时能够告诉母亲她在镜子里看到了什么，要是当时她说得清她看的根本不是她本人，而是那个更加神秘的小女孩，也许她就会跟儿童心理医生度过一段时光了。可是，并不是那个小女孩使她感兴趣，从来就不是。她感兴趣的是，镜子后面存在着另外一个完全别样的世界，而且，如果你能穿过那个别样的屋子（更加神秘的屋子），再从那扇门出来，会有另外一个世界等着你。

当然，这个想法已经过去了，借助于一只新玩具娃娃（她用自己喜欢的煎饼糖浆来给那个玩具取名，叫它黄油沃斯夫人）和一个新的玩具屋，她把兴趣转移到了更容易被接受的小姑娘们的幻想上去了：做饭、洗衣、购物、教养婴儿、盛装赴宴等等。现在，经历过这么多年之后，她终究穿过了镜子。可是，根本就没有小女孩在更加神秘的屋子里等待；相反，倒是有个更加神秘的丈夫，一直生活在镜子背后，在那边干着罪恶勾当。

价廉物美，鲍勃喜欢这么说——这是身为会计最紧要的信条。

挺直身子嗅嗅空气——这是回答你怎么样这个问题的答案，这个答案，他曾经带领着走过亡者之路的每一批童子军中的每个儿童都知道。毫无疑问，那些孩子中，有些长大成人之后还在重复着这个回答。

绅士们更爱金发女郎，因为他们厌烦了塞进……

不过，后来睡意还是朝达茜袭来，虽然那位温柔的睡意护士没能把她带得远远的，但是，她前额上和发红浮肿的眼睛四周的皱纹还是缓和了些。当她丈夫把车驶进车道的时候，她的身体动了动，却没有醒来。要是越野车的前灯照射到屋顶的话，她也许会的，不过，鲍勃把车开到街区一半的时候就把灯熄掉了，这样就不会把她弄醒。

8

一只猫在用毛茸茸的爪子抚弄她的面颊。很轻柔,但是也很急切。

达茜试图用手把它拂开,可她的手重似千磅。不管它,反正是梦——肯定是梦。他们没养猫呀。如果你在一户人家的屋子里发现了足够多的猫毛,这家肯定某个地方有只猫,她那挣扎着要醒过来的大脑非常理性地告诉她。

此刻,那只爪子在抚弄她的刘海了,接着是刘海下面的前额。不可能是猫,因为猫不会说话。

"醒醒,达茜。醒醒,亲爱的。我们得谈谈。"

声音和抚摸一样轻柔舒服。是鲍勃的声音。不是猫爪,是只手。鲍勃的手。可是,不可能是他,因为他在蒙彼利埃——

她双眼猛地睁开了,他就在那里,好好地,坐在她旁边的床上,抚弄着她的脸和头发,跟她身体不适时他有时候表现的一样。他身穿三件套的 Jos. A. 银行西服(所有的西服都是在那里买的,他管它叫——他的又一个半开玩笑的说法——"运气(Joss)银行"),但是背心的纽扣没扣上,衣领也敞开着。她能看到领带的末端从他外套的口袋里冒出来,像条鲜红的舌头。他的腹部在裤带上方鼓凸出来,她第一个连贯的想法就是,你真得对体重有所动作了,鲍勃,那样对你的心脏不好。

"你——"她的声音出来了,像是一声几乎无法听清的乌鸦叫。

他笑笑,然后继续抚弄她的头发,她的面颊,她的颈背。她清清嗓子,又试着开口说话。

"你在这儿干吗呢,鲍勃,现在一定是——"她仰起头,看看他的钟,但当然看不到时间,因为她早就把钟面转向墙壁了。

他往下瞥了瞥自己的手表。把她抚弄醒的时候,他一直在微笑着,现在还在笑。"三点差一刻。我们谈完话后,我坐在又蠢又旧的汽车旅馆差不多两个小时,试图说服自己,我考虑的事情不可能是真的。然而,我不是靠回避事实成为如今的自己的。于是,我跳上越野车,上了路。一路上,车辆星儿都没有。我不知道我为什么不在夜深时分做更多的旅行。也许我以后会这样的。那是说,如果我不进肖申克的话。要么是康科德的新罕布什尔州立监狱。不过,这件事由你决定。不是吗?"

他的手还在抚弄她的脸。手的感觉熟悉,甚至手的气味也熟悉,她以前一直喜欢。可现在她不喜欢了,不仅仅是因为今夜的痛苦发现。她怎么竟然就从来没有注意到,那个抚弄触摸是多么自鸣得意,多么富于占有欲!你是个老骚货,可你是我的老骚货,现在那个触摸似乎在这么说,唯独这次,我不在家的时候,你在地板上撒尿,那很不好。事实上,是个大坏事。

她推开他的手,坐了起来。"以上帝的名义发誓,你在说什么呢?你偷偷摸摸地进来,把我弄醒了——"

"是的,你刚才在睡觉,灯还亮着——我一拐上车道,就看到了。"他的笑容里没有一丝负罪感。不过也没有凶气。还是那种一模一样的、甜美的、她几乎从一开始就喜欢的鲍勃·安德森的笑容。有一刻,她飘飘忽忽地想起了婚礼之夜,他是多么温柔啊,一点儿也不催她。给她足够的时间,让她习惯新鲜事物。

这也是他现在要做的事情,她寻思着。

"你睡觉从来不开灯的,达茜。虽然你把睡袍穿在身上,可是你睡袍下面还戴着胸罩,你也从来不那么做的。你刚刚忘了脱掉,是吗?可怜的宝贝儿。可怜的、疲倦的小姑娘。"

短暂地,他摸摸她的乳房,然后——谢天谢地——把手拿开了。

"而且,你把我的钟也转了过去,这样你就不必看时间了。你很不安,我就是你不安的根源。对不起,达茜。我是发自心底的。"

"我吃了反胃的东西。"这是她所能想出的唯一理由。

他耐心地笑笑。"你找到了我在车库里的隐藏点。"

"我不知道你在说什么。"

"哦,你干得漂亮,把东西放回到你找到它们的原处了。不过,我对这些东西可非常细心,我放在踢脚板里面枢轴上的胶带断了。你没注意到,是吧?你怎么可能注意到呢?那是一种粘上去就几乎看不见的胶带。此外,里面的盒子离我原先放它的地方——我一直放它的地方——靠左一两英寸。"

他伸手再去抚弄她的面颊几下,她把脸转开的时候,便抽回了手(好像没有怀恨在心)。

"鲍勃,我能看得出来,你的帽子里有只蜜蜂在嗡嗡叫,不过老实说,我不知道你为什么会这样。也许你最近工作太累了。"

他难过地把嘴朝下一撇,接着眼睛就湿润了。难以置信。实际上,她必须要克制自己,才能不让自己为他感到难过。情感是人的另一个习性,跟其他习性一样,受到条件制约。"我想我向来就知道,这一天总会到来的。"

"我根本就不明白,你到底在说些什么。"

他叹了口气。"亲爱的,我赶了好长时间的路,一路上都在考虑这件事。我想得越久,我想得越深,就越是感到真正需要回答的问题只有一个:那就是 WWDD。"

"我不懂——"

"嘘。"他一边说,一边把一只手指轻轻地按在她嘴唇上。她能闻到肥皂的味道。在离开汽车旅馆之前,他一定冲过澡了,这是个非常有鲍勃风格的做法。"我要把一切告诉你。我要一吐为快。我想把内心深处的一切告诉你。我一直想要你知道。"

他一直想要她知道?亲爱的上帝啊。也许会有更糟的事情在等待,不过,到目前为止,显而易见,这是最可怕的事情。"我不想知道。不管是什么,你就把它留在你的脑子里吧,我不想知道。"

"我从你的眼睛里看到了异样的东西,亲爱的。我非常擅长解读女人的眼睛,已经快成专家了。WWDD 代表的是达茜会干什么[①]。在现今的情况下,要是她发现了我的藏物之处,以及我的盒子里放了些什么,达茜会干什么呢。顺便说一句,我一直很喜欢那只盒子,因为是你送给我的。"

---

① What would Darcy do.

他向前倾了倾身子,在她的眉宇之间快速地吻了一下。他的嘴唇湿湿的。平生头一回,他的嘴唇接触到她的皮肤使她反感,她突然想到,在日出之前她也许就会死掉,因为死去的女人无法泄露秘密。虽然,她心里想,他会努力保证我不会"受苦"。

"首先,我问自己,玛乔丽·杜瓦尔这个名字,对你而言是否有任何意义。我本愿意用一个大大的不字来回答这个问题,可是,有时候,一个人吧,还是得做个现实主义者。你不是全世界头号新闻迷,但你我在一起生活这么长时间了,我知道你关注电视和报纸上的重要新闻。我想你会知道这个名字的,即使你不知道,也会辨认出那张驾照上的照片。此外,我当时心里想,难道她对我为什么拥有这些身份证件不会感到好奇吗?女人总是好奇心强。看看潘多拉吧。"

或者蓝胡子的老婆,她心想,那个朝上锁的房间里偷看、发现她的前任们都惨遭割头的女人。

"鲍勃,我向你发誓,我不知道你在说——"

"因此,我进屋做的第一件事就是,启动你的电脑,打开火狐——那是你惯常用的搜索引擎——然后检查搜索记录。"

"什么?"

他"咯咯"地轻笑着,好像她说了个格外好笑的笑话。"你都不知道。我不认为你知道,因为我每次检查,一切都在那儿。你从来没有清除过!"他又"咯咯"地发笑了,就像一个男人看到妻子特别可爱的样子一样。

达茜第一次感到薄薄的怒火在搅动。鉴于眼下的情势,这可能有些荒唐,可感觉的确就是那样。

"你检查我的电脑?你这个肮脏的、鬼鬼祟祟的家伙!"

"我当然检查。我有个经常做坏事的、很坏的朋友。那种男人必须了解跟他最亲近的人。因为孩子们已经离家,所以那就是你,只有你了。"

坏朋友?一个经常做坏事的坏朋友?她的头在眩晕,但是,有件事似乎再清楚不过了:再这样否认下去也无益。她明白,而他知道她明白。

"你不仅仅搜索了玛乔丽·杜瓦尔的情况。"从他的声音里，她丝毫没有听出羞耻或者辩护的语气，只有凶恶狰狞的悔意，那就是，情况居然会搞到这步境地。"你搜索了她们所有人。"然后他笑了起来，说道，"不赖嘛！"

她靠着床头板，坐起身来，这动作使她稍稍远离了他。那就好。距离就是好。所有这些年月，她一直跟他躺在一起，屁股靠屁股、大腿靠大腿的，而现在还是离他远点好。

"什么坏朋友？你在说什么？"

他把头侧向一边，鲍勃的体态语言表示我觉得你很迟钝，不过迟钝得有趣。"布莱恩。"

起初，她不明白他在说什么，猜想一定是某个工作上有接触的人。或许可能是同谋共犯？表面上看似乎不大可能。她本会说鲍勃和她一样，是个不擅长交友的人，不过，做这种事的男人有时候确实会有同谋共犯。

"布莱恩·德拉汉蒂。"他说道，"别对我说，你忘了布莱恩。在你告诉我布朗德琳的事之后，关于他的情况，我已经全部告诉过你。"

她的嘴不由地张开。"你初中时的朋友？鲍勃，他死了！他追接棒球的时候被卡车撞倒，他死了。"

"嗯……"鲍勃的笑容变得饱含歉意，"是……也不。每当我对你谈起他的时候，我几乎一直叫他布莱恩，可是，我从前在学校里不是这样叫他的，因为他讨厌那个名字。我用他的首字母叫唤他。我叫他 BD。"

她张口想问，布莱恩与这件事有何关系，就像与中国茶的价格一样八竿子打不着。不过，她马上就懂了。她当然懂了。BD。

比蒂。

9

他说了很长时间，他说的时间越长，她就越是害怕。所有这些年月，她一直跟个疯子在一起生活，可是，她又怎么能知道呢？他的疯狂就像是地底下的大海。上面有一层岩石，岩石上面有一层土壤，鲜花就在那里生长。你可以在鲜花丛中散步，却从不知道，下面有狂潮波澜……然而它就在那儿。过去一直就在。他将一切怪到 BD 身上（只是多年之后，在他给警方的便条中，他变成了比蒂），可是，达茜怀疑，鲍勃并不真的那样想；责怪布莱恩·德拉汉蒂，只是为了更方便地使他的两种生活保持分离状态。

比如，带枪到学校去实施抢劫是 BD 的想法。根据鲍勃的说法，他们在城堡岩高中读书期间，在一年级升二年级的夏天就有了这个灵感。"一九七一年，"他说道，性情温和地摇了摇头，像个男人回想起在天真无邪的童年犯下的某个小错时兴许会做的动作一样。"很久之前，那些科伦巴茵的小精灵①甚至就是他们父亲眼里亮闪闪的星星。有些姑娘鄙视我们。迪亚娜·拉马季，劳拉·斯文森，格洛丽亚·哈格尔蒂……还有其他两三个家伙，不过，我忘了她们的名字了。计划是搞到一捆枪——布莱恩爸爸的地下室里面，大概有二十来支步枪和左轮手枪，包括二战时得来的一两把让我们十分着迷的德国鲁格手枪——并且把它们带到学校。你知道，那时候学校没有搜查或者金属探测器。

"我们打算把科学楼的侧翼当成自己的堡垒。我们会用链条把门锁好，杀死某些家伙——多半是老师，但也包括一些我们不喜欢的家伙——然后，我们穿越过道远处那端的防火门，把剩下的孩子们吓跑。哦……大多数孩子。我们将把那些鄙视我们的姑娘们当成人质。我们计划——BD 计划——趁警察还没赶到的时候，就把一切做完。他画了张地图，还在他的几何笔记本里记下了一张步骤清单。我记得总共约有二十格步骤，从"拉响火警制造混乱"开始。他"咯咯"地轻笑起来。"把那个地方封闭之后……"

他朝她笑笑，稍微有点难为情，不过她认为，他感到羞耻的主要原因是这个计划有多愚蠢。

"哦，你很可能猜得出来。两个十几岁的男孩子，荷尔蒙非常旺盛，

---

① 意大利传统哑剧和抽剧中的丑角 Harlequin 的情人；小精灵是指痴呆儿、畸形儿。

风一吹，我们就变得欲火中烧。我们要告诉那些女孩子，如果她们，你知道的，让我们干得很爽，我们就放她们走。如果不愿意，就杀了她们。她们会愿意的。"

他慢慢地点点头。

"为了活命，她们会愿意。BD在这一点上猜对了。"

他沉浸在自己的故事中。因为往事重提，他的眼神变得朦胧（古怪，但是真实）。为了什么？年轻人疯狂的梦想？恐怕实际上真是这样。

"我们并不计划像科罗拉多州的那些'重金属哑铃'一样自杀。没办法。在科学楼侧翼下面有个地下室，布莱恩说，就在那儿有个隧道。他说隧道从供给间通到119号公路对面的消防站。布莱恩说五十年代的时候，这所高中只是个从幼儿园一直到八年级的文法学校，那儿有个公园，休息的时候，小孩子常常在公园里面玩耍。隧道的作用就是让他们可以不需要穿过马路就能到达公园。"

鲍勃大笑起来，吓了她一跳。

"对他的所有话，我都信以为真，可是结果呢，他满嘴胡言。第二年秋天，我亲自到下面去寻找。供给间在那儿，全是纸张，散发着人们过去使用的蜡纸油印件的印油臭味儿，不过，要是真有隧道的话，我可压根儿没发现过，要知道那时候我就是个非常仔细的人。我不知道他是在对我们两人撒谎呢，还是只对他自己撒谎。我只知道没有隧道。我们本来会被困在楼上的，可谁知道呢，我们本来也许会自杀的。你永远无法知道一个十四岁的男孩要干什么，对不对？他们到处滚啊转啊，像枚尚未爆炸的炸弹。"

你再也不是尚未爆炸的炸弹了，她心里想，是吗，鲍勃？

"不管怎么说，我们本来会被吓破胆的，但也许不会。也许我们会试图实施整个计划。BD让我兴奋不已，大谈特谈我们将如何去摸女孩子的上身，然后让她们脱掉彼此的衣服……"他兴奋地看着她，"是的，我知道这听起来是个什么样儿，不过是男孩的性幻觉。可是，你要知道，那些女孩子是真的鄙视我们。你想和她们搭讪，她们总是大笑，走得远远的，然后就站在咖啡馆的角落，一群人打量着我们，笑得更厉害。所以,你真的不能责怪我们,是吗?"

他看看自己紧贴在大腿上的手指,不停地在西裤上面打鼓点,然后重新抬起头来看着达茜。

"有件事你必须明白——你真的必须明白——就是布莱恩是多么善于劝服别人。他比我要坏多了。他是真疯狂。而且那个时候,全国都在骚乱,别忘了,这也是原因之一。"

你说的话我怀疑,她心里想。

令她感到惊奇的是,他是怎么使这一切听起来几乎是正常的,好像每个青春期男孩的性幻想都涉及强奸和谋杀。可能他真的相信是那样的,正如他曾相信布莱恩·德拉汉蒂神秘的逃跑隧道一样。他真的相信过吗?她怎么会知道?毕竟,她是在听一个疯子的回忆。只是实在难以置信——依然!——因为这个疯子就是鲍勃。她的鲍勃。

"不管怎么说,"他说道,耸了耸肩头。"这事从没发生过。那是个夏天,布莱恩跑到公路上,被撞死了。葬礼之后,在他家里有个接待仪式,他母亲说,如果我需要的话,我可以到他房间里拿些什么。作为纪念吧,你知道的。我确实想要。我确实想要!我拿走了他的几何笔记本,这样就没人会翻它,看到他'伟大的城堡岩枪杀和性交聚会'计划了。那是他的叫法,你知道的。"

鲍勃笑了笑,充满了懊悔。

"如果我是个信徒,我要说,上帝把我从自身手中拯救了出来。谁知道是否真有什么……什么命运……自有它对我们的安排。"

"对于你来说,命运的安排就是让你去折磨、去杀害妇女?"达茜无法自制地问出这个问题。

他看了看她,有责怪的意思。"她们是势利小人,"他说道,竖起一根手指,像教师们开导学生时常做的手势。"还有,不是我干的。是比蒂干了那些事儿——而且我要说,事出有因,达茜。我说的是过去干的,不是现在干的,因为所有那一切现在都被抛在后面了。"

"鲍勃——你的朋友 BD 已经死了。他死了将近四十年了。这你一定知道的。我的意思是,在某种程度上,你一定知道的。"

他把手在空中一挥:一种好脾气的投降姿势。"你想把这叫做逃脱罪过吗？我想，心理医生会那么定义，如果你要这样说，就随你吧。可是，达茜，听着！"他把身子往前倾，一只手指摁在她前额上，介于眉宇之间。"听着，把这事儿在你脑子里搞清楚。是布莱恩。他用……用一些观念感染了我，就让我们那样说吧。一些观念，你一旦装在脑子里头，就无法不去想它们。你无法……"

"把挤出的牙膏放回牙膏管里？"

他拍了下手，差点儿使她尖叫起来。"对极了！你无法把挤出来的牙膏放回到牙膏管里。布莱恩死了，可是他的那些观念还活着。那些观念——搞到女人，对她们任性而为，不管什么疯狂的想法出现在你的脑海里都要实施——女人们成了他的幽灵。"

他说这些话的时候，眼睛向上翻转，然后向左移动。她不知在哪里曾读到过，这个动作意味着说话人正在刻意撒谎。可是，他是否在撒谎，这还重要吗？或者，他正在对他们两人中的哪一个撒谎，这还重要吗？她认为不。

"我不会叙说细节，"他说，"那样的东西不适合你这样的可人儿听，而且，不管你是喜欢与否——我知道你现在不喜欢——你还是我的可人儿。不过，你得知道，我曾跟这个幽灵搏斗。我跟它搏斗了七年，可是那些念头——布莱恩的那些念头——不停地在我脑子里滋长。直到最后，我心想，'我就试一次，只是为了把它从我脑子里赶走。把他从我脑子里赶走。如果我被逮到，就被逮到——起码我再也不会想它，对它的滋味感到好奇了。'"

"你在告诉我，你所干的一切都是男性探索。"她有气无力地说道。

"哦，是的，我觉得你可以这么说。"

"或者，就像是到声名狼藉的风月场试试，只想看看到底是怎么回事。"

他谦虚地耸耸肩，孩子气十足。"有点儿。"

"鲍勃，这不是探索。这不是到风月场所玩玩。这是伤害一个女人的性命。"

她看不到丝毫的负罪感或者羞耻心，绝对没有一丝一毫——对于这些情感，他似乎无能为力，好像控制着它们的开关在他出生之前就已经短路了——他只是摆出一副愠怒的表情盯着她,一副十几岁孩子的、"你不理解我"的愠怒表情。

"达茜,她们是势利小人。"

她想喝杯水,可又不敢起身到盥洗间去。她担心他会挡住她,接着后面会发生什么事呢?再之后呢?

"此外,"他又开始了,"我不认为我会被逮住。要是我小心翼翼、精心计划的话,就不会。那可不是一个半生不熟、欲火中烧的十四岁男孩的计划,你知道,那是一个务实的计划。我也意识到了另外的问题。我不能一个人干。哪怕我不因为紧张把事情搞砸,也说不定会砸在负罪感上。因为我是个好人。我就是这样看待自己的,而且信不信由你,我至今还是这样认为的。我有证据,不是吗? 一个温馨的家,一个温柔的妻子,两个漂亮的孩子已经长大成人,开始了他们自己的生活。而且我还回馈社区。这就是我为什么两年来无偿地接下了市镇司库工作的原因。这就是我为什么每年和文尼·埃施勒一起组织万圣节的献血活动。"

你应该请玛乔丽·杜瓦尔献血的,达茜心想,她是 A 型阳性。

他稍稍把胸中的气息呼出——一个男人用最后一个无可辩驳的观点来使自己的论点成立——说道:"这也是带着幼年童子军活动的目的。你认为多尼参加童子军的时候我就该洗手不干了,我知道,你是这么想的。可我不这么想。因为不仅仅是为了他,根本就不是为了他。这是为了社区。这是为了回馈和报答。"

"那么,请你把玛乔丽·杜瓦尔的性命还给她。或者斯泰西·莫尔。或者罗伯特·沙韦尔斯通。"

最后那个名字终于被他听进去了。他眨了眨眼睛,好像被她打了一拳。"那孩子是个意外。他不该在那儿的。"

"可是,你在那儿难道就不是个意外?"

"不是我,"他说道,接着,把终极的、超现实的荒诞加了上去。"我不是个通奸犯。是 BD。从来就是 BD。首先,是他把那些念头放进我的脑子里头,这就是他的错。我本人无论如何也想不出那些主意。我用他的名字在便条上签字交给警方,只是为了说明这一点。当然,我改变了拼写,因为第一次谈到他时,我就告诉过你,我有时候叫他 BD。你也许记不得了,可我记得。"

她没想到他会如此仔细。他至今没被逮住毫不奇怪。要是她没有踢到那个该死的纸箱子——

"她们都跟我或我的生意无关,主业和副业都没有关系。否则会非常危险。不过我经常旅行,我总是把眼睛睁得大大的。BD——我身体内部的 BD——他和我一样。我们都留心那些势利小人。你一向能够分辨得出来。她们把裙子穿得太高,故意露出胸罩带子。她们勾引男人。比如那个斯泰西·莫尔。你读过关于她的报道,我相信。她结过婚,但那并不妨碍她把奶头在我身上蹭来蹭去的。她在一家咖啡店做招待——沃特维尔的阳光边咖啡店。我过去常到那儿,去米克尔森硬币店瞧一瞧,记得吗?你甚至跟我一起去过两三回呢,那时候佩特娜在科尔比。这事儿发生在乔治·米克尔森去世之前,他儿子把所有存货卖了,这样他自己就可以去新西兰或者别的什么地方。那女人勾引我,达茜!总是问我要不要把咖啡热一热,说些诸如红袜队怎么样之类的话,弯着腰,把她的奶头在我肩上磨磨擦擦的,想方设法把我的下面搞硬。她就干这种事儿。我承认,我是个男人,有男人的需要,虽然你从不拒绝我,或者说很少拒绝……哦,很少……我是个男人,有男人的需要,我一向性欲旺盛。一些女人感受到了,就喜欢利用我这个特点。这让她们心荡神驰、魂不守舍。"

他低头看看自己的膝盖,眼睛暗沉,若有所思。接着,他又想到了别的什么事情,头猛地一甩。他那头日益稀薄的头发飞了起来,然后又落定。

"总是笑!红彤彤的口红,还总是笑!哦,我认得出那样的笑。大多数男人都认得出来。'哈哈,我知道你想要,我能闻得出来,不过呢,你能得到的就是这么点儿了,将就一下吧'。我可以!我可以将就!但BD不行,他不行。"

他慢慢地摇了摇头。

"有许多那样的女人。要搞到她们的名字很容易。你可以在网上搜索。假如你知道该怎么搜索的话,就可以搜到许多信息,会计们都知道该怎么办。我就搜索过……嗯,十来次。也许甚至有一百次吧。你可以把这叫做爱好,我想。你可以说,我除了收集硬币,还喜欢收集信息。通常并没有什么动作。不过,有时候 BD 会说,'她就是你想跟踪到底的人,鲍勃。就是那边的女人。我们一起制订计划吧,等时机一到,你让我动手就行。'这就是我干的事。"

他抓着她的手,把她软塌塌的、冰凉的手指头握到他的手里面。

"你认为我疯了。我能从你的眼神中看出这一点。可我没疯,亲爱的。是 BD 疯了……或者是比蒂,如果你更喜欢他那个公开的名字。顺便说一下,如果你读过报纸上的那些故事,就会知道我刻意在给警方的便条上把单词拼错。我甚至把地址全拼错。我的钱包里保留了一张错误拼写的清单,这样一来,我总能以相同的方式把词拼错。这叫做误导。我要他们认为,比蒂很笨——或者说是文盲——而他们确实就是这么认为的。因为笨的是他们。我只有一回遭到警方的质询,那是很多年以前了,我以目击证人的身份遭到质询,大约是在 BD 杀害了姓莫尔的女人之后的两周吧。一个老家伙,走路一瘸一拐,处于半退休状态。他要我给他打个电话,如果我想起了什么的话。我说我会的。真荒唐。"

他不出声地暗自笑着,就像他们一起观看《摩登家庭》或者《两个半男人》时那样。直到今夜之前,这种笑法一直使她感到愈发开心。

"告诉你吧,达茜,如果他们逮我个正着,我会承认——起码,我认为我会的,我不认为有人能百分之百确定在那样的情况下他们会干什么——但是,我无法给提供很多信息。因为我记不清实际的……实际的行为了。除了知道做过。我有点儿……我不知道……失去意识了。失忆。该死的东西。"

哦,你这个撒谎的家伙。你什么都记得。全在你的眼睛里呢。甚至全在你嘴巴往下努一努的样子里呢。

"现在……一切都掌握在达茜的手里。"他把她的一只手举到唇边,吻了吻手背,好像是为了强调这一说法。"你知道那句老台词吗?'我会告诉你的,但是之后我就必须把你杀了。'这话在这里不适用。我永远不会伤害你。我做的一切,我创建的一切……尽管在别人看来这一切微不足道……但都是为了你,我才付出努力的。当然,也是为了孩子们,但主要还是为了你。你走进我的生命,你知道发生了什么事吗?"

"你停手了。"她说道。

他突然灿烂地咧嘴笑了起来。"二十多年!"

十六年,她心里想,但是没说出来。

"这些年的大多数时候,我们一起抚养孩子,努力打拼想让我们的硬币事业好起来——当然主要是你干的——我在新英格兰到处奔走,做税务,建立基金——"

"你才是真正让我们的事业发达起来的人,"她说。她听到自己的声音,为里面镇定而又热情的情绪感到惊讶。"你才是有专业技能的那个。"

他看上去感动得快哭了。开口说话时,他声音沙哑。"谢谢你,亲爱的。你这句话,对我来说意味着一切。要知道,是你救了我。在许多方面,而不单单在某一方面。"

他清了清嗓子。

"十二年中,BD从没躁动过。我想,他已经消失了。说实话,我的确就是这么想的。可后来他又回来了。像个幽灵。"他像是若有所思,然后非常缓慢地点点头。"就是那样,一个幽灵,一个坏幽灵。每当我旅行的时候,他便开始对女人们指指点点了。'瞧瞧那一位,她想让你看见她的奶头,可你要是真碰它们,她就会报警,然后等警察把你带走的时候,她就跟朋友们一起大笑。瞧瞧用舌头舔着嘴唇的那一位,她知道,你想要她把舌头放到你的嘴里,而且她知道你晓得她不会那么做。瞧瞧那一位,下车的时候在炫耀自己的短裤,如果你认为那不过是偶然,你就是个白痴。她不过是另一个势利小人,一个认为自己不会遭报应的小人。"

他停下来,眼睛比原来更加阴暗沮丧。曾经成功地骗过她二十七年的鲍勃,此时就在这双眼睛里了。那个企图假冒幽灵逃脱的鲍勃。

"一开始产生这些冲动的时候,我跟它们搏斗。有杂志……某些杂志……我在我们结婚之前就买了,我当时觉得,要是我再看看那些杂志……或者某些网站……我觉得我可能……我不知道……用幻想取代现实,我想你会说……可是一旦你尝试过真实的事情之后,幻想值个屁。"

达茜觉得,他说话的样子就像爱上了某种昂贵佳肴的人。鱼子酱。松露。比利时巧克力。

"不过,要紧的是,我停下了。这么多年间,我停下了。我能再次停手,达茜。这一回可是永远。假如我们还有机会的话。假如你能原谅我,翻过这一页。"他殷切地看着她,眼泪汪汪的。"你有可能这样做吗?"

她想起路过的扫雪车不小心铲出那位埋在雪堆里的妇女和她赤裸的大腿——她也曾穿着粉红色芭蕾舞裙在文法学校的舞台上笨拙地跳舞,曾是某个母亲的女儿,曾是某个父亲的心肝宝贝。她想起在冰冻的小河里被发现的一位母亲和她的儿子,他们俩的头发在发黑的、边缘结了薄冰的水中一漾一漾的。她还想起那位头被塞在玉米里的妇女。

"我得考虑一下。"她小心翼翼地答道。

他抓住她的上臂,朝她倾了倾身子。她必须强迫自己不要躲闪回避,而且还要迎着他的目光。它们是他的眼睛……然而又不是。也许跟那幽灵有关,她心里想。

"这不是一部变态丈夫满屋子追逐尖叫妻子的电影。如果你决定到警局去报案,把我交出去,我不会竖起一根手指头来阻止你。可是,我知道,你已经考虑过了,这样做会给孩子们带来什么样的后果。如果你没考虑过的话,你就不是我娶的女人了。也许你尚未考虑的是,那样做对你自己有什么影响。没有人会相信,嫁给我这么多年,你却一直不知情……起码也应该有过怀疑。你必须搬得远远的,仅靠积蓄生活,因为一向是我养家糊口,可是男人要是坐了牢,他就无法养家了。因为官司,你甚至还无法得到剩下的积蓄。当然,还有孩子们——"

"别说了,谈这事儿的时候,你别谈他们,永远别谈他们。"

他谦卑地点点头,可是依然轻轻地握住她的前臂。"我曾经打败过BD——我打败了他二十年——"

十六年,她再次想,十六年,而且你知道。

"——我还可以再次打败他。在你的帮助之下,达茜。有了你帮忙,我什么都能干。即使再过二十年,他再回来,又怎么样呢? 那时我都七十三岁了。开着助步车猎女人可就难喽。"想到那个荒唐的画面，他忍俊不禁，然后又镇定下来。"不过呢——现在你仔细听我说——万一我故态复萌，哪怕只有一次，我就会自杀。孩子们永远不会知道，他们永远不必被……这个，耻辱……影响，因为我会把现场弄得像场事故……但是你会知道。而且你会知道原因。所以，你怎么看？我们能把这一切抛到脑后吗？"

她装作在思考。实际上，她的确在思考，尽管她被激发出来的思维并不是朝着他能领会的方向前进。

她思考的是：这些话正像是瘾君子说的，"我再也不会吸毒了。我以前戒过，这回，我会永远戒掉。我说话算数。"然而他们说话并不算数，尽管他们自认为言而有信，可他们没有，他也不会。

她思考的是：我该怎么办？我们在一起太久了，我没法糊弄他。

一个冷冷的声音回答了这问题，一个她从未察觉的、驻扎她心里的声音，它也许跟 BD 的声音类似，是那声音悄悄告诉鲍勃它在餐馆里观察到的那些势利女人，还有些在街角浪笑，坐在车顶放下的名贵跑车里，或者在公寓大楼的阳台上彼此耳语，彼此对笑。

或许，它就是那个更加神秘的小女孩的声音。

为什么你不能？它问道，毕竟……他成功地骗过了你。

然后呢？她不知道。她只知道，现在就是现在，现在非得应付。

"你必须答应罢手不干，"她说得很慢，很不情愿。"你发个最庄重、绝不背叛的誓言。"

他顿时满脸轻松，这轻松太完全彻底了——太孩子气——她竟然有些感动。他神情严肃，就像他曾经是过的那个男孩。当然，也是个曾经计划带枪到学校的男孩。"我会的，达茜。我发誓。我真的发誓。我之前就是这样对你说的。"

"而且，我们从今往后不要再谈这件事。"

"明白。"

"你也不要把姓杜瓦尔的那女人的身份证件寄给警方。"

说这话的时候，她看到失望的神情从他脸上一掠而过。不过，她是故意这么说的。他必须感到自己受了惩罚，哪怕一点点也好。那样，他才会认为他已经说服了她。

难道他没有说服她吗？哦达茜，难道他没有说服她吗？

"我需要的不仅仅是发誓，鲍勃。行动比语言更加有力。在树林里刨个洞，然后把那女人的身份证件埋到洞里。"

"那样做了之后，我们——"

她伸出手来，把一只手压到他嘴上。她竭力使自己的声音听上去严厉庄重。"嘘。什么都别说了。"

"好的。谢谢你，达茜。非常感谢。"

"我不知道你为什么感谢我。"然后，尽管一想到他睡在身边就让她反感不快，可她还是强迫自己把余下的话说完。

"把衣服脱了上床吧。我们俩都需要睡一会儿。"

10

他几乎头一挨枕头就睡着了，不过，等他那轻微而拘谨的鼾声响起之后，过了老大一会儿，达茜还是睡不着。她心想，要是她让自己迷糊过去，可能醒来的时候就会发现他的双手掐住了自己的喉咙。毕竟她是和一个疯子同床共枕。要是把她算进去，他杀人的数字就变成十二了。

可他说的是认真的，她心里想。东边的天空正开始发白。他说他爱我，他是认真的。当我说我会保守他的秘密时——说到底他要的还是保守他的秘密——他相信了我。为什么不呢？我几乎都把自己说服了。

他会恪守自己的誓言，难道不可能吗？毕竟不是所有的瘾君子都没能戒掉毒瘾。虽说只为了自己，她不会永远保守他的秘密，但是为了孩子们，她也会保守秘密。

我不能。我不会。可是还有别的选择吗？

还有他妈的什么选择呢？

就在她思考这些问题的时候，她那困顿混浊的大脑终于懈怠，渐渐地入了梦乡。

她梦见走进餐厅,发现一个女人被链子捆在长长的桌子上。除了一只黑色皮兜帽遮住脸的上半部之外,她浑身赤裸。我不认识那女人,她对我来说只是个陌生人,她在梦中这样想着,随后,兜帽下面的佩特娜说话了:"妈妈,是你吗?"

达茜试图大声喊叫,可在梦魇里,有的时候,你喊不出来。

11

当她终于挣扎着醒来的时候——头疼,痛苦,像宿醉一般——床的另一半已经空了。鲍勃把他的钟又倒转过来,因此,她看到时间是十点过一刻。这是多年来她醒得最迟的一次,不过她是直到第一缕晨曦出现时才迷迷糊糊入睡的,这一觉里充满了各种各样的恐怖。

小解后,她从盥洗间门后的衣钩上把家居服取下来,然后刷牙——嘴里有臭味儿。像是鸟笼子的底部,若是吃饭时多喝了一杯葡萄酒或看棒球比赛时喝了第二瓶啤酒,鲍勃总会在次日清晨这么说。她把漱口水吐出来,刚准备把牙刷放回到杯子里,又停了下来,照照镜子。今天早晨,在镜子里,她看到的是个老妇,而不是个中年女人:皮肤惨白,嘴角两边都是皱纹,眼睛下面是青斑,还有只有因为辗转反侧睡不着才会出现的爆炸头发型。然而,这些对她而言只不过是一时的关注;外表看起来如何是目前她最不在乎的一件事。她的目光越过镜中人的肩膀,看向敞开的盥洗间门,进入他们的卧室。可那不是他们的房间;它是更加神秘的房间。她能看到他的拖鞋,可那也不是他的;太大了,不可能是鲍勃的,倒几乎像是巨人的。它们属于那个更加神秘的丈夫。还有那张双人床,上面铺着皱巴巴的床单,还有乱糟糟的毯子,那是更加神秘的床。她把目光转回到眼前这位头发蓬乱、眼睛充血、满是惊愕的女人身上:更加神秘的妻子,浑身披着邋遢潦倒的光辉。她的名字还是叫达茜,可她的姓不是安德森。这个更加神秘的妻子叫布莱恩·德拉汉蒂太太。

达茜身子往前倾,直到鼻子触到玻璃。她屏住呼吸,双手成杯状放在脸的两侧,如同她还是那个穿着沾满草屑的短裤和往下滑的白袜子的少女。她看着,直到自己再也无法屏住气息,然后"哈"的一声吐出气息,弄得镜子上面全是雾气。她用毛巾把玻璃擦干净,然后下楼去迎接作为魔鬼之妻的第一天。

他在糖碗下面给她留了一张便条:

达茜:

我会按照你的要求处理那些证件。我爱你,亲爱的。

鲍勃

他在自己名字的周围画了个小小的心形图案,这是一件他多年没做的事。她感觉心中涌起一阵爱意,这爱意跟快要凋谢的鲜花的味道一样,厚重而又让人腻烦。她想要像《旧约》中某个故事里的妇女一样号啕恸哭,忙用小毛巾捂住声音。冰箱还在"咔咔"地响着,开始了没心没肺的蜂鸣。水滴在水槽里,"叮叮当当"地在瓷器上读着秒。她的舌头成了塞在嘴里的酸酸的海绵。她感到时间——在这个家里,作为他的妻子,所有即将来临的时间——像件约束衣,把她包围起来。或者说像口棺材。这是她儿时就信任其存在的世界。这个世界一直都在。等着她。

12

在多尼为卡文迪什硬件队打游击手位置的那些年头里,她丈夫曾经辅导过小联盟(还是跟满腹波兰笑话、喜欢给人熊抱的文尼·埃施勒一起)。达茜仍然记得鲍勃对男孩们——他们当中许多人在流泪——说的话,在他们输掉了19区锦标赛的最后一场比赛之后。那是在一九九七年,可能是在鲍勃谋害了斯泰西·莫尔,并且把她塞到玉米箱之前大约一个月左右。他给那帮淌眼泪、流鼻涕的男孩们说的话,简短、英明,而且(她那个时候就这么认为,十三年之后依旧如此)令人难以置信地友好和善。

我知道你们心里有多么难受,可是明天太阳会照样升起。当明天太阳升起的时候,你们会感觉好些的。当后天太阳升起的时候,你们会感觉更好一些。这只是你们生活的一部分,现在结束了。赢了,当然更好,但是,无论是赢还是输,都结束了。生活会继续。

如同她运气不好地到车库寻找电池之后,她的生活还要继续一样。她在家里(她不敢外出,担心自己知道的秘密会如大写字母写在脸上般暴露)度过了漫长的一天,鲍勃下班回家时,他说:"亲爱的,关于昨晚——"

"昨晚什么事儿都没有,你只是提前到家了,就这些。"

他孩子气地低下头,当他把头抬起来的时候,脸上带着充满感激的灿烂笑容。"那好,"他说,"结案?"

"书合上了。"

他张开双臂。"吻吻我,美人。"

她吻了,不知他是否也吻过她们。

好好吻,用你那受过训练的舌头,我就不会砍你,她能想象他这么说,投入你小小的势利之心。

他双手放在她的肩头,后退两步。"我们还是朋友吧?"

"还是朋友。"

"笃定?"

"笃定。我没做饭,也不想出去。你为什么不换身衣服,去给我们买个比萨呢?"

"行。"

"别忘了吃你的奥美拉唑①。"

他朝她表露喜色。"一定。"

她望着他蹦跳着踏上楼梯,便想对他说,别那样,鲍勃,别那样考验你的心脏。

可是不。

---

① 一种抗溃疡药。

不。

就让他尽管考验吧。

13

第二天,太阳升起来了。第三天同样。一周过去了,然后两周,然后一个月。他们恢复了往日的生活习惯,算是长久婚姻的小习惯吧。她刷牙的时候,他冲澡(通常用一种调子准、但不是特别悦耳动听的嗓音唱些八十年代走红的歌曲),尽管她再也不像以前那样光着身子刷牙,只等他从浴室出来她就直接进去;现在要等到他离家动身前往本森、培根和安德森公司的时候,她才开始洗澡。即使他留意到了她这个生活习惯的细微变化,他也没说什么。她重新参加读书俱乐部的活动,告诉别的女士们和两个退了休、但也来参加的绅士她前段时间身体不适,不想把病毒和自己对芭芭拉·金索弗①新书的看法一道传染给大家,大家都礼貌地轻声笑笑。这之后的一周,她重新参加名叫"编织打结会"的编织社活动。有时候,她发现自己从邮局或者杂货店回来时,会不知不觉地跟着收音机一起唱起歌来。晚上,她跟鲍勃一起看电视——总是喜剧,从来不看司法犯罪那一类片子。现在,他回家早了;自从去过蒙彼利埃之后,再也不开车外出了。他给自己的电脑装了Skype,说这样就能看硬币收藏,还可以节省汽油。他虽然没有说这样还会减少诱惑,但他不必非要说出来。她看各种报纸,想知道玛乔丽·杜瓦尔的身份证件什么时候出现,她心里明白,如果他在那件事上撒了谎,那么他在任何事情上就都会撒谎。可是他没有。每周一次,他们到雅茅斯两家价格不贵的餐馆中的一家吃饭。他点牛排,她点鱼。他喝冰茶,她就喝蔓越橘汁。旧习难改啊。她时常想,这些习惯要等到他们死了才会消失。

---

① 芭芭拉·金索弗(Barbara Kingsolver, 1955-),美国作家,二〇一〇年橘子奖得主。

现在,白天他外出的时候,她很少打开电视。不开电视,冰箱的声音就听得更清楚,还有他们漂亮的雅茅斯房子随着又一个缅因冬天的来临发出的轻声呻吟。思考也变得更容易。面对真相也同样如此:他会重操旧业。他会尽可能长时间地克制,这点她承认,可是迟早比蒂会掌握主动权。他不会把下一个女人的身份证件寄给警方,认为那样也许就能骗过她,但他也可能根本不在乎她是否会看穿。因为,他会辩称,她现在已经成为其中的一部分了。她不得不承认她知道。即使她想隐藏这一事实,警察们还是能从她口里套出话来。

多尼从俄亥俄州打电话过来。生意做得非常成功;他们开发了一项可能铺往全国的办公室产品。达茜说好好好(鲍勃也这么说,并高兴地承认,自己当初错看了多尼如此年轻便能获得成功的几率)。佩特娜也打来电话,说他们已经初步决定了伴娘穿蓝裙,A字形,齐膝,搭配雪纺纱巾;她问达茜是不是觉得可以,或者那样的服饰会不会显得有点幼稚?达茜说,她觉得它们配起来很漂亮,然后母女两人开始讨论鞋子——准确地说,是跟高四分之三英寸的蓝色无带浅口鞋。达茜的妈妈病倒在博卡格兰德,看起来可能非得进医院,可是过后他们给她服了些新药,她便好转了。太阳升起,太阳落山。商店橱窗里纸制的南瓜灯灭了,纸制的火鸡灯亮了,然后圣诞节浓重的装扮出现了。第一场小阵雪出现了,刚好如期而至。

在家里,待丈夫取了公文包出去上班之后,达茜便在所有的房间里走来走去,有时停下来,在不同的镜子里面照照。常常要照上老大一会儿。问另一个世界里的那个女人,她该怎么办。

答案似乎就是,什么都别做。

14

圣诞节前的两周,有一天,天气暖和得反常,鲍勃下午三点钟左右到了家,大呼她的名字。达茜正在楼上看书。听到喊声,她把书扔到床头柜上(在手镜的旁边,手镜现在已经固定放在那儿了),飞快地穿过走道来到楼梯平台。她的第一个念头(恐惧中夹杂着轻松)就是,一切终于结束了。他被发现了。警察马上就要来到这里。他们会把他带走,然后再回过头来问她那两个古老的问题:她知道些什么,她什么时候知道的。媒体采访车会停在街上。头发漂亮的年轻人会在他们家前面做现场报道。

可是他的声音里没有恐惧;甚至他还没有跑楼梯底下、仰脸看她的时候,她就知道了。是兴奋。也许甚至是狂喜。

"鲍勃,什么事——"

"你永远不会相信!"他身上的轻便大衣敞开,脸一直红到前额,仅有的头发被吹得乱蓬蓬的,像是他开车回家的一路所有的车窗都敞开着。考虑到外面的空气像是春天般,达茜认为他可能就是这样回家的。

她小心翼翼地下楼,站在第一级台阶上,这让他们高度相当,目光对视。"告诉我。"

"运气好得难以置信! 真的! 假如我曾需要过我又步入正道的暗示的话——我们又迈入正轨——嘿,这就是!"他把手伸出来。手握成拳头,指节朝上。他双眼发光。简直是在跳舞。"哪只手? 选吧。"

"鲍勃,我不想玩——"

"选!"

她指着他的右手,只不过是想敷衍了事。他笑了。"你看出我的心思了……不过,你一向能够这样,不是吗?"

他把拳头翻过来,张开。手掌心上躺着只硬币,反面朝上,因此她可以看清这是枚小麦便士。并非没有经过任何流通,但它的品相依旧良好。她猜林肯那面应该没有划痕,那么这枚硬币应该是"美品"或是"优美"①。她伸手去拿,旋即又停住。他点头示意要她拿。她把它翻转过来,很笃定自己会看到什么东西。其他任何东西都无法能够充分解释他刚才的兴奋。正是她猜到的:一枚一九五五年的重影币。

"神圣的上帝啊,鲍勃! 哪里……? 是你买的吗?"一枚尚未流通的

----

① 美品(Fine,简称 F 级)和优美(Very Fine,简称 VF 级),都是硬币品相的等级划分术语。

一九五五年重影币最近在迈阿密的一次拍卖会上售出了逾八千美元，创下了新纪录。这一枚与那一枚的品相不同，可是，任何哪怕只有半个脑子的钱币交易商都不会以低于四千美金的价格把它抛出。

"哦不！几个同事邀我那个叫'东方圣地'的泰国餐厅吃中饭，我差点儿就去了，可我当时正在忙他妈的愿景联合银行的账——你知道的，我曾跟你说过的那家私人银行？——因此我就给了莫妮卡十美元，叫她到赛百味去给我买份三明治和果汁。她把饭拿回来了，找零装在袋子里。我把零钱抖出来……它就在那里！"他把硬币从达茜手里一把捏走，举在头顶上，对着它仰头大笑。

她跟他一起笑起来，可旋即就想到（如同她这些天经常在想的一样）：他没"受苦"！

"是不是太棒了，亲爱的？"

"是啊，"她说，"我真为你高兴。"无论奇怪与否（或说变态与否），她是真心高兴。这些年，他经手过几枚，也可以为自己买上一枚，可是买毕竟跟偶然得到是不一样的。他以前甚至要求她不要给他送上一枚当圣诞或生日礼物。意外的发现才算得上是收藏家最为欣喜的时刻；他们第一次深入交谈时，他就曾这么说过，而现在，他终于得到了无数次翻看零钱寻找的东西。他的心愿就从三明治商店的白色纸袋中，和火鸡培根卷一道掉出来了。

他紧紧抱住她。她也回抱他，然后轻轻地把他推开。"你打算怎么处理它，鲍勃？把它封到树脂块里？"

这不过是个玩笑，他也知道。他用手指做了个手枪姿势，朝她的头开了一枪。没关系，因为当你被手指手枪打中的时候，你并没有"受苦"。

她仍旧对着他微笑，不过，现在又一次看到了他的原形：那个更加神秘的丈夫。咕噜①，带着他珍贵的"宝贝儿"。

"你知道我不会那样做。我要给它拍张照片，把照片挂在墙上，然后再把它塞到我们的保险箱里。你觉得怎么样，是美品，还是优美？"

① 咕噜(Gollum)：《魔戒》中的怪物，得到魔戒之后，嗓子里经常发出古怪的声音，他的族人随之就这样称呼他。

她又仔细检查了一下,然后带着充满歉意的微笑朝他看了看。"我想说,优美,不过——"

"是的,我知道,我知道——我并不介意呢。要是有人给你一匹马,你不该去数牙齿,但是很难克制啊。比'上佳'①要好,对吗? 说实话,达茜。"

我的实话就是,你会再次杀人的。

"绝对要比'上佳'好。"

他的笑容慢慢消退了。有那么一刻,她几乎断定他已经猜到自己在想什么了。不过,她应该更有信心的;在镜子的这一面,她也可以保守秘密。

"其实关键并不在于它的质量。重要的是发现本身。不是从交易商那儿得到的,或者从价目单里挑到的。事实上,就在你最不期待有所收获的时候,你却发现了一枚。"

"我知道,"她笑笑,"要是我爸爸此时在这里,他会撬开一瓶香槟来庆祝的。"

"今天晚饭时,我会处理那个小细节的,"他说,"不是在雅茅斯。我们去波特兰。海滨明珠。你觉得怎么样?"

"哦,亲爱的,我不知道——"

他轻轻抓住她的肩头,和往常一样,每当他想要她明白他对某件事很认真的时候,都会这么做。"去吧——今晚温和得能让你穿最漂亮的夏装呢。开车回家的路上,我在天气节目里听到的。你能喝多少香槟,我就给你买多少。这样的交易,你怎么能拒绝呢?"

"嗯……"她考虑了一下,然后笑了。"我觉得,我无法拒绝。"

15

他们喝了不止一瓶而是两瓶价格非常昂贵的酩悦香槟,大多是被

---

① 上佳(Very Good,简称 VG 级),硬币品相的另一等级。

鲍勃喝掉的。因此，倒是达茜把他那辆安静的小普锐斯开回了家。鲍勃呢，坐在副驾位置上，唱着《天上掉下枚便士币》，调子倒是准，嗓音却并不特别悦耳。他醉了，她明白。不只是喝高，而是真正地喝醉了。这是十年来她头一回看到他这个样子。往常，他像只老鹰俯瞰别人大饮豪饮。间或，在聚会上，有人问他为什么不喝酒，他总是引用《大地惊雷》①中的一句话："我不愿把贼放到嘴里，盗走我的思想。"今晚，因为发现了重影币，他高度兴奋，允许自己的思想被盗走。他要第二瓶香槟的时候，她就明白了自己打算如何下手。在餐馆里，她还没有把握是否能够实施，但听他在回家的路上这样唱歌，她心里便有了底。她肯定会干的。此刻，她成了那个更加神秘的妻子，而那个更加神秘的妻子知道，他以为是他走运，而实际上，真正走运的是她。

16

进了屋，他便把运动外套甩到门边的挂衣架上，把她拽进怀里，来了个长长的吻。在他的气息里，她能闻得出香槟酒气和甜甜的焦糖奶油味儿。这两种气味混合起来不算难闻，尽管她心里清楚，如果有可能，她永远也不想再闻到其中的任何一种味道。他的手抚上了她的胸。她任其停留在那儿，感到他靠在自己身上，然后把他推开。他沮丧地看看，但发现她笑了，便又振奋起来。

"我到楼上去，换了这身裙子，"她说，"冰箱里有巴黎水②。要是你给我拿一杯——再加一片酸橙——你也许会有好运的，先生。"

听到那句话，他便咧嘴笑了——过去她很喜欢他那样笑。自从那天夜里他嗅到她发现了什么，然后急匆匆地从蒙彼利埃赶回家一直到现在，还有一个长期养成的婚姻习惯没有恢复。日复一日，他们在真实

---

① 《大地惊雷》(*True Grit*，1969)，美国西部片的代表作，主演约翰·韦恩。

② 一种天然有气矿泉水。

的他身外垒起一道墙——是的，一定和蒙特里索把自己的老伙计福吐纳托①砌在墙里一样——婚床上的性便是最后一块砖头。

他"咔嚓"一声立正，给她行了个英国式敬礼，手指碰到前额，掌心朝外。"是，夫人。"

"别太久了，"她心情愉快地说，"夫人可等不及。"

上楼的时候，她心里想：这不行。唯一的结果就是害你自己被杀掉。或许他认为他不会杀我，可我不这么认为。

也许死了也不错。只要他没有像折磨别的女人先折磨她。也许任何解决方案都好。她就不用余生都在照镜子了。她不再是个小女孩，不能再有孩子般的疯狂。

她走进卧室，但只是把钱包扔到桌上手镜的旁边。然后，她又走了出去，喊道："上来了吗，鲍勃？我是真想喝泡泡水！"

"来了，夫人，正把它往冰上倒呢！"

接着，他就从起居室走出，来到门厅，把他们最好的水晶杯举到齐眼高，像个滑稽的侍应生。向楼梯口走来时，他的步子有些不稳。踩上楼梯的时候，他还是把杯子举得高高的，那片酸橙在杯中晃来晃去。他空着的那只手轻轻地搭在扶栏上，脸上洋溢着幸福和喜悦。有一阵子，她几乎失去要杀死他的意志了，但是，旋即，海伦和罗伯特·沙韦尔斯通的形象充斥了她的整个脑海，清晰得可怕：儿子跟他被强奸、残害的母亲一起漂浮在麻省一条边缘已经结出冰带的小河里。

"夫人的一杯巴黎水，来了——"

在最后的一瞬间，她看到他眼里闪过恍然明了的神情，一种老旧得发黄的情绪。不只是惊讶，而是震惊和愤怒。在那么一瞬间，她对他的了解才是完整的、全面的。对于她，他一无所爱，绝无所爱。每一份关爱、抚慰，每一个男孩般的咧嘴大笑和体贴的动作——都不过是掩盖伪装而已。他只是个外壳。里面别无所有，剩下的只是极度的空洞。

她推了他一把。

这一推十分有力，他几乎翻了个跟头才坠落到楼梯上，首先是膝

---

① 蒙特里索和福吐纳托是埃德加·爱伦·坡的故事《一桶白葡萄酒》里的两个人物。

盖,接着是胳膊,接着是整整一张脸。她听得出来,他的一条胳膊断了。沉重的沃特福特杯子在其中一块没被地毯覆盖的楼梯立板上摔了个粉碎。他又滚了一圈,她听得出来,他身体里面有别的什么东西断裂了。他疼得高声喊叫,最后翻了一次,才终于落在门厅的硬木地板上,身体蜷成一团,断裂的胳膊(不仅在一处断裂,而是好几处)越过他的脑袋往后歪倒,摆成一种自然情境下绝不可能的角度。他的头拧着,脸的一侧靠着地板。

达茜赶忙走下楼梯。下楼时,她踩到一个冰块,差点滑倒,连忙抓住扶手才维持了平衡。到了楼下,她看到一个巨大的疙瘩从他的后脖颈上鼓突出来,把皮肤撑得发白。她说:"鲍勃,别动,我想你的脖子断了。"

他眼珠往上翻,看着她。血,从他鼻子里一滴一滴地流出——鼻子看上去也断了——还有更多从他嘴里流出来,几乎是喷涌而出。"你推我,"他说道,"哦,达茜,你为什么要推我?"

"我不知道,"她说,心里却想,我们俩都清楚。她开始哭了。哭声来得自然而然:他是她丈夫,他伤得严重。"哦上帝,我不知道。突然脑子乱了。对不起。别动,我去打911,叫他们派辆救护车过来。"

他一只脚在地板上动了动。"我没瘫,"他说,"感谢上帝。可是真疼。"

"我知道,亲爱的。"

"叫救护车!快!"

她走进厨房,朝放在充电底座里的电话看了一眼,然后打开水槽下面的柜子。"喂?喂?是911吗?"她拿出那盒格莱德牌食品袋,是储藏用的型号,她用它们来装剩下的鸡肉或者烤牛肉。她从盒子里面抽出一只。"我是达赛伦·安德森,住在雅茅斯城糖丘巷24号!听到了吗?"

从另一个抽屉里,她拿出一块擦碗巾。她还在哭。鼻子像消防栓一样,小时候听过这么个说法。哭就好。她需要哭,不仅仅是因为这样子稍后看起来会好些。他是她的丈夫,他受了伤,她需要哭。她记得他满头都是头发的时候。她记得当他们一起随着《自由自在》的曲子跳舞时他轻快的舞步。每年她过生日的那天,他都给会她买玫瑰,从未忘记过。他们去过百慕大,在那儿,他们早上骑自行车,下午做爱。他们共同创建了一个生活,可现在那个生活完结了,她需要哭。她把擦碗布缠到手上,然后把手塞进了塑料袋里。

"我需要救护车,我丈夫从楼上摔下来了。我觉得他的脖子断了。是的!是的!立刻!"

她走回门厅,右手放在背后。她看到,他已经从楼梯底端往远处爬了一点,看起来好像还试着翻过身来躺着,可是没有成功。她蹲在他身边。

"我不是摔下来的,是你推我的。你为什么要推我?"

"我想,是因为那个姓沙韦尔斯通的男孩吧。"她说着,把手从背后拿出来。她哭得比原来更加厉害了。他看到了塑料袋。他看到里面的手正攥紧那块擦碗布。他明白了她要干什么。也许他自己以前就干过类似的事情。很可能。

他开始尖叫……不过,那些尖叫压根就算不上是真正的尖叫。他满嘴是血,喉咙里有什么东西破了,因此发出的声音与其说是尖叫,不如说是喉管里的呻吟。她把塑料袋塞进他的嘴唇之间,用力往深处挤。跌落楼梯时,他摔断了几颗牙齿,她能感觉到高低不平的齿根。如果这些牙齿咬破她的皮肤,也许就要做许多的解释工作。

趁他还没机会咬人,她使劲把手拽了出来,把塑料袋和擦碗布留在他嘴里。她抓住他的下巴,另一只手放在他半秃的头顶。那儿的肉热乎乎的,她能感觉到它随着血液的流通而颤动。她闭紧他的嘴,把那团塑料和布堵在里面。他试图咬她,让她松手。但是,他只有一条胳膊可以用,而且那条胳膊已经摔断了,另一条胳膊压在身底下。他的双脚急促地在硬木地板上来回地蹬。一只鞋掉了。他的喉管里发出"咯咯"的声音。她把裙子提到腰部,使两条腿活动更自由,然后冲上前去,试图把双腿跨在他身上。假如她能那么做的话,也许就可以把他的鼻孔也堵住。

可是,她还没来得及跨上去,他的胸口就开始剧烈起伏,咯咯声变成了喉咙里的闷响。这声音让她想起自己刚学开车的时候,有时候挂二挡的时候挂不上，父亲那辆老雪佛兰就会这样响。鲍勃的身体猛抽一下，她视线内的那只眼睛鼓凸出来，在眼眶里面像只奶牛的眼睛。他的脸，原来是鲜红色的，现在开始发紫。他躺倒在地板上。她等待着，气喘吁吁，脸上满是鼻涕眼泪。那只眼睛再也不转了，再也不会因为恐慌而发亮了。她认为他死了——

鲍勃最后一次猛地一跃。他坐起来，她看到他的上半身无法与他的下半身对起来；他除了摔断了颈项，好像还断了背部。那张被塑料袋塞得满满的嘴张开来。他的眼睛和她的眼睛四目相对，她知道，她永远不会忘记那个注视……然而，要是她能度过眼下，她就能忍耐。

"达！啊啊啊啊啊！"

他向后倒下，头在地板上发出像鸡蛋破裂般的声音。达茜爬着，离他更近些，但是没有靠近到让自己处于那片狼藉之中。她身上肯定碰到他的血了，那倒无所谓——她曾试着帮他，这再自然不过了——可是，那并不意味着她想在血里沐浴。她坐起来，用一只手撑起身子，一边等着呼吸恢复正常，一边注视着他。她注视他，要看看他是否再动。他没动弹。根据她手腕上那只小巧的米歇尔镶钻腕表——他们一起出去的时候，她总是戴着那只表——五分钟已经过去。她把一只手伸到他颈项的一侧，摸摸那儿的脉搏。她用手指抵着他的皮肤，一直数了三十秒，还是没有丝毫的脉搏迹象。她把耳朵放低到他胸口上，心里明白，这是他活过来并一把抓住她的时刻。可他没有，因为他已经死了：没有心跳，没有呼吸。一切都结束了。可她没有丝毫的满足感（更不用说是胜利感了），只一心想要把这一切了结掉。部分是为自己，但更多是为了多尼和佩特娜。

她快步走进厨房。得让他们知道，她是在可能的情况下第一时间打电话的；假如他们判断出当中有延迟的话（比如，要是他的血凝结太多），也许会有不少难堪的问题。要是实在没有办法，我就告诉他们，我当时晕过去了，她心里想，他们会相信的，即使不信，也无法推翻这个说法。起码，我不认为他们能够推翻。

她从储藏室里拿出手电，正如她磕磕碰碰、撞上他秘密的那晚一样。她又折回到鲍勃躺的地方。他死不瞑目，无神的眼睛瞪着天花板。

达茜把塑料袋从他嘴里拽出来,焦急地检查着。要是袋子被咬坏,可能就会有麻烦……袋子确实被咬坏了,有两处地方。她把手电照进他的嘴里,发现他舌头上有一小块塑料袋残片。她用指尖把它挑了出来,放到塑料袋里头。

够了,够了,达赛伦。

然而,这还不够。她用手指把他的两颊往后推,先是右边,再左边。在左侧,她发现有一小片塑料袋黏在他的牙龈上。她把那片也挑了出来,放进塑料袋里,跟另一片放在一起。是不是还有更多的碎片?他是不是把它们吞下去了?要是这样的话,她就无法找到了,所能做的就是祈祷它们不会被发现,假如有人——她不知道是谁——问题问得多到要求验尸的话。

与此同时,时间正在一秒一秒地流过。

她匆忙穿过过道,走进车库。她爬到工作台下,打开他的藏物之处,把装有擦碗布、满是血迹的塑料袋塞了进去,关好,再把装旧价目单的纸箱挡在它前面,然后回到屋里。她把手电放回原处,拿起话筒,意识到自己已经不哭了,便把话筒重新放回底座里。她穿过门厅,朝他看了看。她想起了那些玫瑰,不过这没用。是玫瑰,不是爱国主义,才是恶棍的最后一招,她心里想,结果听到自己笑了起来,不由感到震惊。接着,她想起了多尼和佩特娜,他们一直把父亲当成偶像。想到儿女们有了效果。她开始一边啜泣,一边回到厨房的电话旁边,拨通了911。"喂,我是达赛伦·安德森我需要一辆救护车地点在——"

"慢点说,女士,"调度员说道,"我不大听得清楚您的话。"

很好,达茜心想。

她清清嗓子。"清楚些了吗?你能听清吗?"

"好了,女士,我可以听懂了。尽量放松。您说需要救护车吗?"

"是的,地点在糖丘巷 24 号。"

"您受伤了吗,安德森太太?"

"不是我,是我丈夫。他从楼梯上摔下来了。他也许只是失去知觉,可我觉得他死了。"

调度员说她会立刻派一辆救护车赶到。达茜想,她也会派出一辆雅茅斯警方的车。还有一辆州立警局的车，要是眼下本地区有的话。她希望没有。她回到前厅，坐在摆放在那里的长凳上面，不过，时间不长。他的眼睛在盯着她看。指控她。

她拿了他的运动外套，裹在自己身上，走到外面，站在前面的人行道上，等待救护车的到来。

17

给她录口供的警察名叫哈罗德·施鲁斯伯里，本地人。达茜不认识他，但碰巧认识他妻子：阿琳·施鲁斯伯里是编织社的成员。他在厨房里跟她谈话的时候，急救员们先是检查了鲍勃的尸体，然后把尸体运走了，并不知道在那里面还有另一具尸体，一个比注册会计师罗伯特·安德森危险得多的家伙。

"想喝点咖啡吗，施鲁斯伯里警官？一点不麻烦。"

他看了一眼她颤抖的手，说，他愿意为他们俩都煮点咖啡。"我在厨房里很能干。"

"阿琳从没提过这一点。"他站起来时，她说。他把笔记本敞开着，放在厨房桌上。到目前为止，笔记本上除了她的名字，鲍勃的名字，他们的地址，还有电话号码外，其他什么都没写。她把这看成是个好兆头。

"不，她喜欢掩盖我的光芒。"他说，"安德森太太——达茜——你痛失亲人我感到很难过，我相信阿琳也会说同样的话。"

达茜又开始哭了。施鲁斯伯里警官从卷轴上扯下一把纸巾递给她。"这种纸比舒洁纸结实。"

"这方面你挺有经验。"她说。

他看了看咖啡壶，发现所需的东西一应俱全，就按下了开关。"太硬了，我不太喜欢。"他回到座位上，坐下。"你能告诉我出事的经过吗？现在能行吗？"

她告诉他,鲍勃在赛百味找的零钱里发现了重影币,为此激动不已。他们在海滨明珠餐厅吃饭庆祝,他喝多了。他一直要宝逗乐(她提到了她要一杯加酸橙的巴黎水时他做英国式敬礼的样子)。他是如何端着杯子上楼梯,像个服务生一样。他快走到楼梯顶了,却摔了下去。她甚至还讲述了她自己朝他冲下去的时候,是如何踩到一个洒落的冰块,差点儿滑倒的。

施鲁斯伯里警官在笔记本上记下什么之后,"啪"地把笔记本合上,然后平静地盯着她。"好吧,我要你跟我走一趟。带上你的大衣。"

"什么?哪里?"

到监狱,肯定是。不要经过程序,不要收两百美元,直接到监狱。鲍勃干掉了差不多一打人命都能逃脱,她却只要了一条人命就被逮住(当然他是有计划谋杀,用会计的心思关注细节)。她不知道自己在哪个地方出现了失误,不过,毫无疑问,结果已经证明了那肯定是个明显的失误。施鲁斯伯里警官在去警察局的路上会告诉她。这就像是伊丽莎白·乔治小说的最后一章。

"到我家,"他说,"你今晚随我和阿琳待在一起吧。"

她目瞪口呆地看着他。"我不……我不能……"

"你能,"他用一种不容争辩的口吻说道,"要是我让你独处的话,她会把我杀了的。你要对我的被害负责吗?"

她擦擦脸上的泪水,有气无力地笑笑。"不,我想不。可是……施鲁斯伯里长官……"

"哈利。"

"我得打几个电话。我的孩子们……他们还不知道。"想到这里,她又开始流泪了,忙用最后一张纸巾去擦。谁会想到一个人的内心有这么多的泪水呢?之前她没碰也没碰咖啡,现在却三大口就把咖啡喝了一半,尽管咖啡还烫着。

"我想,我们可以承受几个长途电话的开支。"哈利·施鲁斯伯里说,"听着,你有什么能服用的药么?随便哪种具有镇定性质的东西?"

"我没有那种药,"她嗫嚅道,"只有安必恩。"

"阿琳可以给你一片安定,"他说,"我建议你开始打电话半小时之前先吃一片。现在,我要告诉她我们来了。"

"你真好。"

他打开一只抽屉,然后另一只,再一只。当他打开第四只时,达茜感到自己的心要滑到喉咙里了。他从抽屉里拿出一块擦碗巾,递给她。"比纸巾还结实。"

"谢谢你,"她说,"太感谢了。"

"你们结婚多久了,安德森夫人?"

"二十七年了。"她说道。

"二十七年了,"他感喟道,"天啊! 我太难过了。"

"我也是,"她说道,接着便把脸低下,埋进了擦碗巾里。

18

两天之后,罗伯特·埃默里·安德森被埋在了雅茅斯和平公墓。当牧师谈到人的一生如一季般短暂时,多尼和佩特娜分立于母亲的身侧。天气已经变冷,乌云满天;寒风飕飕地拍打着叶子败光了的树枝。这一天,本森、培根和安德森公司闭门停业,大家都去参加了葬礼。穿着黑外套的会计们像乌鸦一样聚在一起。他们当中没有女性。达茜以前从来没有注意过这一点。

她泪水盈睫,不时抬起一只戴着黑手套的手,用手帕擦拭。佩特娜一直在无声地哭泣。多尼眼睛红红的,表情凝重。他是个长相不错的小伙子,可是头发已经变稀,像他父亲在这般年纪一样。只要他不像鲍勃一样身体发胖,她心里想,而且没有谋害妇女就好。然而,那种事情肯定不会遗传的。对不对?

很快这一切就行将结束。多尼只能逗留两三天时间——他说,这是他能从生意中匀出的所有时间了。他希望她能理解,她说她当然能够理解。佩特娜将跟她一起待上一周,还说,要是达茜需要她的话,她可以待得更久些。达茜告诉女儿她是多么体贴,只是她本人倒希望五天就好。她需要独处。她需要……准确地说，不是去想，而是去重新找回自己。在镜子的正面重新建立自己的形象。

倒不是出了什么问题，根本不是。她倒不觉得，要是她精心计划几个月来谋害自己的丈夫，情况会变得更好些。要是她真那样做了，反而可能由于把事情弄得过于复杂而适得其反，把事情搞砸。她和鲍勃不一样，计划蓄谋不是她的强项。

没有任何难堪的问题。她的故事简单、可信，而且差不多是真实。最重要的是一个基本事实：他们结婚差不多三十年了，而且婚姻美满，近期也没发生任何争吵。确实，有什么好质疑的呢？

牧师邀请一家人向前一步。他们遵从了。

"爸爸，安息吧。"多尼边说边把一抔泥土撒进墓里。泥土散落在棺材发亮的盖子上。达茜觉得那堆土看起来像是一坨狗粪。

"爸爸，我想你。"佩特娜说道，然后把自己手上的一把土撒了出去。

最后轮到达茜了。她弓着腰，用黑手套松松地抓了一把泥土，任其散落。她什么也没说。

牧师让大家默祷。哀悼者低头鞠躬。风拍打着树枝。不算太远的地方，I-295 公路上车水马龙，川流不息。达茜心想：上帝啊，要是你在，就让这作为了结吧。

19

没有了结。

葬礼后的七周左右——现在是新年了，天空碧蓝碧蓝的，但是寒冷刺骨——糖丘巷那栋屋子的门铃"叮铃铃"地响了。达茜开门，看到一位上了岁数的绅士，穿着黑色外套，围着红色围巾，戴手套的手里抓着一顶老派霍姆堡毡帽置于身前。他脸上皱纹很深（大概是由于疼痛和上了年岁，达茜心想），头上剩下的白发掉得仅剩一点茸毛了。

"你是？"她说。

他在口袋里摸索了一番，帽子掉了。达茜弓腰把它捡了起来。当她直起身子时，发现这位上了岁数的绅士掏出了一只皮质的证件夹。里面有个金徽章，还有一张印着来访者照片（看起来年轻多了）的塑料卡片。

"霍尔特·拉姆齐，"他说道，声音里听起来有些歉意。"州立检察长办公室。真对不起，打搅您了，安德森夫人。我可以进来吗？穿着这身裙子站在这儿，你会冻僵的。"

"请进。"她说着，朝边上让让。

她注意到了他跛行的姿势，还有他右手无意识地伸向右臀部的样子——好像是为了把右臀部拉拢在一起——旋即，她脑子里出现一幕清晰的记忆：床上，鲍勃坐在她身边，她冰凉的手指被他暖烘烘的手握得紧紧的。鲍勃在说话。实际上是在炫耀。我要他们认为，比蒂很笨——或者说是文盲——而他们确实就是这么认为的。因为笨的是他们。我只有一回遭到警方的质询，那是很多年以前了，我以目击证人的身份遭到质询，大约是在 BD 杀害了姓莫尔的女人之后的两周吧。一个老家伙，走路一瘸一拐，处于半退休状态。眼前的这位就是那个老家伙，站在离鲍勃死去的地方不到六步之遥。从她杀死鲍勃的地方看过去，霍尔特·拉姆齐呈痛苦的病态，不过，他的眼睛依旧犀利尖锐，飞快地朝左右看看，在转过脸来面对她时已经把一切尽收眼底。

要小心，她告诫自己，提防这个家伙，达赛伦。

"我能帮你什么忙么，拉姆齐先生？"

"哦，就一件事——如果这不算过分的话——我能否喝杯咖啡？我冷得要命。我开了辆州里的小车过来。车里的暖气一点作用都没有。当然，如果你觉得我这要求是强求的话……"

"没关系。不过我想知道……我能看看你的证件吗？"

他相当镇定地把证件夹递给她，然后，在她仔细查看的时候，把帽子挂在了衣架上。

"这个章下面的'RET'字样……是不是意味着你已经退休了？"

"是，也不是。"微笑的时候，他的嘴唇分开，露出牙齿，牙齿太完好了，只可能是戴着牙套。"六十八岁时必须离开，至少是官面儿上的。

可是，我一辈子要么在州立警察局，要么在 SAG 办公室——就是州立检察长办公室——现在我就像匹老马，拴在马厩里，占着个荣誉位置。有点类似吉祥物，你知道的。"

我觉得你远不是那样。

"我来帮你拿衣服。"

"不，不，我想我还是穿着吧。我不会在这里待上多久的。要是刚才外面下雪的话，我就要把它挂上——这样才不会把雪滴在你的地板上——不过外面没下雪。只是死冷，你知道的。天太冷了，就不会下雪，我父亲过去总是这么说，在我这把年纪，我感到，天气比我五十年前感觉的要冷多了。或者，哪怕就是二十五年前。"

把他领进厨房里面的时候，她走得很慢，好让拉姆齐能够跟得上。她问他多大年纪了。

"到五月份，就是七十八岁了。"他带着明显的自豪感说道，"要是我能活到的话。我经常加上这么一句话，祈求好运唢。到目前为止，这话还真灵。你这厨房多漂亮啊，安德森夫人——可以存放一切，一切又存放得井然有序。我妻子会同意我这么说的。四年前，她离开了人世。心脏病发作，很突然。我多么想念她啊。如同你一定想念你丈夫那样，我想。"

他那双闪烁的眼睛——在满是皱纹、不断受到疼痛袭击的眼眶里显得年轻而机警——在她脸上搜寻。

他知道。我不知道为什么，可是他知道。

她检查了一下咖啡机，然后按下开关。就在她从柜子里拿杯子的时候，她问道："今天我能帮你什么忙呢，拉姆齐先生？或者说拉姆齐侦探？"

他笑了，随即，笑声就变成了咳嗽。"哦，上次有人叫我侦探已经是很多年前了。也别去管拉姆齐了，直接叫我霍尔特就行。事实上，你丈夫才是我要谈话的对象。不过，既然他已经离开人世——再一次，我表示我的哀悼——因此谈话也就不可能了。是啊，完全不可能了。"他摇摇头，然后坐在砧板桌边的一张小凳子上，外套发出窸窸窣窣的声音。在他单薄身体里的某个地方，有一根骨头在吱呀作响。"可是，我告诉你：一个老人住在租来的房间里面——这就是我的情况，虽然房间不错——有时候，会对只有电视机做伴感到厌倦，于是我就想啊，见鬼，管它呢，我就开车到雅茅斯，问那几个小小的问题吧。她回答不了其中的多少，也许一个问题也回答不了，可是为什么不去一趟呢？我对自己说哦，趁你还没像盆栽一样被拴住之前，你需要出去走走。"

"在最高气温大概才十华氏的某一天，"她说，"在一辆没有暖气的小汽车里面。"

"哎呀，我穿着保暖衣呢。"他谦恭地说。

"你自己没车吗，拉姆齐先生？"

"我有，我有。"他说，好像这个想法到现在才在他脑子里出现。"来，坐下，安德森夫人。没必要躲在角落里。我太老了，不可能咬你。"

"不用，咖啡一会儿就好。"她说。她害怕眼前这个老人。鲍勃也应该怕过他，可是，当然，鲍勃现在无所畏惧了。"与此同时，也许你可以告诉我，你打算跟我丈夫谈些什么。"

"哦，你不会相信的，安德森夫人——"

"叫我达茜，为什么不呢？"

"达茜！"他显得高兴起来，"难道那不是最好听的老派名字吗！"

"谢谢你。要加奶油吗？"

"就黑的吧，和我的毡帽一样黑，我就是那样子喝咖啡的。不过实际上，我喜欢把自己看成戴白帽的。哦，我本来就是，不是吗？追踪罪犯什么的。要知道，我这条腿就是因为干这个才搞坏的。高速度的汽车追踪，那是在一九八九年。有个家伙杀了自己的老婆和两个孩子。现在类似的犯罪通常都是冲动行为，那些人要么喝醉，要么吸毒，或者脑子有毛病。"拉姆齐用一只指头拍拍自己的茸毛头发，那只手指因为风湿性关节炎已经弯曲得面目全非，不成样子了。"不是这样的家伙。这家伙干这件事是为了拿到保险。企图把现场搞得像个，你们是怎么叫的，入室抢劫。我不想深入细节，简单说吧，我四处了解，四处侦查。整整三年，我都在调查这件事。到最后，我感到我有足够的证据可以逮捕他了。可能还没有足够的证据判他的罪，但是，没必要告诉他这一切，不是吗？"

"我认为没有必要。"达茜说。她将滚烫的咖啡倒到杯里。她决定自己也来一杯黑咖啡,而且要尽可能快地把它喝完。那样的话,咖啡因会一下子冲上头来,把她内心深处的灯光打开。

"谢谢,"她把咖啡端到桌边的时候,他说道,"非常感谢。你就是善良本身。大冷天的热咖啡——还有什么比这更好呢?也许加热的苹果酒吧,我想不出别的什么来了。可是,我刚才说到哪儿了?哦,我知道了。德怀特·谢米努。在这个县的北部。对。就在海恩斯维尔树林的南面。"

达茜啜着自己的咖啡。她从咖啡杯的杯沿瞅着拉姆齐,突然,这情景又像是还处于婚姻中了——一桩漫长的婚姻,在许多方面算得上是桩美满的婚姻(不过不是在所有方面),那桩像场玩笑似的婚姻:她明白,他知道一切,而他也明白她明白他知道。这种关系就像是在照镜子,然后在镜中看到另一面镜子,整整一个过道的镜子向后通向无穷无尽。这儿唯一要紧的问题是:对于自己所知道的一切,他打算怎么办。他能干什么。

"哦,"拉姆齐把咖啡杯放下,然后开始无意识地摸搓自己那条疼痛的腿。"简单的事实是,我本来想挑逗一下那个家伙。我的意思是,他手上沾满一个女人和两个孩子的鲜血,因此我觉得跟他玩个把戏是有理由的。而且,那个把戏玩得有效果。他逃跑,我在后面追,一直追到海恩斯维尔树林,那里正如那首歌词所写的,"每英里就有一块墓碑"。就在那儿,我们两人都撞倒在维克特弯道上——他撞在一棵树上,我撞在他车上。这就是我这条腿坏掉的原因,更不用说那个打在我颈项上的钢条了。"

"真遗憾。你追的那个家伙呢?他得到了什么下场?"

拉姆齐干燥的嘴角上扬,露出一个出奇冷酷的微笑。他那双年轻的眼睛闪了一下。"他得到的下场是死亡,达茜。他的死,给肖申克监狱节约了四十年到五十年的房间和食宿。"

"你真是天堂里的猎犬啊,对不对,拉姆齐先生?"

他没有显得茫然不解,相反,他把变形的两只手放到脸旁,掌心向外,用学童般节奏单调的声音背诵道:"'我白天夜晚逃离他,我经年累月逃离他,我沿着迷宫道路逃离他……"

"你在学校里学过这首诗?"

"不,是在卫理公会青年团。那是许多年以前了。还得了一本《圣经》。一年之后,我在夏天野营的时候弄丢了。不过,不是丢掉的,而是被偷掉的。你能想象得出有人卑鄙到偷一本《圣经》的程度吗?"

"能。"达茜说道。

他笑了。"达茜,你还是叫我霍尔特吧。请。我所有的朋友都这样叫我。"

你是我的朋友吗? 你是吗?

她不知道,但有一件事,她确信了:他不会是鲍勃的朋友。

"那是你唯一记在心里的诗吗? 霍尔特?"

"哦,我过去熟记《雇工之死》①,"他说,"可现在我唯一能记住的部分就是关于家的表述,诗里说家是一个必须接纳你的地方。确实是这样,对不对?"

"千真万确。"

他的眼睛——浅褐色的——在探究她的眼睛。那种凝视的亲昵感不大像话,就像她身上没穿衣服,而他却在盯着她瞅一样。然而,那种凝视也让人愉快,也许是因为同样的原因吧。

"你想要问我丈夫什么事呢,霍尔特?"

"哦,我已经跟他谈过一次了,虽然我不确定他是否还能记得,假如他还活着的话。那是很久以前了。我们都比现在年轻多了,考虑到你现在是多么年轻漂亮,你当时一定只是个小孩。"

她朝他笑了笑,是那种冷冰冰的、"饶了我吧"的微笑,然后站起身,又给自己倒了一杯咖啡。第一杯已经喝完了。

"你很可能知道比蒂谋杀案的事。"他说道。

"那个把女人杀了、然后把她们的身份证件寄到警察局的人?"她回到桌边,咖啡杯稳稳地端在手里。"报纸上的报道很多。"

他用手指着她——鲍勃的那个用手指做枪的手势——朝她眨了眨

---

① 美国诗人罗伯特·弗罗斯特(Robert Frost, 1874-1963)的一首诗。

眼。"说得对。'流血引领新闻。'这是他们的座右铭。我碰巧调查了一下那个案件,那时候,我还没退休,但是已经快到退休年龄了。我名声在外,有人说我是个有时候到处闻闻就能破案的家伙……跟随我自己的,你们把那个叫什么来着……"

"本能?"

又一次做了手指当枪的手势。又一次眨了眨眼。好像有个秘密,而他们俩都卷在这个秘密里面。"不管怎么说,他们派我出去独立办案,你知道的——老瘸子霍尔特把他的照片到处展示、问问题,有点……你知道的……就是到处闻闻。因为我对这种工作总是格外敏锐,达茜,真的从来没有失败过。那是在一九九七年秋天,在一个名叫斯泰西·莫尔的妇女被害之后不久。你对这个名字有印象吗?"

"我不这么认为。"达茜说道。

"如果你见过犯罪现场的照片,你会记住的。恐怖的谋杀案——那个妇女该是忍受了怎样的痛苦啊。不过,当然,这个自称比蒂的家伙有好长时间罢手不干,有十五年多吧,他的锅炉里一定已经积蓄了很多压抑的怨气,只是在等待时机爆发。是她遭烫了。

"不管怎么说,州检察长办公室的一个家伙让我去查案。'让老霍尔特试一试,'他说,'省得他在这儿碍事。'那个时候,他们就叫我老霍尔特了。我猜是因为腿瘸吧。我去找她的朋友,她的亲戚,找她住在106号路的邻居们谈话,还有,找跟她一起在沃特维尔工作的同事谈话。哦,我跟他们谈得够多的了。她在城里一家叫做阳光边的咖啡店工作。在许多地方短暂逗留过,因为那条路就连着公路。不过,我倒是对她常接待的主顾们更感兴趣。那些固定的男性客户。"

"当然,这很自然。"她低声说道。

"结果,其中有个客户是个长相还行、穿着体面的家伙,四十到四十五岁之间。他每隔三到四个星期,就到那里去一次,总是选择斯泰西的雅座。我现在或许不该再说这个,因为这家伙就是你死去的丈夫——背后说死人坏话不好,可是,既然他们两个人都死了,我倒认为,这算是扯平了,要是你能理解我的意思……"拉姆齐不再说话,看上去有些茫然。

"你把简单问题复杂化了。"达茜说，不知为何竟真心觉得好笑。也许他就想要她觉得好笑。她无法判断。"算帮你自己一个忙，说吧，我是个大姑娘了。她跟他调情了？最终就是那样？她不会是第一个跟旅行中的男人调情的女招待，即使那个男人手上还戴着结婚戒指。"

"不，情况并不是那样。根据其他服务员对我讲的——当然，你不能全信，因为同事们都喜欢她——是他主动与她调情的。根据他们的说法，她不大喜欢那样。她说，那家伙让她浑身起鸡皮疙瘩。"

"听上去不像我的丈夫。"或者不像鲍勃告诉她的。

"是啊，不过很可能就是他。我指的是你丈夫。做妻子的不会一直知道自己的丈夫在路上干了些什么，尽管她可能认为自己知道。不管怎么说，其中一位女招待告诉我，那家伙开了辆丰田奔跑者。她知道，是因为她自己也有辆一样的。你知道吗？就在莫尔被杀害的几天前，她的许多邻居都见过那辆丰田在当地进进出出的。在谋杀案发前的一天还见过一次。"

"可是，那不是在案发的当天啊。"

"是的，但是，像比蒂那样谨慎的家伙自然会留意那样的细节。难道他不会吗？"

"我想会的。"

"我有了这个客人的外貌描述，然后把餐馆四周的地区都仔细检查了一下，反正也没有更好的法子可以用。一个星期里，我得到的就是身上的水疱和几杯赠送的咖啡——顺便说一句，那咖啡一点也不比不上你的。就在我打算放弃的时候，碰巧在城里的一个地方停下。米克尔森硬币店。那个名字你知道吗？"

"当然。我丈夫是个钱币收藏家，而米克尔森是本州三到四家最好的买卖店之一。现在可没了。老米克尔森先生去世了，他儿子不再经营这个生意了。"

"是的。哦，你知道有首歌里说什么吗。时间终会将一切带走——你的眼睛，你步子里的弹性，甚至你他妈的跳投，原谅我的脏话吧。乔治·米克尔森那时候还活着——"

"挺直身子嗅嗅空气。"达茜嘟哝道。

霍尔特·拉姆齐笑了。"正如你说的那样。不管怎么说,他听出了我描述的是谁。'嘿,那听起来像是鲍勃·安德森嘛。'他说。你猜怎么着?他开的就是一辆丰田奔跑者。"

"哦,可是,他在很久之前就把它卖了,"达茜说,"换了一辆——"

"雪佛兰越野车,是吗?"拉姆齐把那公司的名字发成了雪佛来。

"是的。"达茜把手叠在一起,平静地看着拉姆齐。他们差不多都直抵故事的核心了。唯一的问题是,现在已经解体了的安德森婚姻的哪一方令这个目光犀利的老头子更感兴趣。

"我猜现在那辆越野车不在了,对不对?"

"是的,我在丈夫去世后的一个月左右就把它卖了。在《亨利大叔物品交换指南》上登了份广告,马上就有人来找了。我本以为很难卖呢,因为这车油耗高,汽油现在又贵,不过,那都不是大问题。当然我也没卖多少钱。"

就在买车人来取车子的前两天,她仔细把车检查了一下,从车头到车身,甚至没忘记取下后备箱的地毯。她什么也没发现,但还是支付了五十美元,请人把外面(其实她并不在乎这个)用水清洗并把里面用蒸汽清洁了一下。

"啊,好《亨利大叔》,我也是用同样的办法把亡妻的福特车卖了。"

"拉姆齐先生——"

"霍尔特。"

"霍尔特,你能确切指认我丈夫就是调戏斯泰西·莫尔的那个人吗?"

"我和安德森先生交谈时,他承认他偶尔在阳光边咖啡店吃饭——坦然地承认了——不过他声称自己从没有特别注意过哪一个女招待,声称自己总是把头埋在文件里。不过,我后来当然把他的照片——从驾照上来的——给人看,餐厅的服务员都认为正是他。"

"我丈夫知道你对他有……特别的兴趣吗?"

"不知道。在他看来,我不过就是个为了某个案子寻找目击证人的老瘸子罢了。没有人害怕像我这样的老鸭子,你知道的。"

我非常怕你。

"这算不上是什么案子,"她说,"我猜你只是试图立案。"

"根本就没案子!"他兴奋地笑了,那双褐色的眼睛却严厉而冷峻。"要是我能搞出一桩案子,我和安德森先生就不会在他的办公室里进行短暂的谈话了,达茜。我们会在我的办公室里谈话;在那里,直到我说你能离开你才可以离开,或者直到律师把你捞出来。"

"也许你该停止跳舞了,霍尔特。"

"好吧,"他表示同意,"为什么不呢? 这些日子,哪怕是最基本的舞步也疼得我要死。都怪那个该死的德怀特·谢米努! 我不想占用你的整个上午,所以让我们加快些吧。我能够确定一辆丰田奔跑者停在或者靠近早期几桩谋杀案的现场——我们称之为比蒂的早期连环谋杀。不是同一辆,而是不同的颜色。可是,我能确认你丈夫在七十年代拥有另外一辆奔跑者。"

"没错。他喜欢这种车,所以后来又换了同一种。"

"是的,男人是会做那样的事儿。丰田奔跑者在他妈的半年时间都在下雪的地方的确是受欢迎的车型。但是,在莫尔谋杀案之后——而且在我和他谈过话之后——他把它换成了一辆越野车。"

"不是马上,"达茜笑了笑,说道,"世纪之交时他还开着那辆车呢。"

"我知道。换车是在二〇〇四年,是在安德烈娅·霍尼科特在纳舒厄被谋杀不久之前。蓝灰色的越野车,二〇〇二年制造的。在她遭到谋杀前的那一个月里,霍尼科特太太的邻居们经常看到一辆年份大约一致、颜色也一模一样的越野车。不过,好笑的问题来了。"他的身体朝前倾了倾。"我找到了一个目击证人,他说那辆越野车的牌照是佛蒙特的,另一个目击证人——一个小老太,没什么更好的事可做,就在客厅窗边从天亮坐到天黑,看着小区里的所有人和所有事——说,她看到那辆车挂的是纽约牌照。"

"鲍勃的车是缅因州的牌照,"达茜说,"这你非常清楚。"

"当然,当然,但牌照是可以偷的,你知道。"

"沙韦尔斯通谋杀案呢,霍尔特? 有人在海伦·沙韦尔斯通住处附近见过一辆蓝灰色的越野车吗?"

"我看得出来,你比多数人更加关注比蒂案件。也比你起初假装的要了解更多。"

"是么?"

"不,"拉姆齐说,"事实上也没什么。言归正传,有人在埃姆斯伯里抛尸的小河附近看到过一辆蓝灰色的越野车。"他又笑了,冷峻的目光打量着她。"受害人的尸体像垃圾一样被扔在水里。"

她叹口气。"我知道。"

"没人能告诉我在埃姆斯伯里看到的越野车牌照,不过,就算有人看见,我认为也会是麻省。或者宾州。任何地方,除了缅因州。"

他身体朝前倾了倾。

"这个比蒂给我们寄便条和被害人的身份证明。奚落我们,看我们敢不敢抓他。也许一部分的他甚至想要被抓到。"

"也许是这样。"达茜说道,尽管自己有点怀疑。

"便条是用大写字母打印的。那么做的人都认为那样的字体无法被辨认,可是大多数时候还是能的。相似之处会出现。我认为你不会有你丈夫的档案,对吗?"

"没有送回他公司的档案都被毁掉了。不过,我想他们会有很多样本。会计从来不会把东西扔掉。"

他叹了口气。"是的。可是像那样的公司,需要法庭传令才能拿到任何一样东西,而要拿到传令,我就得摆出各种可能的理由。我恰恰没有。我只有许多巧合的东西——虽然在我的脑子里,它们不是巧合。我还有许多……哦……类似的东西,可它们并不足以充当间接证据。因此我到你这儿来了,达茜。我本想,在现在这时候,我早被请出去了,可你一直很友善。"

她一言不发。

他把身体更朝前倾,差不多快趴到桌子上了,样子活像一只食肉猛禽。但是,在他冷峻的目光背后,无法被完全掩饰的却是别样的东西。她想,可能是和善吧。她祈愿如此。

"达茜,你的丈夫是比蒂吗?"

她意识到他也许会把谈话录下来,这并非完全没有可能。她没说话,相反,她从桌子上抬起一只手,把粉红色的掌心给他看。

"很长时间里,你从不知道,是吗?"

她一言不发。只是看着他。看透他,那种你要看透你所熟悉之人的目光。可是那么做的时候,你得小心才是,因为你并非总能看清自以为看得清楚的人和事。现在她明白这一点了。

"然后你知道了?有一天你知道了?"

"想再来杯咖啡吗,霍尔特?"

"半杯吧。"他答道。他坐了回去,双臂交叠在单薄的胸口上。"再多喝会导致我消化不良的,而且我今天早晨忘了吃胃病药片了。"

"我想楼上的药柜里有些奥美拉唑①,"她说,"是鲍勃的药。要我去拿吗?"

"我可不想吃他的药,哪怕我胃里失火烧起来。"

"行。"她温和地说道,接着,给他又倒了一点点咖啡。

"对不起,"他说,"有时候我的情绪会主宰我。那些妇女……所有那些妇女……还有那男孩,他前面还有一大段人生呢。那才是最糟糕的。"

"是的。"她说着把杯子递给他。她注意到他的手在发抖,认为这可能是他最后的一次竞技表演了,不管他是多么聪明……他确实聪明得让人害怕。

"结婚很久才发现丈夫真面目的女人会陷入非常艰难的境地。"拉姆齐说道。

"是的,我想她会是那样。"达茜说道。

"谁会相信她跟一个男人共同生活这么多年,却竟然不知道他是个什么样的人呢?嘿,她就像只,你们把它叫什么来着,像只生活在鳄鱼嘴里的鸟儿。"

"故事里说,"达茜说道,"鳄鱼让那只小鸟住在嘴里,因为小鸟使鳄鱼的牙齿保持干净。从牙缝之间吃外面的食物。"她用右手指做了个啄食的动作,"这说法很可能不是真的……但是,我过去曾开车送鲍勃去看牙医,这倒是真的。要是由着他,他会故意忘记自己的预约。他就是

---

① 一种治疗频繁发作的胃灼热或胃溃疡的药。

这样一个怕疼的孩子。"她的双眼猝不及防地充满了泪水。她用掌根一边擦掉泪水,一边诅咒它们。眼前的这个男人不会尊重为罗伯特·安德森掉下眼泪的人。

或许在这一点上,她想错了。他笑着点了点头。"还有你的孩子。一旦世人发现他们的父亲是个连环杀手,是折磨妇女的恶魔,他们就完了。世人认定他们的母亲一直在为他掩盖罪行,或许甚至是助纣为虐,就像是米拉·韩德莉帮助伊恩·布拉迪①一样,他们会再被唾弃一次。你知道谁是米拉·韩德莉吗?"

"不知道。"

"不知道就算了。可是问问你自己:处于那样艰难处境的妇女会怎么办?"

"你会怎么办,霍尔特?"

"我不知道。我的处境有点儿不一样。我也许是个老唠叨——马厩里最老的一匹马——但是我要对那些被害妇女的家人负责。他们应该得到一个了结。"

"他们应该得到,没问题……可是他们需要吗?"

"罗伯特·沙韦尔斯通的阴茎被咬掉了,你知道吗?"

她不知道。她当然不知道。她闭上眼睛,感到热泪穿过睫毛往下滴落。还说他没有"受苦"!她心想,要是鲍勃在她面前出现,手伸出来,乞求宽恕,她会再杀他一遍。

"他的父亲知道,"拉姆齐轻轻地说,"他知道自己亲爱的孩子所受的苦,还要一天天忍受那样的记忆。"

"对不起,"她低声说,"真的真的对不起。"

她感到他越过桌子来握她的手。"我本不打算让你难过的。"

她把他的手掀开。"你当然有这个打算! 可是,难道你认为我没有难过吗? 你认为我从来没有难过吗……你……你这个好管闲事的老东西?"

---

① 米拉·韩德利(Myra Hindley)因为爱人及同伙伊恩·布拉迪(Ian Brady)于一九六三年至一九六四年间在沼泽凶杀中杀害四名儿童而被定罪,二〇〇二年于狱中病逝。

他轻声地笑笑,露出那些闪闪发亮的假牙。"不,我从来就没那么想过。你一开门我就看出来了。"他顿了顿,然后,不慌不忙地说,"我看出了一切。"

"现在你看到什么了?"

他站起身,踉跄了一下,然后找到了平衡。"我看到了一个勇敢的妇女,应该让她安静地打理自己的家务,更不用说她以后的生活。"

她也站了起来。"受害者的家人呢? 那些应该得到了结的家人呢?"她顿了顿,不想把剩下的话说出来。可是,她必须说。眼前这个男人跟巨大的痛苦搏斗——也许是撕心裂肺的疼痛——才来到这里,而现在,他正给她一张通行证。至少,她认为他是这样的。"罗伯特·沙韦尔斯通的父亲呢?"

"那个沙韦尔斯通男孩已经死了,他的父亲也跟死了差不多。"拉姆齐用一种评估性的镇定语调说道。达茜认出了这种语调。鲍勃得知公司的某个客户将被国税局约见且见面将进行得不顺利的时候,就会用这种语调说话。"从早到晚,威士忌酒瓶从不离嘴。难道知道杀死他儿子的凶手——他儿子的分尸凶手——已经死了,就会改变那一切吗? 我不这样认为。那样能让死者复活吗? 不会的。凶手现在正在地狱里的大火中因为自己的罪恶遭受焚烧,忍受被肢解的痛苦,永远血流不止吗?《圣经》上说是的。不管怎样,《圣经》中的《旧约》是那样说的,既然那是我们的法律来源,对我而言,就够了。谢谢你的咖啡。回去的路上,恐怕我得在这里和奥古斯塔之间的每一个休息区停一下,但也值得。你的咖啡真不错。"

把他送到门口时,达茜意识到,自从被车库里的纸箱绊倒以来,这是她第一次觉得自己身处镜子正确的一边。她很高兴知道他差点被抓到。知道他并不像他自己所认为的那样聪明。

"谢谢你的来访。"他把帽子端正地放在头上时,她说道。她打开门,让冷飕飕的寒风进来。她不在乎。风吹在皮肤上令她感到惬意。"我会再见到你吗?"

"不会。从下周开始,我就不工作了。完全退休了。我要到佛罗里达去。听医生说,我在那儿不会待很久的。"

"我很遗憾——"

他突然把她拽到怀里。他的胳膊很瘦,但是肌肉发达,出奇的结实。达茜惊了一下,但是并不害怕。在她耳边低声耳语的时候,他的霍姆堡毡帽的帽檐撞着了她的太阳穴。"这件事你做得对。"

接着他吻了她的面颊。

20

他缓慢地、小心翼翼地沿着小道走着,一边留心着冻冰。这是老年人的步履。他真的应该有个拐杖,达茜心想。她叫他时,他正绕过车头,仍然低头看着脚下。他转过身,浓密的眉毛扬了起来。

"我丈夫还是个孩子的时候,他有个朋友在车祸中丧生了。"

"是吗?"这些词语顺着冬天嘴里吐出的白气出来了。

"是的,"达茜说,"你可以查查究竟出了什么事。照我丈夫的说法,就算他不是个好孩子,那件事也非常令人悲恸。"

"他不是个好孩子吗?"

"不是。他是个脑子里装着许多危险幻想的那种男孩子,名叫布莱恩·德拉汉蒂,不过,他们小的时候,鲍勃叫他 BD。"

拉姆齐在他车子旁边站了几秒钟,极力想把这些话搞明白。然后他点了点头。"这倒蛮有趣的。或许我会在电脑上看看这方面的故事吧。或许不会;一切都是很久以前的事了。谢谢你的咖啡。"

"谢谢你跟我交谈。"

她看着他开车驶下街道(她注意到他开车的时候,带着年轻人才有的自信——大概是因为他的眼睛还是那么犀利吧),然后回到屋里。她觉得自己更年轻、更轻捷了。她走到门厅的镜子前面。在镜子里面,她只看到了自己的身影。这就好。

后　记

　　本书中的故事冷峻残酷。有些部分你也许会觉得不忍卒读。倘如此，请你放心，有些部分我同样觉得不忍下笔。每当人们问及我的创作时，我已经养成一个习惯，那就是用笑话以及具有幽默效果的个人轶事（这些轶事你不能完全相信；千万别相信小说家关于自己所说的任何话）绕开话题。这是一种打岔方式，美国佬的祖上也许是这样来回答此类问题的：这与你无关，伙计；与这样的方式相比，我的回答稍微婉转些。不过，在玩笑的背后，我倒是非常严肃地对待我的作品的，而且，自从我十八岁那年写下第一部作品《长路漫漫》始，我就一直如此。

　　对于那些不严肃对待创作的作家，我少有耐心；而对于那些把故事—虚构艺术当成本质上陈旧过时的作家，我压根儿就没有耐心。故事—虚构没有过时陈旧，但它也不是文学游戏。它是我们试图理解生活和我们见到的周围的恐怖世界的一种重要方式。它是我们回答"怎么会是这样的情形呢？"的方式。故事有时候表明——并不总是，但有时候——存在某种原因。

　　从一开始——甚至在那个我现在几乎无法理解的年轻人在他的学生宿舍里开始写作《长路漫漫》之前——我就感到，最好的虚构既是推进式的，也是狂暴式的。它直击你的面部。有时候，它对着你的面部吼叫。我从不抱怨文学虚构，通常，文学虚构关注的是平常情境下的非常人物，但是，既作为读者又作为作者，我倒是更多地被非常情境下的平常人物所吸引。我想要在我的读者身上激发出情感的、甚至是撕心裂肺的反应。使他们在读书的时候思考不是我的做法。我强调这个意思，是因为如果故事足够迷人、人物足够逼真的话，一旦故事讲完，书被搁置一边（有时候如释重负地），思考自会取代情感。我还能记得十三岁左右阅读乔治·奥威尔的《1984》的情景。我带着愈来愈深刻感受到的沮丧、愤怒和侮辱，拼命向前翻页，尽可能迅速读完那个故事，可这有什么过错吗？尤其是自从我思考这个问题以来，一直到今天，每当某些政客（我正想到莎拉·帕琳和她那番自高自大的"死亡专家团"的言论）说服民众去相信白的就是黑的或者黑的就是白的，而且有所成功的时候。

以下是我所相信的别的一些东西：如果你正走进一处非常黑暗的地方——比如《1922》里威尔弗·詹姆斯位于内布拉斯加的农舍——你就应该带上一盏明灯，用它去照亮一切。如果你不想看，看在上帝分上，你又为什么冒险闯进黑暗呢？伟大的自然主义作家弗兰克·诺里斯一直是我的文学偶像之一，四十多年来，我脑子里一直记得他就这个议题说过的话："我从不谄媚，我从不脱帽向时尚致敬，从不伸出帽子为着讨些银子。以上帝的名义发誓，我把真相告诉了他们。"

可是，斯蒂芬啊，你说，你已经赚了不少银子，至于说到真相……那是个变量，不是吗？不错，我写故事是赚到了一大笔钱，但是钱是个副作用，从来就不是目的。为了金钱而写虚构作品乃是劳而无益的蠢事。当然，读者眼里出真相。然而，谈到虚构，作家唯一的责任就是在自己的内心寻求真相。这个真相不必总是读者的真相，或者批评者的真相，但是，只要它是作家的真相——只要他或者她不屈从，或者不向时尚伸出自己的帽子——一切都好。对于刻意撒谎的作家，对于那些用无法令人信服的人的行为来取代人们真实行为的作家，我唯有蔑视。糟糕的写作不仅仅是句法和观察的问题；糟糕的写作常常源自固执地拒绝讲述人们的真实行为——面对事实吧，比如说，谋杀者有时会帮助老太太过桥。

在《暗夜无星》这部作品中，我已经竭尽全力，记录人们在极端环境下可能做出什么事，以及他们可能如何行事。这些故事中的人物不是没有怀揣希望，但他们承认，哪怕是我们最甜美的希望（还有我们对同胞和我们生活的社会怀有的最甜美的期望）有时候也可能只是枉然，甚至经常如此。然而，我认为，他们还说，高尚并非最常见于成功，而是在于努力去做正当之事……而一旦我们没有去做或者刻意回避困难的时候，地狱就随之而来。

《1922》受到题目叫做《威斯康辛死亡之旅》的一本非虚构书的启发，此书是迈克·莱斯创作的，以拍摄到的威斯康辛州黑河瀑布小城的照片为主。这些照片传递出来的农村远离尘嚣、许多人物脸上流露的冷峻和贫困给我留下了印象。我要在我的故事中获得那种感觉。

二〇〇七年，我行驶在84号州际公路，前往麻省西部地区的一次签书活动的时候，曾在一个休息区停下，准备吃顿典型的斯蒂芬·金风格的健康饭食：苏打和糖果棒。我从点心棚里出来的时候，见到一位轮胎出了故障的妇女，正在急切地跟一名把车泊在旁边车位的加长拖卡司机谈话。他冲她笑笑，然后从卡车上下来。

"需要帮忙吗?"我问道。

"不，不，我来吧。"卡车司机说道。

我确信，那位女士最终把轮胎给换了。我买了根"三个火枪手"巧克力棒，而这个故事的构思最终变成了《大司机》。

在我居住的班戈城，有条叫做汉蒙德街支路的通衢大道，环绕机场。每天我走上三四英里的路，要是我人在城里，我就经常从那条路出去。沿着支路大约走上一半，在机场栅栏旁边，有块沙砾铺成的空地，这些年来，许多路边小贩在那里搭起了小店铺。我最爱的小贩在当地叫做"高尔夫球家伙"，他总是在春天露面。天气转暖的时候，"高尔夫球家伙"就到班戈市高尔夫球场去捡那些被丢弃在雪地里的成百上千的高尔夫球。他把确实糟糕的球扔掉，余下的就在支路的那一小块空地上出售(他车子的挡风玻璃上画满了高尔夫球——而且画得不错)。有一天，我见到他的时候，脑子里突然冒出《万事皆平衡》的构思。当然，我把故事背景放在德里，那是已故的、无人吊唁的小丑宾尼维斯的故乡，因为德里就是班戈，只是叫法不同而已。

本书的最后一个故事是在读完一篇关于丹尼斯·莱德尔，一个臭名昭著的BTK(捆绑、折磨、谋杀)杀人犯的文章之后酝酿的。在大约十六年的时间内，他夺去了十条人命——受害者大多是妇女，但其中有两个是儿童。许多情况下，他把受害人的身份证件邮寄给警察。帕拉·莱德尔嫁给这个杀人狂魔三十四年,莱德尔是在威切塔地区犯案,住在该地区的许多人都不肯相信她竟然能和他住在一起却还不知道他的所作所为。可我相信——确实相信——因此写下了这个故事,来探索妻子突然间发现丈夫惊天骇人的嗜好究竟会出什么事。我写下这个故事,也是为了探索要完全了解一个人是不可能的,哪怕是那些我们最最挚爱的人这一想法。

打住吧,我想我们已经在黑暗中待得够久的了。楼上倒有个完全不同的世界。只要你抓住我的手,忠实的读者,我会高兴地把你带回到阳光里去。我高兴走到阳光里,因为我相信大多数人本质上是善良的。我清楚我自己就是这样的。

我不能完全相信的反而是你。

缅因州班戈市,二〇〇九年十二月二十三日